이 세상의 눈부시게 아름다운 것들

All Things Bright and Beautiful

수의사 James Herriot
헤리엇의 이야기 2

# 이 세상의 눈부시게
# 아름다운 것들

제임스 헤리엇 지음 | 김석희 옮김

아시아

**일러두기**

1. 본문의 주는 모두 역주이며, 따로 표시 없이 괄호 속에 작은 글자로 넣었다.
2. 외국의 인명과 지명은 '외래어 표기법'에 따랐다.

이 세상의 모든 크고 작은 생물들,
모든 눈부시게 아름다운 것들,
모든 똘똘하고 경이로운 것들,
이 모든 것을 주님이 만드셨다.

-세실 프랜시스 알렉산더(1818~1895)

# 1

　침대에 기어들어가 헬렌을 끌어안자, 몸이 반쯤 얼었을 때 사랑하는 여자에게 바싹 달라붙어 몸을 녹이는 것만큼 즐거운 일은 세상에 또 없을 거라는 생각이 들었다.

　1930년대에는 전기담요라는 게 세상에 존재하지 않았다. 나로서는 정말 유감스럽기 짝이 없는 일이었다. 시골 수의사만큼 전기담요가 절실히 필요한 사람은 없었기 때문이다. 한밤중에 따뜻한 침대에서 끌려나와, 신진대사가 최저 수준으로 떨어졌을 때 헛간에서 옷을 벗어부치면, 추위가 어떻게 그처럼 골수까지 파고들 수 있는지 놀랄 정도다. 그보다 더 괴로운 것은 침대로 돌아갔을 때다. 지친 몸은 잠을 갈망하건만, 얼음처럼 차가운 팔다리가 풀릴 때까지 한 시간이 넘도록 잠을 이루지 못한 적도 많았다.

　하지만 결혼한 뒤에는 그런 일도 희미한 추억으로만 남게 되었다. 헬렌이 잠결에 몸을 뒤척여(헬렌은 남편이 밤중에 곁을 떠났다가 북극에서 불어오는 돌풍처럼 돌아오는 데 익숙해져 있었다) 본능적으로 나에게 더 바싹 달라붙었다. 온기가 내 몸을 포근히 감싸는 것을 느끼고 나는 고마워서 한숨을 내쉬었다. 그러자 지난 두 시간 동안 일어났던 일들이 순식간에 비현실적인 세계로 물러나기 시작했다.

사건은 밤 1시에 침대 옆 전화가 요란하게 울리는 것으로 시작되었다. 일요일이 막 시작된 시각이었다. 토요일 밤늦게까지 밖에서 지낸 농부들이 잠자리에 들기 전에 가축을 둘러보고는 수의사를 불러야겠다고 마음먹는 것은 대개 그때쯤이었다.

이번에는 누굴까 하고 전화를 받아보니 해럴드 잉글듀였다. 그의 목소리를 들은 순간, 해럴드 영감이 영업시간을 좀처럼 지키지 않는 선술집 '말편자'에서 맥주를 거나하게 마시고 농장으로 막 돌아갔을 시간이구나 하는 생각이 떠올랐다.

아니나 다를까, 약간 쉰 듯한 목소리에는 혀 꼬부라진 소리가 섞여 있었다.

"암양 하나가 좀 이상한데, 와줄 수 있겠소?"

"심한가요?"

언젠가는 누군가가 아침까지 기다려도 될 것 같다고 말해주지 않을까. 나는 비몽사몽간에도 늘 그 실낱같은 희망에 매달리곤 했다. 하지만 그런 일은 아직껏 일어나지 않았고, 이번에도 마찬가지였다. 해럴드는 내 소망을 달래줄 마음이 털끝만큼도 없었다.

"아주 심해요. 빨리 손을 써야 할 것 같소."

그렇다면 우물쭈물하고 있을 때가 아니었다. 그 양은 해럴드 영감이 저녁 내내 밖에서 술을 마시고 흥겹게 지내는 동안 줄곧 아팠을 것이다.

아픈 양은 수의사에게 별로 위험하지 않다는 게 그나마 다행이었다. 몸이 약해진 상태에서 덩치 큰 짐승과 한바탕 씨름할 것을 각오하고 침대에서 빠져나올 때가 가장 비참했다. 하지만 이번 경우에는 절반만 깨어 있는 기술을 써먹을 수 있을 것이다. 절반만 깨어 있으면, 농장에 가서 긴급 사태를 처리하고 침대로 돌아올 때까지 어느 정도는 잠의 혜택을 계속 누릴 수 있다.

시골 수의사는 밤중에 일할 때가 많기 때문에, 다른 수의사들도 대부분 마찬가지겠지만, 나도 이 기술을 완벽하게 갈고 다듬어야 했다. 나는 몽유병자처럼 꿈나라와 현실 세계의 중간 지대에 있을 때에도 제법 빈틈없이 이 일을 해내곤 했다.

그래서 나는 눈을 감은 채 방을 질러가서 작업복을 주워 입었다. 긴 계단을 눈감고 내려가는 것도 그리 어렵지 않았다. 하지만 옆문을 연 순간 그 방식이 허물어지기 시작했다. 정원을 둘러싼 담장이 막아주는데도 바람이 맹렬한 기세로 달려와 나를 후려쳤기 때문이다. 그런 바람을 맞으며 계속 잠을 자기란 쉽지 않았다. 차고에서 차를 빼내는데, 어둠 속에서 느릅나무의 높은 가지가 돌풍 앞에 허리를 꺾으며 신음소리를 냈다.

차를 몰고 가는 동안 나는 다시 비몽사몽 상태에 빠져들었다. 그리고 해럴드 잉글듀라는 별난 노인을 멍하니 생각했다. 그의 술버릇은 전혀 그답지 않았다. 해럴드 영감은 나이가 일흔 살쯤 되었는데, 생쥐처럼 작고 조용했다. 이따금 장날에 우리 병원을 찾아와도 작은 소리로 몇 마디 중얼거리는 게 고작이었다. 그에게서 말을 끄집어내는 것은 쉬운 일이 아니었다. 제일 좋은 나들이옷을 입고 몇 사이즈 큰 셔츠 칼라 위로 말라빠진 목을 내밀고 있는 해럴드 영감은 온순하고 견실한 시민을 그림으로 그려놓은 듯했다. 촉촉한 눈과 홀쭉한 뺨이 그런 인상을 더욱 짙게 해주었다. 그가 겉보기와는 다를 수도 있다는 사실을 내비치는 것은 새빨간 코끝뿐이었다.

그가 살고 있는 서비 마을의 자작농들은 모두 착하고 견실해서, 사교상

이따금 맥주 한두 잔 마시는 것 말고는 술을 입에 대지 않았다. 그런데 몇 주 전에 해럴드의 이웃 사람이 나에게 하소연을 했다.

"해럴드 영감 때문에 아주 골치 아파 죽겠어요."

"그게 무슨 말씀이세요?"

"토요일 밤마다, 그리고 장날 밤마다 새벽 네 시까지 고래고래 고함을 지르고 노래를 부른다니까요."

"해럴드 영감님이요? 설마! 그렇게 조용한 분이……."

"그야 평소에는 조용하지요."

"하지만 그 영감님이 노래를 부르다니, 도저히 상상할 수가 없군요!"

"선생도 그 양반 이웃에 한번 살아보세요. 어찌나 시끄러운지 말도 못 해요. 영감이 잠잠해질 때까지는 아무도 잠을 못 잔다니까요."

그 후 나는 또 다른 사람에게서 이 말이 틀림없는 사실이고, 잉글듀 부인도 평소에는 남편이 아주 얌전하기 때문에 참고 있다는 말을 들었다.

서비 마을로 가려면 가파른 오르막과 내리막을 몇 번 지나서 골짜기로 내려가야 했다. 조용한 집들이 산기슭까지 굽이를 이루며 길게 이어져 있는 것이 내려다보였다. 낮에는 옹기종기 모여 있는 지붕들 위로 평화롭고 당당하게 솟아 있는 초록빛 산이 지금은 달빛 아래 시커먼 덩어리가 되어 금방이라도 집을 덮칠 것처럼 위협적으로 보였다.

차에서 내려 집 뒤쪽으로 돌아갈 때 또다시 바람이 나를 후려쳤다. 찬물을 한 양동이쯤 뒤집어쓴 것처럼 잠이 확 달아났다. 하지만 그 소음이 귀청을 때린 순간 나는 너무 놀라서 추운 것도 잊어버렸다. 노랫소리…… 아니, 돼지 멱따는 소리가 낡은 돌이 깔린 마당에 울려 퍼지고 있었는데, 그 소리는 불 켜진 부엌 창문에서 터져 나오고 있었다.

"어스름 해질녘에 노래 한 곡조, 꽝!"

부엌을 들여다보니, 생쥐처럼 작은 해럴드 영감이 양말만 신은 발을 불이 다 꺼져가는 난로 쪽으로 쭉 뻗고 한 손에는 맥주병을 움켜쥔 채 앉아 있었다.

"어른거리는 그림자는 조용히 오고 가네!" 해럴드는 고개를 뒤로 젖히고, 정말로 바락바락 악을 쓰고 있었다.

나는 부엌문을 쾅쾅 두드렸다.

"마음은 울적하고 하루 해는 길기만 하구나!" 해럴드가 높고 날카로운 테너로 대답했다.

나는 초조해져서 다시 나무문을 쾅쾅 두드렸다.

노랫소리가 그쳤다. 하지만 열쇠가 돌아가고 빗장이 풀리는 소리가 들릴 때까지는 그 후로도 한참 기다려야 했다. 작달막한 노인이 코만 쑥 내밀고는 무슨 일이냐고 묻는 표정을 지었다.

"양을 보러 왔는데요."

"아아." 해럴드는 무뚝뚝하게 고개를 끄덕였다. 평소의 수줍어하는 태도는 전혀 보이지 않았다. "장화를 신고 올 테니 좀 기다리쇼." 그러고는 내 코앞에서 문을 쾅 닫았다. 이어서 빗장을 거는 소리가 들렸다.

나는 적이 당황했지만, 그가 일부러 무례하게 구는 게 아니라는 사실을 깨달았다. 빗장을 건 것은 그가 모든 일을 버릇처럼 기계적으로 하고 있다는 증거였다. 하지만 그래도 그가 나를 가장 혹독한 자리에 세워둔 것은 다름이 없었다. 시골 수의사라면 누구나 알고 있겠지만, 농가 마당에는 어느 산꼭대기보다 추운 구석이 있다. 그런데 내가 지금 서 있는 곳이 바로 그런 자리였다. 부엌문 바로 앞에는 탁 트인 들판으로 이어진 돌

11

길이 뻗어 있었고, 마당과 들판 사이에 있는 그 검은 아치를 통해 휘파람 같은 소리를 내면서 들어온 시베리아 바람은 내 옷을 쉽게 뚫고 들어왔다.

내가 발을 동동거리기 시작했을 때 다시 노래가 시작되었다.

"시냇가에 서 있는 낡은 물방앗간!"

나는 깜짝 놀라 창문으로 달려갔다. 해럴드는 다시 의자에 앉아서 커다란 장화 한 짝을 신고 있는 중이었다. 목청껏 소리를 지르면서 자못 심각한 얼굴로 구두끈을 구멍에 꿰고, 이따금 맥주 한 모금으로 기운을 차리곤 했다.

나는 창문을 두드렸다.

"서둘러주세요, 영감님."

"우리는 거기에 앉아서 꿈을 꾸었지, 넬리 딘!" 해럴드는 노래로 대답을 대신했다.

이가 딱딱 마주치기 시작했을 때에야 겨우 해럴드는 장화 두 짝을 다 신고, 마침내 문간에 다시 나타났다.

나는 헐떡거리며 말했다.

"양은 어디 있습니까? 저 우리에 두셨나요?"

노인은 눈썹을 치켜 올렸다.

"아니, 양은 여기 없는데……."

"여기 없다고요?"

"저 꼭대기에 있지."

"그럼 길을 다시 올라가야 한다는 말씀인가요?"

"그래요. 아까 집에 오다가 잠깐 들러서 그 양을 보았지."

나는 발을 구르며 두 손을 맞비볐다.

"그럼 차를 타고 가야겠군요. 하지만 저 위에는 물이 없겠지요? 따뜻한 물과 비누와 수건을 가져가는 게 좋겠습니다."

"알았소." 그는 엄숙하게 고개를 끄덕였다. 무슨 일이 일어나고 있는지 내가 미처 알아차리기도 전에 문이 쾅 닫히고 빗장이 걸렸다.

나는 다시 어둠 속에 혼자 남겨졌다. 얼른 창문으로 달려가 보니 해럴드가 다시 편안하게 자리를 잡고 앉아 있었다. 그걸 보고도 나는 별로 놀라지 않았다. 해럴드는 앞으로 몸을 굽혀 냄비를 들어 올렸다. 맙소사. 재만 남은 난롯불로 지금부터 물을 끓이려나 보다 생각하자 아찔했다. 하지만 해럴드가 국자를 들고 낡은 벽난로 속의 원시적인 급탕 탱크 속에 손을 집어넣는 것을 보고는 안도의 한숨을 내쉬었다.

"흐르는 시냇물은 달콤하게 속삭이고, 넬리 딘!" 해럴드는 천천히 양동이에 더운 물을 채우면서, 일하는 것이 행복한 듯 떨리는 목소리로 노래를 불렀다.

마침내 밖으로 나온 해럴드는 내가 거기에 있다는 것을 까맣게 잊어버린 모양이었다. 여전히 목청껏 노래를 부르면서 멍하니 나를 쳐다보았기 때문이다.

"그대는 나의 희망! 그대를 사랑해, 넬리 딘!"

"알았어요, 알았어." 나는 툴툴거렸다. "이제 그만 갑시다."

나는 그를 재촉하여 차에 밀어 넣고, 왔던 길을 다시 올라갔다.

해럴드는 양동이를 무릎 위에 비스듬히 올려놓고 있어서, 가파른 길을 오르내리는 동안 물이 출렁여 내 무릎에 조금씩 엎질러졌다. 차 안은 순식간에 맥주 냄새로 가득 차서 현기증이 나기 시작했다.

헤드라이트 불빛 속에 문이 나타나자 노인이 갑자기 소리를 질렀다.

"저기!"

나는 풀밭 언저리에 차를 세우고, 잠시 외다리로 서서 반 리터 정도의 물을 바지에서 털어냈다. 그런 다음 문으로 들어가, 언덕 비탈에 검은 덩어리처럼 보이는 건물 쪽으로 서둘러 걸어갔다. 그런데 해럴드는 나를 따라오지 않고 들판을 이리저리 헤매 다니고 있었다.

"영감님, 뭐 하시는 겁니까?"

"양을 찾고 있지."

"양이 밖에 있다는 말씀이세요?"

나는 비명을 지르고 싶은 충동을 간신히 억눌렀다.

"어제 오후에 새끼를 낳았는데, 밖에 놔두어도 괜찮을 것 같아서……."

그는 작은 손전등(약이 다 떨어진 건전지를 넣은 전형적인 농부용 손전등)을 꺼내, 발작하듯 깜박거리는 불빛을 어둠 속으로 쏘아 보냈다. 손전등은 켜나마나 별 차이가 없었다.

들판을 비틀거리며 걸으면서 나는 절망감에 사로잡혔다. 위에서는 너덜너덜한 구름이 달을 가로지르고 있었지만, 아래 세상은 너무 어두워서 한치 앞도 보이지 않았다. 게다가 너무 추웠다. 갓 내린 서리 때문에 땅바닥은 무쇠처럼 단단해졌고, 파삭파삭한 풀은 살을 에는 바람에 겁을 먹고 움츠러들었다. 이 어두운 황무지에서 어떻게 양 한 마리를 찾는단 말인가.

바로 그때 해럴드가 소리쳤다.

"여기 있다!"

그의 목소리가 난 쪽으로 더듬더듬 다가가서 보니, 해럴드 옆에 비참해 보이는 암양 한 마리가 서 있었다. 어떤 본능이 해럴드를 녀석에게 데려갔는지는 모르지만, 어쨌든 암양은 거기에 있었다. 그리고 고개를 힘없이 늘어뜨리고 있는 것으로 보아 곤경에 빠져 있는 것도 분명했다. 내가 등에 손을 올려놓아도 양은 건강한 녀석처럼 재빨리 달아나지 못하고 비틀거리며 몇 걸음 떼어놓을 뿐이었다. 작은 새끼가 어미 옆구리에 바싹 달라붙어 있었다.

나는 암양의 꼬리를 들어 올리고 체온을 쟀다. 정상이었다. 새끼를 낳은 뒤에 흔히 걸리는 질병에 걸린 조짐은 전혀 없었다. 결핍성 질환도 없고, 분비물도 없고, 숨이 가쁘지도 않았다. 하지만 무언가가 크게 잘못되어 있었다.

나는 다시 새끼를 진찰했다. 이 북쪽 지방에서는 이례적으로 일찍 태어난 새끼였다. 요크셔(영국 잉글랜드 북동부 지방)의 3월은 견디기 어렵다. 이 험난한 세상에 어린 생명이 내던져진 것은 부당하게 여겨졌다. 게다가 새끼양은 유난히 작았다. 그래, 너무 작아……. 그 사실이 내 마음속으로 스며들기 시작했다. 쌍둥이가 아닌 다음에야 이렇게 작을 리가 없어.

"영감님, 그 양동이를 이리 가져오세요!"

나는 소리쳤다. 내 생각이 옳다는 것을 빨리 확인하고 싶었다. 하지만 양동이를 풀밭 위에 놓은 순간 끔찍한 사실을 깨달았다. 양의 몸속에 팔을 집어넣으려면 옷을 벗어야 한다.

수의사가 아무리 용감한 행동을 해도 훈장을 주지는 않는다. 하지만 그 캄캄한 언덕 비탈에서 코트와 재킷을 벗고 부들부들 떨면서 셔츠 소매를 걷어 올릴 때, 나는 마땅히 훈장을 받을 만하다고 생각했다.

"머리를 잡으세요."

나는 재빨리 비누로 팔을 씻은 다음, 손전등 불빛에 의지하여 암양의 질 속에 손을 집어넣었다. 깊이 들어갈 필요도 없이, 예상했던 대로 털 난 작은 두개골에 손이 닿았다. 새끼는 코가 골반 밑에 낀 채 아래쪽으로 구부러져 있었다. 다리는 뒤에 있었다.

"새끼가 또 한 마리 있군요. 태아의 위치가 잘못됐어요. 정상이라면 어제 오후에 저 녀석과 함께 나왔을 텐데."

나는 손가락으로 태위(胎位)를 바로잡고, 작은 새끼를 조심스럽게 꺼내 풀밭에 내려놓았다. 오랫동안 산도에 끼여 있었기 때문에 살아 있으리라고는 기대하지 않았다. 하지만 차가운 땅바닥에 닿자 새끼가 팔다리를 경련시켰다. 얼른 가슴에 손을 대보니 갈비뼈가 오르내리는 게 느껴졌다.

새 생명이 태어나는 것을 보면 나는 늘 짜릿한 흥분을 느낀다. 그 흥분은 언제나 새롭고 따뜻하다. 나는 잠시 칼바람을 잊었다. 암양도 흥분한 듯 어둠 속에서 갓난 새끼를 코로 밀어대고 있는 것이 느껴졌다.

하지만 내 즐거운 생각은 뒤에서 난 소리에 산산이 날아가버렸다.

"이런, 제기랄!" 해럴드가 중얼거렸다.

"왜 그러세요?"

"내가 양동이를 걷어차서 엎어버렸지 뭐요."

"뭐라고요? 그럼 물이 다 쏟아졌단 말입니까?"

"한 방울도 안 남았소."

이건 큰일이었다. 암양의 몸속에 들어갔다 나온 내 팔은 점액으로 더러워져 있었다. 팔을 씻지 않고 재킷을 입을 수는 없었다.

어둠 속에서 다시 해럴드의 목소리가 들렸다.

"헛간에 물이 좀 있을 거요."

"그거 잘됐군요. 어쨌든 어미와 새끼를 거기로 데려가야 합니다."

나는 옷을 어깨에 걸친 다음, 새끼 두 마리를 양쪽 겨드랑이에 한 마리씩 안고 헛간이 있을 것으로 여겨지는 곳을 향해 풀숲을 비틀거리며 걷기 시작했다. 불쾌한 짐이 사라져서 기분이 좋아진 어미양도 종종걸음으로 나를 따라왔다.

이번에도 해럴드가 나에게 방향을 알려주어야 했다.

"이쪽이오!" 그가 외쳤다.

헛간에 도착하자 나는 고마운 마음으로 두꺼운 돌벽 뒤에 몸을 움츠렸다. 셔츠 바람으로 산책하기에 적당한 밤은 아니었다. 나는 걷잡을 수 없이 몸을 떨면서 노인을 바라보았다. 손전등 불빛이 너무 희미해서 노인의 형체만 겨우 보일 뿐, 그가 무엇을 하고 있는지는 알 수 없었다. 해럴드는 목초지에서 돌멩이 하나를 집어 들어 무언가를 내리치고 있었다. 잠시 후에야 나는 그가 양들이 물을 마시는 물통 위에 허리를 굽히고 얼음을 깨고 있다는 것을 알아차렸다.

일을 마치자 해럴드는 양동이를 물통 속에 집어넣었다가 나에게 건네주었다.

"자, 물 여기 있소." 그가 의기양양하게 말했다.

나는 이미 추위의 극한에 도달해서 더 이상 추워질 수는 없을 줄 알았는데, 얼음이 빙산처럼 둥둥 떠 있는 시커먼 물속에 손을 집어넣은 순간 생각을 바꾸었다. 손전등이 마침내 꺼져버렸고 나는 비누를 놓쳤다. 물속에서 비누를 찾아 거품을 내려고 했지만, 아무리 애를 써도 거품이 나

지 않았다. 알고 보니 비누가 아니라 얼음 조각이었다. 나는 비누칠을 단념하고 수건으로 팔을 닦았다.

어딘가 가까운 곳에서 해럴드의 콧노래가 들렸다. 해럴드는 자기 집 난롯가에라도 있는 것처럼 편안해 보였다. 혈관을 흐르는 엄청난 양의 알코올 덕분에 추위에 무감각해진 게 분명했다.

우리는 어미와 새끼들을 건초가 쌓여 있는 헛간에 밀어 넣었다. 떠나기 전에 나는 성냥을 켜고, 향긋한 토끼풀 사이에 편안히 앉아 있는 어미와 새끼들을 내려다보았다. 양들은 아침까지 거기서 안전하고 따뜻하게 지낼 수 있을 것이다.

마을로 돌아가는 길은 해럴드의 무릎에 놓인 양동이가 비어 있었기 때문에 덜 위험했다. 나는 해럴드를 집 앞에 내려주고, 차를 돌리기 위해 마을 끝까지 내려가야 했다. 다시 해럴드의 집 앞을 지날 때 우렁찬 노랫소리가 차 안으로 밀고 들어왔다.

"세상에 여자가 그대뿐이고 남자가 나뿐이라면!"

나는 차를 세우고 유리창을 내리고 귀를 기울였다. 조용한 동네에 그런 소음이 울려 퍼지는 것은 믿기 어려웠다. 이웃 사람 말대로 새벽 4시까지 그런 상태가 계속된다면 이 동네 사람들은 동정받을 만했다.

"다른 사람은 아무도 중요하지 않아!"

해럴드의 노래를 좀 더 듣다가는 금세 지겨워질 거라는 생각이 들었다. 해럴드의 성량은 정말 인상적이었지만, 아무리 성량이 풍부해도 코벤트 가든(영국 런던의 유서 깊은 오페라 극장)에서 인기를 얻는 사태는 결코 일어나지 않을 것이다. 음정은 계속 흔들렸고, 고음으로 올라가면 소리가 갈라져서 삑삑거렸다.

"우리는 옛날처럼 영원히 사랑할 거야!"

나는 서둘러 창을 올리고 그곳을 떠났다. 히터도 없는 차가 옆을 휙휙 스치고 지나가는 끝없는 돌담 사이를 달리는 동안 나는 핸들을 꽉 움켜잡고 얼어붙은 것처럼 꼼짝도 하지 않았다. 이제는 완전히 무감각 상태에 이르러 있어서, 어떻게 집에 돌아왔는지도 기억나지 않는다. 차를 차고에 넣고, 차고의 삐걱거리는 문을 닫고, 정원의 긴 샛길을 천천히 걸어온 것은 순전히 타성적인 동작이었다.

하지만 침대 속의 헬렌 곁으로 미끄러져 들어가자 내가 받은 축복이 다시 실감나기 시작했다. 잠을 자다가 옆에 얼음 덩어리가 들어오면 피하는 것이 당연할 텐데, 헬렌은 일부러 나를 두 다리로 감싸주었다. 나는 믿을 수 없을 만큼 행복했다. 단지 이 행복감을 맛보기 위해 저 추운 바깥으로 다시 나가고 싶을 정도였다.

자명종의 야광 문자반을 보니 밤 3시였다. 온몸이 사르르 녹으면서 내 마음은 향긋한 헛간에 편안하게 누워 있는 어미양과 새끼양들한테로 돌아갔다. 양들은 지금쯤 잠을 자고 있을 것이다. 나도 곧 잠이 들 것이다. 다른 사람들도 모두 자고 있을 것이다. 해럴드 영감의 이웃 사람들만 빼고. 그들은 아직도 한 시간을 더 기다려야 한다.

## 2

침대에 일어나 앉기만 하면 대러비(영국 요크셔 지방에 있는 가상의 마을. 실제 지명은 서스크) 시가지 너머로 언덕들이 한눈에 바라보였다.

나는 일어나서 창가로 다가갔다. 화창한 아침이 될 것 같았다. 갓 떠오른 태양이 비바람에 시달린 붉은 지붕과 회색 지붕들 위에서 눈부시게 빛나고 있었다. 어지럽게 뒤얽힌 지붕들 중에는 낡은 기와의 무게를 못이겨 내려앉은 지붕도 있었다. 빽빽이 들어찬 굴뚝 사이로 밀고 올라온 나무들의 푸른 잎이 햇빛에 반짝였다. 그리고 그 너머에는 드넓은 황무지가 조용히 펼쳐져 있었다.

아침마다 맨 먼저 눈에 들어오는 것이 이런 아름다운 풍경이라는 건 행운이었다. 물론 풍경은 헬렌 다음이고, 헬렌을 보는 것이 풍경보다 훨씬 좋았지만.

우리는 농장을 돌아다니며 소들의 투베르쿨린 검사를 하는 것으로 신혼여행을 대신했다. 그렇게 비정통적인 허니문을 마친 뒤에 우리는 '스켈데일 하우스' 꼭대기층에 신접살림을 차렸다. 내가 결혼하기 전에는 내 고용주였고 이제는 내 동업자인 시그프리드가 4층의 빈방을 공짜로 쓰라고 제의했고, 우리는 그 제의를 고맙게 받아들였다. 임시변통의 해결책이었지만, 바람이 잘 통하는 그 높은 곳에는 기분을 들뜨게 만드는 활기와 매력이 있어서 누구나 부러워할 만했다.

앞방은 침실과 거실을 겸하고 있는 살림방이었다. 사치스럽지는 않았지만 멋진 침대와 카펫, 헬렌의 어머니가 쓰던 멋진 사이드 테이블, 그리고 안락의자 두 개가 갖추어져 있었다. 낡은 옷장도 있었다. 그런데 잠금장치가 고장 나서, 문을 닫아두려면 내 양말 한 짝을 문에 끼워두어야 했다. 양말 끝이 늘 옷장 밖에 늘어져 있었지만 그것은 별로 중요해 보이지 않았다.

나는 침실을 나가 폭이 1미터쯤 되는 마루를 건너 뒤쪽에 있는 부엌 겸 식당으로 들어갔다. 이 방은 스파르타식으로 간소했다. 나는 아무것도 깔지 않은 마룻바닥을 밟고 창가에 놓인 작업대로 쿵쿵거리며 걸어갔다. 작업대에는 가스풍로와 식기가 놓여 있었다. 나는 커다란 양동이를 들고 아래층 부엌까지 장거리 여행을 시작했다. 꼭대기층에는 수도시설이 없었기 때문이다. 그것이 좀 불편한 점이었다. 계단을 두 개 내려가면 방이 세 개 있는 2층이었고, 거기서 다시 계단을 두 개 내려가 복도를 질주하면 복도 끝에 바닥을 돌로 포장한 부엌이 있었다.

양동이에 물을 채우면 나는 한 번에 두 단씩 계단을 뛰어올라 높은 꼭대기층에 있는 우리의 보금자리로 돌아갔다. 지금 같으면 물이 필요할 때마다 계단을 몇 개씩 오르내리고 싶지는 않겠지만, 그때는 조금도 불편하다고 생각지 않았다.

헬렌은 내가 길어온 물을 주전자에 넣고 끓였다. 우리는 정원이 내려다보이는 창가에서 하루의 첫 차를 마셨다. 창가에서는 손질하지 않은 잔디밭, 과일나무, 비바람에 풍화한 벽돌벽을 지나 우리 창문으로 기어오르는 등나무 덩굴, 낡은 갓돌이 씌워진 높은 담장이 내려다보였다. 담장은 느릅나무가 서 있는 자갈 깔린 마당으로 뻗어 있었다. 나는 날마다 마당의 차고에 가느라 그 길을 지나다녔지만, 위에서 내려다보면 풍경이 전혀 달라 보였다.

"잠깐만. 내가 그 의자에 앉을게." 내가 말했다.

헬렌은 식탁 대용인 작업대에 아침식사를 차려놓았다. 이것이 문제를 일으켰다. 작업대가 높았기 때문에 우리가 최근에 구한 등받이 의자는 그런 대로 높이가 맞았지만, 의자는 그렇지 못했다.

"아니, 난 괜찮아요. 정말 괜찮아요."

헬렌은 나를 안심시키듯 미소를 지었지만, 접시가 헬렌의 눈과 거의 같은 높이에 있었다.

"괜찮을 리가 없어. 당신 턱이 콘플레이크 속에 묻혀 있는걸. 제발 내가 그 의자에 앉게 해줘."

헬렌은 등받이 없는 의자를 톡톡 두드렸다.

"아무 말씀 말고 여기 앉아서 아침이나 드세요."

아무리 말해봤자 소용없을 것 같았다. 그래서 나는 전술을 바꾸었다.

"여보! 그 의자에서 비켜!" 나는 자못 엄격하게 명령조로 말했다.

"싫어요!" 헬렌은 나를 쳐다보지도 않고 토라진 얼굴로 대답했다. 입을 삐죽 내민 그 특유의 표정은 나를 늘 매혹시켰지만, 헬렌이 장난을 치고 있는 게 아니라는 뜻이기도 했다.

나는 난감했다. 헬렌을 그 의자에서 억지로 일으켜 세울까도 생각했지만, 헬렌은 몸집이 컸다. 우리는 전에 한 번 체력 테스트를 해본 적이 있었다. 사소한 말다툼이 레슬링으로 발전한 것이다. 나는 레슬링을 마음껏 즐겼고 결국에는 승리를 거두었지만, 헬렌의 힘이 만만치 않은 데 놀라지 않을 수 없었다. 이렇게 이른 아침에는 헬렌의 힘을 당해낼 수 있을 것 같지 않았다. 그래서 순순히 높은 의자에 앉았다.

아침을 먹고 나면 헬렌은 설거지할 물을 끓이기 시작한다. 그것이 우리 일과의 다음 단계였다. 그동안 나는 아래층으로 내려가 다리가 찢어진 망아지를 봉합해줄 기구를 비롯한 여러 가지 연장을 챙기고 옆문을 통해 정원으로 나간다. 정원 맞은편에서 나는 고개를 돌려 우리 창문을 쳐다본다. 창문이 올라가고, 행주를 쥔 손이 나타난다. 내가 손을 흔들면 행주도 맹렬히 흔들린다. 그것이 하루의 시작이었다.

마당에서 차를 몰고 나오면서, 오늘 하루도 순조롭게 출발했으니 만사가 잘될 거라고 생각했다. 실제로 모든 것이 다 좋았다. 내가 문을 닫을 때 느릅나무에서 까악까악 울어대는 까마귀들의 울음소리도, 아침마다 나를 맞아주는 맑고 향긋한 공기도, 힘들지만 보람있고 재미있는 내 일도 다 좋았다.

다친 망아지는 로버트 코너네 목장에 있었다. 나는 그곳에 닿자마자 코너의 양치기개인 조크를 발견했다. 나는 그 개를 관찰하기 시작했다. 환자를 치료하는 수의사의 일상적인 일은 단조롭고 힘들지만, 그 이면에는 항상 만화경처럼 변화무쌍한 동물들의 개성을 관찰하는 재미가 있고, 조크는 특히 흥미로운 개였기 때문이다.

농장에서 일하는 개들은 대부분 가벼운 기분전환을 좋아한다. 일하는 틈틈이 장난을 치면서 한숨을 돌리곤 한다. 개들이 특히 좋아하는 놀이는 차를 목장에서 몰아내는 것이다. 나는 차와 나란히 달리는 털북숭이 개를 곁눈질하면서 목장을 나올 때가 많았다. 개들은 대개 몇백 미터쯤 따라오다가 멈춰 서서, 빨리 꺼지라고 재촉하듯 짖어대는 것이 보통이었다. 하지만 조크는 달랐다.

조크는 정말로 그 일에 몰두해 있었다. 자동차 몰이를 아주 중요한 기술로 생각하고, 날마다 진지하게 그 기술을 연마했다. 코너 목장은 긴 샛길 끝에 있어서, 아래 도로로 나가려면 돌담 사이로 구불구불 뻗어 있는 완만한 비탈길을 1킬로미터나 내려가야 했다. 조크는 자기가 점찍은 차를 그 비탈길 끝까지 호송해야만 비로소 일을 제대로 해냈다고 생각하는 모양이었다. 힘이 많이 드는 취미라고 말할 수밖에 없다.

나는 망아지 다리를 다 꿰매고 붕대를 감기 시작하면서 조크를 관찰했다. 비쩍 마르고 작은 그 개는 마구간 주위를 살금살금 돌아다니고 있었다. 검은색과 흰색 털을 깎아버리면 거의 아무것도 남지 않을 만큼 작은 몸집이었다. 조크는 나를 안 보는 척, 내 존재에는 아무 관심도 없는 척 했지만, 속이 빤히 들여다보였다. 마구간 쪽을 몰래 힐끔거리고 내 시야를 계속 가로지르는 것이 녀석의 속내를 드러냈다. 조크는 결전의 순간을 기다리고 있었다.

나는 구두를 신고 장화를 자동차 트렁크에 던져 넣고 있을 때 다시 조크를 보았다. 아니, 조크의 일부만 눈에 띄었다. 부서진 문 밑으로 길쭉한 코와 눈 하나만 튀어나와 있었다. 내가 시동을 걸고 차를 출발시킨 뒤에야 비로소 조크는 숨어 있던 곳에서 몰래 기어 나와 정체를 드러냈다. 몸을 낮추고 꼬리를 땅바닥에 질질 끌면서, 자동차 앞바퀴를 뚫어지게 노려보며 살금살금 다가왔다. 내가 속도를 올려 샛길을 내려가기 시작하자 조크는 단숨에 전속력으로 달리기 시작했다.

나는 전에도 이런 일을 여러 번 겪었고, 조크가 내 차 앞으로 달려 나오지나 않을까 하고 늘 걱정했다. 그래서 액셀을 힘껏 밟고 속력을 내어 내리막길을 돌진하기 시작했다. 이것이 조크가 본래의 장기를 발휘하는 순간이었다. 조크가 개 경주에 출전하여 그레이하운드와 대결하면 어떤 결과가 나올지 궁금할 때가 많았다. 그 빈약한 몸속에는 완벽한 기계가 들어 있었다. 가는 다리는 돌투성이 길을 박차고 쭉쭉 뻗으며 공중을 날아, 빠르게 달리는 자동차를 어렵지 않게 따라잡았다.

도중에 급커브가 있었다. 여기에 이르면 조크는 반드시 돌담을 뛰어넘어 풀밭을 번개같이 가로질렀다. 초록빛 풀밭을 내달리는 조크는 검은색의 작은 얼룩 같았다. 그처럼 교활하게 지름길로 질러가서는 아래쪽 돌담을 미사일처럼 뛰어넘어 다시 나타나는 것이다. 이제 조크는 아래 도로까지 달리기에 좋은 위치를 차지했다. 내가 포장도로로 나가는 것을 보고서야 비로소 조크는 걸음을 멈추고 만족스러운 얼굴로 헐떡거리며 멀어져가는 나를 지켜보았다. 일을 잘해냈다고 생각하는 게 분명했다. 이제 조크는 흐뭇하게 목장으로 돌아가, 우체부나 빵집 차와 대결할 순간을 기다릴 것이다.

조크에게는 또 다른 일면이 있었다. 조크는 양치기개 시합에서 뛰어난 성적을 올려 코너에게 많은 트로피를 안겨주었다. 사실 코너는 조크를 비싼 값에 팔 수도 있었겠지만 절대로 조크를 내놓으려 하지 않았다. 대신 코너는 암캐를 한 마리 사서 조크와 짝을 지어주었다. 그 암컷도 조크처럼 비쩍 마르고 양치기개 시합에서 우승한 개였다. 이 둘을 짝지으면 세계 챔피언급 새끼를 낳아서 팔 수 있다고 코너는 생각했다. 이 암캐도 내가 농장을 찾을 때마다 자동차 몰이에 가담했지만, 남편의 비위를 맞추려고 그러는 것 같았다. 항상 첫 번째 길모퉁이에서 경주를 포기하고 나머지 코스는 조크한테 맡겼기 때문이다.

마침내 새끼 일곱 마리가 태어나, 보송보송한 솜털로 뒤덮인 검은 공 일곱 개가 마당을 굴러다니고 사람이 나타나기만 하면 발에 엉겨 붙었다. 새끼들이 내 차를 추적하는 조크를 따라가려고 애쓰면, 조크는 응석을 받아주는 아빠처럼 너그럽게 새끼들을 바라보았다. 새끼들이 뛰다가 넘어져 멀찌감치 뒤처지면 조크는 껄껄 웃는 것처럼 보였다.

나는 열 달 동안 그 목장에 갈 일이 없었지만, 시장에서 이따금 로버트 코너를 만났다. 코너는 강아지들을 훈련시키고 있는데 진도가 아주 빠르다고 말했다. 조크의 피를 받았다면 훈련을 많이 시킬 필요가 없을 터였다. 강아지들은 걸음마를 시작하자마자 소와 양을 몰아대려 했다는 것이다. 열 달 뒤에 본 새끼들은 조크와 똑같았다. 일곱 마리의 조크가 빈약한 몸으로 축사 주위를 소리 없이 날쌔게 움직이고 있었다. 나는 강아지들이 아빠한테 양몰이만 배운 게 아니라는 사실을 곧 알게 되었다. 내가 차에 탈 준비를 하자 녀석들은 뒷마당을 서성거리기 시작했다. 짚단 뒤에서 몰래 나를 엿보고, 재빨리 출발하기에 유리한 위치로 시치미를 뚝 떼고 슬금슬금 걸어가는 모습은 영락없는 조크였다. 내가 운전석에 앉자 강아지들은 모두 출발 신호를 기다리며 몸을 도사렸다.

나는 시동을 걸고 클러치 페달을 밟고 마당을 쏜살같이 가로질렀다. 그러자 1초도 지나기 전에 바로 옆에 밤송이가 무더기로 나타났다. 나는 샛길로 나가 액셀을 밟았다. 양쪽에서 강아지들이 어깨를 맞대고 차와 나란히 달렸다. 강아지들은 모두 내가 잘 알고 있는 그 표정을 짓고 있었다. 자동차 몰이에 완전히 몰두해 있는 결의에 찬 표정이었다. 조크가 돌담을 훌쩍 뛰어넘자 강아지들도 그 뒤를 따랐다. 개들이 다시 나타나 마지막 직선 코스에 접어들었을 때 나는 무언가가 다르다는 것을 알아차렸다. 조크가 지금까지는 항상 차에서 눈을 떼지 않았다. 자동차를 경쟁상대로 생각한 것이다. 하지만 이제는 달랐다. 밀집대형의 선두에 서서 마지막 500미터를 달리는 동안 조크는 양쪽의 새끼들을 계속 힐끔거렸다. 자동차가 아니라 강아지들을 라이벌로 여기는 것 같았다.

조크가 곤경에 빠져 있는 것은 의심할 나위가 없었다. 조크는 놀랄 만큼 건강했지만, 뼈와 근육으로 이루어진 밤송이들은 아빠의 빠른 발을 고스란히 물려받았을 뿐만 아니라 젊음의 활력까지 갖추고 있었다. 이제 조크가 새끼들을 따라잡으려면 힘을 남김없이 짜내야 했다. 실제로 조크가 돌멩이에 발부리가 걸려 비틀거리는 바람에 물밀듯이 밀려온 새끼들한테 삼켜져버리는 끔찍한 순간이 있었다. 만사가 끝난 것처럼 보였지만 조크한테는 강철 같은 심지가 있었다. 조크는 눈을 부릅뜨고 콧구멍을 넓히고 새끼들 틈에서 빠져나와, 포장도로에 이르렀을 때쯤에는 다시 선두를 달리고 있었다.

하지만 그것은 힘에 부쳤다. 나는 속도를 줄이고, 풀밭 가장자리에 서 있는 조크를 내려다보았다. 조크는 혀를 축 늘어뜨리고 옆구리를 들먹이며 헐떡거렸다. 다른 차들과 경주할 때도 이랬을 것이다. 자동차 몰이는 이제 조크에게 즐거운 놀이가 아니었다. 개의 마음을 읽을 수 있다고 말하면 어리석게 들리겠지만, 조크의 마음속에서는 자신의 전성기가 얼마 남지 않았다는 불안이 점점 높아졌다. 조크는 온몸으로 그 불안을 드러냈다. 제 새끼인 그 무례하고 아니꼬운 녀석들 뒤를 힘겹게 따라가는 것은 생각할 수도 없는 굴욕이었지만, 그 굴욕을 감수해야 할 날이 멀지 않았다. 멀어져가는 나를 지켜보는 조크의 표정은 이렇게 말하고 있었다.

'내가 얼마나 더 버틸 수 있을까?'

나는 그 작은 개가 가여웠다. 두 달쯤 뒤에 다시 그 목장에 가게 되었다. 조크가 새끼들한테 밀려나는 것은 피할 수 없는 일이었지만 나는 그 꼴을 보고 싶지 않았다. 그런데 마당으로 들어가 보니 이상하게 썰렁했다.

로버트 코너는 외양간에서 건초를 꼴시렁에 넣고 있다가 내가 들어오는 것을 보고 돌아섰다.

"개들은 다 어디 갔습니까?" 내가 물었다.

코너는 갈퀴를 내려놓았다.

"모두 팔았어요. 일 잘하는 양치기개는 사려는 사람이 많지요. 그래서 나도 한몫 챙겼습니다."

"설마 조크를 팔지는 않았겠지요?"

"그럼요. 그 녀석은 절대 내놓을 수 없지요. 저기 있습니다."

조크는 거기에 있었다. 전과 다름없이, 나를 못 본 체 시치미를 떼고 살금살금 주위를 돌아다녔다. 그리고 마침내 즐거운 시간이 왔다. 내가 차를 몰고 떠나자 비쩍 마른 작은 개는 전과 다름없이 차와 나란히 달렸다. 새끼들이 있을 때와는 달리 조크는 느긋하게 게임을 즐기고 있었다. 날개라도 달린 것처럼 돌담을 훌쩍 뛰어넘어 내 차를 쉽게 따돌리고 포장도로에 차보다 먼저 도착했다.

도전자들이 사라져서 조크가 계속 왕좌를 차지할 수 있게 된 것은 다행이었다. 조크도 안심했겠지만 나도 녀석 못지않게 한시름 던 기분이었다. 조크는 여전히 우두머리였다.

# 3

데일스에서 맞이한 세 번째 봄은 지난 두 차례의 봄과 조금도 다를 게 없었다. 그 후에 맞이한 수많은 봄들도 모두 마찬가지였다. 시골 수의사에게 봄은 양들이 새끼를 낳는 계절이다. 어미가 웅웅거리는 소리, 새끼들이 울어대는 소리. 나에게는 언제나 겨울이 가고 새로운 무언가가 시작된다는 것을 알리는 소리였다. 살을 에는 듯한 요크셔의 바람과 벌거 벗은 언덕 비탈에 넘쳐흐르는 눈부신 햇살도 봄을 알리는 전령사였다.

풀이 무성한 언덕마루에 짚단으로 지어놓은 우리에는 새끼를 거느린 암양을 한 마리씩 넣어둔 칸막이 방들이 길게 늘어서 있었다. 로브 벤슨이 사료통을 양손에 들고 저쪽 모퉁이를 돌아오는 것이 보였다. 로브는 무척 바빴다. 연중 이맘때면 달포 동안이나 침대에 들어가지 않았다. 밤에는 부엌 난롯가에서 장화만 벗은 채 선잠을 자기도 하겠지만, 양들을 손수 돌보고 있기 때문에 절대로 현장을 멀리 떠나지 않았다.

"오늘은 두어 마리만 봐주세요." 로브는 세월의 풍상에 갈라지고 구릿 빛이 다된 얼굴로 싱긋 웃었다. "사실 필요한 건 선생님이 아니라, 여자처럼 작고 잽싼 그 손이지만요."

로브는 양이 여러 마리 들어 있는 좀 더 큰 우리로 나를 데려갔다. 우리가 들어가자 양들은 후닥닥 달아났지만, 로브는 쏜살같이 달려가는 암놈의 털을 솜씨 좋게 움켜잡았다.

"이게 첫 번째 녀석입니다. 시간이 별로 없다는 건 아시겠지요?"

나는 털이 난 꼬리를 들어 올려 보고 놀라서 숨을 삼켰다. 새끼의 머리가 암양의 질에서 튀어나와 있고, 음순이 새끼양의 뒷덜미를 꽉 조이고 있었다. 새끼의 머리는 피가 통하지 않아서 보통 크기의 두 배로 부풀어 오른 상태였다. 눈은 퉁퉁 부은 눈꺼풀에 덮여 거의 보이지 않았고, 입에서 축 늘어진 혀는 충혈되어 푸르죽죽한 색을 띠고 있었다.

"머리가 큰 녀석은 가끔 보았지만, 이 녀석이 일등상을 타겠군요."

"게다가 그 큰 머리통부터 나왔으니, 나로서는 어떻게 해볼 도리가 없더군요. 내가 한 시간쯤 자리를 비웠다가 돌아와 보니까 벌써 머리가 축구공처럼 빵빵해져 있는 거예요. 이렇게 되는 건 순식간이에요. 녀석이 다리를 돌리려고 애쓰는 건 알지만, 이런 권투 글러브 같은 손으로 내가 뭘 할 수 있겠습니까?" 그는 오랜 노동으로 부풀어 오른 거친 손을 내밀어 보였다.

그가 말하는 동안 나는 재킷을 벗고 셔츠 소매를 걷어 올렸다. 오그라든 내 피부를 바람이 칼처럼 찔렀다. 나는 재빨리 비누로 손을 씻고 새끼양의 목 주위를 더듬기 시작했다. 새끼가 가느다란 눈을 뜨고 우울하게 나를 바라보았다.

"어쨌든 아직 살아 있군요. 하지만 기분이 끔찍할 겁니다. 게다가 자기는 속수무책이니."

나는 천천히 새끼양의 목 주위를 더듬다가 손을 밀어 넣을 만한 공간을 찾아냈다. 이런 때야말로 나의 '여자 같은' 손이 진가를 발휘한다. 나는 해마다 봄이면 유용하게 쓰이는 내 손에 감사했다. 양들은 야외에서 추운 날씨를 견디는 인내심은 강하지만 거친 취급은 참으려 하지 않기 때문에, 암양들에게 되도록 불쾌감을 주지 않고 몸속에 손을 집어넣는 것은 아주 중요했다.

나는 곱슬곱슬한 털이 나 있는 새끼양의 목을 따라 어깨 쪽으로 조금씩 조심스럽게 손을 집어넣었다. 어깨에서 조금 더 들어가자 다리에 손가락 하나를 걸 수 있었다. 다리를 앞으로 잡아당기자 무릎의 굴곡 부위가 손에 닿았다. 다리를 따라 조금 내려가니 발굽이 난 작은 발이 만져졌다. 나는 그 발을 밝은 햇빛 속으로 조심스럽게 끄집어냈다.

그것으로 일의 절반은 끝났다. 나는 무릎을 꿇고 있던 마대에서 일어나 따뜻한 물이 담긴 양동이 쪽으로 걸어갔다. 나머지 한쪽 발을 꺼낼 때는 왼손을 사용할 작정이었다. 그래서 비누로 왼손을 씻기 시작했다. 바로 그때 새끼들을 거느린 암양 한 마리가 성난 듯이 나를 노려보며 경고의 표시로 발을 한 번 굴렀다.

나는 다시 무릎을 꿇고 아까와 같은 작업을 되풀이하기 시작했다. 내가 다시 암양의 몸속으로 손을 집어넣을 때 작은 새끼양 한 마리가 내 겨드랑이 밑으로 재빨리 기어와서는 내 환자의 젖을 빨기 시작했다. 바로 내 코앞에서 빙빙 도는 작은 꼬리가 행복한 기분을 나타낸다면, 새끼양은 그 일을 즐기고 있는 게 분명했다.

"도대체 이 녀석은 어디서 튀어나온 겁니까?" 나는 여전히 암양의 몸속을 더듬으면서 물었다.

농부가 빙그레 웃었다.

"아아, 그 녀석은 허버트예요. 가엾게도 어미한테 버림받았지 뭡니까. 어미가 받아주려고 하질 않는 거예요. 다른 새끼는 애지중지하면서도 허버트한테는 태어날 때부터 앙심을 품었지요."

"그럼 허버트한테 젖은 누가 먹입니까? 아저씨가요?"

"아뇨. 처음엔 별도 우리에 넣어서 키우려고 했는데, 제 힘으로 젖을 얻어먹더군요. 어미양들 사이를 돌아다니다가 기회가 있을 때마다 재빨리 한 모금씩 빨아먹곤 하는 거예요. 저런 녀석은 난생처음 보았어요."

"태어난 지 일주일밖에 안 됐는데 벌써 자립정신을 갖고 있다는 겁니까?"

"그런 모양이에요. 아침마다 배가 불룩한 걸 보면, 밤에는 어미도 저 녀석이 제 몫을 찾아먹는 것을 내버려두는 것 같아요. 어두워서 보이질 않는 거죠. 어미가 참지 못하는 건 녀석의 겉모양인 게 분명합니다."

나는 작은 새끼양을 잠시 관찰했다. 뻗정다리로 불안하게 서 있는 모습은 다른 새끼들 못지않게 귀여워 보였다. 양은 정말 기묘한 동물이었다.

나는 곧 다리 하나를 마저 꺼냈다. 그 장애물이 제거되자 새끼는 쉽게 밖으로 빠져나왔다. 짚을 깐 풀밭에 누워 있는 새끼는 괴상한 모습이었다. 머리가 너무 커서 몸이 왜소해 보였다. 하지만 갈빗대는 나를 안심시키듯 규칙적으로 오르내렸다. 머리는 부풀어 올랐을 때만큼 순식간에 정상적인 크기로 오그라들 것이다. 나는 혹시나 해서 어미의 몸속을 다시 한 번 더듬어보았지만, 자궁은 텅 비어 있었다.

"이젠 더 없습니다."

"그럴 줄 알았어요. 큰 새끼 한 마리뿐인가요. 문제를 일으키는 건 바로 저런 녀석들이죠."

나는 팔을 닦으면서 허버트를 관찰했다. 내 환자가 제 새끼를 핥아주려고 몸을 돌렸을 때, 허버트는 이미 내 환자 곁을 떠나 다른 암양들 사이를 위태롭게 돌아다녔다. 암양들은 머리를 흔들어 허버트를 쫓아내기도 했지만, 결국 녀석은 몸통이 넓적한 암양 곁으로 살금살금 다가가서 배 밑으로 고개를 밀어 넣는 데 성공했다. 그러자 암양은 홱 돌아서서 단단한 두개골로 작은 새끼양을 힘껏 들이받았다. 허버트는 네 다리를 도리깨처럼 휘두르며 높이 날아가다가 쿵 소리와 함께 거꾸로 착륙했다. 내가 급히 달려가자 허버트는 발딱 일어나 종종걸음으로 도망쳐버렸다.

"이 못된 녀석!" 농부가 암양에게 고함을 질렀다. 내가 놀라서 돌아보자 그는 어깨를 으쓱했다. "다른 어미의 젖을 훔쳐먹는 건 위험하고 힘들지만, 그래도 허버트는 별도 우리에서 살기보다는 이런 식으로 살고 싶어 하는 것 같습니다. 저것 좀 보세요."

허버트는 호되게 당하고도 전혀 주눅 든 기색이 없이 다른 암양에게 다가가고 있었다. 그 암놈이 여물통으로 고개를 숙이자 허버트는 잽싸게 배 아래로 기어들어갔다. 허버트의 꼬리가 다시 움직이기 시작했다. 녀석이 두둑한 배짱과 근성을 타고난 것은 의심할 여지가 없었다.

로브가 두 번째 환자를 붙잡았을 때 나는 물어보았다.

"왜 허버트라고 부르세요?"

"허버트는 내 막내아들 이름인데, 접시에 코를 박고 열심히 먹어대는 모습이 꼭 닮았어요. 겁이 없는 것도 비슷하고."

나는 두 번째 암양의 몸속에 손을 집어넣었다. 새끼 세 마리가 뒤엉켜 있었다. 작은 머리와 다리와 꼬리가 서로 먼저 바깥세상으로 나가려고 다투다가 모두 옴짝달싹도 못하게 된 상태였다.

"오전 내내 서성거리면서 진통에 시달렸어요. 그래서 뭔가가 잘못됐다는 걸 알았지요."

나는 한 손을 조심스럽게 움직여 뒤엉킨 새끼들을 분류하는 흥미진진한 작업에 착수했다. 이것은 내가 가장 좋아하는 일이다. 한 마리를 꺼내기 위해서는 머리와 두 다리를 한데 모아야 하지만, 그것이 같은 녀석의 머리와 다리가 아니면 문제가 생긴다. 다리를 하나씩 더듬어서 그 다리가 뒷다리인지 앞다리인지, 어깨와 이어져 있는지 아니면 자궁 안쪽으로 사라져버렸는지를 알아내야 한다.

잠시 후 나는 자궁 안에서 새끼 한 마리의 머리와 두 다리를 제대로 모으는 데 성공했지만, 다리를 끄집어낼 때 목이 움츠러들면서 머리가 뒤로 미끄러졌다. 골반은 머리와 어깨가 함께 통과하기에는 빠듯했다. 나는 눈구멍에 손가락을 대고 누르면서 살살 머리를 끄집어내야 했다. 골반이 내 손을 짓눌러서 저절로 신음소리가 날 만큼 아팠지만, 고통은 겨우 몇 초 만에 끝났다. 어미가 마지막으로 힘을 주자 작은 코가 시야에 들어왔기 때문이다. 그다음은 쉬웠다. 몇 초도 지나기 전에 나는 새끼를 풀밭에 내려놓았다. 작은 새끼양은 머리를 발작적으로 흔들었다. 농부는 짚으로 재빨리 새끼를 닦은 다음, 어미의 머리 쪽으로 밀어냈다.

어미는 고개를 숙여 새끼의 얼굴과 목을 핥기 시작했다. 어미의 목구멍 속에서 만족스럽게 낄낄대는 소리가 들려왔다. 양이 그런 소리를 내는 것은 오직 이때만 들을 수 있다. 나는 낄낄대는 소리를 들으면서 남은 두 마리의 새끼를 꺼냈다. 한 마리는 엉덩이가 먼저 나왔다. 나는 다시 수건으로 팔을 닦으면서 어미가 기쁜 듯이 세쌍둥이에게 코를 비벼대는 것을 지켜보았다.

새끼들은 이내 꼬리를 흔들고 새된 소리로 울면서 어미에게 응답하기 시작했다. 내가 추워서 빨개진 팔에 코트 소매를 꿰고 있을 때, 첫 번째 새끼가 비틀거리며 무릎을 땅에 대고 일어나기 시작했다. 네 발로 일어서지 못하고 계속 앞으로 고꾸라졌지만, 새끼는 자기가 어디로 가야 하는지 알고 있었다. 어미의 젖이 목적지였고, 거기에 가는 목적은 하나뿐이었다. 그리고 그 목적은 이제 곧 충족될 터였다.

짚단을 넘어온 바람이 얼굴을 후려쳤지만, 나는 그 광경을 내려다보며 흐뭇한 미소를 지었다. 그것은 아무리 보아도 언제나 신선한 경이로움이고, 설명할 수 없는 기적이다.

며칠 뒤 로브 벤슨이 다시 전화를 걸어왔다. 일요일 오후였다. 로브의 목소리는 긴장해 있었다. 아니, 거의 공포에 질려 있었다.

"새끼 밴 암양들 사이에 개 한 마리가 들어왔어요. 점심때쯤 웬 사람들이 차를 몰고 여기 왔는데, 그들이 데려온 셰퍼드가 양들을 쫓아다니는 것을 이웃 사람이 보았답니다. 목초지 전체가 엉망이에요. 나는 너무 겁이 나서 보러 갈 수도 없어요."

"곧 가겠습니다."

나는 수화기를 내려놓고 서둘러 차에 올라탔다. 나를 기다리고 있을 광경을 보기가 두렵고 맥이 빠졌다. 목이 찢긴 채 나뒹굴고 있는 무력한 양들, 갈기갈기 찢긴 팔다리. 전에도 그런 광경을 본 적이 있었다. 도살할 필요가 없는 양은 상처를 꿰매주어야 할 것이다. 나는 로브의 농장으로 가는 동안 트렁크에 봉합사가 얼마나 들어 있는지를 속으로 점검했다.

새끼를 밴 암양들은 길가 목초지에 있었다. 담장 너머로 목초지가 보이자 가슴이 두근거렸다. 나는 거친 돌담 위에 두 팔을 올려놓고 목초지를 둘러보았다. 너무 놀라서 속이 메슥거렸다. 걱정했던 것보다 더 심했다. 길게 비탈진 풀밭에 양들이 점점이 흩어져 있었다. 쉰 마리쯤 되는 양들이 꼼짝도 않고 엎드려 있어서, 초록빛 풀밭에 띄엄띄엄 쌓아둔 양털 무더기처럼 보였다.

로브가 문 안쪽에 서 있었다. 그는 나를 쳐다보지도 않고 고갯짓만으로 나를 맞았다.

"어떻게 해야 좋을지 모르겠어요. 감히 저 안에 들어갈 용기가 나지 않습니다."

나는 그를 문간에 남겨두고, 개한테 습격당한 양들 사이를 걸어 다니며 조사하기 시작했다. 엎드린 양을 눕혀서 다리를 들어 올리고 목털을 헤집어보았다. 일부는 완전히 의식을 잃었고, 나머지도 거의 혼수 상태였다. 일어설 수 있는 양은 한 마리도 없었다. 하지만 목초지를 따라 올라가는 동안 점점 당혹감을 느꼈다. 마침내 나는 농부를 불렀다.

"아저씨, 이리 좀 와보세요. 아주 이상해요."

농부가 머뭇거리며 다가오자 나는 말을 이었다.

"보세요. 피 한 방울 떨어져 있지 않고, 어디에도 상처가 없는데, 양들이 모두 맥없이 쓰러져 있어요. 도무지 이해할 수가 없군요."

로브는 허리를 굽혀 축 늘어진 양의 머리를 가만히 들어올렸다.

"정말 그렇군요. 그럼 도대체 어떻게 된 거죠?"

그 순간에는 그의 질문에 대답할 수 없었지만, 마음속에서 희미한 종소리가 울리고 있었다. 농부가 방금 만진 그 암양한테는 어딘지 모르게 낯익은 데가 있었다. 그 양은 가슴을 땅에 대고 몸을 지탱할 수 있는 몇 마리 가운데 하나였다. 아무 것도 보이지 않는 듯이 멍한 눈으로 거기에 엎드려 있었지만…… 술에 취한 것처럼 까딱거리는 머리, 코에서 줄줄 흘러내리는 분비물…… 전에도 분명히 본 적이 있었다. 나는 무릎을 꿇고 암양한테 얼굴을 바싹 들이댔다. 그러자 목구멍에서 거품 이는 소리가 희미하게 들렸다. 그제야 나는 사태를 알아차렸다.

"칼슘 결핍증입니다." 나는 소리를 지르며 차를 세워둔 비탈 아래로 달려 내려가기 시작했다.

로브도 나와 나란히 달렸다.

"그게 뭡니까? 그건 새끼를 낳은 뒤에 걸리는 병 아닌가요?"

"대개는 그렇지요." 나는 헐떡이며 말했다. "하지만 갑자기 몸을 심하게 움직이거나 스트레스를 받으면 걸릴 수도 있어요."

"그건 미처 몰랐군요." 로브도 숨을 헐떡거렸다. "어떻게 그런 일이 일어나죠?"

나는 대답하지 않았다. 부갑상선의 갑작스러운 이상이 초래하는 결과를 장황하게 설명할 생각은 없었다. 그보다는 쉰 마리 양에게 주사할 칼슘이 자동차 트렁크에 들어 있는지가 걱정이었다. 골판지 상자에 둥근 양철 뚜껑이 즐비하게 늘어서 있는 것을 보았을 때는 저절로 안도의 한숨이 나왔다. 최근에 칼슘을 보충해둔 게 분명했다.

나는 내 진단을 확인하기 위해 첫 번째 암양의 혈관에 칼슘을 주사했다. 양의 경우에는 칼슘이 그만큼 빨리 효과를 나타낸다. 의식을 잃고 있던 암양이 눈을 깜박거리고 몸을 떨기 시작하다가 가슴을 땅에 대고 일어나려고 기를 쓰는 것을 보자 조용한 기쁨이 나를 감쌌다.

"다른 양들은 피하주사를 놓읍시다. 그러면 시간이 절약되니까요."

나는 목초지를 따라 올라가면서 작업하기 시작했다. 로브는 내가 팔꿈치 바로 뒤의 노출된 피부에 주사바늘을 찌를 수 있도록 양의 앞다리를 앞으로 잡아당겼다. 비탈을 절반쯤 올라갔을 때는 비탈 아래쪽에 있는 양들이 벌써 일어나 걸어 다니고, 여물통과 건초시렁에 고개를 처박고 있었다.

이것은 내 수의사 생활에서 가장 뿌듯한 경험 가운데 하나였다. 나는 별로 영리하지는 못했지만, 그 변화는 마술적이었다. 불과 몇 분 사이에 절망이 희망으로, 죽음이 삶으로 바뀌었으니 말이다.

내가 빈 약병들을 트렁크에 던져 넣고 있을 때, 로브가 목초지 끝에서 마지막으로 주사를 맞은 양들이 비틀거리며 일어나고 있는 것을 경탄하는 눈으로 쳐다보면서 말했다.

"정말이지 이런 경험은 난생처음입니다. 하지만 한 가지 궁금한 게 있는데요." 그가 나를 돌아보았다. 세월의 풍상에 시달린 얼굴이 곤혹스러운 표정을 짓고 있었다. "개한테 쫓겨 다닌 게 양한테 영향을 줄 수 있다는 것은 알겠지만, 어떻게 양떼 전체가 똑같은 병에 걸렸을까요?"

"그건 나도 모릅니다."

30년이 지난 지금도 나는 궁금하다. 어떻게 양떼 전체가 같은 병으로 쓰러졌는지, 아직도 알 수가 없다.


나는 로브를 더 이상 걱정시키고 싶지 않아서, 사냥개 소동 때문에 다른 문제가 생길 수도 있다는 말은 하지 않았다. 며칠 뒤 로브가 다시 전화로 왕진을 부탁했을 때 나는 놀라지 않았다.

이번에도 나는 짚단으로 만든 우리 위로 바람이 휘몰아치는 언덕 비탈에서 로브를 만났다. 새끼양들이 계속 태어나, 그곳은 어느 때보다도 시끄러웠다. 로브는 나를 환자에게 데려갔다.

"뱃속에 죽은 새끼가 가득 들어 있는 것 같아요."

로브는 고개를 축 늘어뜨린 채 가쁜 숨을 몰아쉬고 있는 암양을 가리키며 말했다. 암양은 꼼짝도 않고 서 있었다. 내가 다가가도 달아나려는 기색조차 보이지 않았다. 정말로 몹시 아픈 게 분명했다. 썩는 냄새가 풍겨왔을 때 나는 농부의 진단이 옳다는 것을 알았다.

"사냥개한테 쫓겨 다녔으니까 적어도 한 마리 정도는 사산할 줄 알았어요. 어쨌든 새끼를 꺼내봅시다."

이런 출산은 매력이 없지만, 어미양의 목숨을 구하기 위해서는 어쩔 수 없다. 새끼들은 썩어서 악취를 풍겼고 부패 가스로 팽창해 있었다. 나는 어미한테 불쾌감을 주지 않고 작은 시체를 꺼내기 위해 날카로운 메스로 새끼의 다리를 어깨에서 잘라냈다. 일을 다 마쳤을 때 암양은 머리를 땅바닥에 닿을 만큼 숙이고 숨을 헐떡이며 이를 갈았다. 나는 어미에게 줄 것이 아무 것도 없었다. 어미가 핥아줄 새끼, 삶에 대한 관심을 되살려줄 새끼, 꼼지락거리는 새 생명을 어미에게 안겨줄 수 없었다. 어미에게 필요한 것은 페니실린 주사였지만, 그때는 1939년이었다. 항생제가 등장하려면 좀 더 기다려야 했다.

"이놈은 별로 가망이 없는 것 같군요." 로브가 투덜거렸다. "선생님이 해줄 수 있는 일이 더 있나요?"

"몸속에 페서리를 좀 넣어주고 주사를 놓겠지만, 가장 필요한 건 돌봐줄 새끼입니다. 잘 아시겠지만 이런 상태의 암양들은 돌봐줄 새끼가 없으면 대개 삶을 포기해버리거든요. 이 녀석한테 새끼를 한 마리 붙여주면 좋겠는데, 남아도는 새끼는 없겠지요?"

"지금은 없습니다. 이놈은 지금 당장 새끼가 필요해요. 내일이면 늦을 겁니다."

바로 그 순간, 낯익은 모습이 눈길에 잡혔다. 어미한테 버림받은 허버트였다. 젖을 찾아 암양들 사이를 돌아다니고 있었기 때문에 쉽게 알아볼 수 있었다.

"이 암놈이 저 녀석을 받아들일까요?"

나는 농부에게 물었다. 로브는 미심쩍은 표정을 지었다.

"글쎄요, 잘 모르겠는데요. 허버트는 좀 나이가 들었어요. 태어난 지 보름이 다 됐는데, 암양들은 갓난 새끼를 좋아하니까요."

"그래도 한번 시도해볼 가치는 있잖습니까? 오래된 속임수를 써보는 게 어떨까요?"

로브는 싱긋 웃었다.

"좋습니다. 밑져야 본전이죠. 어쨌든 저 녀석은 갓난 새끼보다 별로 크지 않아요. 자기 형제들만큼 빨리 자라지 못했어요."

로브는 주머니칼을 꺼내 죽은 새끼양의 가죽을 재빨리 벗겼다. 그러고는 허버트의 등과 뱃구레를 가죽으로 감싸고 단단히 동여맸다.

"가엾은 것. 이 녀석한테는 아무 것도 없어요." 로브가 중얼거렸다. "이게 효과가 없으면 별도 우리에 들어가게 될 겁니다."

일을 마치자 로브는 허버트를 풀밭에 놓아주었다. 굳센 의지를 가진 꼬마 녀석은 곧장 아픈 암양의 배 밑으로 파고들어 젖을 빨기 시작했다. 작은 머리로 젖을 몇 번 들이받는 것으로 보아 젖이 잘 나오지 않는 것 같았다. 하지만 곧 꼬리를 흔들기 시작했다.

"어쨌든 허버트가 젖을 먹게 내버려두고 있군요." 로브가 소리 내어 웃었다.

허버트는 누구나 관심을 갖지 않을 수 없는 녀석이었다. 암양은 몹시 아팠지만, 허버트를 보려고 고개를 돌릴 수밖에 없었다. 암양은 허버트의 몸에 묶인 가죽에 코를 대고 어정쩡한 태도로 냄새를 맡았다. 하지만 몇 초 뒤에는 가죽을 재빨리 핥기 시작했고, 목구멍 속에서 귀에 익은 낄낄대는 소리를 내기 시작했다.

나는 장비를 챙겼다.

"허버트가 성공했으면 좋겠군요. 암양도 허버트도 서로를 필요로 하니까요."

내가 우리를 나올 때, 새 재킷을 입은 허버트는 아직도 열심히 젖을 빨고 있었다.


그 후 일주일 동안 나는 코트를 입고 있을 때가 거의 없었다. 돌봐야 할 양이 쇄도해서, 날마다 이곳저곳 돌아다니며 뜨거운 물이 담긴 양동이 속에 팔을 넣었다 뺐다 하면서 시간을 보냈다. 우리나 컴컴한 헛간 구석에서 일할 때도 있었지만, 대개는 탁 트인 들판이 내 일터였다. 당시 농부들은 수의사가 셔츠 바람으로 비를 맞으며 한 시간 동안 무릎을 꿇고 있는 것을 보고도 태연했기 때문이다.

나는 로브 벤슨의 농장을 한 번 더 방문했다. 새끼를 낳은 뒤 자궁이 밖으로 빠져나온 암양을 치료하기 위해서였다. 암소의 자궁을 제자리에 돌려놓으려면 한바탕 진땀을 빼야 하지만, 암양의 자궁탈은 거기에 비하면 그야말로 식은 죽 먹기였다. 이 일을 할 때 가장 큰 즐거움은 바로 그것이었다.

치료는 어이없을 만큼 쉬웠다. 로브가 암양을 옆으로 눕히고 뒷다리에 밧줄을 묶은 다음, 밧줄 끝을 제 목에 감고 양을 거꾸로 들어올렸다. 이 자세에서는 암양이 몸에 힘을 줄 수가 없다. 나는 자궁을 소독하여 암양의 몸속에 쑥 밀어 넣고, 팔을 살며시 집어넣어 자궁을 제자리에 돌려놓는 마무리 작업을 했다.

치료가 끝나자 암양은 급속히 불어나고 있는 무리와 합류하기 위해 새끼들을 데리고 언제 아팠더냐 싶게 종종걸음으로 달려갔다. 사방에서 울어대는 양들 때문에 귀가 먹먹했다.

"보세요!" 로브가 외쳤다. "저기 그 암놈이 허버트와 함께 있군요. 저기 오른쪽, 저 무리 한복판에."

내 눈에는 양들이 모두 똑같아 보였지만, 양치기들이 모두 그렇듯이 로브도 자기가 치는 양들을 일일이 구별할 수 있었다. 그들의 눈에는 양들도 사람과 마찬가지로 저마다 달랐다. 그래서 로브는 허버트와 암양을 쉽게 알아보았다.

허버트와 암양은 목초지 꼭대기 근처에 있었다. 나는 자세히 보고 싶어서, 로브와 함께 두 녀석을 구석으로 몰아넣었다. 소유욕이 유난히 강한 암양은 우리가 다가가자 위협하듯 발을 굴렀다. 털 재킷을 벗어버린 허버트는 새엄마 옆구리에 찰싹 달라붙었다. 허버트는 포동포동 살이 올라 있었다.

"이제는 허버트를 꼬맹이라고 부를 수 없겠는데요."

내가 말하자 농부는 껄껄 웃었다.

"저 암놈은 젖통이 암소만 해요. 허버트는 젖을 실컷 먹고 있지요. 이만저만 호강하는 게 아니랍니다. 허버트가 저 암놈의 목숨을 살렸어요. 살아날 가망이 전혀 없었는데, 허버트가 오자 순식간에 건강해졌으니까요."

나는 시끄러운 우리를 둘러보고, 목초지를 떼 지어 돌아다니는 수백 마리의 양들을 둘러보았다. 그러고는 다시 농부를 돌아보며 말했다.

"요즘 우리가 너무 자주 만난 것 같은데, 이번이 마지막 왕진이 되었으면 좋겠군요."

"아마 그럴 수 있을 겁니다. 이제 거의 다 끝났어요. 하지만 양이 새끼를 낳는 철은 정말 굉장하지 않습니까?"

"그래요. 나는 이만 가봐야겠습니다."

나는 돌아서서 언덕 비탈을 내려왔다. 소매에 닿은 팔이 쓰리고 따끔거렸다. 풀밭 위로 휙 불어온 바람이 채찍처럼 얼굴을 후려쳤다. 나는 문간에 멈춰 서서 잔설이 밭이랑처럼 줄무늬를 그리고 있는 넓은 목초지를 돌아보았다. 바람에 날아가는 회색 구름과 그 뒤를 따라가는 짙푸른 하늘이 마치 제방과 호수처럼 보였다. 구름이 흩어지자 순식간에 들판과 돌담과 숲은 생기를 띠었다. 햇빛이 너무 눈부셔서 눈을 감아야 했다. 멀리서 양들의 울음소리가 희미하게 들려왔다. 가장 낮은 소리에서부터 가장 높은 소리까지 온갖 소리가 조화를 이루고 있었다. 젖 달라고 우는 소리, 걱정스러운 소리, 성난 소리, 사랑에 넘치는 소리.

양들의 소리, 봄의 소리.

## 4

그래서는 안 되는 줄 알면서도, 나를 손짓해 부르는 '몰이꾼 길'의 유혹에는 저항할 수 없었다. 이 길은 옛날 목동들이 소나 양을 몰고 가던 길이었다. 오전 왕진을 마치면 서둘러 병원으로 돌아가야 했지만, 무너져가는 돌담 사이로 황무지 언덕을 넘어 구불구불 뻗어 있는 초록빛 오솔길에 매혹되어 나도 모르는 사이에 그만 차에서 내리고 말았다.

돌담은 언덕 언저리를 따라 뻗어 있고, 저 아래 초록빛 산들 사이로 집들이 옹기종기 모여 있는 대러비 시내가 한눈에 바라다보였다. 바람이 귓전에서 우레 같은 소리를 냈지만, 회색 돌담 뒤에 쪼그리고 앉자 바람은 낮은 소리로 속삭이고 봄의 햇살이 얼굴에 따사롭게 느껴졌다. 요크셔의 돌담 뒤에서 받는 햇빛은 최고였다. 돌담 위를 스치고 지나가는 바람은 즐겁게 노래를 부르고, 햇빛은 넌더리가 날 만큼 강렬하지 않고 청명했다.

나는 풀밭에 드러누워 몸을 쭉 뻗고 반쯤 감은 눈으로 맑은 하늘을 쳐다보면서, 세상과 그곳의 온갖 문제에서 동떨어져 있는 기분을 즐겼다.

이런 해방감은 내 생활의 일부가 되었고, 지금도 마찬가지다. 이렇게 전망이 탁 트인 높은 곳에 올라오면 아래 세상으로 내려갈 마음이 없어지고, 번잡한 삶의 흐름에서 벗어나 단순한 구경꾼으로 세상 주변을 잠시 어슬렁거리고 싶어진다.

바람 소리와 새 소리 말고는 아무 소리도 들리지 않는 이곳에 혼자 누워 있으면 세상에서 벗어나기는 아주 쉬웠다. 바람은 살랑거리다가 갑자기 휙 소리를 내며 지나가고, 가없이 푸른 하늘에서는 종달새들이 끊임없이 지저귄다.

언덕 아래 대러비로 돌아가는 것이 달갑지 않았다는 뜻은 아니다. 결혼하기 전에도 그랬다. 나는 헬렌을 만나기 2년 전부터 대러비에서 일했다. 스켈데일 하우스는 내 집이 되었고, 그 집에 사는 유쾌한 두 형제는 내 친구가 되었다. 형제가 둘 다 나보다 똑똑한 것은 나에게 아무 문제도 되지 않았다. 형 시그프리드는 예측할 수 없고 격정적이면서도 너그러웠다. 그와 함께 일한 것은 행운이었다. 도시에서 자란 풋내기 수의사인 내가 가축을 전문적으로 키우는 농부들에게 가축 다루는 법을 이야기하려면 시그프리드의 기술과 가르침이 꼭 필요했다. 동생 트리스탄은 별난 젊은이라는 평판을 들었지만, 사실은 아주 건실한 청년이었다. 그의 유머와 삶에 대한 열정은 내 일상에 활기를 불어넣어 주었다.

나는 학교에서 배운 이론을 바탕으로 실제 경험을 쌓고 있었다. 대학에서 배운 수많은 사실들이 모두 생생하게 되살아났고, 수의사야말로 내 천직이라는 깨달음은 날이 갈수록 더욱 절실해졌다. 내가 하고 싶은 일은 오직 수의사뿐이었다.

15분 뒤에야 나는 풀밭에서 일어나 기분 좋게 기지개를 켜고, 맑은 공기를 다시 한 번 깊이 들이마신 뒤, 대러비까지 10킬로미터의 언덕길을 내려가기 위해 자동차를 세워둔 곳으로 천천히 돌아갔다.

스켈데일 하우스의 난간 옆에 차를 세우자 조지 양식(영국 왕 조지 1, 2, 3,

4세의 치세[1714~1830년]에 이루어진 미술 건축 공예 양식)의 현관에 내 명판이 걸려 있고, 그 위에 시그프리드의 놋쇠 명판이 비스듬히 걸려 있는 것이 보였다. 나는 담쟁이덩굴이 풍화된 벽돌벽을 어지럽게 뒤덮고 있는 낡은 건물을 쳐다보았다. 창틀과 문의 하얀 페인트는 벗겨졌고 담쟁이는 손질할 필요가 있었지만, 건물은 영원히 변치 않는 차분한 우아함과 멋을 풍기고 있었다.

하지만 그 순간 내 마음은 다른 생각으로 가득 차 있었다. 나는 안으로 들어가 긴 복도 바닥에 깔린 채색 타일을 조용히 밟으면서 건물 뒤쪽에 곁가지처럼 붙어 있는 길쭉한 방으로 갔다. 그곳에 늘 감돌고 있는 약 냄새를 맡자 여느 때처럼 가슴이 설렜다. 에테르 냄새, 석탄산 냄새, 가루약 냄새. 우리는 소들이 약을 쉽게 먹을 수 있도록 향긋한 맛이 나는 가루를 약에 섞었다. 지금도 그 독특한 향기를 맡으면 나는 당장 30년 전으로 되돌아가곤 한다.

그런데 오늘 내가 여기 온 목적은 은밀한 성격을 띠고 있었기 때문에 여느 때보다 더 가슴이 설렜다. 통로 끝이 가까워지자 나는 발끝으로 살금살금 걸어서 잽싸게 모퉁이를 돌아 조제실로 들어간 다음, 방 끝에 있는 약장 문을 살며시 열고 작은 서랍을 열었다. 나는 시그프리드가 틀림없이 거기에 여분의 발굽 칼 하나를 숨겨두었을 거라고 짐작했다. 과연 그 칼이 있는 것을 보았을 때는 낄낄거리는 웃음이 터져 나오는 것을 애써 억눌러야 했다. 멋지게 휜 칼날이 반짝반짝 빛나고 나무 손잡이도 매끄럽게 윤이 나는 거의 신품이었다.

그것을 막 집어든 순간, 내 오른쪽 귀 옆에서 분노의 외침 소리가 폭발했다.

"딱 걸렸어! 현행범이야!"

마루를 쏜살같이 달려온 시그프리드가 내 코앞에서 불을 내뿜었다.

나는 너무 놀라서 손을 부들부들 떨었다. 발굽 칼이 손에서 떨어졌다. 나는 가지런히 늘어서 있는 포르말린 병 쪽으로 뒷걸음쳤다.

"안녕하세요, 원장님." 나는 태연하게 굴려고 애썼지만, 연기가 너무 서툴렀다. "톰프슨네 말을 보러 가려던 참이에요. 발에 고름이 생긴 그 말 아시죠? 그런데 내 칼을 어디다 두고 잊어버린 것 같습니다. 그래서 이 칼을 잠깐 빌리려고……."

"빌리는 게 아니라 훔치려던 거겠지. 내가 애지중지 아끼는 발굽 칼을! 자네는 건드리면 안 되는 신성한 게 아무것도 없나?"

나는 양처럼 유순한 미소를 지어 보였다.

"그런 게 아니에요. 쓰고 나서 곧바로 돌려드릴 작정이었다고요."

"말은 그럴듯하군." 시그프리드는 씁쓸한 미소를 지으며 말했다. "나는 두 번 다시 그 칼을 보지 못했을 거야. 그건 누구보다도 자네가 잘 알고 있어. 그나저나 자네 칼은 어디 있지? 어느 농장에 두고 온 거 아냐?"

"사실은 윌리 홀름네 암소가 발굽이 너무 자라서 그걸 잘라낸 뒤에 거기다 놓고는 가져오는 걸 깜박 잊어버린 것 같습니다." 나는 쾌활하게 웃었다.

"자네는 걸핏하면 물건 가져오는 걸 잊어버리더군. 그러고는 언제나 내 기구를 훔쳐서 구멍을 메우고 있어." 시그프리드는 턱을 쑥 내밀었다. "이걸 사려면 돈이 얼마나 드는지 아나?"

"하지만 홀름 씨는 읍내에 올 일이 있으면 칼을 돌려주러 올 거예요."

시그프리드는 엄숙하게 고개를 끄덕였다.

"그럴지도 모르지. 그건 나도 인정해. 하지만 담배를 썰기에 안성맞춤인 도구라고 생각해서 슬쩍 후무릴 수도 있어. 자네가 프레드 도브슨네 농장에 작업복을 놓고 왔을 때 어땠는지 생각나나? 내가 다음번에 그걸 본 것은 반년이나 지나서였는데, 프레드가 그걸 입고 있었어. 프레드가 말하길, 비오는 날 보릿단을 쌓을 때는 그 작업복이 최고라고 하더군."

"아, 예, 생각납니다. 그건 정말 미안했어요."

나는 코를 찌르는 향긋한 약 냄새를 들이마시며 입을 다물었다. 누군가가 마룻바닥에 가루약 봉지를 떨어뜨려 봉지가 터졌기 때문에 냄새가 여느 때보다 훨씬 독했다.

시그프리드 원장은 이글거리는 눈빛으로 한동안 나를 노려보다가 어깨를 으쓱했다.

"좋아. 세상에 완벽한 사람은 없으니까. 소리를 질러서 미안하네. 하지만 내가 그 칼에 얼마나 깊은 애착을 갖고 있는지, 그건 자네도 알고 있잖나. 게다가 나는 물건을 여기저기 흘리고 다니는 게 못마땅해." 시그프리드는 2리터들이 약병 하나를 내려서 손수건으로 윤이 나게 닦은 다음, 선반에 조심스럽게 돌려놓았다. "가서 잠시 이 문제를 얘기해봄세."

우리는 복도를 지나 널찍한 거실로 들어갔다. 트리스탄이 의자에서 일어나 요란하게 하품을 했다. 그의 얼굴은 여느 때처럼 유쾌하고 천진해 보였지만, 눈과 입 주위의 주름살은 밤새 쌓인 피로를 웅변으로 말해주고 있었다. 간밤에 트리스탄은 '넬슨 경' 다트 팀과 함께 드레이턴에 가서 '사냥개' 다트 팀을 상대로 힘든 시합을 했다. 끝난 뒤에는 간단한 저녁을 먹고 맥주를 1인당 6천 시시쯤 퍼마셨다. 트리스탄은 밤 3시에 침대로 기어들어갔고, 지금은 분명 허약해진 상태였다.

"아아, 트리스탄." 시그프리드가 말했다. "마침 잘됐다. 내가 지금부터 하는 이야기는 제임스만이 아니라 너한테도 해당되니까 잘 들어. 기구를 농장에 놓고 오는 문제인데, 너도 제임스 못지않은 상습범이야."

시그프리드는 벽난로에 팔꿈치를 올려놓고 우리를 번갈아 바라보았다.

"나는 지금 아주 진지하게 말하고 있어. 값비싼 기구를 자꾸 잃어버리는 바람에 파산 직전이야. 어쩌다 되돌아오는 경우도 있지만, 대부분은 영영 사라져버리지. 동맥 겸자나 가위 따위를 농장에 두고 온다면 왕진을 보내봤자 무슨 소용이 있겠냐? 애써 번 치료비가 기구 값으로 다 날아가버리는데."

우리는 말없이 고개를 끄덕였다.

"기구를 도로 가져오는 건 결코 어려운 일이 아니잖아? 내가 어떻게 지금까지 한 번도 기구를 잃어버린 적이 없는지 이상하게 생각할지 모르지만, 문제는 집중력이야. 물건을 어딘가에 내려놓으면, 나는 항상 그것을 다시 집어 들어야 한다는 걸 마음에 깊이 새겨두지. 아주 간단해."

설교가 끝나자 시그프리드는 아주 쾌활해졌다.

"자, 그럼 일을 시작해볼까. 할 일이 별로 없으니까, 제임스 자네도 우리와 함께 브룩사이드의 켄들네 농장에 가세. 거기에 일거리가 몇 가지 있는데, 암소의 종양도 제거해야 하고, 자세한 건 모르지만 새끼를 조산시켜야 할지도 몰라. 그 일이 끝나면 자네는 곧장 톰프슨네 농장으로 가면 돼. 자네가 필요할지 어떨지는 모르지만, 한 사람 더 있으면 도움이 될 수도 있으니까."

우리가 행진하듯 농가 마당으로 줄지어 들어가자 켄들 씨가 여느 때처럼 활기차게 우리를 맞았다.

"어서들 오세요. 오늘은 인력이 충분하군요. 이 정도 병력이면 뭐든지 해낼 수 있겠는데요."

켄들 씨는 이 지역에서는 '제법 똑똑한 인물'로 평판이 나 있었다. 요크셔에서는 이 말이 다른 지방과는 다른 의미를 갖고 있다. 그것은 '아는 체하는 녀석'이라는 뜻이다. 그는 자신이 일급 익살꾼이고 짓궂은 장난꾸러기라고 생각했는데, 이것도 그가 동료 농부들에게 따돌림 당하는 이유였다.

나는 그가 착하고 다정한 사람이라고 생각했지만, 그는 자기가 뭐든지 다 알고 뭐든지 전에 본 적이 있다고 확신했기 때문에 남들에게 좋은 인상을 주지 못했다.

"우선 뭘 보고 싶으세요, 파넌 선생님?"

켄들 씨는 땅딸막한 체격에 통통한 얼굴을 갖고 있었다. 피부는 매끄럽고 눈에는 장난기가 어려 있었다.

"눈이 아픈 암소가 있다면서요? 우선 그 녀석부터 시작하는 게 좋겠습니다." 시그프리드가 말했다.

"좋습니다." 농부는 큰 소리로 말하고는 주머니에 손을 집어넣었다. "일을 시작하기 전에 드릴 게 있는데……" 농부는 주머니에서 청진기를 꺼냈다. "선생님이 지난번에 오셨을 때 놓고 가신 겁니다."

잠시 침묵이 흘렀다. 이윽고 시그프리드는 투덜거리는 어조로 고맙다고 말하고는 켄들의 손에서 얼른 청진기를 낚아챘다.

켄들 씨가 말을 이었다.

"지지난번에는 거세용 칼을 놓고 가셨지요. 그때 물물교환을 했잖습니까? 내가 선생님한테 겸자를 돌려드렸고, 선생님은 이어폰을 놓고 가셨지요."

그는 너털웃음을 터뜨렸다.

"아, 예." 시그프리드는 어색하게 우리를 힐끗 돌아보며 무뚝뚝하게 말했다. "이제 일을 시작해야겠습니다. 소는 어디……."

켄들 씨는 우리를 돌아보며 킬킬거렸다.

"파넌 선생님이 여기 왔다 갈 때는 뭔가를 남겨두지 않은 적이 한 번도 없을 겁니다."

"정말요?" 트리스탄이 흥미로운 듯이 물었다.

"그럼요. 그걸 모두 보관해두었다면 지금쯤 서랍 하나는 꽉 찼을걸요."

"그래요?" 이번에는 내가 물었다.

"이 동네 사람들도 모두 마찬가지예요. 며칠 전에 이웃 사람이 나한테 이러더군요. '파넌 선생은 정말 친절해. 왕진을 다녀갈 때마다 반드시 기념품을 남겨놓고 가니까 말이야.'"

켄들 씨는 고개를 뒤로 젖히고 다시 너털웃음을 터뜨렸다.

우리는 대화를 즐기고 있었지만 시그프리드는 성난 듯이 외양간으로 성큼성큼 걸어갔다.

"그 빌어먹을 암소는 어디 있습니까, 켄들 씨? 온종일 여기 있을 수는 없어요."

환자를 찾기는 어렵지 않았다. 연갈색의 아름다운 암소가 조심스럽게 우리를 돌아보았다. 한쪽 눈이 거의 감겼고, 속눈썹 사이에서 눈물이 흘러내려 얼굴에 짙은 얼룩이 생겼다. 떨리는 눈꺼풀을 조심스럽게 움직이는 모습은 그 암소가 얼마나 큰 고통을 겪고 있는지를 웅변으로 말해주었다.

"눈 속에 뭐가 들어갔군요." 시그프리드가 중얼거렸다.

"예, 그건 나도 압니다." 켄들 씨는 모르는 게 없었다. "눈알에 커다란 여물 덩어리가 달라붙어 있는데, 도무지 빼낼 수가 없어요. 이것 좀 보세요."

그는 암소의 턱을 한 손으로 움켜잡고 다른 손으로 눈꺼풀을 억지로 벌리려 했지만, 세 번째 눈꺼풀이 나타난 것처럼 눈알 전체가 홱 돌아가버렸다. 보이는 것은 아무것도 없는 흰자위뿐이었다.

"이것 보세요." 켄들 씨가 외쳤다. "아무것도 안 보여요. 암소가 눈알을 움직이지 못하게 할 방법이 없습니다."

"나는 할 수 있어요." 시그프리드가 말하고는 동생을 돌아보았다. "트리스탄, 차에 가서 클로로포름 재갈을 가져와. 빨리!"

트리스탄은 몇 초 만에 돌아왔다. 시그프리드는 재빨리 캔버스천으로 만든 자루를 암소 얼굴에 씌우고 귀 뒤에서 버클로 고정시켰다. 그러고는 알코올 병에서 작은 겸자를 꺼냈다. 그것은 보통 겸자와는 달리 용수철로 작동되는 작은 바이스가 달려 있었다. 시그프리드는 그것을 감긴 눈 바로 위에 대고 언제든지 여물을 집어낼 준비를 했다.

"제임스, 클로로포름을 30시시만 주게."

나는 재갈 앞쪽 스펀지에 클로로포름을 떨어뜨렸다. 한동안 아무 일도 일어나지 않았다. 암소는 몇 번 숨을 들이마셨다. 몸을 마비시키는 이상한 기체가 허파로 들어오자 암소는 놀라서 눈을 크게 떴다.

환부가 완전히 드러났다. 넓적한 황금색 여물 조각이 각막에 달라붙어 있었다. 내가 자세히 보기도 전에 시그프리드의 작은 겸자가 그것을 집어냈다.

"트리스탄, 그 연고를 조금 넣어줘. 그리고 제임스, 암소가 비틀거리기 전에 빨리 재갈을 벗기게."

캔버스천 자루를 얼굴에서 벗겨주자 암소는 눈을 아프게 하던 이물질이 사라진 데 안심한 듯 주위를 둘러보았다. 이 일에는 겨우 1, 2분밖에 걸리지 않았고 구경하고 싶을 만큼 멋진 솜씨였지만, 켄들 씨는 대수롭지 않게 생각하는 것 같았다.

"좋습니다." 켄들 씨가 툴툴거리듯이 말했다. "그럼 다음 일로 넘어갑시다."

외양간 통로를 걸어가면서 밖을 내다보니 말 한 마리가 마당을 질러가고 있었다. 시그프리드가 그 말을 가리키며 물었다.

"저 말은 내가 기갑루 수술을 해준 거세마지요?"

"맞습니다." 농부가 쾌활한 목소리로 대답했다.

우리는 밖으로 나갔다. 시그프리드는 말의 어깨를 손으로 쓸어보았다. 몇 주 전 고름이 줄줄 흘러나오고 악취를 풍기던 부스럼은 말끔히 사라지고, 견갑골 사이에는 넓은 흉터만 흔적으로 남았다. 치료는 완벽했다. 기갑루는 치료하기가 무척 어려웠다. 나는 시그프리드가 괴사한 조직을 잘라내고 건강한 살과 뼈만 남을 때까지 큐렛(환부를 긁어내는 데 쓰는 숟가락 모양의 외과용 기구)으로 긁어내던 것을 생각해냈다. 시그프리드가 그렇게 애쓴 보람이 있었다. 치료는 멋지게 성공했다.

시그프리드는 거세마의 목을 마지막으로 한 번 토닥여주었다.

"치료가 썩 잘 됐군요."

켄들 씨는 어깨를 으쓱하고 외양간 쪽으로 돌아섰다.

"예, 그리 나쁘지는 않은 것 같습니다." 이렇게 말은 했지만 사실은 대수룹지 않게 여기는 게 분명했다.

종양이 생긴 암소는 문 바로 안쪽에 서 있었다. 종양은 회음부에 생겨 있었다. 엉덩이에서 사과처럼 둥글고 매끄러운 것이 불쑥 튀어나와 있어서 꼬리 오른쪽에 또렷이 보였다.

켄들 씨가 다시 목청껏 고함을 질렀다.

"자, 선생님들 실력 좀 봅시다. 저걸 어떻게 떼어낼 작정이죠? 아주 크니까 조각칼이나 쇠톱이 필요할 겁니다. 소를 잠재우거나 묶어놓을 건가요?"

켄들 씨가 싱긋 웃었다. 반짝이는 작은 눈이 우리를 차례로 쏘아보았다.

시그프리드는 손을 뻗어 종양을 움켜잡고, 종양의 뿌리 부분을 만지작거렸다.

"흐음…… 예…… 흐음…… 물과 비누와 수건을 좀 갖다주실래요?"

"그거야 벌써 문 밖에 준비해두었지요."

농부는 마당으로 달려 나가 양동이를 들고 돌아왔다.

"고맙습니다." 시그프리드는 두 손을 씻고 천천히 수건으로 닦았다. "자 그럼, 다음 환자를 보러 갑시다. 설사를 하는 송아지가 있다고 하셨죠?"

농부가 눈을 크게 떴다.

"예. 하지만 우선 이 커다란 혹부터 떼어내는 게 어떨까요?"

시그프리드는 수건을 접어서 외양간 문에 걸쳐놓고는 조용히 말했다.

"종양은 벌써 떼어냈습니다."

"뭐라고요?" 켄들 씨는 암소 엉덩이를 뚫어지게 바라보았다. 트리스탄과 나도 바라보았다. 의심할 여지가 없었다. 종양은 사라졌다. 게다가 묘하게도 암소 엉덩이에는 흉터는커녕 아무 흔적도 남아 있지 않았다. 나는 암소 바로 옆에 서 있었기 때문에 그 크고 흉측한 혹이 어디에 달라붙어 있었는지를 정확하게 알 수 있었다. 그런데 지금 거기에는 아무것도 없었다. 피 한 방울 묻어 있지 않았다. 말짱했다.

"정말로…… 떼어냈군요. 예, 맞습니다." 켄들 씨가 머뭇거리며 말했다.

그의 얼굴에서 웃음이 사라졌다. 그의 존재 전체가 바람 빠진 풍선처럼 갑자기 오그라든 것 같았다. 그는 뭐든지 다 알고 어떤 일에도 놀라지 않는 사람이었기 때문에, "도대체 언제 떼어낸 겁니까? 어떻게요? 그리고 떼어낸 혹은 도대체 어디로 갔습니까?" 하고 물을 수는 없는 노릇이었다. 무슨 수를 써서라도 태연한 표정을 유지해야 했지만, 어리둥절하고 당황한 기색을 감추지 못했다. 켄들 씨는 외양간을 힐끔힐끔 둘러보며 길게 뻗어 있는 도랑을 살폈다. 암소는 짚이 전혀 깔리지 않은 깨끗한 우리에 서 있었고, 바닥에는 아무것도 놓여 있지 않았다. 켄들 씨는 우유통을—우연히 부딪친 것처럼—발로 슬쩍 밀어보았지만 거기에도 역시 아무것도 없었다.

"자 그럼, 이제 그 송아지를 보러 갑시다." 시그프리드가 말하고는 걸어가기 시작했다.

켄들 씨는 고개를 끄덕였다.

"아, 예…… 송아지요. 송아지는 저쪽 구석에 있습니다. 우선 양동이를 치우겠습니다."

그것은 뻔한 핑계였다. 켄들 씨는 양동이 쪽으로 걸어가다가 암소 옆을 지날 때 재빨리 안경을 꺼내 코에 걸고 암소 엉덩이를 쏘아보았다. 지나친 관심을 드러내 보이고 싶지는 않았기 때문에 오랫동안 찬찬히 살펴보지는 않았지만, 우리 쪽으로 돌아선 그의 얼굴에는 완전한 낭패감이 나타나 있었다. 그는 패배를 인정하는 몸짓으로 힘없이 안경을 벗었다.

켄들 씨가 다가오자 나는 돌아서서 시그프리드 옆을 스치듯 지나가면서 속삭였다.

"떼어낸 혹은 어디 있어요?"

"내 소매 속에." 시그프리드는 입술도 움직이지 않고 표정도 바꾸지 않은 채 중얼거렸다.

"어떻게……?" 나는 다시 물었지만, 시그프리드는 벌써 문턱을 넘어 송아지가 들어 있는 우리로 들어갔다.

어린 송아지를 진찰하고 주사를 놓을 때에도 시그프리드의 기분은 한껏 부풀어 있었다. 그는 끊임없이 대화를 계속했고, 켄들 씨는 어떻게든 미소를 되찾아 시그프리드의 말에 대꾸하면서 대단한 기개를 보여주었다. 하지만 딴 생각에 사로잡힌 듯한 그의 태도, 고통스러운 눈빛, 도저히 믿을 수 없다는 듯 암소 쪽으로 자꾸만 되돌아가는 눈길은 그가 엄청난 중압감에 짓눌려 있다는 사실을 드러냈다.

시그프리드는 송아지 치료를 서두르지 않았다. 겨우 치료가 끝나자 그는 마당을 잠시 어슬렁거리며 날씨와 파릇파릇 돋아나는 풀과 비육우 가격에 대해 잡담을 했다.

켄들 씨는 무뚝뚝한 얼굴로 시그프리드의 말에 열심히 귀를 기울였지만, 시그프리드가 마침내 작별 인사를 할 때쯤에는 눈알이 튀어나오고 고통스러운 표정을 짓고 있었다. 우리가 차에 타자마자 그는 외양간으로 다시 뛰어 들어갔다. 차를 돌리기 위해 후진할 때 나는 켄들 씨가 다시 안경을 쓰고 코가 바닥에 닿을 만큼 허리를 구부린 채 외양간을 구석구석 들여다보고 있는 모습을 볼 수 있었다.

"가엾어라. 아직도 그걸 찾고 있군요. 그런데 도대체 그건 어디 있습니까?"

"내가 말하지 않았나?"

시그프리드는 핸들에서 한 손을 떼고 팔을 흔들었다. 그러자 둥근 살덩어리가 그의 손 안으로 굴러 떨어졌다.

나는 놀라서 그것을 들여다보았다.

"하지만…… 떼어내는 걸 못 봤는데요. 어떻게 된 겁니까?"

"말해주지." 시그프리드는 생색내는 듯한 미소를 지었다. "이게 얼마나 깊이 박혀 있는지 보려고 손가락으로 만지작거리고 있는데, 이게 움직이는 게 느껴지더군. 뒤쪽은 얇은 피부에 싸여 있을 뿐이었어. 내가 다시 한 번 쥐어짰더니 이게 퐁하고 튀어나와서는 내 소매 속으로 쏙 들어갔지. 이게 빠져나온 뒤 피부는 다시 원래 상태로 돌아가서 맞물렸어. 그래서 혹이 어디 있었는지도 알 수 없게 된 거지. 이건 아주 특수한 종양이야."

트리스탄이 뒷좌석에서 손을 뻗었다.

"형, 그거 나 줘. 대학에 가져가서 해부해보게. 그러면 어떤 종류의 종양인지 알 수 있을 거야."

"그래, 대학 선생들은 여기에 기발한 이름을 붙여주겠지만, 나는 앞으로도 영원히 이것을 켄들 씨의 코를 납작하게 만든 유일한 것으로 기억할 거야."

"정말 재미있었어요. 그리고 그 암소의 눈을 치료한 솜씨도 정말 굉장했고요."

"고맙네, 제임스." 시그프리드는 중얼거렸다. "요령만 알면 간단해. 물론 겸자가 큰 도움이 되었지."

"그 겸자는 정말 좋더군요. 그런 건 난생처음 봤습니다. 어디서 구했습니까?"

"지난번 수의사 총회 때 기구 매점에서 산 거야. 비싸긴 하지만 그만한 값어치는 충분해. 자, 내가 보여주지."

시그프리드는 앞주머니에 손을 넣었다가 옆주머니로 손을 옮겼다. 그렇게 온몸을 더듬는 동안 당황한 표정이 창백해진 그의 얼굴에 서서히 퍼져가기 시작했다.

마침내 그는 탐색을 포기하고는 헛기침을 하고 앞쪽 도로에 눈을 고정시켰다.

"나중에…… 보여주지." 그가 쉰 목소리로 말했다.

나는 아무 말도 하지 않았지만, 겸자가 어디 있는지 알고 있었다. 시그프리드도 알고, 트리스탄도 알았다. 겸자는 켄들 씨네 농장에 남아 있었다.

## 5

"여보." 헬렌이 말했다. "이 약속에는 절대 늦으면 안 돼요. 호지슨 부인은 아주 특별한 분이라서, 애써 준비한 저녁 식사를 우리가 망쳐버리면 몹시 서운해할 거예요."

나는 고개를 끄덕였다.

"당신 말이 맞아. 그런 일이 일어나면 안 되지. 하지만 오늘 오후에는 왕진이 세 건밖에 없고, 저녁에는 트리스탄이 맡아줄 테니까 아무 문제도 없을 거야."

한 끼 식사를 하러 나가는 게 뭐 그리 대단한 일이라고 이렇게 걱정을 하는지 보통 사람은 이해할 수 없을지 모르지만, 수의사와 그 아내들에게는 지극히 현실적인 문제였다. 특히 병원에 수의사가 한두 명밖에 없던 시절에는 더욱 그러했다. 누군가가 나를 위해 저녁 식사를 준비해놓고 내가 나타나기만을 하염없이 기다린다는 것은 생각만 해도 끔찍했지만, 수의사라면 누구나 종종 겪는 일이었다.

헬렌과 나는 식사 초대를 받을 때마다 약속을 지키지 못하게 될까봐 조마조마했다. 호지슨 부부 같은 사람한테 초대를 받았을 때는 더욱 속을 태웠다. 호지슨 씨는 호감이 가는 늙은 농부였고, 반소경이라고 할 만큼 심한 근시였지만, 두꺼운 안경을 통해 엿보이는 눈은 항상 친절하고 다정했다. 호지슨 부인도 남편 못지않게 친절했다. 이틀 전 내가 왕진을 갔을 때 호지슨 부인이 장난스럽게 나를 바라보며 말했다.

"이걸 보면 시장하시죠, 헤리엇 선생님?"

"정말 그렇군요. 보기만 해도 군침이 도는데요."

나는 농가 부엌에서 손을 씻으면서 가까운 탁자를 힐끔힐끔 훔쳐보았다. 그 탁자에는 농가에서 돼지를 잡아 만들어놓은 온갖 음식이 장관을 이루고 있었다. 황금색 고기 파이, 갈비, 갓 만든 소시지, 삶아서 소금에 절인 베이컨, 편육. 커다란 단지들은 난롯가 오븐에서 방금 만든 라드(돼지의 지방 조직을 녹여서 정제한 기름)로 가득 차 있었다.

호지슨 부인은 생각에 잠긴 얼굴로 나를 바라보았다.

"저녁에 부인과 함께 오셔서 우리가 이걸 먹는 걸 도와주시지 않겠어요?"

"정말 고맙습니다. 저도 그러고 싶지만……."

"그럼 됐어요." 호지슨 부인은 소리 내어 웃었다. "보시다시피 음식이 너무 많아서, 남한테 많이 나누어주어야 해요."

그건 사실이었다. 당시 대러비에는 농부들만이 아니라 읍내에도 집에서 먹기 위해 돼지를 치는 사람이 많았고, 한 집에서 돼지를 잡으면 동네잔치가 벌어졌다. 다릿살과 삼겹살은 햄과 베이컨 따위로 가공하여 저장했지만, 저장 처리를 할 수 없는 나머지 부위는 상하기 전에 빨리 먹어치워야 했다. 대가족인 경우에는 집 안에서 처리할 수 있었지만, 식구가 많지 않은 집에서는 대개 맛있는 부위를 친지들에게 한 덩이씩 나누어주었다. 나중에 친지들이 돼지를 잡으면 답례가 돌아오니까 아까울 것도 없었다.

"고맙습니다, 아주머니. 그럼 화요일 밤은 어떨까요? 일곱 시에."

지금은 화요일 오후다. 시골로 차를 몰고 가는 동안 호지슨 부인이 차려놓은 푸짐한 저녁 식탁이 약속의 땅처럼 눈앞에 어른거렸다. 그 식탁에 어떤 음식이 나올지 나는 알고 있었다. 양파와 간을 곁들여 구운 돼지갈비, 농가에서 손수 만든 소시지로 장식한 부드러운 허릿살. 둘이 먹다가 하나가 죽어도 모를 만큼 맛있는 이 소시지를 오늘날에는 더 이상 볼수 없게 되었다. 그것은 생각만 해도 황홀해지는 음식이었다.

에드워드 베긴 씨네 농가 마당에 들어섰을 때에도 나는 여전히 호지슨부인의 저녁 식탁을 생각하고 있었다. 나는 지붕을 씌운 헛간으로 걸어가서 환자들을 들여다보았다. 반쯤 자란 송아지 여섯 마리가 푹신한 짚단 위에 엎드려 있었다. 이 녀석들한테 탄저병 예방주사를 놓아야 했다. 그렇지 않으면 한두 녀석은 그 농가의 방목장에 살고 있는 탄저균에 감염되어 죽을 것이다. 아니, 어쩌면 더 많이 죽을지도 모른다.

탄저병은 아주 흔한 질병이었다. 가축을 키우는 사람들은 옛날부터 그 사실을 인식하고, 탄저병을 예방하기 위해 기묘한 민간요법에 의존해왔다. 소의 턱 밑에 처진 살에 배액선(排液線: 배액 구멍을 내두기 위해 피하에 삽입된 실)을 꿰어두는 것도 그런 민간요법 가운데 하나였다. 하지만 이제는 다행히도 효과적인 백신이 개발되었다.

베긴 씨네 농장 일꾼인 윌프는 짐승을 잡는 솜씨가 워낙 노련했기 때문에, 예방주사를 놓는 일은 몇 분이면 끝날 거라고 생각했다. 하지만 베긴 씨가 마당을 가로질러 다가오는 것을 보고 나는 기분이 우울해졌다. 베긴 씨는 올가미 밧줄을 들고 있었다. 그 옆에 있던 윌프가 나를 보고는 하늘 쪽으로 잠깐 눈알을 굴렸다. 그도 최악의 사태를 걱정하고 있음이 분명했다.

헛간으로 들어간 베긴 씨는 우리가 침울하게 지켜보는 앞에서 흰색 밧줄을 가지런히 정돈하는 힘든 작업을 시작했다. 허약한 60대 노인인 그는 젊은 시절에 미국에서 몇 년을 지낸 적이 있었다. 그 시절에 대한 이야기는 별로 하지 않았지만, 누구나 그가 미국에서 일종의 카우보이 노릇을 했다는 인상을 받았다. 실제로 그의 말투에는 모음을 길게 늘이는 텍사스 사투리가 섞여 있었고, 대규모 가축 농장과 탁 트인 방목지의 신비적 분위기에 사로잡혀 있는 것 같았다. 개척 시대의 미국 서부와 조금이라도 관계가 있는 거라면 뭐든지 소중히 여겼고, 그중에서도 가장 애지중지하는 것이 바로 올가미 밧줄이었다.

베긴 씨는 어떤 모욕을 당해도 눈썹 하나 까딱하지 않고 태연하겠지만, 아무리 사나운 소도 밧줄을 빙빙 돌려 단번에 잡을 수 있는 그의 능력에 의문을 제기하면 그 온화하고 작달막한 노인은 당장 분노를 폭발시켰다. 그런데 문제는 베긴 씨의 밧줄 던지는 솜씨가 불행히도 형편없다는 점이었다.

베긴 씨는 이제 기다란 고리를 손에서 늘어뜨리고, 가장 가까이 있는 송아지에게 살금살금 다가갔다. 그리고는 밧줄을 들어 머리 주위에서 빙글빙글 돌리기 시작했다. 마침내 밧줄을 던졌지만 결과는 예상했던 대로였다. 밧줄은 송아지 등에 힘없이 떨어졌다가 짚단 위로 흘러내렸다.

"제기랄!" 베긴 씨는 처음부터 다시 시작했다. 그는 원래 동작이 유유하고 신중한 사람이었다. 밧줄을 다시 모아서 정리하는 그를 옆에서 보고 있으면 너무 답답해서 속이 부글거렸다. 그가 다시 밧줄을 머리 위에서 빙빙 돌리며 송아지에게 다가갈 때까지는 한나절이 지난 것 같았다.

"젠장맞을!" 밧줄 끝이 제 얼굴을 때리자 월프가 투덜거렸다.

그러자 베긴 씨가 그에게 고함을 질렀다.

"방해가 되니까 저만치 떨어져 있어. 제기랄, 처음부터 다시 시작해야겠군."

이번에는 밧줄이 송아지한테 닿지도 않았다. 베긴 씨가 짚단에서 밧줄을 회수하고 있는 동안 월프와 나는 헛간 벽에 기대어 지루함을 참고 있었다.

또다시 밧줄이 윙윙 소리를 냈고, 베긴 씨가 특별히 야심적으로 던진 밧줄은 높이 날아가 지붕에 열십자로 교차된 들보에 꽉 끼여버렸다. 농부는 밧줄을 여러 번 잡아당겼지만 밧줄은 꼼짝도 하지 않았다.

"빌어먹을. 못에 걸렸어. 월프, 마당 건너편에 가서 사다리를 가져오게."

나는 사다리가 오기를 기다리는 동안, 그리고 월프가 헛간의 어두운 천장으로 올라가는 것을 지켜보면서 베긴 씨에 대해 곰곰 생각해보았다. 그의 말투와 표현은 영화와 책을 통해 끊임없이 대서양을 건너왔기 때문에 대부분의 요크셔 사람들에게는 친숙한 것이었다. 실제로 베긴 씨는 영화와 책을 통해 그런 미국식 말투와 표현을 배웠을 뿐, 미국 서부의 대규모 목장에는 근처에도 가본 적이 없다고 뒤에서 쑥덕거리는 사람도 있었다. 진상을 알아낼 방법은 전혀 없었다.

마침내 밧줄이 회수되고, 사다리가 치워지고, 작달막한 노인은 다시 행동을 개시했다. 이번에도 물론 실패했지만, 송아지 한 마리가 우연히 밧줄 고리 속에 발을 집어넣었다. 송아지는 밧줄에서 벗어나려고 피스톤처럼 발버둥을 쳤지만 농부는 몇 분 동안 단호하게 밧줄을 잡고 늘어졌다. 농부의 주름진 얼굴이 굳어지고 얇은 어깨가 경련하는 것을 보면서 나는 베긴 씨가 단지 예방주사를 놓기 위해 송아지를 잡으려는 게 아니라는 사실을 깨달았다. 베긴 씨는 지금 거세한 황소를 올가미 밧줄로 잡고 있었다. 그의 콧구멍은 미국 대초원의 냄새를 맡고 있었고, 그의 귀에는 코요테의 울음소리가 들리고 있었다.

송아지가 밧줄에서 벗어나기까지는 그리 오랜 시간이 걸리지 않았다. 그러자 베긴 씨는 "고얀 녀석 같으니라구!" 하고 툴툴거리면서 다시 처음부터 시작했다. 그가 계속 헛방을 놓는 동안 나는 시간이 쏜살같이 흐르고 있다는 것, 송아지한테 예방주사를 놓게 될 가능성이 빠른 속도로 줄어들고 있다는 것을 알아차리고 마음이 초조해졌다. 송아지를 다룰 때 가장 중요한 점은 송아지를 당황하게 만들지 않는 것이다. 베긴 씨만 아니었다면 우리는 송아지들을 조용히 구석으로 몰아넣었을 테고, 윌프는 송아지들 사이를 돌아다니며 억센 손으로 송아지 코를 잡아 꼼짝 못하게 했을 것이다.

이제 송아지들은 완전히 혼란에 빠져 있었다. 평화롭게 되새김질을 하거나 건초 다락에서 풀을 먹고 있던 송아지들은 성가신 밧줄이 자꾸만 날아오자 그것을 피해 경주마처럼 우리 안을 질주했다. 베긴 씨는 겨우 한 마리한테 밧줄을 걸었지만, 밧줄 고리가 너무 넓었기 때문에 아래로 미끄러져 송아지 몸통에 감겨버렸다. 그것을 보고 윌프와 나는 점점 암담한 절망에 사로잡혔다. 송아지는 성난 울음소리를 내면서 밧줄을 털어내고는 고갯짓과 발길질을 하면서 쏜살같이 달아나버렸다. 거의 광란 상태에 빠진 송아지들이 떼를 지어 무작정 뛰어다니는 것을 나는 속수무책으로 멍하니 바라보았다. 갈수록 사태가 로데오와 비슷해졌다.

오후는 이처럼 불길하게 시작되었다. 나는 점심을 먹은 뒤 병원에서 개를 두어 마리 치료하고, 2시 반쯤에 병원을 나왔다. 지금은 4시가 되어가고 있었지만, 아직 일을 하나도 끝내지 못했다.

운명의 여신이 개입하지 않았다면 나는 영원히 일을 끝내지 못했을 것이다. 송아지가 우레 같은 소리를 내며 총알처럼 베긴 씨를 지나칠 때, 베긴 씨가 던진 밧줄이 송아지의 뿔을 지나 목에 단단히 감겼다. 정말 놀라운 요행이었다. 송아지는 목에 밧줄이 감긴 채 계속 내달렸고, 밧줄 끝을 잡은 베긴 씨는 멋지게 공중을 날아 5미터쯤 떨어진 여물통 속에 처박혔다.

우리는 급히 달려가 그를 일으켜 세웠다. 그는 심한 충격을 받았지만, 다행히 다치지는 않았다.

그가 우리를 보면서 중얼거렸다.

"빌어먹을! 밧줄을 잡고 있을 수가 없었어. 난 잠시 집 안에 들어가 있는 게 좋겠네. 저 말썽꾸러기 녀석들은 자네가 잡아야겠군."

헛간으로 돌아오자 월프가 나에게 속삭였다.

"정말 골치 아픈 양반이에요. 어쨌거나 이젠 일을 시작할 수 있겠군요. 어쩌면 이번에 혼이 나서 당분간은 주인 나리가 저 빌어먹을 올가미 밧줄을 잊어버릴지도 모르죠."

송아지들은 너무 흥분해 있어서 코를 잡을 수가 없었다. 그래서 월프는 요크셔식 밧줄 던지기 묘기를 나에게 보여주었다. 이 지방에서 가축을 키우는 사람들이 대부분 그렇듯이 월프도 소에 굴레를 씌우는 전문가였다. 움직이는 송아지의 머리에 굴레를 떨어뜨려 고리 하나는 귀 뒤에, 또 하나는 코에 거는 솜씨는 매력적이었다.

나는 안도의 한숨을 내쉬면서 주머니에서 주사기와 백신 약병을 꺼냈다. 송아지 여섯 마리의 예방접종을 끝내는 데에는 20분도 채 걸리지 않았다.

차를 몰고 나오면서 손목시계를 힐끗 보았다. 시계 바늘이 4시 45분을 가리키고 있는 것을 보고 내 맥박이 빨라졌다. 오후가 거의 다 지나가버렸는데 아직도 왕진할 곳이 두 군데나 남아 있었다. 하지만 저녁 약속은 7시였고, 이제 베긴 씨 같은 사람과는 마주치지 않을 것이다. 돌담이 차창을 휙휙 스치고 지나갔다. 나는 운전대를 잡은 채, 또다시 그 신비로운 노인을 생각하기 시작했다. 베긴 씨는 진짜 카우보이였던 적이 있을까? 아니면 그 모든 게 환상일까?

어느 목요일 저녁, 헬렌과 브로턴 극장을 나올 때의 일이 생각났다. 우리는 오후 한나절을 쉬는 날에는 대개 그 극장에 갔다. 그날 본 영화는 서부극이었는데, 컴컴한 극장에서 나오기 직전에 뒷줄 끝에 혼자 앉아 있는 베긴 씨를 보았다. 구석에 웅크리고 앉은 베긴 씨는 묘하게도 남의 이목을 꺼리는 듯이 보였다.

내가 의심을 품은 것은 사실 그때부터였다…….

5시에 나는 서던 자매의 작은 농장으로 서둘러 들어갔다. 그들의 돼지가 못에 목을 찔렸는데, 지난번 경험으로 미루어보아 이번에도 그리 심각한 상태는 아닌 듯싶었다.

두 노처녀는 돌링스퍼드 마을 교외에 있는 수천 평의 농장에서 가축을 치고 있었다. 그들은 거의 모든 일을 스스로 했고, 짐승들한테 아낌없는 애정을 쏟아 부었기 때문에 가축이 반려동물처럼 되어버렸다. 그 때문에 서던 자매는 사람들에게 흥밋거리가 되었다. 작은 외양간에는 암소 네 마리가 있었는데, 그 외양간에서 암소를 진찰할 때마다 나는 환자 옆에 있는 암소가 거친 혓바닥으로 내 등을 핥는 것을 느낄 수 있었다. 서던 자매가 키우는 양들은 목초지에서 사람을 보면 신나게 달려가서, 개들처럼 다리에 코를 대고 킁킁 냄새를 맡았다. 송아지들은 사람의 손가락을 빨고, 늙은 조랑말은 온순한 표정으로 돌아다니면서 가까이 있는 사람이면 누구한테나 코를 비벼댔다. 그렇게 붙임성 있는 가축들 가운데 유일한 예외는 프루던스였다. 이 돼지 녀석은 너무 응석받이로 자라서 버르장머리가 전혀 없었다.

나는 지금 제 우리에서 짚단을 코로 쑤셔대고 있는 프루던스를 바라보았다. 프루던스는 거대한 암퇘지여서, 목 근육이 10센티미터쯤 찢어진 정도는 녀석의 목숨을 전혀 위협하지 못할 게 분명했다. 하지만 상처가 벌어져 있어서 그대로 내버려둘 수는 없었다.

"몇 바늘 꿰매야겠군요."

내가 말하자, 서던 자매 가운데 언니가 놀란 듯 숨을 들이마시면서 한 손으로 입을 막았다.

"어머나, 저런! 많이 아플까요? 나는 차마 볼 수가 없을 것 같아요."

그녀는 키가 크고 근육이 잘 발달한 몸매에 붉은 얼굴을 가진 50대 여자였다. 그녀의 딱 바라진 어깨와 굵은 팔과 불룩한 알통을 보면, 그녀가 마음만 먹으면 나 정도는 한 방에 때려눕힐 수 있을 거라는 생각이 들었다. 하지만 묘하게도 그녀는 동물을 치료하는 장면을 보면 겁을 내고 토하기까지 했다. 그래서 양과 소의 새끼를 받을 때나 다른 치료를 할 때 나를 도와주는 것은 언제나 키가 작고 호리호리한 동생 쪽이었다.

"걱정하실 필요는 없습니다. 프루던스가 무슨 일이 일어나고 있는지 알아차리기도 전에 끝나버릴 테니까요."

나는 우리 안으로 들어가 프루던스에게 다가가서 녀석의 목을 부드럽게 만졌다.

그러자 암퇘지는 당장 뜨거운 쇠붙이에 찔리기라도 한 것처럼 비명을 질렀고, 내가 등을 다정하게 긁어주려고 하자 다시 큰 입을 딱 벌리고 귀가 먹먹해질 만큼 큰 소리를 질렀다. 게다가 이번에는 위협적으로 나에게 다가왔다. 나는 입을 딱 벌린 동굴 속의 누런 이빨이 내 다리에 거의 닿을 때까지 물러서지 않고 버티다가, 난간을 한 손으로 잡고 우리 밖으로 펄쩍 몸을 날렸다.

"좀 더 좁은 곳으로 옮겨야겠군요. 이렇게 큰 우리에서는 도저히 꿰맬 수가 없겠어요. 돼지가 돌아다닐 공간이 너무 많고, 덩치가 너무 커서 잡고 있을 수도 없으니까요."

몸집이 작은 동생이 손을 들었다.

"마침 적당한 곳이 있어요. 마당 건너편에 있는 송아지 '집'에 비좁은 우리가 있으니까, 그곳에 몰아넣으면 몸을 돌릴 수도 없을 거예요."

"좋습니다!" 나는 기뻐서 두 손을 문질렀다. "그러면 바깥 통로에 선 채 가로대 너머로 상처를 꿰맬 수 있겠군요. 거기로 데려갑시다."

내가 문을 열자 동생이 프루던스를 몇 번 쿡쿡 찌르고 엉덩이를 밀었다. 프루던스는 자갈 깔린 마당으로 당당하게 걸어 나왔다. 하지만 거기에 우뚝 멈춰 서더니, 부루퉁한 표정으로 꿀꿀거리며 더 이상 앞으로 나아가려 하지 않았다. 그 작은 눈에 고집스러운 빛이 번득였다. 나는 프루던스의 엉덩이를 온몸으로 밀었지만, 그것은 코끼리를 움직이려고 기를 쓰는 거나 마찬가지였다. 프루던스는 움직일 생각이 전혀 없었다. 그런데 송아지 집은 20미터나 떨어져 있었다.

나는 슬쩍 손목시계를 훔쳐보았다. 5시 15분이었다. 일은 조금도 진척

될 기미가 없었다.

어떻게 하면 좋을까 궁리하고 있을 때, 동생이 말했다.

"프루던스를 마당 건너편으로 데려갈 수 있는 방법이 있어요."

"그래요?"

"프루던스가 전에는 아주 고약한 말썽꾸러기였거든요. 그래서 녀석을 살살 달래서 움직이게 하는 방법을 찾아냈죠."

나는 간신히 미소를 지었다.

"아, 대단합니다! 어떻게 하면 되죠?"

서던 자매는 함께 킬킬거렸다.

"프루던스는 다이제스티브 비스킷을 무척 좋아해요."

"뭐라고요?"

"다이제스티브 비스킷을 좋아한다고요."

"그래요?"

"사족을 못 쓰죠."

"그거 참 재미있군요. 하지만 나는 잘 이해할 수가……."

언니가 소리 내어 웃었다.

"기다려보세요. 내가 보여드릴 테니까."

그녀는 집 쪽으로 어슬렁어슬렁 걸어가기 시작했다. 이 여자들이 데일스의 전형적인 농부는 결코 아니었지만, 시간을 조금도 중요하지 않게 여기는 태도는 다른 농부들과 마찬가지인 것 같았다. 그녀가 집 안으로 들어가고 문이 닫혔다. 나는 기다렸다. 몇 분이 째깍거리며 지나갔다. 나는 그녀가 차라도 한 잔 끓여서 마시고 있는 모양이라고 생각했다. 긴장이 점점 고조되었다. 나는 돌아서서 언덕 비탈의 목초지를 내려다보았다. 강가의 나무들 너머로 돌링스퍼드 마을의 회색 지붕들과 낡은 교회 종탑이 보였다. 그 조용하고 평화로운 풍경은 내 정신 상태와는 완전한 대조를 이루고 있었다.

내가 막 희망을 포기하려는 순간, 언니가 길고 둥근 종이 상자를 들고 다시 나타났다. 그녀는 그 상자를 들어 보이면서 짓궂은 미소를 지었다.

"이게 프루던스가 좋아하는 거예요. 자, 보세요."

그녀는 비스킷 하나를 꺼내 암돼지 앞에 던졌다. 프루던스는 3미터쯤 앞에 떨어진 비스킷을 한동안 시큰둥하게 바라보다가 천천히 앞으로 움직여 비스킷을 조심스럽게 조사한 다음 먹기 시작했다.

비스킷을 다 먹자 언니는 음모라도 꾸미듯 나를 힐끔 바라보고는 또 비스킷 하나를 돼지 앞에 던졌다. 돼지는 다시 천천히 움직여, 두 번째 과정을 시작했다. 그리하여 돼지는 조금씩 마당을 가로질러 송아지 집 쪽으로 다가갔다. 하지만 시간이 너무 오래 걸릴 것 같았다. 비스킷 하나가 돼지를 3미터씩 전진시키고 있는데, 송아지 집은 20미터 떨어져 있으니까, 비스킷 하나를 먹는 데 3분이 걸린다 치면 송아지 집까지는 거의 20분이 걸린다는 계산이 나온다.

이런 생각을 하자 진땀이 나기 시작했다. 아무도 서두르는 기색이 없었으니까 내가 걱정하는 것도 무리는 아니었다. 특히 프루던스는 작은 비스킷을 천천히 씹은 다음, 코를 킁킁거리며 땅바닥에 떨어진 부스러기까지도 모두 주워 먹었다. 서던 자매는 흐뭇한 미소를 지으면서 그런 암돼지를 다정한 눈길로 바라보았다.

"저기……" 나는 더듬거리며 말했다. "비스킷을 좀 더 멀리 던질 수는 없나요? 시간을 절약하기 위해서……."

동생이 깔깔 웃었다.

"그건 우리도 시도해봤어요. 하지만 프루던스는 보통 영리한 게 아니에요. 그런 식으로 하면 비스킷을 조금밖에 얻어먹지 못한다는 걸 다 알고 있다고요."

그 말을 입증하기 위해서 그녀는 다음 비스킷을 5미터쯤 떨어진 곳에 던졌다. 하지만 거대한 암돼지는 냉소적인 표정으로 그것을 바라본 채, 서던 자매가 그 비스킷을 다시 주워 자기가 원하는 지점에 놓아줄 때까지 꿈쩍도 하지 않았다. 서던 자매의 말이 옳았다. 프루던스는 바보가 아니었다.

그래서 나는 울화통이 터질 만큼 천천히 나아가는 돼지를 보고 이를 갈면서 그저 기다릴 수밖에 없었다. 막판에는 비명이 터져 나올 지경이었지만, 서던 자매와 프루던스는 그 과정을 완전히 즐기고 있었다. 드디어 마지막 비스킷이 송아지 우리 안에 던져졌고, 돼지는 여유작작하게 안으로 들어갔다. 서던 자매는 우쭐하게 킬킬거리면서 문을 닫았다.

나는 바늘과 봉합사를 들고 앞으로 달려 나갔다. 말할 나위도 없는 일이지만, 내가 몸에 손가락 하나를 대자마자 프루던스는 참을 수 없을 만큼 쉬지 않고 꽥꽥 소리를 질러댔다. 언니는 공포에 질려 두 손으로 귀를 틀어막고 달아났지만, 동생은 용감하게 내 곁에 남아서 나에게 가위와 가루약 따위를 건네주었다. 돼지의 비명 때문에 말소리가 들리지 않아서, 나는 필요한 물건이 있을 때마다 손짓으로 그녀에게 신호를 보내야 했다.

차를 몰고 그곳을 떠날 때도 머릿속에서는 여전히 돼지의 비명 소리가 울리고 있었다. 하지만 그보다는 시간이 더 걱정이었다. 벌써 6시가 다 되어 있었다.

## 6

농부들은 '월요병'이라고 말했다. 주말이 지나고 나면 줄곧 마구간에 세워둔 짐말의 뒷다리가 믿을 수 없을 만큼 굵어진다. 평소의 노동과 운동이 갑자기 중지되어 림프관에 염증이 생기고 퉁퉁 부어오르는 것 같았다. 이 때문에 월요일이면 많은 농부들이 불쾌한 충격을 받곤 했다.

하지만 지금은 수요일 저녁이었고, 크럼프 씨네 짐말도 많이 회복된 상태였다.

"다리가 반쪽으로 줄어들었군요." 나는 비절(뒷다리의 무릎 관절) 안쪽을 쓰다듬으며 말했다. 부종이 완전히 가라앉지 않아서, 손가락으로 누르면 그 자리가 우묵하게 들어갔다. "말을 돌보느라 많이 애쓰신 것 같습니다."

"그럼요. 선생님 말씀대로 했지요."

크럼프 씨의 대답은 그답게 간결했지만, 그는 내가 지난 월요일에 아레콜린 주사를 놓으면서 지시한 대로 몇 시간 동안이나 다리에 온습포를 하고 문질러주고 강제로 운동을 시킨 게 분명했다.

나는 다시 주사를 놓기 위해 주사기에 약을 채우기 시작했다.

"옥수수는 안 먹겠지요?"

"예, 밀기울만 먹이고 있습니다."

"좋습니다. 치료를 계속하면 하루나 이틀 뒤에는 정상으로 돌아올 겁니다."

농부는 입 속으로 툴툴거렸다. 항상 놀란 표정을 짓고 있는 불그레한 얼굴에는 만족한 기색이 전혀 없었다. 하지만 나는 그가 만족한 것을 알았다. 그는 말을 좋아했고, 내가 처음 왕진을 왔을 때는 괴로워하는 말에 대한 걱정을 감추지 못했다.

나는 손을 씻으러 집 안으로 들어갔다. 크럼프 씨가 나를 부엌으로 안내했다. 그 덩치 큰 몸이 내 앞에서 육중하고 어색하게 움직였다. 그는 굼뜬 동작으로 비누와 수건을 건네주고, 내가 세면대에서 손을 씻는 동안 뒤에 말없이 서 있었다.

내가 손을 닦고 있을 때 크럼프 씨가 헛기침을 하고는 머뭇거리며 말했다.

"내가 직접 담근 약주가 있는데, 한잔하실래요?"

내가 대답도 하기 전에 크럼프 부인이 안쪽 방에서 부엌으로 들어왔다. 그녀는 모자를 쓰고 있었고, 외출 준비를 한 십대의 아들과 딸이 그 뒤를 따라왔다.

"여보, 그만하세요!" 부인은 남편을 쳐다보며 소리쳤다. "헤리엇 선생님은 당신이 담근 술 따위는 마시고 싶어 하지 않아요. 제발 그걸로 사람들을 괴롭히지 말았으면 좋겠어요!"

아들이 싱긋 웃었다.

"우리 아버지는 늘 희생자를 찾고 계시지요."

딸도 깔깔 웃었다. 나는 크럼프 씨가 집 안에서 따돌림 당하는 느낌이 들어서 마음이 언짢았다.

"헤리엇 선생님, 우리는 학예회 연극 보러 마을회관에 가는 길이에요."
크럼프 부인이 쾌활하게 말했다. "시간이 늦어서 그만 우리 먼저 가볼게
요."

부인은 그녀의 뒷모습을 멋쩍게 바라보는 남편을 남겨두고 아이들과
함께 서둘러 밖으로 나갔다.

내가 손을 마저 닦는 동안 잠시 침묵이 흘렀다. 이윽고 나는 농부 쪽으
로 돌아섰다.

"그 약주 한잔 주시겠어요?"

크럼프 씨는 잠시 망설였다. 놀란 표정이 더욱 짙어졌다.

"정말로…… 정말로 마시고 싶으세요?"

"그럼요. 아직 저녁을 안 먹었거든요. 식전주로 한잔 마시고 싶네요."

"좋습니다. 잠깐만 계세요. 금방 돌아올 테니……."

크럼프 씨는 부엌 끝에 있는 식료품 저장실로 사라졌다가 호박색 액체
가 든 유리병과 술잔을 들고 돌아왔다.

"내가 장군풀로 직접 담근 약주예요."

그는 술잔 두 개에 술을 가득 따르면서 말했다. 나는 우선 한 모금을 마
신 다음 쭈욱 들이켰다. 불같이 뜨거운 액체가 목구멍에서 위까지 이어
진 식도를 화끈하게 태우면서 내려갔다. 숨이 턱 막혔다.

"독하긴 하지만 맛이 아주 좋군요. 정말 좋아요."

크럼프 씨는 내가 술을 또 한 모금 마시는 것을 만족스러운 얼굴로 지
켜보았다.

"마침 알맞게 익었답니다. 거의 2년 묵은 술이지요."

나는 술잔을 비웠다. 이번에는 술이 위까지 내려가는 동안은 별로 뜨겁

게 느껴지지 않았지만, 텅 빈 위벽을 씻어내고 온몸으로 퍼져가는 것 같았다. 불타는 듯한 덩굴손이 팔다리를 따라 스멀스멀 뻗어가는 느낌이었다.

"맛있군요. 정말 맛있어요."

농부는 눈에 띄게 기분이 밝아졌다. 그는 술잔을 다시 채우고, 내가 마시는 것을 열심히 지켜보았다. 두 잔째를 비우자 그가 벌떡 일어났다.

"기분전환으로 다른 술도 한번 마셔보세요." 그는 뛰다시피 식료품 저장실로 가서 다른 술병을 꺼내왔다. 이번에는 무색 액체가 들어 있는 술병이었다. 그가 조금 숨을 헐떡이며 말했다. "딱총나무 꽃으로 담근 술이에요."

한 모금 맛을 본 나는 그 미묘한 향기와 내 혀 위에서 춤을 추는 거품에 감탄했다.

"우와, 정말 굉장한데요! 꼭 샴페인 같습니다. 술 담그는 데 천부적인 소질을 타고나셨군요. 집에서 담근 술이 이런 맛을 낼 수 있을 줄은 몰랐습니다."

크럼프 씨는 잠시 나를 바라보다가 입술 끝을 실룩거리기 시작했다. 놀랍게도 수줍은 미소가 서서히 그의 얼굴에 퍼져갔다.

"그렇게 말해준 사람은 선생님이 처음입니다. 사람들은 내가 담근 술을 권하면 슬금슬금 꽁무니를 빼지요. 모르는 사람이 보면 내가 그들을 독살하려 했다고 생각할 겁니다. 그런 사람들도 맥주나 위스키는 얼마든지 퍼마시지요."

"이 술맛을 몰라서 그러는 거예요." 나는 농부가 내 술잔을 다시 채우는 것을 지켜보았다. "나도 맛을 보지 않았다면 아저씨가 집에서 이렇게 맛있는 술을 담글 수 있다고는 절대로 믿지 않았을 겁니다."

나는 딱총나무 술을 천천히 음미했다. 여전히 샴페인 같은 맛이 났다.

내가 술잔을 절반도 비우기 전에 크럼프 씨는 다시 식료품 저장실로 달려가 달그락거리는 소리를 냈다. 이윽고 그가 새빨간 액체가 든 술병을 들고 나타났다.

"이번엔 이걸 한번 마셔보세요." 그가 헐떡거리며 말했다.

나는 전문적인 술맛 감정인이 된 기분이 들기 시작했다. 한 모금을 입에 머금고는 눈을 지그시 감고 술을 입 안에서 굴렸다.

"으음…… 예…… 최고급 포트와인 같지만, 무언가 다른 맛이 섞여 있군요. 뒤끝에 과일 맛이 조금 나는 것 같고, 익숙한 맛인데…… 그건……."

"복분자!" 크럼프 씨가 의기양양하게 소리쳤다. "내가 담근 최고의 술 가운데 하나지요. 재작년 가을에 담근 술인데, 그해의 복분자가 술 담그기에는 딱 좋았어요."

나는 의자에 몸을 기대고 감칠맛 나는 진한 술을 또 한 모금 마셨다. 향기롭고 몸이 훈훈해지고, 그 이면에는 복분자 맛이 은은하게 감돌았다. 나는 즙이 많은 까만 열매가 가지에 주렁주렁 매달려 가을 햇살에 반짝반짝 빛나는 광경을 눈앞에 떠올릴 수 있을 정도였다. 그 부드럽고 풍부한 이미지는 시시각각 대범해지는 내 기분과 잘 어울렸다. 나는 어수선하지만 안락한 농가 부엌을 느긋하게 둘러보며 그 편안함을 음미했다. 천장 갈고리에 걸려 있는 햄과 베이컨, 식탁 건너편에 앉아서 나를 열심히 지켜보고 있는 주인. 그가 아직도 모자를 쓰고 있는 것을 나는 그제야 알아차렸다.

나는 술잔을 높이 들어 올려 그 짙은 루비색 술을 불빛에 비추어보면서 말했다.

"어떤 술이 제일 마음에 드는지 결정을 내릴 수가 없군요. 모두 훌륭하지만, 맛이 저마다 달라서 말입니다."

크럼프 씨도 느긋해졌다. 그는 고개를 뒤로 젖히고 소리 내어 웃은 다음, 서둘러 술잔 두 개를 가득 채웠다.

"하지만 아직 시작도 안 한 겁니다. 저곳에는 술병이 수십 개나 있어요. 모두 다른 술이지요. 몇 가지는 더 맛보셔야 합니다."

그는 휘청거리며 다시 식료품 저장실로 들어갔다가 이번에는 모양과 색깔이 가지각색인 술병을 한 아름 안고 낑낑거리며 돌아왔다.

크럼프 씨는 정말 매력적인 사람이었다. 나는 지금까지 그를 완전히 잘못 평가했다. 그를 감정도 없는 얼간이로 생각하기 쉽지만, 이제 보니 그의 얼굴은 손님을 따뜻하게 대접하고 싶어 하는 인정과 우정과 이해심으로 빛나고 있었다. 심리적 억제를 벗어던진 그는 술병을 주위에 늘어놓고 앉아서, 술과 술 담그는 법을 빠른 말씨로 유창하게 이야기하기 시작했다.

그는 천진난만하고 열정적인 태도로 발효와 침전, 풍미와 향기에 대해 자세히 이야기했다. 샹베르탱과 뉘생조르주, 몽트라셰와 샤블리(모두 프랑스 부르고뉴 지방에서 나는 포도주 이름)의 상대적 장점을 학술적으로 다루었다. 무언가에 열중하는 사람도 매력적이지만, 미친 사람한테는 도저히 저항할 수 없다. 크럼프 씨가 능숙하게 조합한 술을 끊임없이 내 앞에 내놓는 동안 나는 마법에라도 걸린 것처럼 넋을 잃고 앉아 있었다.

"그건 어떻습니까?"

"아주 좋군요."

"조금 달지요?"

"예, 그런 것 같기도……."

"그럼 이걸 조금 섞어서 마셔보세요." 그러면서 그는 즐비하게 늘어선 술병 중에서 이름 모를 술을 골라 조심스럽게 몇 방울 떨어뜨렸다. "자, 어떻습니까?"

"훌륭합니다!"

"이번에는 이걸 마셔보세요. 톡 쏘는 맛이 나지요?"

"예, 조금."

또다시 신비로운 술 몇 방울이 내 술잔에 똑똑 떨어지고, 크럼프 씨가 불안하게 물었다.

"좀 나아졌나요?"

"딱 좋습니다."

덩치 큰 사내는 나와 똑같이 술을 마셨다. 우리는 파스닙술, 민들레술, 앵초술, 파슬리술, 클로버술, 구스베리술, 순무술, 능금술을 맛보았다. 믿을 수 없는 일이지만, 순무술은 맛이 기가 막혀서 나는 한 잔 더 달라고 요구할 정도였다.

우리가 앉아 있는 동안 모든 것이 점점 느려지기 시작했다. 시간도 느려져서 마지막에는 아무런 의미도 없게 되었다. 크럼프 씨와 나도 느긋해졌다. 우리의 말과 행동은 점점 유유해졌다. 식료품 저장실로 걸어가는 농부의 발걸음은 어색하고 불안정해졌다. 때로는 먼 길을 돌아서 문에 이르렀고, 한번은 식료품 저장실에서 꽈당 하는 소리가 났다. 나는 그가 술병들 사이에 넘어진 게 아닐까 걱정했다. 하지만 나도 일어나서 보러 갈 형편은 아니었다. 이윽고 다시 나타난 그는 겉보기에는 멀쩡했다.

9시쯤 되었을 때 바깥문을 조용히 두드리는 소리가 들렸다. 나는 열심히 술에 대해 설명하고 있는 크럼프 씨를 방해하고 싶지 않아서 노크 소리를 무시했다.

크럼프 씨는 내 쪽으로 몸을 기울인 채 볼록한 술병을 손가락으로 톡톡 두드리며 말했다.

"이건 고급 모젤(독일 모젤 강 연안에서 나는 백포도주)과 비슷합니다. 작년에 담갔지요. 맛을 보시고 의견을 말씀해주세요."

그는 술잔에 코가 닿을 만큼 허리를 굽히고 거슴츠레한 눈을 껌벅이며 술을 따랐다.

"자, 어떻습니까? 비슷한가요?"

나는 술을 한 모금 꿀꺽 삼키고 잠시 기다렸다. 이제는 어느 술도 맛이 모두 똑같았고, 어쨌든 나는 한 번도 모젤 와인을 마셔본 적이 없었지만, 딸꾹질을 하면서 엄숙하게 고개를 끄덕였다.

농부는 내 어깨에 손을 올려놓고 또 한바탕 연설을 하려다가 노크 소리를 들었다. 그는 힘들게 마루를 질러가서 문을 열었다. 한 젊은이가 문간에 서 있었다. 중얼거리는 소리가 몇 마디 들려왔다.

"우리 암소가 새끼를 낳고 있는데, 병원으로 전화했더니 수의사 선생님이 여기 계실지 모른다고 해서……."

크럼프 씨가 나를 돌아보았다.

"홀리부시의 뱀퍼드네 농장에서 와달라는데요. 여기서 1킬로미터밖에 안 됩니다."

"알았습니다."

나는 간신히 엉덩이를 들어 올렸지만, 부엌의 낯익은 물건들이 빙글빙글 돌기 시작했기 때문에 식탁을 단단히 움켜잡았다. 물건들이 겨우 자리를 잡자 크럼프 씨가 가파른 비탈 꼭대기에 서 있는 것처럼 보였다. 내가 부엌에 들어왔을 때는 바닥이 평평해 보였는데, 지금은 비탈을 올라가려고 애써야 했다.

마침내 문에 이르자 크럼프 씨가 올빼미처럼 어둠 속을 뚫어지게 내다보고 있었다.

"비가 오고 있어요. 억수같이 쏟아지는데요."

나는 마당에 깔린 자갈을 두드리는 검은 빗줄기를 내다보았지만, 내 차는 몇 미터 떨어진 곳에 세워져 있었다. 내가 막 나가려 할 때 농부가 내 팔을 잡았다.

"잠깐만. 그렇게 나가면 안 돼요."

그는 손가락 하나를 들어 올리고는 서랍을 뒤적거렸다. 마침내 그는 트위드천으로 만든 모자 하나를 꺼내 위엄있게 내밀었다.

나는 어떤 날씨에도 모자를 써본 적이 없었지만, 그의 마음 씀씀이에 깊이 감동하여 말없이 그의 손을 움켜잡았다. 집 안에서도 밖에서도 항상 모자를 쓰고 있는 크럼프 씨 같은 사람은 누군가가 무방비 상태로 비를 맞는다는 생각만 해도 소름이 끼칠 것이다. 그것은 충분히 이해할 수 있는 일이었다.

지금 내가 머리에 올려놓은 모자는 내가 이제껏 본 모자 가운데 가장 커서, 꼭 커다란 빈대떡 같았다. 그 순간에도 나는 이 모자를 쓰면 아무리 비가 쏟아져도 머리만이 아니라 어깨와 몸 전체를 가릴 수 있겠다고 생각했다.

나는 마지못해 크럼프 씨한테 작별 인사를 하고 차에 올라탔다. 1단 기어가 어디 있는지 기억해내려고 애쓰고 있을 때 크럼프 씨의 커다란 형체가 부엌에서 새어나오는 불빛에 검은 실루엣으로 떠올라 있는 것이 보였다. 그는 친절하게 손을 흔들고 있었다. 마침내 차를 몰고 떠나는 순간, 오늘 밤 정말 깊고 멋진 우정이 맺어졌다는 생각이 들었다.

코를 앞창에 바짝 들이댄 채 어둡고 좁은 길을 걸어가는 속도로 차를 몰면서 나는 이상한 감각을 느끼기 시작했다. 술이 아니라 아교를 마신 것처럼 입과 입술이 묘하게 끈적거리고, 숨을 들이쉬고 내쉴 때마다 코 속에서는 문틈으로 들어오는 세찬 바람처럼 휘파람 소리가 나는 것 같았다. 게다가 눈의 초점을 맞추기가 어려웠다. 다행히 마주친 차는 한 대뿐이었다. 그 차가 다가왔다가 반대 방향으로 쏜살같이 지나갈 때까지 두 쌍의 헤드라이트가 서로 겹쳐졌다가 다시 분리되곤 하는 것을 보고 나는 너무 놀라서 머리가 혼란스러워졌다.

홀리부시에 도착하자 나는 차에서 내려 마당에 그림자처럼 서 있는 사람들에게 고개를 끄덕이고는 트렁크에서 소독제와 밧줄을 꺼내 외양간으로 씩씩하게 들어갔다. 한 남자가 푹신한 짚단 위에 누워 있는 암소를 등불로 비추고 있었다. 암소의 질에서는 송아지의 발 하나가 몇 센티쯤 튀어나와 있었다. 암소가 힘을 주자 작은 주둥이가 잠깐 보였지만, 암소가 힘을 빼자 다시 사라졌다.

내 마음속 깊은 곳에서 냉철하고 분별 있는 수의사가 속삭였다. "다리는 한 짝만 뒤에 있고, 암소는 새끼를 잘 낳게 생겼어. 별 문제는 없을 거야." 나는 고개를 돌려 뱀퍼드네 가족을 바라보았다. 그들과는 처음 만난 사이였지만, 순박하고 친절하고 남을 즐겁게 해주려고 애쓰는 사람들이라는 것은 쉽게 알아볼 수 있었다. 두 중년 사내는 아마 형제일 것이다. 그리고 두 젊은이는 그들의 아들일 것이다. 그들은 모두 희미한 불빛 속에서 기대에 찬 눈으로 나를 바라보고 있었다. 입은 기회만 있으면 언제든지 웃을 준비가 되어 있는 것처럼 약간 벌어져 있었다.

나는 어깨를 펴고 숨을 한 번 깊이 들이마신 다음 큰 소리로 말했다.

"따뜻한 물과 비누와 수건을 좀 갖다 주세요."

아니, 적어도 나는 그렇게 말하려고 했지만, 실제로 내 입에서 나온 말은 스와힐리어처럼 들렸다. 언제든지 내 명령에 따를 태세를 갖추고 있던 뱀퍼드 가족은 멍하니 나를 바라보았다. 나는 헛기침을 하고 침을 꿀꺽 삼키고 잠시 쉬었다가 다시 한 번 시도했지만, 결과는 마찬가지였다. 이번에도 역시 무의미한 소리가 외양간에 헛되이 메아리칠 뿐이었다.

이건 분명 문제였다. 어떻게든 의사를 전달할 필요가 있었다. 이들은 나를 알지 못했고, 내가 어떤 조치를 취하기만 기다리고 있었기 때문이다. 커다란 모자에 짓눌린 채 꼿꼿하고 엄숙하게 서 있는 내가 그들에게는 기묘한 수수께끼 같은 인물로 보였을 게 분명하다. 하지만 뭐가 잘못되었는지를 알려주는 한 줄기 통찰의 빛이 안개 속에서 번득였다. 문제는 나의 지나친 자만심이었다. 그렇게 큰 소리로 말하려고 애써봤자 아무 소용도 없었다. 나는 속삭이는 소리로 다시 한 번 시도해보았다.

"따뜻한 물과 비누와 수건을 갖다 주시겠습니까?"

이번에는 말이 제대로 나왔지만, 가장 나이 많은 뱀퍼드 씨가 처음에는 내 말을 알아듣지 못했다. 그는 가까이 다가와 한쪽 귀에 손을 대고 내 입술을 뚫어지게 바라보았다. 그러고는 알아들었다고 열심히 고개를 끄덕이며 집게손가락을 들어 보이고는 줄타기 곡예사처럼 발끝으로 아들에게 다가가 아들의 귀에다 뭐라고 속삭였다. 젊은이는 돌아서서 소리 없이 밖으로 나가더니 조심스럽게 문을 닫았다. 그러고는 금세 무거운 장화를 신은 발로 자갈을 우아하게 밟고 돌아와서 내 앞에 양동이를 살며시 내려놓았다.

나는 효율적으로 재킷과 넥타이와 셔츠를 벗었다. 뱀퍼드 가족은 마치 교회 안에서 돌아다니는 것처럼 조용히 내 옷가지를 가져가서 못에 걸었다. 나는 만사가 잘 되어가고 있다고 생각했지만, 손을 씻기 시작할 때부터 문제가 생겼다. 비누가 계속 내 손에서 총알처럼 튀어나가 똥을 치우는 도랑 속으로 미끄러져 어두운 외양간 구석으로 사라졌고, 그때마다 뱀퍼드 가족은 비누를 쫓아 달려갔다. 팔뚝을 씻으려고 했을 때는 사태가 더욱 심각해졌다. 비누가 마치 살아 있는 생물처럼 내 어깨 너머로 날아가 대포알처럼 벽에 부딪치거나 내 등을 따라 미끄러졌다. 뱀퍼드 가족은 비누가 다음에는 어디로 날아갈지 몰라서, 수비하는 내야수들처럼 내 주위에 엉거주춤하게 앉아서 두 팔을 내밀고 비누를 잡을 태세를 갖추었다.

마침내 비누칠이 끝나고 일을 시작할 준비가 되었다. 그런데 이번에는 암소가 일어나기를 완강하게 거부했다. 그래서 나는 암소의 엉덩이 뒤로 돌아가 단단한 자갈바닥에 납작 엎드려야 했다. 거기에 엎드린 뒤에야 나는 커다란 모자가 내 귀를 덮고 있는 것을 알아차렸다. 셔츠를 벗은 뒤에 다시 모자를 쓴 게 분명한데, 실내에서 무엇 때문에 모자를 썼는지 알 수가 없었다.

나는 암소의 질 속으로 천천히 손을 집어넣으면서 송아지의 목을 밀었다. 구부러진 무릎이나 발에 손이 닿기를 기대했지만, 다리는 어깨에서 곧장 뻗어나가 송아지 옆구리에 바싹 눌려 있었다. 그래도 나는 걱정하지 않았다. 손을 조금만 더 깊이 집어넣으면 된다.

다행히 송아지는 살아 있었다. 암소 엉덩이에 얼굴을 바싹 들이대자, 몇 초마다 한 번씩 나타났다 사라지는 송아지의 코가 클로즈업으로 보였다. 작은 콧구멍이 바깥 공기를 들이마시려고 실룩거리는 모습은 보기에 좋았다. 내가 할 일은 그 다리를 돌리는 것뿐이었다.

문제는 내가 손을 밀어 넣자 암소가 계속 힘을 주어 골반뼈로 내 팔을 무자비하게 조이는 것이었다. 나는 압박이 사라질 때까지 몇 초 동안 너무 아파서 신음 소리를 내며 몸을 이리저리 뒤척였다. 이런 위기 때는 대개 모자가 바닥에 떨어졌고, 그러면 누군가의 친절한 손이 당장 모자를 집어서 내 머리 위에 도로 올려놓곤 했다.

마침내 송아지 발이 손에 잡혔다. 이번에는 밧줄도 필요 없을 것 같았다. 나는 발을 잡아당겨 돌리기 시작했다. 생각보다 시간이 오래 걸렸다. 송아지는 나한테 참을성을 잃기 시작하는 것 같았다. 암소가 힘을 주어 송아지 머리를 밀어낼 때마다 송아지와 나는 눈이 마주쳤는데, 그 작은 송아지가 진저리가 난다는 듯 '제발 빨리 좀 하라'는 눈빛으로 나를 노려보는 것 같았기 때문이다.

다리가 나오자 모든 일이 순식간에 진행되었다.

"발을 잡아요."

나는 뱀퍼드 가족에게 작은 소리로 외쳤고, 그들은 소곤소곤 의논한 뒤 각자 자리를 잡았다. 다음 순간 암송아지는 고개를 흔들고 콧구멍에서 양수를 내뿜으며 자갈 위에서 꼼지락거렸다.

내 조용한 지시에 따라 뱀퍼드 가족은 갓 태어난 송아지를 짚으로 문지르고, 어미가 핥아줄 수 있도록 어미 앞쪽으로 밀어냈다.

내 수의사 생활에서 가장 평화롭고 조용한 송아지 출산은 이렇게 해피 엔딩으로 끝났다. 아무도 목청을 높이지 않았고, 모든 사람이 발끝으로 살금살금 걸어 다녔다. 나는 성당처럼 조용한 외양간에서 옷을 입고 밖으로 나와, 마지막으로 작별 인사를 속삭이고 조용히 손을 흔드는 뱀퍼드 가족과 헤어졌다.


이튿날 아침에 숙취로 고생했다는 말은 내 몸뚱이의 유기적 질서와 인격이 완전히 붕괴된 상태를 표현하기에는 턱없이 부족하다. 집에서 담근 온갖 술을 앉은자리에서 2, 3리터쯤 마셔본 사람만이 그 끔찍한 구역질과 사납게 날뛰는 뱃속과 곤두선 신경과 암담한 절망에 빠져 자포자기한 태도를 조금이나마 짐작할 수 있을 것이다.

트리스탄은 내가 욕실에서 수도꼭지에 입을 대고 찬물을 들이켜는 것을 보고는 직관적으로 내 상태를 알아차리고, 날달걀과 아스피린과 브랜디를 먹였다. 아래층으로 내려갔을 때 그것들은 성난 내 위장 속에서 꼼짝도 하지 않는 차가운 덩어리로 뭉쳐 있었다.

"제임스, 왜 그렇게 걸어 다니나?" 내가 식당에 들어가자 아침을 먹고 있던 시그프리드가 으르렁거리는 황소 같은 소리로 물었다. "옷에 오줌이라도 싼 것 같군."

"별일 아닙니다." 발꿈치를 너무 갑자기 내려놓으면 그 충격으로 눈알이 눈구멍에서 빠질 것 같아서 조심스럽게 걷고 있다고 설명해봤자 무슨 소용이 있겠는가. "어젯밤에 크럼프 씨가 직접 담근 술을 몇 잔 마셨는데, 그것 때문에 속이 좀 불편한 것 같아요."

"몇 잔이라고? 좀 더 조심했어야지. 그건 술이 아니라 다이너마이트야. 누구라도 때려눕힐 수 있어." 시그프리드는 찻잔을 접시에 내려놓고는 앤빌 코러스의 원맨쇼를 하려는 것처럼 나이프와 포크를 달그락거리기 시작했다. "뱀퍼드 씨네 농장에 가서 상태가 더 나빠지지 않았다면 좋겠군."

"그 일은 잘 끝났지만, 사실은 좀 힘들었습니다. 부인해도 소용없지요."

시그프리드는 나를 격려해주고 싶어 하는 기분이 되어 있었다.

"뱀퍼드 씨네 가족은 아주 독실한 감리교 신자야. 좋은 사람들이지만, 술이라면 딱 질색을 하지. 자네가 술을 마시고 일한 걸 알면 다시는 자기네 농장에 발도 못 들여놓게 할걸." 그는 달걀노른자를 무자비하게 둘로 잘랐다. "그 사람들이 알아차리지 못했으면 좋겠군. 알아차린 것 같던가?"

"아마 아닐 겁니다. 아니, 전혀 눈치 채지 못했을 거예요."

시그프리드가 소시지 한 조각과 튀긴 빵을 입 속에 밀어 넣고 기운차게 씹기 시작했을 때 나는 눈을 감고 몸을 떨었다. 커다란 모자를 내 머리에 씌워준 그 친절한 손이 마음에 되살아났다. 나는 속으로 신음 소리를 냈다.

뱀퍼드 씨네 가족은 알고 있었어. 그래, 다 알고 있었어.

# 7

내가 스켈데일 하우스의 사무실 책상 앞에 앉아서 투베르쿨린 검사서를 작성하고 있는데, 한 젊은 여자가 문을 노크하고 들어왔다.

"저 임신한 것 같아요." 그녀는 수줍게 속삭였다.

나는 놀라서 그녀를 쳐다보았다. 다짜고짜 그렇게 말을 꺼내면 뭐라고 대답해야 할지 난감했다. 그녀는 내 나이 또래였고, 얌전한 태도가 매력적이었다. 게다가 옷차림도 단정해서 그렇게 대담하고 솔직한 여자로는 보이지 않았다.

그녀의 왼손을 훔쳐보았지만, 장갑을 끼고 있어서 도움이 되지 않았다. 왼손에 결혼반지가 있는지 없는지를 알면, "축하합니다" 하고 말해야 할지 "그거 안됐군요" 하고 말해야 할지를 결정할 수 있을 텐데.

"그래요?" 나는 어색하게 대답하고 어정쩡한 미소를 지어 보였다.

"예, 그런 것 같아요." 그녀는 눈을 내리깔고 핸드백 끈을 손가락으로 문질렀다. 그러다가 다시 고개를 들고, 내가 어떤 행동을 취하거나 도움이 되는 말을 해주기를 기다리는 것처럼 기대에 찬 표정으로 나를 바라보았다.

나는 필사적으로 머릿속을 뒤졌다. 어딘가에 적당한 대답이 있을 텐데, 그 순간에는 도무지 찾을 수가 없었다. 침묵이 거북해지기 시작했을 때 여자가 다시 입을 열었다.

"오늘 밤에 진찰해주실 수 있나요?" 그러나 서둘러 말을 이은 것으로 보아 내 얼굴에 극단적인 감정이 드러난 게 분명했다. "오늘 밤이 곤란하면…… 내일 밤에 다시 올 수도 있어요, 의사 선생님."

갑자기 모든 사태가 분명해졌다. 나는 긴장이 풀리기 시작했다. 우리 동물병원 옆에 종합병원이 있어서 온갖 공교로운 사건이 일어났지만, 이런 일은 또 처음이었다. 대개는 누군가가 길을 잘못 들어 우리 병원에 와서는 "의사 선생님을 찾고 있는데요" 하고 말했고, 우리의 정체를 알고 나면 황급히 나가곤 했다. "수의사도 사람 질병을 의사 못지않게 잘 알고 있을 것"이라고 말하는 사람이 많지만, 막상 결정적인 순간이 오면 결코 나에게 치료받기를 원하지 않는다.

하지만 모든 규칙에는 예외가 있고, 특히 나이든 농부들 중에 그런 예가 많았다. 평생 농사를 지으며 억척같이 살아온 노인들은 우리한테 와서 자신의 류머티즘이나 소화불량을 상담하곤 했다. "옆집 의사들은 나한테 조금이라도 도움이 된 적이 한 번도 없다"는 것이 그 이유였다.

하지만 대개는 병원을 잘못 찾아온 환자들이었고, 옆집 의사들도 이따금 털북숭이 개를 데려와서 항문관을 짜달라고 요구하는 여자 손님 덕분에 잠시나마 즐거운 시간을 보내곤 했다.

나는 일어나서 젊은 여자에게 안심시키는 미소를 던졌지만 마음은 바쁘게 움직였다. 세심한 주의가 요구되는 임산부한테 앞에 있는 남자가 수의사라는 사실을 갑자기 까발리면 중대한 결과가 초래될지도 모른다. 그래서 나는 그녀의 팔을 살짝 잡고 방에서 데리고 나가 현관으로 갔다. 나는 여전히 신중한 침묵을 지키면서 몇 미터를 걸어, 입구에 의사 동료들의 문패가 걸려 있는 건물로 여자를 데려갔다. 그러고는 문을 열고 그녀를 환자 대기실로 안내했다. 대기실에는 시골에서 온 환자들이 줄지어 앉아 있었다. 여기서 나는 그녀에게 마지막으로 미소를 지으며 고개를 끄덕이고 재빨리 도망쳤다.

어느 날 밤, 트리스탄과 내가 고양이 난소를 절제한 뒤 수술실을 정리하고 있을 때였다. 무거운 장화 소리가 타일 깔린 복도에 울려 퍼지나 했더니, 갑자기 문이 벌컥 열리고 헝겊 모자에 칼라 없는 셔츠를 입은 땅딸막한 사내가 성큼 들어왔다.

"저기서 계속 기다리진 않을 거요!" 사내는 아일랜드인 특유의 굵은 목소리로 싸울 듯이 말했다.

"그래요?" 나는 대답했다.

"예, 앉아서 기다리고 있을 시간이 없소!"

"알겠습니다. 그런데 뭘 도와드릴까요?"

사내는 의자 하나를 움켜잡고 수술대 쪽으로 끌고 와서 앉았다. 그러고는 방금 물로 씻어낸 수술대에 팔꿈치를 올려놓고 호전적인 눈으로 나를 쳐다보았다.

"내 귀요!" 사내는 아픈 귀를 내 쪽으로 돌렸다.

나는 사내가 해마다 순무밭 김매기를 도우러 이곳에 오는 수많은 아일랜드인 노동자 가운데 한 사람이라는 것을 알아차렸다. 그가 엉뚱한 문으로 들어온 것도 충분히 이해할 수 있었다. 하지만 그 공격적인 태도에는 놀라지 않을 수 없었다. 아일랜드인은 대부분 친절하고 사교적인 사람으로 알려져 있었기 때문이다.

내가 옆 건물로 가보라고 말하려 할 때, 웃을 기회가 생기면 절대 놓치고 싶어 하지 않는 트리스탄이 끼어들었다.

"귀라고요?" 트리스탄은 동정적인 표정으로 되물었다. "많이 아픈가요?"

"아파 죽겠소. 아무래도 귀에 염증이 생긴 것 같소."

"아이구 저런. 어디 좀 봅시다."

트리스탄은 쯧쯧 혀를 차더니 벽장으로 가서, 귀에 궤양이 생긴 개를 진찰할 때 사용하는 이경(耳鏡)을 꺼냈다. 그리고는 스위치를 눌러 이경에 불을 켜고 사내의 머리 쪽으로 몸을 기울였다.

"머리를 조금만 숙여보세요. 예, 좋습니다."

트리스탄의 말투는 영락없이 노련한 의사처럼 들렸다. 트리스탄은 이경을 사내의 귀에 집어넣고 귓속을 들여다보았다.

"흐음…… 예…… 좀 심하군요." 마침내 그는 점잖게 고개를 끄덕였다. "당신 말이 맞습니다. 귓속에 감염된 부위가 있어요."

"내가 그렇게 말했잖소." 사내는 툴툴거렸다. "그럼 어떻게 할 거요?"

트리스탄은 잠시 턱에 손을 대고 있었다.

"아무래도 주사를 놓아야 할 것 같습니다. 주사가 가장 빠른 해결책이지요."

트리스탄은 입꼬리에 엄숙한 미소를 머금고 심각하면서도 자신만만하게 말했다. 트리스탄도 나처럼 하얀 가운을 입고 있어서, 할리 가(런던에 있는 병원 거리)의 전문의로 행세해도 트집잡힐 여지가 없었을 것이다.

사내도 비슷한 인상을 받은 것 같았다. 사내는 어깨를 펴고 고개를 끄덕였다.

"좋습니다. 주사를 맞도록 하지요. 그런 일은 선생님이 잘 아실 테니까."

나는 트리스탄이 수술대에 하얀 에나멜 트레이(의료기구를 담아두는 쟁반)를 놓고 그 위에 솜뭉치와 요오드팅크 병과 거대한 주사바늘을 늘어놓는 것을 놀란 눈으로 지켜보았다. 그것은 암소한테 칼슘을 주사할 때 쓰는 굵고 기다란 주사바늘이었다. 트레이에 놓여 있는 주사바늘은 배관공의 연장 가방에서 꺼내온 물건처럼 보였다.

이어서 트리스탄은 벽장을 잠시 뒤적거리다가, 우리 병원에 하나밖에 없는 100시시짜리 주사기를 들고 나타났다. 이 주사기를 쓰는 일은 아주 드물었다. 이따금 송아지한테 요오드화나트륨을 주사할 때 사용할 뿐이다. 게다가 그것은 보기만 해도 무시무시한 물건이었다. 요즘 사용하는 플라스틱 주사기와는 달리 유리로 만들어졌고, 묵직한 스테인리스 받침대와 금속 피스톤이 달려 있어서 더욱 거대해 보였다.

아일랜드인은 트리스탄이 기구를 늘어놓는 동안에도 불안한 듯 몸을 꼼지락거렸지만, 그 거대한 주사기가 트레이에 놓이자 눈을 휘둥그렇게 뜨고는 두어 번 마른침을 삼켰다.

하지만 트리스탄은 놀랄 만큼 침착했다. 낮게 휘파람을 불면서 거대한 주사바늘을 주사기 방출구에 끼운 다음, 경쾌하게 콧노래를 부르면서 아크리플라빈(방부소독제) 용액이 든 커다란 병을 수술대에 올려놓았다. 그러고는 조심스럽게, 거의 애정 어린 손길로 100시시짜리 주사기에 그 용액을 가득 채우고, 거대한 주사기를 마치 어린애라도 어르듯 앞뒤로 조용히 흔들면서 햇빛 쪽으로 들어 올려 무지갯빛으로 빛나는 용액을 뿜어냈다.

사내는 좀 전의 허세를 거의 다 잃어버렸다. 사내의 입은 헤벌어져 있었다.

"잠깐만." 사내가 숨 가쁜 소리로 말했다. "댁들은 무슨 의사요?"

"뭐라고요?" 트리스탄이 여전히 무시무시한 주사기로 곡예를 부리면서 되물었다.

"이름이 뭐요? 무슨 의사냐고요?"

트리스탄은 잠깐 쾌활한 웃음소리를 냈다.

"우리는 의사가 아니라 수의삽니다."

"수의사라고?"

사내가 의자에 앉은 채 뒤로 물러나자, 의자 다리가 바닥을 긁어 귀에 거슬리는 소리를 냈다.

"예, 맞습니다." 트리스탄은 약이 든 주사기를 들고 사내에게 다가가면서 천진난만하게 말했다. "하지만 걱정할 필요는 전혀 없습니다. 안심하시고……."

그 사내만큼 재빠르게 방에서 나간 사람은 내 평생 본 적이 없는 것 같다. 의자가 쓰러지고, 돌풍이 휙 불어왔다. 부츠 밑창에 박힌 징이 타일 바닥에 긁히는 소리, 타닥타닥 달려가는 소리가 복도에서 들리더니, 이윽고 현관문이 쾅하고 닫히는 소리가 났다.

사내는 떠났고, 다시는 돌아오지 않았다.


의사 동료들이 우리한테 세속적인 매력을 느낀 것은 별로 의심할 여지가 없는 것 같다. 그들은 끊임없이 우리가 일하는 것을 구경하러 왔다. 특히 내 주치의인 해리 앨린슨은 동물을 수술하는 내 어깨 너머로 그 반짝이는 대머리를 자주 들이밀곤 했다.

"자네들 수의사한테는 졌다고 말할 수밖에 없어." 해리는 늘 말하곤 했다. "수술해야 하는 환자가 있으면 우리는 병원에 수술 의뢰서를 쓰지만, 자네들은 살균기 스위치만 넣으면 되니까 말이야."

그는 우리의 현미경 작업에도 흥미를 가졌다. 그래서 나는 그와 함께 옴에 걸린 가축의 피부에서 긁어낸 조직이나 탄저균에 오염된 우유 표면에 생긴 붉은 피막이나 결핵에 걸린 가축의 객담 표본을 현미경으로 들여다보면서 오랜 시간을 보내야 했다.

"때로는 자네가 정말로 과학적인 사람이라는 생각이 들어." 해리는 그러면서 웃곤 했다. "그러다가 기구를 들고 가는 자네를 보게 되지."

해리는 아침에 왕진용 도구를 들고 병원에서 나가는 나와 마주쳤을 때의 일을 말하고 있었다. 꼬리를 잘라내는 소름끼치는 칼, 불로 지지는 인두, 이빨 겸자, 뿔을 자르는 절단기. 다행히도 지금은 모두 박물관에나 가야 볼 수 있는 기구들이다. 왕진 가는 나와 마주치면 해리는 내 손에서 기구를 빼앗아 신기한 듯 찬찬히 살펴보곤 했다.

"여기다 말의 꼬리를 끼우나? 그리고 이런 식으로 칼날을 떨어뜨려서…… 꽝…… 맙소사, 꼭 기요틴(단두대) 같군!"

나도 그렇게 생각했다.

키가 크고 어깨가 딱 바라진 해리 앨린슨의 모습은 대러비 풍경의 일부였다. 그는 요크셔 의사들이 대부분 그렇듯이 스코틀랜드 출신이었고, 젊은 시절에는 육상선수였고, 핸디캡이 없는 골퍼였고, 늘 원기왕성했다. 가장 중요한 특징 가운데 하나는 시끄럽다는 것이었다. 환자 집에 들어갈 때는 고함을 지르고 문을 쾅쾅 여닫고 우당탕 소리를 내는 것이 그의 버릇이었다. 나중에 그는 내 아이들을 둘 다 받았고, 아이들이 아프면 그가 고함을 지르며—"아무도 없나? 거기 누구야? 이리 와. 어디 보자!"—우리 집에 들어오는 소리를 들어야 했다. 그러면 홍역에 걸린 아이가 금세 생기를 되찾아 그에게 소리를 지르는 것이 놀랍고 신기했다.

그 소란스러움 뒤에 숨어 있는 다정함과 이해심을 발견하는 것도 보람 있는 일이었다. 그는 다정함과 이해심을 필요로 하는 이들에게는 반드시 그것을 주었다.

해리는 내가 일하는 장면을 자주 보았지만, 나는 그가 우리 식구를 돌봐줄 때 말고는 그가 일하는 현장을 보지 못했다. 물론 이것은 지극히 당연한 일이었다.

나는 그 은밀한 장막 뒤를 들여다본 적이 딱 한 번 있다. 다리를 저는 말을 봐달라는 전화를 받고 농장으로 걸어가다가, 시야를 가릴 만큼 거대한 고버 뉴하우스의 모습을 보고는 깜짝 놀랐다. 그는 130킬로그램이나 나가는 체중을 삽 하나에 의지하고 있었다. 한 무리의 인부들과 함께 새 헛간을 짓고 있는 것 같았다.

"야아, 헤리엇." 그가 붙임성 있게 말을 걸었다. "그래, 오늘 아침에는 또 뭘 죽였나?" 고버는 그 특유의 익살을 부리고는 쉰 목소리로 낄낄대면서 박수를 치라는 듯 동료들을 둘러보았다.

나는 그에게 고개를 한 번 끄덕이고 지나쳤다. 다행히도 그를 자주 만나지는 않았지만, 어쩌다 만나면 그는 항상 나를 '헤리엇'이라고 부르고 반드시 빈정거리는 말을 던지곤 했다. 말이 난 김에 말이지만, 그가 일하는 모습을 본 것은 이때가 처음이었다. '직업안정국'이 그에게 상당한 압박을 가한 게 분명했다. 평소에는 술 마시고 노름하고 싸우고 가엾은 아내를 두들겨 패는 것이 그의 일상생활의 전부였기 때문이다.

나는 말의 뒷발을 내 무릎 위에 올려놓고 한참 시간을 들여 발바닥을 깎아냈다. 하지만 곪은 흔적은 전혀 없었고, 비정상적인 점이라고는 제차(蹄叉: 말굽 바닥에 있는 연골 덩어리)를 둘러싸고 있는 각질이 썩어 문드러져서 악취를 풍기고 있는 것뿐이었다.

"제차부란에 걸렸군요." 나는 농부에게 말했다. "이 병에 걸려도 다리를 저는 경우는 별로 없지만, 이 녀석은 각질이 많이 떨어져 나가서 민감한 조직이 노출됐습니다. 세정제를 드릴 테니까 계속 발라주세요."

나는 차에 있는 약을 가지러 가다가 인부들 사이에 소란이 인 것을 보았다. 인부들은 고버를 에워싼 채 무리를 지어 서 있었고, 고버는 뒤집힌 우유통 위에 걸터앉은 채 장화를 벗고 걱정스러운 얼굴로 발을 조사하고 있었다.

십장이 나를 보고 큰 소리로 불렀다.

"헤리엇 선생님, 곧장 대러비로 돌아가실 겁니까?"

"예, 그런데요."

"그럼 이 친구를 좀 태워다주실 수 없을까요? 못을 밟았는데, 못이 장화 바닥을 꿰뚫었지 뭡니까. 의사한테 데려가주시겠어요?"

"물론이죠."

나는 다가가서 덩치 큰 사내를 바라보았다. 동료들은 이 상황을 즐기고 있는 것 같았다.

"수의사 선생님이 자네를 보러 오셨네, 고버." 한 사람이 소리쳤다. "선생님이 자네를 금방 고쳐주실 거야. 말의 발을 치료하는 일이 끝났으니까 이젠 자네를 치료할 수 있어. 헤리엇 선생님, 우리가 이 친구를 꼼짝 못하게 붙잡고 있을까요?"

또 다른 인부가 못에 찔린 상처를 우울하게 들여다보면서 말했다.

"이 농장에는 파상풍균이 득실거릴 게 분명해, 고버. 자네는 끔찍하게 죽을 거야."

덩치 큰 사내는 즐거워하지 않았다. 얼굴은 비참했고, 발을 자세히 보기 위해 불룩한 배 위로 들어 올리려고 기를 쓰자 온몸이 걷잡을 수 없이 떨렸다.

나는 자동차 문을 열었다. 두 사람이 고버를 양쪽에서 부축하여 자동차로 데려왔다. 고버는 오만상을 찌푸리고 다리를 절뚝거리며 농가 마당을 가로질러왔다. 처음에는 도저히 그 작은 자동차에 그를 밀어 넣을 수 없을 것 같았다. 하지만 밀고 당기기를 되풀이한 끝에 겨우 조수석에 그를 쑤셔 넣을 수 있었다. 그는 좁은 조수석에 처박힌 채 애처롭게 신음 소리를 냈다.

대러비를 향해 출발하자 고버가 겁먹은 얼굴로 헛기침을 했다.

"헤리엇 선생님." 그가 나에게 '선생님'이라고 부른 것은 처음이었다. "말이 많이 있는 곳에는 파상풍균이 더 많다는 게 사실입니까?"

"예, 맞습니다."

고버는 침을 꿀꺽 삼켰다.

"그 농장에는 항상 말이 많았지요?"

"예, 맞습니다."

"그러면……" 고버는 한 손으로 이마를 문질렀다. "파상풍균은 어떤…… 상처에 들어갑니까?"

나는 그에게 자비롭게 굴 이유를 전혀 찾을 수 없었다.

"당신처럼 깊은 구멍이 난 상처에 잘 감염됩니다. 특히 발에 잘 걸리지요."

"빌어먹을!" 고버는 신음 소리를 냈다. 난폭한 사람들이 대개 그렇듯이, 고버도 제 몸이 위험에 빠지자 덩치 큰 어린애가 되었다.

나는 고버가 진땀을 흘리는 것을 보고 마음이 조금 누그러졌다.

"걱정 마세요. 의사한테 가서 주사 한 대만 맞으면 아무 것도 걱정할 거 없습니다."

덩치 큰 사내는 몸을 꿈틀거리면서 두 손을 쥐어짰다.

"주사라면 딱 질색인데……."

"별 거 아니에요." 나는 조금이나마 사디즘 경향이 있는 사람처럼 그를 괴롭히는 데에서 즐거움을 느꼈다. "그저 잠깐 따끔할 뿐이니까."

"빌어먹을!"

병원에 도착하자 해리 앨린슨이 비틀거리며 들어가는 우리에게 차가운 눈초리를 던졌다. 해리는 뉴하우스 부인의 멍든 눈을 여러 번 치료했기 때문에 고버를 좋게 생각지 않았다.

"됐네." 해리는 나에게 툴툴거렸다. "이 사람은 나한테 맡기고 가보게."

내가 막 나가려는데 고버가 내 소매를 움켜잡았다.

"옆에 있어 주세요, 헤리엇 선생님!" 고버가 우는소리로 애원했다. 잔뜩 겁먹은 고버가 너무 애처로워서, 나는 어떻게 할까 묻는 눈으로 의사를 바라보았다.

해리는 어깨를 으쓱했다.

"좋아. 여기 남아서 이 사람 손이라도 잡아주게. 그게 이 사람이 원하는 거라면."

해리는 파상풍균 항독제 약병과 주사기를 꺼냈다.

"바지를 내리고 허리를 구부려요." 해리가 퉁명스럽게 명령했다.

고버는 순순히 명령에 따라 축 늘어진 엉덩이를 드러냈다. 그렇게 큰 엉덩이는 난생처음 보았다. 말의 엉덩이도 그렇게 크지는 않았다.

"이봐요, 뉴하우스." 해리는 일부러 덩치 큰 사내의 겁먹은 눈앞에서 주사기에 약을 채우면서 말했다. "당신 부인이 그러는데, 당신은 감정이 전혀 없다고 하더군요." 해리는 조용히 웃었다. "남에 대한 동정심도 없고 정서도 없고, 요컨대 인간다운 감정이라고는 손톱만큼도 없다고……."

해리는 재빨리 고버의 엉덩이 쪽으로 다가가서 부들부들 떨리고 있는 살 속에 주사바늘을 푹 찔러 넣고는, 비명 소리가 진료실 유리창을 뒤흔들자 고버의 얼굴을 들여다보면서 늑대처럼 히죽 웃었다.

"그래도 주사바늘에 찔리는 감각은 아주 잘 느끼시는구먼!"

# 8

헬렌과 내가 해야 할 일 가운데 하나는 살림방 부엌에 살림살이를 갖추는 것이었다. '살림살이를 갖춘다'는 말은 살아가는 데 꼭 필요한 세간을 들여놓는다는 뜻이다. 헬렌이나 나나 사치를 부리고 싶다는 엉뚱한 야심은 전혀 품고 있지 않았다. 뭐니뭐니 해도 역시 허황한 사치는 일시적인 만족을 가져다줄 뿐이고, 어쨌든 낭비를 하려 해도 낭비할 돈이 없었다.

내가 헬렌에게 준 결혼 예물은 수수한 금시계였는데, 이것을 사느라 돈을 다 써버려서 신혼생활을 시작했을 때 내 은행 계좌는 25실링의 적자를 기록하고 있었다. 이제 나는 시그프리드의 동업자이지만, 빈손으로 출발하면 경제적 어려움에서 벗어나기까지 오랜 시간이 걸리는 법이다.

하지만 아무리 가난해도 식탁과 의자, 포크와 나이프, 스푼, 접시, 카펫 같은 필수품은 필요했고, 헬렌과 나는 중고품 경매장에서 이런 물건을 구입하는 것이 좋겠다고 판단했다. 나는 끊임없이 이 지역을 돌아다니고 있었기 때문에 경매장에 쉽게 들를 수 있었다. 그래서 필수품을 구하는 일은 나에게 맡겨졌다. 하지만 보름쯤 뒤에는 내가 이 일을 제대로 해내지 못하고 있다는 사실이 분명해졌다.

그때까지는 미처 몰랐지만 나는 이런 일에 약점을 갖고 있었다. 나는 경매장에 가면 놋쇠 촛대나 봉제인형 따위를 사오곤 했다. 한번은 강아지 모양으로 조각한 금속이 달린 장식적인 잉크병과 반들반들 윤이 나는 나무 상자를 구입했는데, 이 나무 상자에는 동종요법 처방전을 넣어두기에 적당한 칸막이와 작은 서랍들이 수없이 달려 있었다. 이렇게 구입한 물건들을 오랫동안 애지중지할 수는 있었지만, 쓸모가 거의 없었다.

반면에 헬렌은 그런 일에는 놀랄 만큼 치밀했다.

하루는 내가 유리병에 든 범선 모형을 재수 좋게 입수해서 자랑스럽게 보여주자, 헬렌은 말했다.

"정말 아름답군요. 하지만 우리한테 지금 당장 필요할 것 같지는 않은데요."

가난한 새색시는 나한테 몹시 실망했을 게 분명하다. 그리고 경매를 운영하는 중개인들도 나한테 실망했을 것이다. 그 신사들은 내가 사람들 뒤에서 어정거리는 것을 보면 눈에 띄게 쾌활해지곤 했다. 대부분의 시골 사람들과 마찬가지로 그들도 수의사는 모두 부자라고 생각했기 때문에 내가 값비싼 물건을 입찰할 거라고 기대했다. 어느 날 멋진 소형 그랜드피아노가 매물로 나오자 그들은 기대에 찬 미소를 지으며 사람들의 머리 너머로 나를 바라보았다. 내가 결국 표면에 금이 간 기압계나 장갑을 잡아 늘이는 기구만 사서 경매장을 나오면 그들은 실망을 감추지 못했다.

맡은 일을 제대로 못하고 있다는 느낌이 내 마음속에 서서히 스며들기 시작했다. 그러던 차에 리즈 연구소로 표본을 가져가야 할 일이 생겼다. 나는 그동안의 실패를 만회할 기회가 왔다고 생각했다.

"여보, 리즈 시내 한복판에 큰 경매장이 있으니까, 한 시간쯤 짬을 내서 거기에 가볼게. 우리한테 필요한 물건을 구해올 생각이야."

"잘됐네요! 정말 좋은 생각이에요! 그곳에는 물건이 많으니까 필요한 물건을 쉽게 고를 수 있을 거예요. 작은 시골 경매장에서는 적당한 물건을 만날 기회가 별로 없었어요."

헬렌은 그렇게 언제나 너그러웠다.

나는 리즈 연구소에서 일을 마치고 경매장으로 가는 길을 물었다.

"차는 여기다 두고 가세요." 현지 주민이 충고했다. "간선도로에는 절대로 차를 세울 수 없고, 전차를 타면 바로 문 앞까지 데려다주니까요."

그의 말을 들은 게 다행이었다. 내가 도착했을 때는 차들이 양쪽 방향으로 쉬지 않고 물 흐르듯 달리고 있었기 때문이다. 경매장은 건물 꼭대기에 있었다. 놀랄 만큼 길고 반들반들한 돌계단이 아래층에서 경매장까지 곧장 뻗어 있었다. 숨을 헐떡이며 경매장에 도착하자마자 제대로 찾아왔다는 생각이 들었다. 거대한 경매장에는 가구와 주방기구, 축음기, 카펫 등 집에서 필요한 물건들이 가득 널려 있었다.

나는 완전히 매혹되어 오랫동안 경매장 안을 돌아다니다가, 물건을 팔고 있는 경매인 바로 옆에 두 줄로 높이 쌓여 있는 책들에 관심이 쏠렸다. 한 권을 집어 들고 보니『세계 지리』였다. 그렇게 아름다운 책을 본 것은 난생처음이었다. 크기는 백과사전만 했고, 돋을새김으로 장식된 두꺼운 표지에는 금박 글씨가 새겨져 있었다. 책장도 가장자리가 금가루로 장식되어 있었고, 종이의 감촉도 아주 매끄러웠다. 나는 아름다운 삽화에 넋을 잃고 경탄하면서 책장을 넘겼다. 채색된 그림마다 얇고 투명한 종이가 씌워져 있었다. 확실히 좀 구식이기는 했다. 앞표지 안쪽을 보니 1858년에 인쇄된 것이었다. 하지만 그래도 역시 아름다운 책이었다.

이제 와서 돌이켜보면 운명의 여신이 개입했다는 생각이 든다. 내가 아쉬운 마음으로 돌아서려는 찰나, 경매인의 목소리가 들려왔기 때문이다.

"자, 여기 아름다운 책이 한 질 있습니다. 24권짜리 『세계 지리』. 한번 보세요. 요즘 이런 책은 어디서도 찾을 수 없습니다. 어느 분이 이 귀중한 책의 임자가 되실까요?"

나도 경매인과 같은 생각이었다. 이 책은 아주 희귀하고 다시없이 귀중한 책이었다. 하지만 책값이 몇 파운드는 나갈 게 분명했다. 나는 사람들을 둘러보았지만 아무도 입을 열지 않았다.

"자, 신사숙녀 여러분, 분명히 누군가는 이 놀라운 책을 장서에 보태고 싶으실 겁니다. 자, 값을 부르시죠."

또다시 침묵이 흘렀다. 바로 그때 후줄근한 레인코트 차림의 초라한 사내가 입을 열었다.

"반 크라운(2실링 6펜스)." 사내는 시무룩하게 말했다.

나는 이 바보를 비웃는 웃음이 터지기를 기대하며 주위를 둘러보았지만, 아무도 즐거워하지 않았다. 경매인도 놀란 것 같지 않았다.

"반 크라운 나왔습니다."

경매인이 주위를 둘러보면서 망치를 들어올렸다. 경매인이 그 책을 반 크라운에 팔려 한다는 것을 깨닫고 나는 가슴이 덜컥 내려앉았다.

다음 순간 내 목소리가 들렸다. 약간 숨찬 소리였다.

"3실링."

"24권짜리 『세계 지리』를 3실링에 입찰하셨습니다. 됐습니까?" 망치가 꽝하고 내려왔다. "저기 계신 신사분께 팔렸습니다."

내 거다! 나는 이 행운을 도저히 믿을 수가 없었다. 이것은 분명 횡재 중의 횡재였다. 내가 3실링을 지불하는 동안 한 남자가 노끈으로 책을

12권씩 묶었다. 내 기쁨에 맨 처음 제동이 걸린 것은 내가 산 물건을 들어 올리려 했을 때였다. 책은 원래 무거운 물건이지만, 내가 산 것은 크고 무거운 책의 표본이었다. 게다가 그것이 24권이나 되었다.

나는 두 손으로 끈을 하나씩 잡고 역도 선수처럼 들어올렸다. 눈알이 튀어나오고 목의 혈관이 불거졌다. 나는 책을 간신히 바닥에서 들어 올려 비틀거리며 출구로 걸어갔다.

계단 꼭대기에서 끈 하나가 끊어졌다. 책 12권이 반들반들한 돌계단을 따라 폭포처럼 아래로 쏟아졌다. 나는 공포에 사로잡혔지만, 무사히 남아 있는 12권을 일단 아래층까지 운반해놓고 나머지 책을 가지러 돌아오는 것이 상책이라고 판단했다. 긴 계단을 오르내리는 데에는 상당한 시간이 걸렸다. 다시 책을 다 묶고 길을 건널 준비가 되었을 때쯤에는 땀이 흐르기 시작했다.

차량의 흐름이 잠깐 끊겼을 때 나는 뻣뻣해진 다리로 단거리 달리기를 시도했다. 그런데 전차 궤도 한복판에서 두 번째 끈이 끊어졌다. 차들이 경적을 울려대고 전차가 딸랑딸랑 종소리를 내고 양쪽 인도에서 사람들이 흥미롭게 지켜보는 가운데, 길 한복판에서 차들 사이를 쑤석거리며 책을 찾아다녔다. 책을 다 찾을 때까지 1년은 걸린 것 같았다. 내가 달아난 책들을 한 줄로 쌓아올리고 끈을 다시 묶고 있을 때, 옆에 놓아둔 책 더미의 끈이 터지면서 책 12권이 전차 궤도를 따라 조용히 미끄러졌다. 내가 그 책들을 회수하고 있을 때, 덩치 큰 경찰관이 소음과 길게 늘어선 자동차 행렬에 이끌려 내 쪽으로 성큼성큼 다가오는 것이 보였다.

머리가 완전히 혼란 상태에 빠져 있었지만, 그래도 내가 난생처음 법의 심판을 받게 되었다는 것을 알아차렸다. 나는 여러 가지 죄―치안 방해죄와 교통 방해죄 등등—로 체포될 수 있었다. 그런데 경찰관은 현행범을 체포하러 오는 것치고는 너무나 천천히 다가왔다. 내 생각이 옳은지 그른지는 모르지만, 그렇게 어슬렁어슬렁 다가오는 경찰관은 아주 너그럽고 친절한 사람이어서 범인에게 달아날 기회를 주고 있는 것이다. 나는 그 기회를 잡았다. 내가 책덩이 두 개를 다시 그러모았을 때 경찰관은 아직 몇 미터 떨어진 곳에 있었다. 나는 두 손을 끈 밑으로 찔러 넣고 비틀거리며 건너편 인도로 달려가 군중 속에 몸을 숨겼다.

이제는 경찰관이 그 무서운 손으로 내 어깨를 움켜잡을 염려가 없다는 판단이 서자, 그제야 나는 저돌적인 도주를 멈추고 가게 문간에서 휴식을 취했다. 나는 폐기종에 걸린 말처럼 숨을 헐떡였다. 손이 지독하게 아팠다. 경매장에서 책을 묶어준 끈은 거칠고 보푸라기가 많고 마찰이 심해서, 벌써 손가락 피부가 벗겨지려 했다.

어쨌든 최악의 고비는 넘겼다고 생각했다. 전차 정류장은 바로 그 블록 끝에 있었다. 나는 전차를 기다리는 사람들 뒤에 줄을 섰다. 이윽고 전차가 왔다. 나는 다른 사람들과 함께 발을 질질 끌면서 앞으로 나갔다. 그리고 전차 디딤판에 한 발을 올려놓은 순간 커다란 손이 내 눈앞으로 불쑥 튀어나왔다.

"잠깐만요! 어디 가려는 겁니까?"

차장 모자를 눌러쓴 얼굴은 투실투실 살이 쪄서 턱밑살이 불룩했다. 눈은 나쁜 소식을 전하는 데에서 음산한 쾌감을 느끼는 것처럼 보이는 퉁방울눈이었다.

"그렇게 큰 짐은 실을 수 없습니다. 당장 내리세요!"

나는 당황하여 그를 쳐다보았다.

"하지만…… 겨우 책 몇 권인데……."

"책 몇 권? 그렇게 큰 짐을 옮기려면 배달용 트럭이 필요할 거요. 내 전차는 이용할 수 없어요. 그걸 실었다가는 승객들이 옴짝달싹도 못할 테니까!" 그의 입이 공격적으로 일그러졌다.

"하지만……" 나는 알랑거리는 미소를 지으려고 무진 애를 썼다. "조금만 가면 되는데요."

"이걸 타고는 어디에도 못 갈 거요! 어쨌든 말다툼할 시간 없어요. 발을 내려놔요, 어서. 출발할 테니까!"

종이 딸랑딸랑 울리고 전차가 움직이기 시작했다. 내가 전차에서 뛰어내린 순간 끈 하나가 또 끊어졌다.

나는 그 문제를 일단 해결한 다음, 내가 놓여 있는 상황을 검토해보았다. 내 처지는 아주 절망적으로 보였다. 내 차는 2킬로미터나 떨어져 있고, 거기까지 가는 길은 대부분 오르막이었다. 건장한 네팔인 셰르파가 옆에 있다면, 거기까지 이 책들을 한번 운반해보라고 꼬드길 수도 있으련만. 물론 책을 그냥 포기할 수도 있을 것이다. 이 건물 벽에 책을 세워놓고 재빨리 줄행랑을 치면…… 아니야. 그건 안 돼. 그건 반사회적인 짓이고, 어쨌든 이 책은 버리기에는 너무 아름다워. 집까지 가져갈 수만 있다면 만사가 잘 될 거야.

다른 전차가 정류장으로 덜컹거리며 다가왔다. 나는 또다시 짐을 들고, 아무도 알아차리지 못하기를 빌면서 줄지어 서 있는 승객들 틈에 끼어들었다.

이번에 나를 제지한 것은 여자 목소리였다.

"죄송하지만 그 짐은 실을 수 없습니다." 모성애가 풍부해 보이는 중년 여자였다. 포동포동 살이 쪄서 제복이 팽팽하게 부풀어 올라 있었다. "우리 전차에는 배달원을 태우지 않습니다. 그건 규칙에 어긋나요."

나는 터져 나오는 비명을 간신히 억눌렀다.

"하지만 나는 배달원이 아니고, 이건 내 책입니다. 방금 샀어요."

"샀다고요?" 그녀는 먼지투성이의 책을 뚫어지게 내려다보면서 눈썹을 치켜 올렸다.

"예…… 그리고 이 책을 어떻게든 집으로 가져가야 합니다."

"그럼 다른 사람한테 날라달라고 부탁하세요. 집이 먼가요?"

"대러비예요."

"맙소사. 정말 멀군요. 시골구석이죠?" 그녀는 전차 안을 돌아보았다. "하지만 이 전차에는 이걸 실을 만한 공간이 없어요."

줄을 서 있던 승객들은 모두 올라탔고, 나 혼자 쌍둥이 빌딩 같은 두 개의 책덩이 사이에 남겨졌다. 그때 여차장이 갑자기 전차에 타라는 손짓을 보냈다. 아무래도 내 눈빛 속에서 간절한 기색을 본 게 분명했다.

"어서 타세요! 안으로 들어가지 말고 나와 함께 여기 승강구에 서 있으면 돼요. 원래는 그러면 안 되지만, 댁이 거기서 꼼짝 못하고 있는 걸 차마 볼 수가 없군요."

나는 그녀에게 키스해야 할지 울음을 터뜨려야 할지 알 수가 없었다. 결국 나는 둘 다 하지 않고 책덩이를 승강구 구석에 쌓아올린 다음, 내가 차를 놓아둔 공원에 도착할 때까지 책더미 옆에 서서 전차의 흔들림에 몸을 맡겼다.

구원받은 안도감이 너무 커서, 자동차까지 가는 길에 겪은 몇 차례의 재앙은 웃어넘길 수 있었다. 사실은 자동차 뒷좌석에 책을 쑤셔 넣기 전에 책이 몇 번 더 쏟아졌지만, 마침내 차를 몰고 공원을 나왔을 때는 노래라도 부르고 싶은 심정이었다.

수많은 자동차들 사이를 누비듯 달리는 동안, 시골에 살고 있는 것이 새삼 기뻐지기 시작했다. 배기가스와 공장 매연의 복합체만이 낼 수 있는 톡 쏘는 악취가 내 차를 가득 채웠기 때문이다. 도시를 떠나 나무가 울창한 페나인 산맥으로 들어가는 완만한 비탈을 올라가고 있을 때에도 악취는 가시지 않았다.

나는 창을 내리고, 안으로 들어오는 향긋한 풀냄새를 탐욕스럽게 들이마셨다. 하지만 창을 닫으면 당장 기묘한 냄새가 되돌아왔다. 나는 차를 세우고 등받이 너머로 몸을 기울여 뒷좌석을 향해 코를 킁킁거렸다. 의심할 여지가 없었다. 냄새의 근원은 책이었다.

책은 습기 찬 곳에 보관되어 있었던 게 분명했다. 그런 냄새는 곧 사라져버릴 거라고 확신했다. 하지만 그때까지가 문제였다. 냄새는 확실히 지독했다. 눈에서 눈물이 날 지경이었다.

나는 스켈데일 하우스 꼭대기층에 있는 우리의 보금자리까지 올라가는 길이 멀다는 것을 그때까지는 한 번도 알아차린 적이 없었지만, 오늘은 사정이 달랐다. 내 팔과 어깨가 마침내 부담을 느끼기 시작했고, 뻣뻣하지만 약하기 짝이 없는 그놈의 끈이 내 손을 무자비하게 파고들었다. 계단을 하나 오를 때마다 악전고투를 벌여야 했다. 마침내 꼭대기 층계참에 도착했을 때 나는 침실 겸 거실로 들어가는 문간에서 하마터면 쓰러질 뻔했다.

땀은 줄줄 흐르고 머리는 헝클어지고 옷차림도 엉망으로 흐트러진 채 방으로 들어가 보니, 헬렌이 난로 앞에 무릎을 꿇고 재를 치우고 있다가 기대에 찬 눈으로 나를 쳐다보았다.

"운이 좋았나요?"

"그런 것 같아." 나는 약간 잘난 체하며 만족스럽게 대답했다. "횡재를 했어."

헬렌은 발딱 일어나 열심히 나를 쳐다보았다.

"정말요?"

"그래." 나는 으뜸패를 내놓기로 결정했다. "3실링밖에 안 들었어!"

"3실링! 뭔가…… 어디……?"

"잠깐만 기다려." 나는 층계참으로 나가서 그놈의 끈 밑에 손을 찔러 넣었다. 이 짓을 해야 하는 것도 이번이 마지막이다. 찌르기와 들어올리기. 나는 내 귀중한 전리품을 방으로 가져가, 아내가 자세히 조사할 수 있도록 그녀 앞에 자랑스럽게 내려놓았다.

헬렌은 두 덩이의 책을 뚫어지게 바라보았다.

"거기서 뭘 구한 거예요?"

"24권짜리 『세계 지리』." 나는 우쭐하게 대답했다.

"『세계……』 그것뿐이에요?"

"응. 다른 건 도저히 살 수가 없었어. 하지만 이것 봐. 엄청난 책이야!"

아내의 눈빛은 동요하지 않았지만, 그래도 믿을 수 없다는 기분과 약간의 놀라움이 섞여 있었다. 잠시 아내의 입꼬리가 위로 올라갔다. 이윽고 아내는 헛기침을 하고는 갑자기 쾌활해졌다.

"저 책들을 놓아둘 선반을 구해야겠군요. 어쨌거나 당분간은 거기 놔두세요."

헬렌은 다시 난롯가에 무릎을 꿇었다. 하지만 잠시 후 청소를 중단했다.

"뭔가 이상한 냄새가 나지 않아요?"

"어어…… 아무래도 책에서 나는 것 같아. 곰팡이가 조금 슬었거든. 오래가진 않을 거야."

하지만 그 독특한 냄새는 곳곳에 배어들었고, 그 책이 먹은 엄청난 나이를 생각나게 했다. 순식간에 우리 방은 오랫동안 밀폐되었다가 방금 공개된 영묘와도 같은 분위기를 띠게 되었다.

나는 헬렌이 내 기분을 해치고 싶어 하지 않는다는 것을 알 수 있었다. 하지만 내가 사온 책에 던지는 아내의 눈길에는 불안의 빛이 점점 짙어졌다. 마침내 나는 아내가 하고 싶어 하는 말을 대신 해주기로 결심했다.

"당분간은 책을 아래층에 놔두는 게 좋겠어."

아내는 반갑게 고개를 끄덕였다.

내려가는 길은 고통이었다. 그런 일은 이제 끝난 줄 알고 있었기 때문에 고통이 더욱 심했다. 마침내 사무실로 비틀거리며 들어가 책들을 책상 뒤에 임시로 내려놓고 가쁜 숨을 몰아쉬며 두 손을 문지르고 있을 때 시그프리드가 들어왔다.

"아아, 제임스, 리즈에는 잘 다녀왔나?"

"그럼요. 연구소 사람들은 조직을 배양하면 곧바로 전화하겠답니다."

"좋아!" 시그프리드는 벽장문을 열고 안에다 서류를 넣은 다음, 코를 킁킁거리며 공기 냄새를 맡기 시작했다. "제임스, 여기서 이상한 냄새가 나는 것 같은데?"

나는 헛기침을 했다.

"사실은 리즈에 갔다가 책을 몇 권 사왔는데, 그게 좀 습기가 찬 것 같습니다."

나는 책상 뒤를 가리켰다. 쌍둥이 빌딩 같은 두 개의 책더미를 보고 시그프리드의 눈이 휘둥그레졌다.

"저게 도대체 뭐지?"

나는 머뭇거리며 대답했다.

"24권짜리 『세계 지리』요."

시그프리드는 아무 말도 않고 나한테서 책으로 눈길을 돌렸다가 다시 나에게 눈을 돌렸다. 그러고는 계속 코를 쿵쿵거렸다. 저 빌어먹을 물건을 당장 밖에 내놓으라고 말하지 않는 것은 오로지 그가 좋은 예의범절을 타고났기 때문이었다.

"이 책을 놓아둘 적당한 곳을 찾아보겠습니다."

나는 진저리를 내면서 그놈의 끈 밑에 다시 두 손을 밀어 넣었다. 발을 질질 끌면서 복도를 걸어가는 동안 내 마음은 쉬지 않고 움직였다. 도대체 이 책을 어떻게 처리한다지? 하지만 오른쪽에 있는 지하실 문을 지나칠 때 나는 드디어 해결책을 찾아냈다고 생각했다.

스켈데일 하우스의 지하에는 둥근 천장이 있는 방이 여러 개 있었다. 옛날 좋았던 시절에 만들어진 포도주 저장실이었다. 가스계량기를 검침하러 지하실에 내려간 검침원은 항상 그곳을 '지하묘지'라고 불렀다. 나는 눅눅한 냄새가 나는 어두운 지하실로 내려가면서, 여기야말로 내 책에 가장 어울리는 안식처라고 서글픈 마음으로 생각했다. 이제 지하실에는 석탄과 장작밖에 보관되어 있지 않았다. 지하실에서 쿵쿵하는 소리가 들려왔다. 트리스탄이 장작을 패고 있는 모양이었다.

트리스탄은 장작 패는 솜씨가 일품이었다. 모퉁이를 돌자 트리스탄이 도끼를 머리 위로 치켜들어 능숙하게 빙빙 돌리고 있었다. 그러다가 짐을 들고 낑낑대는 나를 보고는 도끼를 내리고 필연적인 질문을 했다.

나는 마지막으로 대답했다. 아니, 마지막이 되기를 간절히 빌면서 대답했다.

"24권짜리 『세계 지리』." 그러고는 내가 오늘 겪은 일을 자세히 털어놓았다.

트리스탄은 내 이야기를 들으면서 책을 한 권씩 차례로 펼쳐 쿵쿵 냄새를 맡고는 서둘러 제자리에 돌려놓았다. 트리스탄은 나한테 아무 말도 할 필요가 없었다. 말하지 않아도 나는 이미 알고 있었기 때문이다. 내 소중한 책들은 이 어두운 지하실에 처박혀 있어야 할 운명이었다.

하지만 트리스탄의 성격이 지니고 있는 수많은 측면 가운데 예나 지금이나 가장 두드러진 것은 동정심이었다. 그 동정심이 지금 겉으로 드러났다.

"여기다 넣어두면 돼."

트리스탄은 먼지 쌓인 포도주 선반을 가리켰다. 석탄을 바깥 도로에서 지하실로 곧장 내려보낼 때 사용하는 활강로 꼭대기에서 쇠창살을 통해 들어오는 희미한 햇빛 속에 포도주 선반이 어렴풋이 떠올랐다.

"진짜 책꽂이 같잖아."

트리스탄은 책들을 들어 올려 포도주 선반에 꽂기 시작했다. 그는 책을 한 줄로 길게 배열하면서, 색바랜 화려한 표지를 손가락으로 어루만졌다.

"여기다 꽂아놓으니까 맛좋은 와인처럼 보이는군." 그는 일손을 멈추고 턱을 문질렀다. "이제 너한테 필요한 건 앉을 자리야. 어디 보자……

아, 그렇지!"

그는 어둠 속으로 사라졌다가 가장 굵은 장작을 한 아름 안고 다시 나타났다. 그렇게 몇 번 왔다갔다 하더니, 손만 뻗으면 책을 집을 수 있는 거리에 내가 앉을 자리를 순식간에 만들어주었다.

"이 정도면 될 거야." 그는 만족스럽게 말했다. "책을 보고 싶으면 언제든지 여기 내려와서 읽으면 돼."

결국 일은 그렇게 되었다. 책은 두 번 다시 그 계단을 올라오지 못했지만, 나는 잠시라도 짬이 나면, 그리고 내 정신을 향상시키고 싶으면 지하실에 내려가 트리스탄이 만들어준 의자에 앉아, 쇠창살을 통해 스며드는 희미한 햇빛 속에서 『세계 지리』와 다시 가까워지곤 했다.

# 9

유행성 독감이 대러비 일대를 휩쓸었다. 특히 심한 타격을 받은 것은 농촌 사람들이었다. 읍내 사람들은 독감이 지나갈 때까지 며칠 동안 일을 쉴 수도 있었지만, 하루에 두 번씩 소젖을 짜야 하는 농부들은 그럴 수도 없다. 나는 왕진을 나갈 때마다 당연히 침대에 누워 있어야 할 농부들이 고열로 얼굴이 벌게진 채 눈물을 질금거리며 소들 사이를 비틀비틀 돌아다니는 것을 보았다.

헬렌의 아버지와 고모도 독감에 걸려 도움이 필요했다. 나는 헬렌이 말을 꺼내기 전에 며칠 동안 친정에 가서 살림을 도우라고 권했다. 아내가 없는 살림방에 혼자 있으려니까 기분이 너무 이상했다. 그래서 나는 총각 시절에 쓰던 아래층 트리스탄의 옆방으로 돌아가 잠을 잤고, 큰 식당에서 파년 형제와 함께 식사를 했다.

어느 날 아침, 나는 시계가 거꾸로 돌아간 듯한 기분을 느끼면서 아침을 먹고 있었다. 시그프리드 원장이 내 잔에 커피를 따라주고 있을 때 트리스탄이 헛기침을 하고 말했다.

"이 레인스의 유령 사건에는 역시 무언가가 있을지 몰라." 트리스탄은 의자를 뒤로 빼고 두 다리를 좀 더 편안히 뻗은 다음, 다시《대러비 타임스》지를 열심히 들여다보기 시작했다. "여기 이런 기사가 나와 있어.

그 사건을 연구하고 있는 사학자가 흥미로운 사실을 몇 가지 밝혀냈다고……."

시그프리드는 아무 말도 하지 않았지만, 동생이 담배를 한 개비 꺼내 물고 불을 붙이자 눈을 가늘게 떴다. 시그프리드는 일주일 전에 담배를 끊었기 때문에 다른 사람이 담뱃불을 붙이는 것을 보고 싶어 하지 않았다. 특히 담배에 불을 붙이는 따위의 사소한 동작에도 조용한 기쁨과 뿌듯한 성취감을 부여하는 트리스탄 같은 사람이 눈앞에서 담뱃불을 붙이는 꼴은 도저히 참고 볼 수가 없는 것 같았다. 트리스탄이 천천히 담배 한 개비를 고르고, 찰칵 라이터를 켜고, 무아지경에 빠진 것처럼 숨을 헐떡이며 연기를 들이마시자, 시그프리드는 입을 꽉 다물고 험상궂은 표정을 지었다.

"그래." 트리스탄은 말과 함께 담배연기를 토해내면서 말을 이었다. "이 사람은 14세기에 레인스 수도원에서 수도사가 여러 명 살해됐다고 지적했어."

"그래서 어쨌다는 거냐?" 시그프리드가 꽥 소리를 질렀다.

트리스탄은 눈썹을 치켜 올렸다.

"최근에 그 수도원 근처에서 자주 목격된 두건 쓴 형상 말이야. 그게 14세기에 살해된 수도사의 유령일 수도 있잖아?"

"뭐라고? 지금 그 얘기를 하고 있는 거야?"

"역시 그건 생각해볼 문제야. 어떤 잔인무도한 짓이 저질러졌을지 누가 알아?"

"도대체 무슨 말 같잖은 소리를 지껄이고 있는 거냐?" 시그프리드가 또 소리를 질렀다.

트리스탄은 기분이 상한 것 같았다.

"물론 형은 웃을지도 모르지만, 셰익스피어가 한 말을 생각해봐." 그는 엄숙하게 손가락 하나를 들어올렸다. "'호레이쇼, 하늘과 땅에는 자네가 상상하는 것보다 훨씬 많은 것이 있다네……'"

"시끄러!" 이 한마디로 시그프리드는 논쟁을 효과적으로 끝내버렸다.

나는 마지막 커피 한 모금을 마시고 잔을 내려놓았다. 시그프리드가 신경이 곤두선 상태였기 때문에 논쟁이 그런 대로 평화롭게 끝난 것이 기뻤다. 지난주까지만 해도 시그프리드는 파이프와 궐련을 애호하는 골초였지만, 정통파 흡연자의 특징인 기침이 점점 심해졌고 위염으로 심한 통증에 시달리게 되었다. 이따금 그의 길쭉한 얼굴은 볼이 움푹 꺼지고 눈이 눈구멍 속으로 쑥 들어가서 꼭 해골처럼 보였다. 의사는 담배를 끊어야 한다고 말했다.

시그프리드는 의사의 지시에 따랐고, 당장 몸이 좋아졌다. 그러자 이번에는 자신의 새로운 종교를 널리 퍼뜨리고 싶어 하는 개종자의 열정에 사로잡혔다. 그는 단순히 사람들에게 담배를 끊으라고 충고만 하지는 않았다. 나는 그가 담배를 피우고 있는 농부들의 떨리는 손을 후려치고, 그들의 얼굴에 자기 얼굴을 바싹 들이대고는 "그 빌어먹을 담배를 입에 물고 있는 꼴을 두 번 다시 나한테 보이지 마. 알았나?" 하고 위협적으로 고함을 지르는 것을 여러 번 보았다.

지금도 머리가 희끗희끗한 사람들이 몸서리를 치면서 나에게 말하곤 한다.

"30년 전에 파넌 선생이 나한테 끊으라고 말한 뒤로는 한 번도 담배를 피운 적이 없어요. 나를 노려보던 그분의 무서운 눈초리를 생각하면 감히 담배를 입에 댈 수가 없지요!"

하지만 그의 캠페인이 친동생에게는 전혀 효과가 없다는 사실은 그에게 여간 골치 아픈 노릇이 아니었다. 트리스탄은 거의 줄담배를 피워댔지만 절대로 기침을 하지 않았고 소화기능도 훌륭했다.

지금 시그프리드는 만족스럽게 담뱃재를 털고 맛있게 연기를 빨아들이는 동생을 노려보고 있었다.

"너는 담배를 너무 많이 피워!"

"형도 마찬가지잖아."

"나는 끊었어! 나는 이제 비흡연자고, 너도 담배를 끊을 때가 됐어! 흡연은 지저분한 습관이야. 계속 그렇게 담배를 피우다가는 오래 살지 못할 거야."

트리스탄은 형에게 부드러운 눈길을 던지고는 또다시 담배연기와 함께 말을 토해냈다.

"천만에. 담배는 내 체질에 잘 맞는 것 같아."

시그프리드는 일어나서 방을 나가버렸다. 나는 난감한 처지에 놓인 시그프리드를 동정했다. 그는 트리스탄에게 부모나 다름없었다. 그런 그가 어떤 의미에서는 동생에게 해로운 독초를 공급하고 있었고, 정당성에 대한 감각을 타고난 그로서는 자신의 지위를 남용하여 다른 사람에게 하듯 트리스탄의 손에서 담배를 후려칠 수가 없었다. 결국 설교에 의존할 수밖에 없었는데, 설교는 아직까지 아무 효과도 없었다. 뿐만 아니라 오늘 아침에는 트리스탄이 수의과대학으로 경이의 여행을 떠날 예정이었기 때문에 동생과 말다툼하는 것을 피하고 싶었을 것이다. 사실 내가 오늘 맨 처음 해야 할 일은 트리스탄을 그레이트노스 가까지 태워다주는 것이었다. 트리스탄은 거기서 에든버러 쪽으로 가는 차에 편승할 작정이었다.

나는 트리스탄을 길거리에 내려주고 왕진을 떠났다. 차를 몰면서도 내 마음은 자꾸만 아침 식탁에서 오간 대화를 곱씹었다. 꽤 많은 사람이 레인스의 유령을 보았다고 맹세할 각오가 되어 있었다. 그중 몇몇은 세상을 떠들썩하게 만들고 싶어 하는 사람이나 주정뱅이로 쉽게 단정할 수 있었지만, 나머지는 정말로 견실한 시민들이었다.

그들의 이야기는 모두 똑같았다. 레인스 마을 너머에 언덕이 하나 있고, 그 언덕 위에는 바로 길가까지 숲이 우거져 있었다. 숲 너머에는 수도원이 있었다. 밤늦게 차를 몰고 언덕을 올라간 사람들은 헤드라이트 불빛에 떠오른 수도사를 보았다고 말했다. 갈색 수도복 차림의 수도사가 숲속으로 사라졌다는 것이다. 사람들은 그 형상이 길을 질러갔다고 믿었지만, 거리가 멀어서 확신하지는 못했다. 하지만 두건을 쓴 형상이 고개를 숙이고 숲으로 들어가는 것을 보았다는 주장은 굽히지 않았다. 그 형상을 따라 숲으로 들어갔다고 말한 사람은 아무도 없었으니까, 그 유령한테는 사람의 마음을 끄는 매력이 없었던 게 분명하다.

온종일 레인스 마을을 생각한 이튿날 밤중에 바로 그 마을에 불려간 것은 정말 묘한 일이었다. 전화를 받고 침대에서 기어 나와 옷을 주워 입으면서, 고생스럽고 성가신 일이 끊이지 않는 병원에서 멀리 떨어진 에든버러의 하숙방에 평화롭게 잠들어 있을 트리스탄을 생각지 않을 수 없었다. 하지만 잠자리에서 일어나는 기분이 그리 나쁘지는 않았다. 레인스는 5킬로미터밖에 떨어져 있지 않았고, 중노동이 필요한 일도 아니었다. 소년이 키우는 셰틀랜드산 조랑말이 산통에 시달리고 있다는 전화였다.

아름다운 밤이었다. 가을의 첫 추위가 찾아와 날씨는 몹시 쌀쌀했지만, 눈부신 보름달이 앞길을 환히 비춰주었다.

농가에 도착해 보니 사람들이 조랑말을 끌고 마당을 빙글빙글 돌고 있었다. 주인은 내 거래 은행의 회계원이었는데, 나를 보고는 침울한 미소를 지었다.

"주무시는데 예까지 오시게 해서 미안합니다. 하지만 이 정도 복통은 금방 가라앉을 줄 알았거든요. 우리는 벌써 두 시간 동안 마당을 돌고 있답니다. 멈추면 말이 누워서 뒹굴려고 해서요."

"잘하셨습니다. 누워서 뒹굴면 창자가 꼬일 수도 있으니까요."

나는 조랑말을 진찰하고 안심했다. 체온은 정상이고 맥박도 힘차게 뛰고 있었다. 옆구리에 귀를 대보니 경련성 산통 특유의 소리가 들렸다.

조랑말에게 필요한 것은 창자를 깨끗이 비우는 것이었지만, 작은 조랑말에게 아레콜린(구충제)을 투여할 때는 양을 신중하게 계산해야 했다. 마침내 나는 0.1그레인을 투여하기로 결정하고, 목 근육에 약을 주사했다. 조랑말은 뒷다리를 번갈아 구부리고 이따금 드러누우려고 하면서, 산통에 시달리는 말의 전형적인 자세로 잠시 서 있었다.

"다시 천천히 걷게 해보세요."

나는 다음 단계를 기다렸다. 그리 오래 기다릴 필요는 없었다. 조랑말의 턱이 재갈을 씹기 시작했고, 입에서 침이 흘러나와 아래로 길게 늘어졌다. 여기까지는 잘됐지만, 조랑말이 마침내 꼬리를 치켜들고 콘크리트 마당에 똥을 한 무더기 쌀 때까지는 15분을 더 기다려야 했다.

"이제 괜찮을 겁니다. 그러니까 뒷일은 당신한테 맡기겠습니다. 계속 아프면 다시 전화하세요."

길은 마을 너머에서 갑자기 구부러졌다. 집들이 시야에서 사라지고, 수도원으로 이어지는 길고 똑바른 오르막길이 시작되었다. 헤드라이트 불빛의 경계선에 있는 바로 저기가 길을 가로질러 캄캄한 숲속으로 들어가는 유령이 늘 목격된 지점일 것이다. 언덕마루에 이르자 나는 충동적으로 길가에 차를 세우고 내렸다. 여기가 바로 그곳이었다. 숲 언저리에 서 있는 너도밤나무의 매끄러운 줄기는 환한 달빛을 받아 으스스하게 빛나고, 높은 곳에서는 나뭇가지들이 바람에 흔들리며 삐걱거리는 소리를 냈다.

나는 한 팔을 앞으로 뻗어 조심스럽게 길을 더듬으며 숲속으로 들어갔다. 한참 가다 보니 숲 반대편으로 나와 있었다. 레인스 수도원이 바로 눈앞에 있었다.

나는 항상 아름다운 폐허를 여름날과 결부지어 생각하곤 했다. 아름다운 폐허를 생각하면 우아한 아치를 이루고 있는 해묵은 돌을 따뜻하게 덥혀주는 햇빛, 웃고 떠드는 목소리, 짧게 잘린 풀밭에서 뛰노는 아이들이 머리에 떠올랐다. 하지만 지금은 밤 2시 30분이었고, 사방은 텅 비어 있고, 다가오는 겨울의 차가운 기운이 얼굴에 느껴졌다. 갑자기 세상에 혼자 내던져진 기분이 들었다.

차가운 달빛 속에서 모든 것이 기괴할 만큼 명료해 보였다. 하지만 조용히 늘어서 있는 둥근 기둥들, 어두운 하늘로 솟아올라 풀밭에 길고 창백한 그림자를 던지고 있는 기둥들은 이 세상의 것 같지 않은 비현실적인 분위기를 자아냈다. 저쪽 끝에 수도사들의 방—짙은 어둠에 싸인 음침한 동굴—이 보였다. 내가 그쪽을 쳐다보고 있을 때 어디선가 올빼미가 울었다. 올빼미 울음소리에 사방을 담요처럼 뒤덮은 정적이 더욱 무겁게 나를 짓눌렀다.

오싹한 두려움이 온몸으로 번지기 시작했다. 죽은 수세기의 세월이 간직되어 있는 이 폐허에서 살아 있는 육신을 가진 나는 어디에도 설 자리가 없는 것 같았다. 나는 얼른 돌아서서 허둥지둥 숲을 가로지르기 시작했다. 나무에 부딪히고, 뿌리와 덤불에 발이 걸려 넘어졌다. 차로 돌아왔을 때 나는 숨을 헐떡이며 부들부들 떨었다. 자동차 문을 닫고, 시동을 걸고, 귀에 익은 엔진 소리를 듣자 저절로 안도의 한숨이 나왔다.

나는 10분도 지나기 전에 집에 도착하여 계단을 뛰어 올라갔다. 손해본 잠을 만회하고 싶었다. 침실 문을 열고 스위치를 켰는데도 방이 여전히 어두워서 나는 조금 놀랐다. 하지만 다음 순간 나는 문간에 얼어붙었다.

달빛이 새어 들어와 어둠 속에 은빛 웅덩이를 만들고 있는 창가에 수도사가 서 있었다. 갈색 수도복을 입은 수도사가 팔짱을 끼고 고개를 숙인 채 꼼짝도 않고 서 있었다. 얼굴은 달빛을 등지고 내 쪽을 향해 있었지만, 축 늘어진 두건 밑에는 아무 것도 보이지 않았다. 거기에 있는 것은 무시무시한 어둠의 심연뿐이었다.

숨이 막혀 죽을 것 같았다. 입을 벌렸지만 아무 소리도 나오지 않았다. 헛도는 머릿속에서 한 가지 생각이 다른 모든 생각을 압도했다. 역시 유령은 존재하는구나.

나는 다시 입을 벌렸다. 이번에는 거칠고 새된 목소리가 새어나왔다.

"도대체 누구요?"

당장 대답이 돌아왔다. 무덤 속에서 들려오는 것처럼 음울하고 낮은 목소리였다.

"트리스타안."

내가 정말로 기절했다고는 생각지 않지만, 맥없이 침대에 쓰러져 숨을 헐떡거렸다. 맥박이 뛰는 소리가 귓속에서 우레처럼 쿵쿵 울렸다. 나는 수도사가 의자 위에 올라서서 전구를 돌리며 걷잡을 수 없이 킬킬대는 것을 어렴풋이 의식했다. 이어서 수도사는 스위치를 켜고 내 침대에 앉아, 두건을 벗어서 어깨에 늘어뜨리고 담배에 불을 붙였다. 그러고는 여전히 몸이 뒤흔들릴 만큼 킬킬대면서 나를 내려다보았다.

"정말 굉장했어. 내가 기대했던 것 이상이야."

나는 그를 쳐다보면서 간신히 속삭였다.

"하지만 너는 에든버러에……."

"거기서는 할 일이 별로 없어서, 볼일을 끝내고는 곧장 차를 얻어 타고 돌아왔지. 내가 막 집에 들어왔을 때 네가 정원을 걸어오는 게 보이더군. 전구를 빼내고 간신히 의상을 갖춰 입을 시간밖에 없었어. 이 좋은 기회를 놓칠 수는 없잖아."

"내 심장을 만져봐." 나는 힘없이 중얼거렸다.

트리스탄은 내 갈비뼈 위에 잠시 손을 올려놓았다. 심장이 망치질하듯 격렬하게 고동치는 것이 느껴지자 걱정스러운 표정이 언뜻 그의 얼굴을 스쳤다.

"미안해, 짐." 그러고는 안심시키듯 내 어깨를 두드렸다. "하지만 걱정 마. 그게 치명적이라면, 너는 그 자리에서 당장 쓰러져 죽었을 거야. 어쨌든 즐거운 놀라움은 대단히 유익해. 강장제처럼 원기를 북돋우는 작용을 하지. 너는 올해 휴가도 필요 없을 거야."

"고맙군. 눈물 나게 고마워."

"네가 네 목소리를 들을 수 있었다면 좋았을 텐데." 트리스탄은 다시 웃기 시작했다. "그 공포에 질린 비명 소리…… 오오, 맙소사!"

나는 천천히 몸을 일으켜 앉은 자세를 취하고는 베개를 침대 머리에 세우고 거기에 등을 기댔다. 아직도 기력이 전혀 없었다.

나는 트리스탄을 차갑게 노려보았다.

"그러니까 네가 바로 레인스의 유령이지?"

트리스탄은 싱긋 웃기만 할 뿐 아무 말도 하지 않았다.

"진작 알았어야 했는데! 하지만 왜 그런 짓을 하지? 그렇게 해서 얻는 게 뭐야?"

"나도 몰라." 트리스탄은 담배연기 사이로 천장을 꿈꾸듯 쳐다보았다. "운전자들이 나를 보았는지 안 보았는지 확신하지 못하도록 타이밍을 정확히 맞추는 게 중요해. 그런 다음에는 운전자들이 미친 듯이 속력을 내서 집으로 달아나는 소리를 들으면서 엄청난 쾌감을 맛보곤 하지. 지금까지 속력을 떨어뜨린 사람은 아무도 없었어."

"전에 누군가가 그러더군. 너는 유머 감각이 지나치게 발달했다고. 분명히 말하겠는데, 너는 지나치게 발달한 그 유머 감각 때문에 조만간 큰 코다칠 거야."

"그럴 가능성은 전혀 없어. 나는 필요하면 재빨리 줄행랑을 칠 수 있도록 100미터쯤 떨어진 길가 산울타리 뒤에 자전거를 감춰두니까 말이야. 문제없어."

"마음대로 해." 나는 침대에서 내려와 비틀거리며 문으로 걸어갔다. "나는 아래층에 내려가서 위스키 한 잔 마셔야겠어. 그리고 이것만은 기억해둬." 나는 돌아서서 트리스탄을 노려보았다. "또다시 나한테 그런 장난을 치면 목을 비틀어버릴 거야."

며칠 뒤, 저녁 8시쯤이었다. 내가 스켈데일 하우스의 큰방 난롯가에 앉아 책을 읽고 있는데, 문이 벌컥 열리더니 시그프리드가 방으로 뛰어 들어왔다.

"호레이스 도슨 영감네 암소의 젖꼭지가 찢어졌대. 아무래도 꿰매야 할 것 같은데, 영감은 암소를 붙잡을 수 없을 테고, 그 집 근처에는 도와줄 이웃도 없으니까, 자네가 같이 가서 좀 도와줄 수 없겠나?"

"알았습니다."

나는 책에다 표시를 해놓고, 기지개를 켜고 하품을 한 다음 의자에서 일어났다. 나는 시그프리드가 발로 카펫을 톡톡 차고 있는 것을 알아차렸다. 진작부터 알고 있는 일이긴 했지만 그는 내 의자에 전투기 조종석 같은 사출장치라도 달아놓아야 만족할 거라는 생각이 들었다. 그러면 명령이 떨어지기가 무섭게 사출장치가 나를 곧장 문 밖으로 내던져 행동을 개시하게 할 테니까. 나는 최대한 빨리 움직이고 있었지만, 늘 그렇듯이 —원장을 대신하여 서류를 작성하고 있거나 그가 지켜보는 앞에서 수술을 하고 있을 때—이번에도 충분히 잽싸게 움직이고 있지 않다는 느낌이 들었다. 내가 의자에서 일어나 난롯가 책꽂이에 책을 돌려놓는 동작을 지켜보는 것만으로도 시그프리드가 거의 참을 수 없는 정신적 부담에 짓눌린다는 사실을 알고 있었기 때문에 나는 바싹 긴장했다.

내가 카펫을 반쯤 가로질렀을 때 원장은 벌써 복도에 나가 있었다. 나는 종종걸음으로 뒤따라가, 원장이 차에 시동을 걸고 있을 때 현관문을 나섰다. 차가 어둠 속으로 돌진하는 순간, 나는 자동차 문을 움켜잡고 안으로 다이빙하듯 몸을 날렸다. 도로가 발밑에서 휙 날아가는 것이 느껴졌다.

15분 뒤에 우리 차는 목초지를 두어 개 건넌 곳에 외따로 서 있는 작은 농가 뒷마당에 끼익 소리와 함께 멈춰 섰다. 엔진이 채 멈추기도 전에 시그프리드는 차에서 내려 외양간 쪽으로 성큼성큼 걸어갔다. 그는 걸어가면서 어깨 너머로 소리쳤다.

"봉합 기구를 가져오게. 국부 마취제 주사기…… 세정제도……."

외양간 안에서 잠깐 중얼거리는 말소리가 들리더니, 다시 시그프리드의 목소리가 들렸다. 이번에는 초조하게 외치는 소리였다.

"제임스! 거기서 뭘 하고 있나? 아직도 물건을 못 찾았나?"

그때 나는 겨우 트렁크를 연 참이었다. 나는 즐비하게 늘어선 깡통과 병들을 미친 듯이 뒤져 원장이 요구한 물건들을 찾아내자 마당을 가로질러 외양간으로 달려갔지만, 기다리다 못해 밖으로 나오는 원장과 하마터면 문간에서 충돌할 뻔했다.

"제임스! 도대체 뭘 꾸물거…… 아아, 자네 거기 있었나? 좋아, 이리 주게. 그런데 지금까지 뭘 하고 있었나?"

호레이스 도슨에 대한 그의 판단은 옳았다. 도슨은 여든 살쯤 된 작고 연약한 노인이어서, 아무도 그에게 힘든 일을 하라고 요구하지는 못할 터였다. 그런데 도슨은 그 나이에도 젖 짜는 일을 그만두지 않고, 아무리 말려도 고집스럽게 일을 계속했다.

바닥에 자갈을 깐 작은 외양간에 암소 두 마리가 서 있었다. 환자는 젖꼭지가 심하게 망가져 있었다. 젖꼭지가 길게 찢어져 우유가 줄줄 흘러나오는 것으로 보아, 제 발로 젖을 밟았거나 옆에 있는 암소에게 밟힌 게 분명했다.

"심하군요." 시그프리드가 말했다. "보면 아시겠지만 젖이 나오는 통로까지 찢어졌어요. 하지만 최선을 다해봅시다. 여기를 몇 바늘 꿰매야겠어요."

원장은 젖꼭지를 물로 씻고 소독한 다음, 주사기에 국부 마취제를 채웠다.

"코를 잡고 있게, 제임스." 이어서 원장은 농부에게 부드럽게 말했다. "꼬리를 좀 잡아주시겠습니까. 끝을 잡으시면 됩니다. 예, 그런 식으로…… 좋습니다."

작달막한 노인은 어깨를 펴고 으스대듯 말했다.

"이런 일은 나도 잘해."

"정말 대단하십니다. 예, 됐습니다. 이제 멀찌감치 떨어져 서세요."

내가 암소의 코를 잡자 원장은 허리를 굽혀 상처 끝보다 조금 위쪽에 주사바늘을 꽂았다. 그 순간 퍽 하는 소리가 났다. 암소가 시그프리드의 고무장화 중간쯤을 힘차게 걷어차는 것으로 불쾌감을 표시한 것이다. 원장은 아무 소리도 내지 않고 심호흡을 하면서 무릎을 두어 번 굽혔다 폈다 한 다음 다시 쪼그려 앉았다.

"어이, 착하지." 원장은 다시 주사바늘을 찌르면서 달래듯 속삭였다.

이번에는 갈라진 발굽이 그의 이마를 정통으로 후려쳤다. 주사기가 포물선을 그리면서 허공을 날아, 재수 좋게도 건초 더미에 착륙했다. 시그프리드는 몸을 일으켜 세우고, 생각에 잠긴 얼굴로 팔을 문지른 다음, 주사기를 되찾아 다시 환자에게 접근했다.

그는 한동안 암소의 꼬리가 돋아난 엉덩이 부근을 긁어주면서 다정하게 말을 걸었다.

"괜찮아. 주사 맞는 게 별로 유쾌한 일은 아니지?"

다시 몸을 구부린 원장은 새로운 자세를 취했다. 암소 옆구리에 머리를 박고 두 팔을 한껏 뻗는 자세였다. 몇 번 아슬아슬하게 실패하긴 했지만, 그 자세로 원장은 상처 주위의 조직에 국부 마취제를 주사하는 데 성공했다. 이어서 원장은 낮은 소리로 음조가 맞지 않는 휘파람을 불면서 유유히 바늘에 봉합사를 꿰기 시작했다.

도슨 씨는 감탄하는 눈으로 그를 지켜보았다.

"선생이 왜 그렇게 동물을 잘 다루는지 알겠구려. 그건 선생이 참을성이 있기 때문이오. 선생처럼 참을성이 강한 사람은 내 평생 처음 봤소."

시그프리드는 겸손하게 고개를 숙이고 다시 일을 시작했다. 이번에는 일이 좀 더 평화롭게 진행되었다. 원장이 상처 가장자리를 잡아당겨 단단히 맞추고 바늘로 꿰매는 동안, 암소는 아무 감각도 느끼지 못했다.

봉합이 끝나자 시그프리드는 노인의 어깨를 한 팔로 끌어안았다.

"상처가 잘 아물면 젖꼭지는 새 것처럼 말짱해질 겁니다. 하지만 영감님이 젖을 짜려고 젖꼭지를 잡아당기면 낫지 않을 거예요. 그러니까 젖을 짤 때는 이 튜브를 사용하세요."

시그프리드는 알코올 병을 들어올렸다. 그 안에서는 젖꼭지에 끼우는 흡입관이 반짝반짝 빛나고 있었다.

"알겠소." 도슨 씨가 결연하게 말했다.

시그프리드는 노인의 눈앞에서 손가락 하나를 장난스럽게 흔들었다.

"하지만 조심하셔야 돼요. 튜브를 사용하기 전에 반드시 끓는 물로 소독하고, 항상 이 알코올 병에 넣어두어야 합니다. 그렇지 않으면 유선염에 걸릴 거예요. 그렇게 하실 거죠?"

작달막한 노인은 몸을 꼿꼿이 폈다.

"시키는 대로 하겠소."

"그러셔야죠." 시그프리드는 마지막으로 노인의 등을 한 번 토닥인 다음, 기구를 주워 모으기 시작했다. "보름 뒤에 실을 뽑으러 들르겠습니다."

외양간을 나오려는데, 클로드 블랭키의 거대한 형체가 외양간 문 앞에 불쑥 나타났다. 그는 마을 경찰관이었지만, 멋진 체크무늬 재킷과 바지를 입고 있는 것으로 보아 지금은 비번인 모양이었다.

"영감님한테 무슨 문제가 생긴 것 같아서, 혹시 도와드릴 일이 없을까 해서 왔습니다."

"고맙네, 블랭키. 하지만 한 발 늦었군. 벌써 일이 다 끝났다네." 노인이 대답했다.

시그프리드는 소리 내어 웃었다.

"30분 전에 왔으면 좋았을걸. 그랬다면 내가 이 암소를 꿰매는 동안 자네가 이 녀석을 겨드랑이에 끼우고 꼼짝 못하게 할 수 있었을 텐데 말이야."

거구의 사내는 고개를 끄덕였다. 그 얼굴에 미소가 서서히 번져갔다. 그는 친절함의 화신처럼 보였지만, 나는 늘 그 미소 뒤에 강철 같은 의지가 숨어 있음을 느끼곤 했다. 클로드는 이 고장에서 사랑받는 사람이었다. 뛰어난 운동선수였고, 담당 구역을 순찰하다가 곤경에 빠진 사람을 만나면 누구한테나 아낌없는 도움과 동정을 베풀었다. 약자와 노인에게는 든든한 지팡이였지만 나쁜 놈들에게는 무자비한 회초리이기도 했다.

내 눈으로 직접 본 적은 없지만 클로드는 사소한 법률 위반을 적발한 경우에는 굳이 치안판사를 성가시게 하지 않고 자기 방식대로 즉결 심판을 한다는 소문이 있었다. 튼튼한 몽둥이를 늘 지니고 다닌다는 소문도 있었다. 불량배들이 약한 자를 괴롭히거나 공공시설을 파괴하는 야만적인 행위를 하다가 현장에서 붙잡히면, 당장 어두운 뒷골목에서 날카로운 비명 소리가 들린다고 했다. 한 번 그런 벌을 받으면 다시 법률을 위반하는 사람은 거의 없어서, 그의 담당 구역은 놀랄 만큼 법질서가 잘 유지되고 있었다. 나는 미소를 짓고 있는 그 얼굴을 다시 한 번 쳐다보았다. 그는 정말로 다시없이 상냥한 사람처럼 보였지만, 그 얼굴에는 뭔가 다른 것이 있었다. 무슨 일이 있어도 나는 그에게 싸움을 걸지 않을 것이다.

"그럼 됐습니다." 클로드가 말했다. "나는 대러비에 가는 길이니까, 이만 가보겠습니다."

시그프리드가 그의 팔을 잡았다.

"잠깐만. 나는 이 길로 다른 환자를 보러 가고 싶은데, 읍내로 들어간다면 여기 헤리엇 선생을 태워다줄 수 없겠나?"

"그러죠, 파넌 선생님." 경찰관은 선선히 대답하고 나에게 따라오라고 손짓했다.

밖은 캄캄했다. 나는 작은 '모리스 에이트'의 조수석에 들어가, 클로드가 운전석에 그 커다란 덩치를 쑤셔 넣을 때까지 기다렸다. 출발하자마자 클로드는 최근 브래드퍼드에서 열린 레슬링 시합에 참가했을 때의 일을 이야기하기 시작했다.

대러비로 돌아가는 길에는 레인스 마을을 지나가야 했다. 마을을 지나 수도원 쪽으로 올라가기 시작하자 클로드가 갑자기 입을 다물었다. 그러고는 놀랍게도 운전석에 꼿꼿이 앉아 앞을 가리켰다.

"저기, 저기 보세요! 저게 그놈의 빌어먹을 수도사예요!"

"어디요? 어디?" 나는 모르는 체하고 물었지만, 사실은 다 보고 있었다. 숲을 향해 천천히 걸어가는 두건 쓴 형상.

클로드의 발이 액셀을 힘껏 밟았다. 차는 비명을 지르며 언덕을 올라갔다. 언덕마루에 이르자 클로드는 길가 풀밭 쪽으로 홱 차를 돌려, 헤드라이트로 숲속을 비추었다. 클로드가 차에서 뛰어내린 순간, 그의 사냥감이 헤드라이트 불빛에 잠깐 그 전모를 드러냈다. 긴 옷자락을 높이 걷어올리고 나무들 사이를 필사적으로 달아나는 수도사.

거구의 경찰관은 자동차 뒷좌석에서 무거운 지팡이처럼 보이는 것을 꺼냈다.

"나쁜 놈! 너 잘 걸렸다!"

그는 고함을 지르며 앞으로 돌진했다. 나도 그 뒤를 따라 헐떡거리며 달렸다.

"잠깐만요. 수도사를 잡으면 어떻게 할 건데요?"

"이 물푸레나무 몽둥이로 그놈의 엉덩이를 걸레로 만들어줄 거요."

클로드의 말에는 오싹할 만큼 차가운 신념이 담겨 있었다. 말을 끝내자마자 클로드는 헤드라이트 불빛이 닿지 않는 어둠 속으로 사라졌다. 모습은 보이지 않았지만, 클로드는 나무줄기를 몽둥이로 때리고 위협적인 말을 계속 외치면서 엄청난 소음을 내고 있었다.

귀가 먹먹해질 만큼 요란하게 울려 퍼지는 경찰관의 고함 소리를 들으며 어둠 속에서 허둥대고 있을 불운한 유령을 생각하자 가슴이 아팠다. 나는 조마조마한 마음으로 마지막 대결의 순간을 기다렸다. 시간이 갈수록 불안과 긴장은 더욱 고조되었다. 여전히 클로드의 고함 소리가 들려왔다. "거기서 나와! 넌 도망칠 수 없어! 어서 나와!" 그의 몽둥이에 맞은 나무줄기가 짝짝 쪼개지는 소리가 나무들 사이로 메아리쳤다.

나도 잠깐 찾아보았지만 아무 것도 찾지 못했다. 수도사는 정말로 사라진 것 같았다. 차로 돌아와 보니 거구의 경찰관은 벌써 거기에 돌아와 있었다.

"정말 이상한 일입니다, 헤리엇 선생. 도무지 찾을 수가 없어요. 어디로 가버렸는지 짐작도 가지 않아요. 처음 보았을 때는 거의 다 잡은 줄 알았는데…… 놈은 숲에서 나가지도 않았어요. 달빛이 밝아서 목초지가 환히 바라보였으니까요. 수도원도 샅샅이 수색했지만, 거기에도 없어요. 그냥 사라져버렸어요."

"아니 그럼, 유령한테 뭘 기대할 수 있겠습니까?" 하는 따위의 말을 하려고 했지만, 거대한 손이 아직도 몽둥이를 휘두르고 있었기 때문에 그만두었다.

"그냥 대러비로 가는 게 낫겠어요."

경찰관은 서리 맞은 풀을 발로 쾅쾅 밟으면서 투덜거렸다. 나는 부르르 몸을 떨었다. 동풍이 격렬해져서 몹시 추웠다. 다시 차에 타는 것이 기뻤다.

대러비에 도착하자 나는 클로드의 단골 술집인 '검은 황소'에서 함께 맥주를 몇 잔 마셨다. 스켈데일 하우스로 돌아온 것은 10시 반이었다. 트리스탄은 보이지 않았다. 불안이 가슴을 아프게 조였다.

옆방에서 나는 희미한 발소리에 눈을 뜬 것은 자정이 지나서였다. 옆방은 이 저택이 아직 젊었던 시절에 내 방에 딸린 '화장실'이었던 길쭉하고 좁은 방인데, 지금은 트리스탄이 쓰고 있었다. 나는 침대에서 뛰어내려 사잇문을 열었다.

트리스탄은 잠옷 차림으로 뜨거운 물병 두 개를 가슴에 안고 있었다. 내가 문을 열자 그는 고개를 돌려 퀭한 눈으로 나를 힐끔 바라보고는 물병 하나를 침대 속에 밀어 넣었다. 그런 다음 침대 속에 들어가 반듯이 누워서 두 번째 물병을 가슴에 꽉 끌어안고 천장을 뚫어지게 바라보았다. 나는 침대로 다가가 그를 걱정스럽게 내려다보았다. 트리스탄은 너무 심하게 몸을 떨고 있어서 침대 전체가 그와 함께 요동쳤다.

"어때, 트리스?" 내가 조용히 속삭였다.

한참 뒤에야 그의 입에서 쉰 목소리가 희미하게 새어나왔다.

"뼛속까지 얼어붙었어."

"그런데 도대체 어디 있었어?"

"하수관 속에."

"하수관이라고?" 나는 그를 뚫어지게 바라보았다. "어디 하수관?"

베개 위에 얹힌 머리가 힘없이 이쪽저쪽으로 움직였다.

"저기 숲에. 길가에서 하수관을 못 봤어?"

섬광이 번득였다.

"아아, 그래! 물론 봤지! 마을에 새 하수관을 놓을 예정이지?"

"맞아." 트리스탄은 속삭이는 소리로 말했다. "그 덩치 큰 녀석이 숲속으로 뛰어드는 것을 보고 곧장 숲을 빠져나가 그 하수관 속에 뛰어들었어. 내가 거기에 얼마나 오래 있었는지는 아무도 모를 거야."

"하지만 우리가 떠난 뒤에 왜 나오지 않았어?"

젊은이는 온몸을 격렬하게 떨면서 잠깐 눈을 감았다.

"그 안에서는 아무 소리도 안 들려. 두건이 양쪽 귀를 꽉 막아버린 데다 바람이 시속 100킬로미터로 하수관을 통과하면서 비명을 질러대는데 무슨 소리가 들리겠어. 그래서 자동차가 떠나는 소리를 못 들었어. 그 녀석이 그 무시무시한 몽둥이를 들고 아직도 서 있을까봐 겁이 나서 감히 나올 수가 없었어."

트리스탄은 한 손으로 누비이불을 움켜잡고 발작적으로 쥐어뜯었다.

"괜찮아, 트리스. 이제 곧 몸이 녹을 테고, 하룻밤 푹 자고 나면 괜찮아질 거야."

트리스탄은 내 말을 들은 것 같지 않았다. 그는 사냥꾼에게 쫓긴 짐승처럼 겁에 질린 눈으로 나를 쳐다보았다.

"하수관은 끔찍해. 온갖 오물로 가득 차 있고, 고양이 오줌 냄새가 코를 찔러."

나는 트리스탄의 손을 이불 속으로 돌려놓고 시트를 그의 턱까지 끌어올렸다.

"알아, 알아. 아침에는 괜찮아질 거야."

나는 불을 끄고 살금살금 방에서 나왔다. 문을 닫을 때 트리스탄이 이를 딱딱 마주치는 소리가 들렸다.

그를 괴롭히고 있는 것은 분명 추위만이 아니었다. 그는 아직도 충격에 빠져 있었다. 그것은 조금도 놀라운 일이 아니다. 가엾은 트리스탄은 세상에 근심 걱정이라곤 하나 없이 평화로운 유령 놀이를 즐기고 있었는데, 느닷없이 날카로운 브레이크 소리가 들리고 휘황한 헤드라이트 불빛이 숲을 비추더니 그 무서운 거인이 마왕처럼 그 한복판에 뛰어 들어왔으니 충격을 받은 것도 당연하지 않은가. 그로서는 도저히 감당할 수 없는 충격이었다.

이튿날 아침 식탁에 앉은 트리스탄의 몰골은 말이 아니었다. 안색은 백짓장 같았고, 음식에도 거의 손을 대지 않았고, 이따금 온몸이 찢어질 것처럼 심한 기침을 했다.

시그프리드는 미심쩍은 눈으로 동생을 바라보았다.

"네가 어쩌다 그 꼴이 됐는지 난 알아. 네가 왜 산송장 같은 꼬락서니로 거기 앉아서 허파가 찢어질 만큼 기침을 해대고 있는지 다 알아."

트리스탄은 의자에 앉은 채 몸을 바싹 긴장시켰다. 전율이 얼굴을 스치고 지나갔다.

"안다고?"

"그래, 다 알아. 내가 뭐랬냐는 말은 하고 싶지 않지만, 분명히 경고했잖아? 이건 다 그 빌어먹을 담배 때문이야!"


트리스탄은 끝내 담배를 끊지 않았지만, 레인스의 유령은 더 이상 나타나지 않았고, 오늘날까지도 풀리지 않은 수수께끼로 남아 있다.

## 10

이건 아무래도 그랜빌 베넷이 나서야 할 일이었다. 나는 작은 동물을 치료하는 일을 좋아해서 차츰 그쪽의 작업량을 늘려가고 있었지만, 이 환자한테는 놀라지 않을 수 없었다. 환자는 자궁 내막염 말기인 열두 살 된 암컷 스패니얼이었다. 고름이 음문에서 진찰대 위로 뚝뚝 떨어지고, 체온은 40도에 이르렀고, 호흡 곤란과 오한에 시달리고 있었다. 청진기를 가슴에 대보니 심장판막 이상으로 말미암은 심부전 증상도 나타났다. 심장까지 약하다면, 이제 필요한 것은 다 갖추어진 셈이었다.

"물을 많이 마시지요?" 내가 물었다.

늙은 바커 부인은 쇼핑백 끈을 불안하게 잡아 비틀었다.

"그래요. 온종일 물그릇 옆에 붙어 있는 것 같아요. 하지만 먹이는 입에도 안 대요. 지난 나흘 동안 한입도 안 먹었어요."

"이거 참. 진작 데려오셨어야 하는데. 벌써 몇 주 전부터 아팠을 거예요."

나는 청진기를 떼어 가운 주머니에 집어넣었다.

"아프지는 않았고 그냥 좀 이상했어요. 먹이만 잘 먹으면 걱정할 필요는 없는 줄 알았지요."

나는 한동안 침묵하고 있었다. 노부인을 심란하게 만들고 싶지는 않았지만 말할 수밖에 없었다.

"할머니, 문제가 좀 심각한 것 같습니다. 오래전부터 병이 진행되고 있었어요. 자궁에 심한 염증이 생겨서 수술할 수밖에 없습니다."

"그럼 선생님이 해주시겠어요?" 노부인의 입술이 떨렸다.

나는 책상을 돌아 노부인의 어깨에 손을 올려놓았다.

"그러고 싶지만 문제가 있어요. 증세가 심한데다 나이가 열두 살이나 돼서 수술에 큰 위험이 따릅니다. 그래서 하팅턴에 있는 동물병원에 데려가서 베넷 선생한테 수술을 부탁하고 싶은데요."

"좋아요." 바커 부인은 열심히 고개를 끄덕였다. "돈은 얼마가 들어도 상관없어요."

"수술비는 최대한 싸게 해드리겠습니다." 나는 부인과 나란히 복도를 걸어가 문 밖까지 배웅했다. "개는 저한테 맡겨주세요. 제가 돌볼 테니까 걱정하실 것 없습니다. 그런데 이름이 뭐죠?"

"디나." 노부인은 내 등 뒤에 뻗어 있는 복도를 엿보면서 쉰 목소리로 대답했다.

나는 진료실로 돌아와 수화기를 집어 들었다. 30년 전의 시골 수의사들은 희귀병에 걸린 작은 동물이 환자로 들어오면 작은 동물 전문의에게 도움을 청해야 했다. 요즘은 사정이 달라져서, 시골 수의사들도 작은 동물을 많이 치료한다. 대러비에는 작은 동물의 어떤 질병도 치료할 수 있는 장비가 갖추어져 있고, 작은 동물 전문의도 있다. 하지만 그때는 달랐다. 큰 동물을 주로 치료하는 수의사는 누구나 조만간 그랜빌 베넷에게 도움을 청해야 한다는 말을 들었는데, 드디어 내 차례가 온 것이다.

"베넷 선생님이세요?"

"그렇소이다." 걸걸한 목소리가 대답했다. 친절하고 활기찬 목소리였다.

"저는 헤리엇이라고 합니다. 대러비에서 파년 선생과 함께 일하고 있지요."

"아, 그렇군! 얘기는 들었네."

"아아…… 고맙습니다. 그런데 다름이 아니라 좀 까다로운 환자가 있어서요. 선생님이 맡아주실 수 있는지 여쭤보려고……."

"기꺼이. 상태가 어떤가?"

"심한 자궁 내막염입니다."

"좋아!"

"나이가 열두 살인데요."

"멋지군!"

"게다가 심한 중독증입니다."

"훌륭해!"

"게다가 심장도 최악입니다. 그렇게 약한 심음(心音)은 들어본 적이 없습니다."

"좋아, 좋아! 언제 데려올 텐가?"

"괜찮으시다면 오늘 저녁에 데려가고 싶은데요. 여덟 시쯤."

"아주 좋아! 그럼 이따 보세."

하팅턴은 인구가 20만 명쯤 되는 꽤 큰 도시였지만, 중심가로 들어가자 차량이 뜸해져서 겨우 몇 대가 상점가를 굴러갈 뿐이었다. 나는 40킬로미터를 달려온 보람이 있으면 좋겠다고 생각했다. 뒷좌석에 담요를 깔고 길게 누워 있는 디나는 아무래도 상관없다는 태도였다. 뒤를 힐끔 돌아보니 디나의 머리가 좌석 가장자리에서 아래로 축 늘어져 있었다. 코끝은 하얗고, 눈에 낀 백태가 계기반의 불빛을 받아 희미하게 빛났다. 디나는 너무 늙어 보였다. 이건 시간 낭비인지도 몰라. 그 사람의 평판을 내가 너무 믿고 있는 건 아닐까.

그랜빌 베넷이 잉글랜드 북부에서 전설이 된 것은 의심할 여지가 없었다. 전문화가 이루어지지 않았던 당시, 그랜빌 베넷은 농장 가축은 전혀 보지 않고 작은 동물을 치료하는 데에만 전력을 기울였고, 인간을 상대하는 의료기관과 최대한 비슷하게 운영되는 그의 동물병원은 근대적인 요법으로 동물 치료의 새로운 기준을 세웠다. 사실 그 시대의 수의사들은 개와 고양이를 치료하는 일을 하찮게 여겼다. 도시와 농촌에서 수천 마리의 짐말과 어울려 평생을 보낸 원로 수의사들은 대부분 "나는 하찮은 개나 고양이 따위한테 신경 쓸 겨를이 없어" 하고 코웃음을 치곤 했다. 그런데 베넷은 정반대 방향으로 나아갔다.

나는 베넷을 한 번도 만난 적이 없었지만 30대 초반이라는 것은 알고 있었다. 그의 기술, 사업적 재능, 바람둥이라는 평판에 대해서도 많이 들었다. 그는 열심히 일하고 열심히 노는 사람으로 평판이 나 있었다.

동물병원은 시내 번화가 끝에 있는 길쭉하고 낮은 건물이었다. 나는 마당에 차를 세우고 건물 모퉁이에 있는 문을 두드렸다. 내 자동차 옆에 번쩍거리는 '벤틀리'(영국의 고급 승용차)가 서 있었다. 낡아빠진 내 '오스틴'(영국에서 최초로 대량 생산된 소형 자동차)이 더욱 작고 초라해 보였다. 거의 경외심에 사로잡혀 그 대형 승용차를 바라보고 있을 때 예쁜 접수계 직원이 문을 열어주었다.

"안녕하세요?" 그녀는 눈부신 미소를 지으며 속삭였다. 이 미소만으로

도 치료비가 3실링은 늘어날 거라는 생각이 들었다. "들어오세요. 원장님이 기다리고 계십니다."

나는 대기실로 안내되었다. 구석 탁자에는 잡지와 꽃이 놓여 있고, 벽에는 개와 고양이를 찍은 사진들이 수없이 걸려 있었다. 나중에 알았지만 그 사진들은 베넷 원장이 직접 찍은 것이었다. 하얀 푸들 두 마리를 스케치한 멋진 그림을 유심히 바라보고 있을 때 뒤에서 발소리가 들렸다. 돌아보니 그랜빌 베넷이었다. 우리의 첫 만남이었다.

그가 들어오자 방이 꽉 찬 느낌이었다. 키는 별로 크지 않았지만 몸피가 대단했다. 처음에는 뚱보인 줄 알았는데 가까이에서 보니 조직이 지방과는 다르게 분포되어 있었다. 축 늘어진 군살은 전혀 없었다. 특정한 부위가 불룩 튀어나오지도 않았다. 단지 골격이 크고 어깨가 딱 바라졌을 뿐이다. 그는 단단하고 실팍해 보였다. 호감이 가는 투박한 얼굴 한복판에서 이제까지 본 적이 없을 만큼 거대한 파이프가 튀어나와 있었다. 반짝반짝 빛나는 멋진 파이프에서 향긋한 담배 연기가 뿜어져 나왔다. 그보다 덩치가 작은 사람이 그렇게 큰 파이프를 물면 우스꽝스러워 보였을 테지만, 그가 물고 있으니 아름다운 예술품처럼 보였다. 마지막으로 내 인상에 남은 것은 멋지게 재단된 검은 양복, 그리고 그가 손을 내밀었을 때 소맷부리에서 반짝인 커프스버튼이었다.

"제임스 헤리엇?" 그는 '윈스턴 처칠'이나 '스탠리 매슈스'라도 부르는 것처럼 내 이름을 불렀다.

"맞습니다."

"정말 반갑네. 제임스라면, 짐이라고 부르나?"

"보통 그렇게 부릅니다."

"좋아. 준비는 다 되어 있네, 짐. 아가씨들이 수술실에서 기다리고 있지."

"정말 고맙습니다, 베넷 선생님."

"선생님은 무슨. 그냥 그랜빌이라고 부르게!"

그는 내 팔짱을 끼고 수술실로 데려갔다.

디나는 이미 수술실에 와 있었다. 고통에 짓눌린 것처럼 보였다. 진정제 주사를 맞고 지친 듯이 고개를 까닥거렸다. 베넷은 디나에게 다가가 재빨리 검사를 했다.

"음, 좋아. 그럼 시작하세."

두 간호사가 순조롭게 움직이는 기계의 톱니처럼 행동을 개시했다. 베넷은 전문가가 아닌 직원을 많이 두고 있었는데, 둘 다 매력적인 이 간호사들은 자기가 해야 할 일을 분명히 알고 있었다. 한 사람은 마취 기구와 수술 기구가 놓인 트롤리(의료 기구를 싣고 다니는 손수레)를 끌어당겼고, 또 한 사람은 디나의 앞다리를 잡고 관절 부위를 눌러서 혈관을 도드라지게 한 다음, 재빨리 그 부위의 털을 깎고 소독했다.

거구의 그랜빌은 어슬렁거리며 다가와 마취제가 든 주사바늘을 힘들이지 않고 혈관에 꽂았다.

디나가 수술대 위에 천천히 쓰러져 의식을 잃자 그랜빌이 말했다.

"펜토탈이야."

펜토탈은 효과가 빠른 새로운 마취제였는데, 나는 그때까지 써본 적도 없고 남이 쓰는 것을 본 적도 없었다.

베넷이 손을 씻고 소독한 가운을 입고 모자를 쓰는 동안 간호사들은 디나를 반듯이 눕히고 수술대의 고리와 연결된 끈으로 단단히 고정시켰다.

그리고 디나의 얼굴에 산소마스크를 씌우고 수술 부위의 털을 깎고 소독했다. 수술 준비가 되자 베넷은 손에 메스를 쥐고 돌아왔다.

그는 피부와 근육층을 거침없이 쓱쓱 절개했다. 복막을 지나자 두 개의 자궁 돌기가 나타났다. 정상적인 경우에는 분홍색 리본 같지만, 디나의 자궁은 고름으로 가득 차서 탱탱하게 부푼 두 개의 풍선처럼 절개 부위로 비어져 나왔다. 이런 것을 몸속에 지니고 다녔으니 디나가 괴로워한 것도 당연했다.

베넷의 뭉툭한 손가락이 그 덩어리 주위를 부드럽게 돌아서 난소와 자궁체를 잡아맨 다음, 전체를 잘라서 에나멜 그릇에 떨어뜨렸다. 그가 봉합을 시작한 뒤에야 나는 수술이 거의 끝난 것을 알아차렸다. 그가 수술대에 선 것은 겨우 몇 분밖에 되지 않았다. 그동안 이따금 간호사들에게 날카로운 목소리로 짤막하게 지시를 내렸기 때문에 그가 일에 몰두해 있다는 것을 알 수 있었지만, 그렇지 않다면 모든 것이 어린애 장난처럼 쉬워 보였을 것이다.

벽에 하얀 타일을 바른 수술실에서 반짝이는 금속 기구를 옆에 놓고 그림자가 지지 않는 불빛 아래서 수술하는 그를 지켜보면서 나는 마음이 복잡해졌다. 이것이야말로 내가 늘 원했던 일이다. 처음 수의사가 되기로 결심했을 때 나는 바로 이런 모습을 꿈꾸었다. 하지만 지금 나는 마소를 전문으로 치료하는 초라한 시골 수의사다. 좀 더 정확히 말하면 농장 수의사지만, 확실히 내 꿈과는 동떨어진 모습이었다. 내 앞에 펼쳐진 광경은 날마다 거름 속에서 땀을 뻘뻘 흘리며 소나 말에게 걷어차이고 얻어맞는 내 일상과는 딴판이었다. 그래도 후회는 없었다. 상황이 나에게 강요한 생활이지만, 막상 겪고 보니 성취감으로 가득 찬 것이었다. 저 수술대 위에 허리를 굽히고 평생을 보내기보다는 고원의 울타리 없는 길을 달리면서 사는 편이 훨씬 낫다는 확신이 홍수처럼 밀려왔다.

어쨌든 나는 베넷 같은 수의사가 될 수는 없었을 것이다. 그와 같은 기술을 익힐 수도 없었을 것이고, 이렇게 큰 병원을 운영하려면 사업에 대한 감각이나 통찰력, 강한 야심을 가져야 하겠지만, 나는 그런 것을 전혀 갖고 있지 않았다.

베넷은 이제 봉합을 끝내고 정맥주사를 준비했다. 그는 바늘을 혈관에 꽂고 테이프로 고정시킨 다음 나를 돌아보았다.

"다 끝났네, 짐. 이제는 모든 게 이 할머니 자신에게 달려 있어."

그는 나를 수술실에서 끌고 나갔다. 자기가 할 일만 끝내고 이렇게 나갈 수 있다면 아주 유쾌할 거라는 생각이 들었다. 대러비에서라면 나는 지금쯤 기구를 씻고, 수술대를 문질러 닦고 있을 것이다. 그리고 마지막 장면은 위대한 수의사 헤리엇 선생이 대걸레와 양동이로 마루를 닦아내는 모습이었을 것이다. 그보다는 이쪽이 훨씬 나았다.

대기실로 돌아오자 베넷은 재킷을 입고 옆주머니에서 거대한 파이프를 꺼내더니, 그가 없는 동안 생쥐가 갉아먹었을까 봐 걱정하는 눈빛으로 파이프를 꼼꼼히 조사했다. 눈으로 조사하는 것만으로는 만족하지 않고, 부드러운 노란색 헝겊을 꺼내 그 파이프를 열심히 문지르기 시작했다. 그리고는 파이프를 높이 들어 올려 이쪽저쪽으로 돌려보았다. 정교한 나뭇결이 불빛의 작용으로 영롱하게 빛났다. 그제야 그의 눈빛이 부드러워졌다. 마지막으로 그는 거대한 쌈지에서 살담배를 꺼내 대통을 채우고, 우러러 공경하는 듯한 태도로 성냥불을 붙인 다음 눈을 지그시 감았다. 향긋한 연기가 그의 입에서 흘러나왔다.

"향기가 아주 좋군. 무슨 담배야?"

"네이비 컷 딜럭스." 그는 다시 눈을 감았다. "이렇게 맛있는 연기라면 먹을 수도 있을 것 같아."

나는 소리 내어 웃었다.

"난 그냥 네이비 컷을 피워."

그는 가엾게 여기는 부처님 같은 표정으로 나를 바라보았다.

"그래선 안 돼. 안 되고말고. 담배라면 오직 이것뿐이야. 향기 좋고…… 과일 맛이 나고……."

그의 손이 허공에서 나른하게 움직이더니 서랍을 열었다. 나는 서랍 속을 언뜻 보았다. 수많은 담배통, 파이프, 청소 도구, 구멍 뚫는 기구, 파이프 닦는 형겊. 번듯한 담뱃가게를 차려도 손색이 없을 정도였다.

"자, 이걸 가져가서 한번 피워보게. 그리고 내 말이 틀렸으면 말해줘."

나는 내 손에 얹힌 담배통을 내려다보았다.

"아니, 이걸 다 받을 수는 없어. 이건 4온스짜리잖아!"

"별거 아니야. 어서 주머니에 넣어." 그는 갑자기 쾌활해졌다. "자네는 디나 할머니가 마취에서 깨어날 때까지 이 근처에서 빈둥거리고 싶겠지? 기다리는 동안 맥주나 한잔하지 않을래? 바로 길 건너에 멋진 클럽이 있는데, 내가 그곳 회원이야."

"글쎄 뭐, 그것도 괜찮겠지."

그는 덩치가 큰 사람치고는 놀랄 만큼 걸음이 빠르고 가벼워서, 내가 따라가기 힘들 정도였다. 그는 병원을 나가 길 건너편에 있는 건물로 걸어갔다.

클럽은 남성적이고 편안한 분위기였다. 유복해 보이는 회원들이 어서 오라면서 반갑게 맞아주고, 바텐더도 친절하게 인사를 했다.

"프레드, 여기 맥주 두 잔 주게." 베넷이 말했다.

바텐더는 놀랄 만큼 빨리 맥주를 대령했다. 베넷은 맥주를 목구멍에 부어넣었다. 삼키지도 않는 것 같았다. 그렇게 맥주 1파인트(0.57리터)를 단숨에 들이켜고는 나를 돌아보았다.

"한 잔 더 하겠나, 짐?"

나는 맥주를 겨우 한 모금 마셨을 뿐이기 때문에 당황하여 그 쓴 맥주를 벌컥벌컥 들이켜기 시작했다.

"좋지. 하지만 이번에는 내가 사겠네."

"그건 안 돼." 그는 엄격하게 나를 바라보았다. "여기서는 회원들만 술을 살 수 있거든. 프레드, 여기 두 잔 더!"

이제 내 앞에는 맥주 두 잔이 나란히 놓여 있었다. 나는 첫 번째 잔을 간신히 비웠다. 그리고 가볍게 숨을 헐떡이면서 두 번째 잔을 겁먹은 눈으로 바라보고 있는데, 베넷의 두 번째 잔은 벌써 4분의 3이나 비어 있었다. 그는 내가 보는 앞에서 남은 술을 단숨에 마셔버렸다.

"자네는 속도가 느리군." 그는 너그럽게 웃으면서 말했다. "프레드, 한 잔씩 더."

나는 바텐더가 손잡이를 움직이는 것을 불안한 눈으로 지켜보다가, 마음을 단단히 먹고 두 번째 잔에 도전했다. 나 자신도 놀랐지만, 어떻게든 술을 편도선 너머로 넘길 수 있었다. 나는 이제 심하게 헐떡거리면서 세 번째 잔을 집어 들었다. 그때 베넷이 유쾌하게 말했다.

"마지막으로 딱 한 잔만 더 하세. 프레드, 한 잔씩만 더 주겠나?"

술을 4파인트나 마시는 것은 어리석은 짓이었지만, 처음 만난 자리에서 비겁하게 꽁무니를 빼는 겁쟁이로 보이고 싶지는 않았다. 나는 될 대로 되라는 기분으로 세 번째 잔을 들어 조금씩 빨아들이기 시작했다. 술잔이 비었을 때 나는 거의 카운터에 쓰러져 있었다. 내 위는 고통으로 몸부림치며 빵빵하게 부풀었고, 이마에는 식은땀이 배어나왔다. 카운터에 거의 드러눕다시피 하고 있을 때 베넷이 카펫을 가로질러 문 쪽으로 걸어가는 것이 보였다.

"짐, 이제 갈 시간이야. 어서 잔을 비우게."

인체가 시험대에 오르면 어떤 고통을 견뎌낼 수 있는지는 참으로 경이롭다. 나는 적어도 30분, 그것도 가능하면 엎드린 자세로 쉬지 않으면 그 넉 잔째 맥주를 도저히 마실 수 없는 상태였다. 하지만 베넷이 초조하게 구둣발로 바닥을 톡톡 두드리고 있었기 때문에 나는 맥주를 조금씩 입안으로 흘려 넣었다. 맥주가 어금니를 돌아 목구멍 속으로 사라지는 것을 느끼면서도 그것을 믿을 수가 없었다. 스페인의 종교재판소에서 가장 즐긴 고문은 아마 물고문이었을 것이다. 배 속의 압력이 점점 증가하자 물고문을 당한 희생자의 기분을 알 것 같았다.

내가 마침내 술잔을 아무렇게나 내려놓고 술집에서 곤두박질치듯 튀어나오려는데, 덩치 큰 베넷이 벌써 문을 열어놓고 내가 나오기만 기다리고 있었다. 거리로 나오자 그는 나와 어깨동무를 했다.

"그 스패니얼 할머니는 아직 깨어나지 않았을 거야. 잠깐 우리 집에 들러서 뭘 좀 먹고 오세. 나는 배가 좀 고프군."

나는 벤틀리의 푹신한 좌석에 몸을 파묻고 불룩한 배를 두 팔로 끌어안은 채 차창을 스쳐 지나가는 상점들을 바라보았다. 상점가는 쏜살같이 뒤로 흘러가고, 곧이어 탁 트인 교외가 창밖에 펼쳐졌다. 벤틀리는 전형적인 요크셔 마을에 있는 아름다운 회색 돌집 밖에 멈춰 섰다. 베넷이 나를 집 안으로 안내했다.

그는 나를 가죽을 씌운 안락의자 쪽으로 떠밀었다.

"편히 앉아 있게. 아내는 지금 집에 없지만 내가 먹을 것을 좀 가져오지."

그는 서둘러 부엌으로 사라졌다가 잠시 후 커다란 단지를 들고 다시 나타났다. 그는 그 단지를 내 옆에 있는 탁자에 내려놓았다.

"맥주 한 잔 걸친 뒤에는 양파 피클이 최고야."

나는 겁먹은 눈으로 그 단지를 힐끔 들여다보았다. 이 남자의 생활에서는 모든 것이 유달리 큰 것 같았다. 심지어는 양파까지도 특대형이었다. 희끄무레한 갈색으로 반짝거리는 양파 한 조각이 골프공보다 더 컸다.

"베넷 선생…… 아니, 그랜빌, 고맙네."

나는 양파 조각 하나를 집어서 엄지와 검지 사이에 끼우고 무력하게 바라보았다. 내 몸은 맥주를 소화하기는커녕 아직 처리를 시작하지도 않았는데, 이 독해 보이는 채소를 거기에다 또 집어넣는다는 것은 도저히 생각할 수도 없는 일이었다.

그랜빌은 단지에서 양파를 꺼내 입 속에 던져 넣고 우적우적 씹어서 꿀꺽 삼키고는 어느새 두 번째 양파를 씹기 시작했다.

"우와, 맛있다. 내 마누라가 요리 솜씨 하나는 일품이거든. 양파 피클도 누구보다 잘 만들지."

그는 행복하게 양파를 씹으면서 찬장으로 걸어가 잠시 달그락거리는 소리를 내더니 묵직한 술잔을 들고 와서 내 손에 쥐여 주었다. 술잔에는 물도 타지 않은 위스키가 3분의 2쯤 들어 있었다. 나는 눈 딱 감고 양파를 입 속에 밀어 넣은 상태였기 때문에 아무 말도 할 수가 없었다. 대담하게 양파를 깨물자 독한 양파 냄새가 휘발성 물결이 되어 콧구멍으로 밀려들었다. 코가 맹맹해지고 지글지글 소리가 났다. 나는 위스키를 한 모금 마시고 눈물이 글썽거리는 눈으로 그랜빌을 쳐다보았다.

그는 다시 양파 단지를 나한테 내밀었다. 내가 사양하자 그는 불쾌한 눈으로 잠시 양파 단지를 내려다보았다.

"이걸 싫어하다니, 그거 참 이상하군. 나는 항상 아내가 양파 피클을 기막히게 잘 만든다고 생각했는데."

"아니야, 그랜빌. 아주 맛있어. 다만 이 양파도 아직 다 못 먹었기 때문에⋯⋯."

그랜빌은 대답하지 않고 슬픈 눈으로 계속 단지를 바라보았다. 나는 어쩔 수 없다는 것을 깨닫고 양파를 또 하나 집어 들었다.

그러자 그랜빌은 기분이 좋아져서 서둘러 부엌으로 돌아갔다. 이번에 돌아왔을 때는 커다란 로스트비프와 빵 덩어리와 버터와 겨자가 얹힌 쟁반을 들고 있었다.

"쇠고기 샌드위치는 목구멍으로 넘기기가 좀 쉬울 거야."

그는 고기 써는 큼지막한 칼을 칼갈이에 문지르면서 중얼거렸다. 그러다가 내 술잔에 위스키가 아직 절반이나 남아 있는 것을 알아차렸다.

"아니, 이런! 아직 술에 입도 대지 않았군."

그는 좀 퉁명스럽게 말했다. 그러고는 내가 술잔을 다 비울 때까지 자애로운 눈으로 지켜보다가 곧바로 빈 술잔에 다시 술을 채웠다. 술은 처음과 같은 높이로 되돌아갔다.

"그렇게 마시니까 보기 좋군. 양파 하나 더 먹게."

나는 배 속의 혼란을 가라앉히기 위해 두 다리를 뻗고 머리를 등받이에 올려놓았다. 내 위는 분화구 속에서 부글부글 끓어오르고 펑펑 터지는 용암의 호수였다. 양파가 한 조각 들어갈 때마다, 위스키가 한 모금 들어갈 때마다 배 속에서는 격렬한 반응이 일어났다. 그랜빌이 쇠고기 샌드위치를 만들고 있는 것을 보자 견딜 수 없는 구역질이 나를 덮쳤다. 그는 바쁘게 로스트비프를 썰고 있었다. 한 조각의 두께가 3센티미터는 되어 보였다. 그다음에는 겨자를 처덕처덕 발라서 빵 사이에 끼웠다. 샌드위치가 높아지자 그는 흐뭇한 표정을 지으며 그것을 주먹으로 쾅쾅 때려서 높이를 낮추었다. 그 작업을 하면서도 그는 이따금 양파를 입 안에 집어넣었다.

"자, 실컷 먹게."

마침내 그는 샌드위치가 수북이 쌓인 접시를 내 앞에 놓으면서 소리쳤다. 그러고는 제 몫의 샌드위치를 들고 흡족한 한숨을 내쉬며 다른 의자에 털썩 주저앉았다.

그는 샌드위치를 한입 덥석 베어 물고 씹으면서 말했다.

"나는 이렇게 가벼운 간식을 즐긴다네. 마누라도 밖에 나갈 때면 항상 내가 간단히 먹을 음식을 잔뜩 준비해놓지." 그는 샌드위치를 또 한입 삼켰다. "내 입으로 말하기는 뭣하지만 정말 맛있군. 그렇게 생각지 않나?"

"정말 맛있어."

나는 어깨를 펴고 샌드위치를 베어 물었다. 그것을 겨우 삼키고는 원치 않는 이물질이 또다시 부글거리는 배 속으로 미끄러져 내려가는 동안 숨을 죽였다.

바로 그때 현관문이 열리는 소리가 났다.

"아아, 마누라일 거야."

그랜빌이 막 일어서려는 순간, 꼴사납게 뚱뚱한 스태퍼드셔 불테리어가 방으로 뛰어 들어왔다. 스태퍼드셔는 어기적거리며 카펫을 가로질러 그랜빌의 무릎으로 뛰어올랐다.

"피블스, 내 귀염둥이. 아빠한테 온! 엄마랑 산책 잘했니?"

스태퍼드셔에 뒤이어 요크셔테리어가 들어와 역시 그랜빌에게 열렬한 환영을 받았다.

"야호, 빅토리아, 야호!"

웃는 재주를 가진 요크셔테리어는 주인의 무릎으로 뛰어오르지 않고 발치에 앉는 것으로 만족했다. 그리고 주인의 환심을 사려는 것처럼 몇 초마다 한 번씩 이빨을 드러내고 웃었다.

나는 괴로웠지만 저절로 웃음이 나왔다. 작은 동물을 전문으로 치료하는 수의사는 개를 좋아하지 않는다는 또 다른 신화가 여지없이 무너진 것이다. 덩치 큰 인간은 작은 개 두 마리를 끔찍이 사랑했다.

현관홀에서 가벼운 발소리가 들렸다. 나는 기대하는 마음으로 눈을 들었다. 그랜빌의 아내가 어떤 타입의 여자일지는 마음속에서 이미 분류가 끝나 있었다. 가정적이고 헌신적이고 순박한 여자, 그것이 내가 상상한 그랜빌의 아내였다. 그랜빌처럼 정력적인 남자는 대부분 그런 아내—뒤에서 조용히 남편을 섬기는 데 만족하는 아내—를 얻는다. 나는 내 판단에 자신을 가지고 수더분한 아줌마가 들어오기를 기다렸다.

문이 열렸을 때 나는 손에 들고 있던 거대한 샌드위치를 하마터면 떨어뜨릴 뻔했다. 조이 베넷은 온기를 발산하는 눈부신 미인이었다. 살아 있는 남자라면 누구나 걸음을 멈추고 돌아볼 만한 절세미인이었다. 부드러운 갈색 머리, 회색이 섞인 초록빛의 커다란 눈, 날씬하지만 지나치게 마르지 않은 몸매에 잘 어울리는 투피스. 그뿐만이 아니었다. 그녀에게는 건강함이 있었다. 내면의 빛이 있었다. 갑자기 내가 지금보다 더 훌륭한 남자였다면 얼마나 좋을까 하는 생각이 들었다. 하다못해 외모만이라도 지금보다는 나아 보이고 싶었다.

순간 나는 내 구두가 더럽고, 낡은 재킷과 코르덴바지는 이 집에 어울리지 않는다는 것을 강하게 의식했다. 옷을 갈아입지 않고 작업복 차림으로 곧장 달려왔기 때문이지만, 그랜빌의 옷차림과는 하늘과 땅 차이였다. 그랜빌처럼 말쑥한 양복을 빼입고 시골 농장을 돌아다닐 수는 없었기 때문이다.

아내가 허리를 숙여 다정하게 입을 맞추자 그랜빌은 기뻐서 노래를 불렀다.

"오 여보! 사랑하는 당신! 대러비에서 온 짐 헤리엇을 소개하지."

아름다운 눈이 나를 돌아보았다.

"안녕하세요, 헤리엇 씨!"

그녀는 남편과 마찬가지로 나를 만난 걸 기뻐하는 것 같았다. 또다시 나는 격렬한 후회에 사로잡혔다. 좀 더 남부끄럽지 않게 차리고 왔다면 얼마나 좋을까. 머리라도 빗었다면, 그리고 몸이 당장이라도 폭발하여 산산조각날 것 같은 상태가 아니라면 얼마나 좋을까. 몸이 이제 곧 수천 조각으로 폭발할 거라는 확신은 점점 강해졌다.

"차를 한 잔 마실까 하는데, 헤리엇 씨도 한 잔 드실래요?"

"아, 아닙니다. 아니에요. 정말 고맙지만 사양하겠습니다. 아니, 지금은 아무것도……."

나는 몸을 뒤로 뺐다.

"아아, 남편이 만든 작은 샌드위치를 드셨군요."

그녀는 킬킬거리며 차를 가지러 갔다.

부엌에서 돌아온 그녀는 남편에게 꾸러미 하나를 건네주었다.

"오늘 산 거예요. 당신이 좋아하는 셔츠를 몇 벌 골랐어요."

"여보, 정말 고마워!"

그는 어린아이처럼 갈색 포장지를 찢기 시작했다. 꾸러미에서는 셀로 판지로 싼 우아한 셔츠가 세 벌 나왔다.

"멋있군. 당신이 나를 버릇없이 만들고 있어." 그랜빌은 나를 쳐다보았다. "짐! 이건 정말 멋진 셔츠야. 자네도 한 벌 가져야 돼."

그는 반짝이는 셀로판지로 싼 셔츠를 나에게 던졌다. 셔츠는 방을 가로 질러 내 무릎에 착륙했다.

나는 놀라서 그것을 내려다보았다.

"아니, 정말로 나는 받을 수……."

"물론 받을 수 있지. 그걸 갖게나."

"하지만 그랜빌, 보통 셔츠도 아니고…… 이건 너무……."

"그래, 그건 너무 좋은 셔츠야."

그가 다시 불쾌한 표정을 짓기 시작했다.

나는 입을 다물었다.

그들은 둘 다 친절했다. 조이는 찻잔을 들고 바로 내 옆에 앉아서 쾌활 하게 재잘거렸고, 그랜빌은 마지막 샌드위치를 다 먹어치우고 다시 양파 를 씹기 시작하면서 나한테 환하게 웃어 보였다.

매력적인 여성이 바로 곁에 있는 것은 기분 좋은 일이었지만 난처하기도 했다. 거의 모든 시간을 농장에서 보낸 내 코르덴바지는 따뜻한 방 안에서 농장의 향기를 풍기기 시작했다. 그것은 내가 좋아하는 냄새였지만, 이 우아한 환경에 어울리지 않는 것은 의심할 여지가 없었다.

게다가 더욱 곤란한 것은 배 속에서 꾸르륵거리는 소리와 음악적으로 퉁탕거리는 소리가 나기 시작했다는 것이다. 그 소리는 대화가 잠시 끊길 때마다 또렷이 들렸다. 나는 전에 딱 한 번 그런 소리를 들은 적이 있었는데, 주름위가 심하게 뒤틀린 암소의 배 속에서 난 소리가 꼭 그런 소리였다. 나는 창피하게도 요란하게 트림을 하기까지 했다. 베넷 부부는 못 들은 체했지만, 작고 뚱뚱한 개는 놀라서 벌떡 일어났다. 하지만 배 속에서 또다시 창문이 덜컹거릴 만큼 요란한 소리가 나자 나는 떠날 시간이 되었다고 생각했다.

어쨌든 나는 이상한 소리를 내는 것 말고는 대화에 별로 참여하지 못했다. 취기가 오르기 시작했다. 나는 멍청하게 두 사람을 곁눈질하면서 꿔다 놓은 보릿자루처럼 앉아 있는 내 꼴을 점점 강하게 의식했다. 병원에서 처음 만났을 때와 똑같아 보이는 그랜빌과는 너무나 대조적이었다. 그랜빌은 여전히 태연하고 침착했다. 품위 있는 거동도 그대로였다. 그런 상황은 좀 견디기 어려웠다.

그래서 나는 주머니에 담배통을 넣고 겨드랑이에는 셔츠를 끼우고 조이에게 작별 인사를 했다. 걸을 때마다 담배통이 엉덩이에 부딪쳤다.

병원으로 돌아오자 나는 디나를 살펴보았다. 늙은 암캐는 훌륭하게 수술을 견뎌내고, 이제 고개를 들어 졸린 눈으로 나를 쳐다보았다. 혈색은 좋았고 맥박도 힘차게 뛰고 있었다. 그랜빌의 빠르고 숙달된 솜씨와 정맥주사가 수술의 충격을 극적으로 줄여주었다.

나는 무릎을 꿇고 디나의 귀를 만져주었다.

"디나는 잘해낼 거야."

거대한 파이프가 내 머리 위에서 자신있게 끄덕거렸다.

"물론이지. 잘해낼 거야."

그 말이 옳았다. 디나는 자궁 적출술로 원기를 되찾아, 그 후에도 오랫동안 살면서 여주인을 기쁘게 해주었다.

그날 밤 집으로 돌아오는 길에 디나는 담요에서 코만 삐죽 내밀고 내 옆의 조수석에 엎드려 있었다. 이따금 내가 기어를 잡으면 디나는 그 손에 턱을 올려놓았고, 때로는 나를 천천히 핥기도 했다.

분명 나보다는 디나가 더 나은 상태였다.

## 11

소장수 벤 애슈비는 버릇이 된 무표정한 얼굴로 방목장 울타리 너머를 바라보았다. 내가 보기에 그는 평생 동안 농부들한테 암소를 사들이면서, 자칫하면 열정으로 해석될 수도 있는 감정을 드러내는 데 두려움을 갖게 된 것 같았다. 암소를 바라보는 그의 얼굴에는 이따금 조용한 슬픔이 떠오를 뿐, 어떤 감정도 나타나지 않았다.

오늘 아침에도 마찬가지였다. 그는 울타리의 가로대에 몸을 기댄 채 해리 섬녀의 젊은 암소에게 침울한 눈길을 던지고 있었다. 잠시 후 그는 농부 쪽으로 돌아섰다.

"자네가 저 암소를 가까이 매두었더라면 좋았을걸. 너무 멀리 떨어져 있어서 방목장 안으로 들어가 봐야겠어."

그는 뻣뻣한 동작으로 울타리를 기어오르기 시작했다. 그가 몬티를 본 것은 바로 그때였다. 그 황소는 젊은 암소들 사이에서 풀을 뜯어먹고 있었기 때문에 지금까지는 눈에 잘 띄지 않았지만, 갑자기 커다란 머리를 다른 소들의 머리 위로 높이 들어올렸다. 코뚜레가 반짝이고, 목이 졸린 듯한 불길한 울음소리가 목초지를 가로질러 들려왔다. 몬티는 우리에게 눈길을 박은 채 앞발로 풀을 멍하니 잡아당기고 있었다.

벤 애슈비는 울타리를 오르던 동작을 멈추고 잠시 망설이다가 다시 땅으로 내려왔다. 그러고는 여전히 표정을 바꾸지 않고 중얼거렸다.

"좋아. 그렇게 멀리 떨어져 있지는 않군. 여기서도 충분히 볼 수 있겠어."

몬티는 내가 2년 전에 처음 보았을 때와는 몰라보게 달라져 있었다. 당시 몬티는 생후 보름 된 송아지였다. 뼈가 앙상하게 드러나 보일 만큼 비쩍 마른 송아지가 뻗정다리로 위태롭게 서서 양동이에 고개를 깊이 처박고 있었다.

"저 갓난 수송아지는 어떻습니까?" 해리 섬녀가 웃으면서 물었다. "저게 백 파운드라니, 말도 안 되죠?"

나는 놀라서 휘파람을 불었다.

"백 파운드나 줬습니까?"

"예, 갓난 송아지치고는 엄청나게 비싸지요? 하지만 뉴턴 품종을 우리 농장에 들여놓을 방법은 그것밖에 없더군요. 큰놈을 살 돈은 없으니까요."

당시 농부들이 모두 해리처럼 선견지명을 갖고 있지는 않았다. 어떤 품종이든 가리지 않고 암소와 교배시키는 농부도 있었다.

그런 사람들 가운데 하나가 비쩍 마른 황소를 시그프리드 원장에게 보여주면서 어떻게 생각하느냐고 물었다. "뿔과 불알밖에 안 보인다"는 시그프리드의 대답에 소 주인은 마뜩찮은 표정을 지었지만, 지금도 나는 그 말이야말로 당시의 전형적인 잡종 황소를 가장 사실적으로 묘사한 표현이라고 생각한다.

해리는 영리한 남자였다. 50헥타르 정도의 작은 농장을 아버지한테 유산으로 물려받자, 젊은 아내와 함께 그 농장을 의욕적으로 꾸려나가기 시작했다. 당시 그는 20대 초반이었고, 남자답지 않게 가냘픈 외모를 갖고 있었다. 나도 그를 처음 보았을 때는 그 외모에 속아서, 그가 힘든 농장 일을 견뎌내지 못할 거라고 생각했다. 1년 365일을 하루도 쉬지 않고 젖 짜고 먹이 주고 쇠똥 치우는 것이 낙농업이다. 창백한 얼굴, 풍부한 감정이 담겨 있는 커다란 눈, 호리호리한 체격은 그런 일에는 전혀 어울리지 않는 것 같았다. 하지만 내 생각이 틀렸다.

내가 병든 암소를 진찰하러 가면 해리는 발길질을 해대는 짐승에게 겁도 없이 덤벼들어 뒷다리를 움켜잡았고, 굴레를 씌우지 않은 덩치 큰 황소를 검사할 때는 이를 악물고 짐승의 코를 붙잡고 늘어졌다. 그런 해리를 보면서 나는 서둘러 생각을 고쳤다. 그는 끊임없이 지칠 줄 모르고 일했다. 이렇게 의욕적인 해리가 씨받이소를 찾아 스코틀랜드 남부까지 간 것은 지극히 자연스러운 일이었다.

해리가 키우고 있는 소들은 에어셔종으로, 쇼트혼종이 대다수를 차지하고 있는 데일스에서는 보기 드문 품종이었다. 거기에 유명한 뉴턴종의 피를 주입하면 품종이 개량될 것은 의심할 여지가 없었다.

"저 녀석은 아비와 어미가 둘 다 경진대회에서 상을 받았어요." 젊은 농부가 말했다. "그리고 혈통서에 거창한 이름도 올라 있고요. 뉴턴 몬트 머렌시 6세. 줄여서 몬티예요."

송아지는 제 이름을 알아들은 것처럼 양동이에서 고개를 들어 우리를 쳐다보았다. 그 작은 얼굴은 우스꽝스러웠다. 주둥이는 흠뻑 젖어 있고 뺨 중간쯤까지 우유가 묻어 있었다. 입에서도 우유가 줄줄 흘러내렸다. 나는 우리 안으로 몸을 구부려 그 작고 단단한 머리를 긁어주었다. 앞으로 뿔이 돋아날 자리에 겨우 완두콩만 한 돌기가 만져졌다. 눈이 맑고 겁이 없는 몬티는 잠시 내 애무에 머리를 내맡기고 있다가 다시 양동이에 고개를 처박았다.

나는 그 후 몇 주 동안 해리 섬너를 자주 보았고, 그때마다 그가 비싼 값에 사들인 몬티를 잠깐씩이라도 살펴보곤 했다. 몬티가 자랄수록 해리가 그 송아지를 100파운드나 주고 산 이유를 알 수 있었다. 몬티는 에어셔종 송아지 세 마리와 같은 우리 안에 있었는데, 언뜻 보기만 해도 다른 송아지들보다 우월한 것을 한눈에 알 수 있었다. 넓은 이마와 간격이 넓은 눈, 두툼한 가슴과 짧고 곧은 다리, 어깨에서 꼬리까지 일직선을 이룬 평평한 등. 몬티는 기품이 있었고, 어린 나이에도 이미 훌륭한 씨받이소였다.

몬티가 생후 석 달쯤 되었을 때 해리가 전화를 걸어왔다. 몬티가 폐렴에 걸린 것 같다는 것이었다. 그 무렵에는 날씨가 맑고 따뜻한 데다 몬티는 외풍이 들어오지 않는 건물 안에 있었기 때문에 나는 깜짝 놀랐다. 하지만 몬티를 보자마자 주인의 진단이 옳다는 생각이 들었다. 가쁘게 몰아쉬는 숨이며 40도가 넘는 체온은 폐렴의 전형적인 증세였다. 그런데 가슴에 청진기를 대고 폐렴 특유의 소리를 들으려고 귀를 기울였지만 아무 소리도 들리지 않았다. 몬티의 허파는 깨끗했다. 나는 몇 번이나 진찰을 되풀이했지만 수포음도 들리지 않았고 폐 조직이 경화된 조짐도 전혀 없었다.

나는 당황해서 농부를 돌아보았다.

"정말 이상하군요. 몬티가 아픈 건 사실이지만, 증세는 어떤 병에도 들어맞지 않습니다."

이 말은 내가 받은 교육에 어긋나는 것이었다. 내가 대학 시절에 첫 실습을 나가서 만난 수의사가 언젠가 이런 말을 했기 때문이다. "동물이 무슨 병에 걸렸는지 모른다 해도, 절대 그것을 인정하지 말고 아무 병명이나 붙여라. 매클러스키병이든가 갤러핑 비듬증이라든가. 이름은 아무래도 상관없고, 어쨌든 그럴듯한 이름을 붙이면 된다." 하지만 나한테는 어떤 영감도 떠오르지 않았다. 나는 숨을 헐떡이며 불안한 표정을 짓고 있는 작은 송아지를 바라보았다.

증세에 따라 치료하는 대증요법. 내가 할 수 있는 일은 그것뿐이었다. 몬티는 체온이 높으니까 우선 열이 내려가게 하자. 나는 빈약한 장비를 꺼냈다. 광범위 항혈청 주사약, 해열제인 감초석정. 하지만 이틀이 지나자 전통적인 약제는 아무 효과도 없다는 사실이 분명해졌다.

나흘째 되는 날 아침, 해리 섬너가 차에서 내리는 나를 마중했다.

"오늘 아침에는 몬티의 걸음걸이가 이상해요. 앞이 안 보이는 것 같습니다."

"앞이 안 보인다고요?"

특이한 형태의 납중독일까? 나는 서둘러 송아지 우리로 들어가 벽을 둘러보기 시작했지만, 페인트 부스러기는 어디에도 없었다. 그리고 몬티는 이 우리 밖으로 나간 적이 없었다.

어쨌거나 몬티를 유심히 관찰한 결과, 나는 몬티가 정말로 눈이 멀지는 않았다는 것을 알아차렸다. 약간 치뜬 눈으로 앞을 응시하고 눈이 먼 것처럼 비틀거리면서 우리 안을 돌아다녔지만, 내가 얼굴 앞에서 손을 흔들면 눈을 껌뻑거렸다. 나를 당황하게 만든 것은 몬티의 걸음걸이였다. 몬티는 막대기같이 뻣뻣한 다리로 기계장치가 된 장난감처럼 걸어 다녔다. 나는 지푸라기라도 잡는 심정으로 그런 증세를 나타내는 병명을 머리에 떠올리기 시작했다. 강직성 근육 경련? 아니야. 뇌척수막염? 아니, 아니야. 나는 항상 전문가답게 침착한 태도를 유지하려고 애썼지만, 이때만은 멍하니 서서 입을 벌린 채 머리를 긁적거리고 싶은 충동과 싸워야 했다.

나는 얼른 해리의 농장을 떠나 차를 몰고 가면서 마음을 가라앉히고 진지하게 생각하기 시작했다. 나는 아직 경험이 부족했지만, 병리학과 생리학에 대한 지식은 갖고 있었다. 진단을 내리지 못해 애를 먹을 때는 그런 지식을 동원하여 합리적으로 찬찬히 생각해보면 대개는 문제를 해결할 수 있었다. 하지만 몬티의 증세는 도무지 이해할 수가 없었다.

그날 밤에 나는 책과 대학 시절의 노트, 《수의사의 증언》 같은 묵은 잡지를 비롯하여 송아지의 질병에 관한 자료를 모두 꺼내놓았다. 여기 어딘가에 실마리가 있을 것이다. 하지만 약과 수술에 대한 책은 아무 영감도 주지 못했다. 내가 희망을 포기하려는 순간 송아지 질병에 관한 짧은 논문의 한 구절이 문득 눈에 띄었다. '죽마를 탄 것처럼 부자연스러운 걸음걸이, 위로 치뜨고 앞을 뚫어지게 바라보는 눈, 이따금 호흡기 증세와 고열을 동반함.' 이 낱말들이 인쇄된 페이지에서 내 눈앞으로 뛰쳐나온 것 같았다. 미지의 저자가 내 어깨를 두드리며 "그래, 바로 이거야. 의심할 여지가 없어" 하고 나를 격려하듯 속삭이고 있는 것 같았다.

나는 수화기를 들고 해리 섬너에게 전화를 걸었다.

"몬티와 그 우리 안에 있는 다른 송아지들이 서로 핥아주는 것을 본 적이 있나요?"

"그럼요. 송아지들은 항상 그래요. 그건 송아지들의 취미 같은 거예요. 그런데 왜요?"

"뭐가 잘못됐는지 알아냈습니다. 모발 결석이에요."

"모발 결석요? 털이 뭉쳤다는 겁니까? 어디에요?"

"주름위, 그러니까 네 번째 위에요. 그게 그 요상한 증세를 일으키는 원인입니다."

"맙소사. 그럼 어떻게 해야 합니까?"

"아마 수술이 필요할 겁니다. 하지만 우선 유동 파라핀을 먹여보고 싶군요. 당신이 와서 가져가겠다면, 2리터들이 병에 파라핀을 담아서 병원 계단에 놔두겠습니다. 지금 1리터를 먹이고, 내일 아침에 일어나자마자 나머지 1리터를 먹이세요. 그러면 모발 결석이 몸 밖으로 배출될지도 모릅니다. 내일 가겠습니다."

나는 사실 유동 파라핀을 별로 신뢰하지 않았다. 수술할 생각을 하자 신경이 곤두섰고, 그 생각에 익숙해질 때까지 무엇이든 하기 위해 그거라도 먹여보라고 제의했을 뿐이다. 이튿날 아침의 상황은 예상대로였다. 몬티는 여전히 다리가 뻣뻣했고, 눈이 안 보이는 것처럼 앞을 뚫어지게 바라보고 있었다. 항문 주변과 꼬리에 기름기가 묻어 있는 것으로 보아, 파라핀은 장애물을 그대로 통과한 게 분명했다.

"몬티는 벌써 사흘 동안 아무 것도 안 먹었어요. 오래 버틸 수 있을 것 같지 않아요."

나는 해리의 걱정스러운 얼굴에서 눈길을 돌려, 우리 안에서 부들부들 떨고 있는 송아지를 바라보았다.

"당신 말이 맞습니다. 몬티를 살릴 수 있다는 희망을 조금이라도 가지려면 당장 배를 갈라야 합니다. 한번 시도해볼까요?"

"할 수 있는 데까지는 해봐야죠. 빠를수록 좋습니다."

해리는 나에게 미소를 지었다. 신뢰가 담긴 미소였다. 배 속이 요동쳤다. 나를 믿은 것이 터무니없는 실수로 판명날 수도 있었다. 그 당시 소과 동물의 개복수술은 지극히 원시적인 상태였기 때문이다. 몇 가지 수술은 꽤 본격적으로 이루어지기 시작했지만, 모발 결석 제거 수술은 거기에 포함되어 있지 않았다. 그 수술 절차에 대해 내가 알고 있는 것이라고는 교과서에 본문보다 약간 작은 글씨로 인쇄된 몇 줄뿐이었다.

하지만 이 젊은 농부는 나를 굳게 믿고 있었다. 그는 내가 할 수 있다고 믿었다. 따라서 회의적인 태도를 그에게 보여 봤자 아무 소용도 없었다. 내가 인간의 병을 고치는 의사들을 부러워하는 것은 이럴 때였다. 수술이 필요한 환자가 오면 그들은 서둘러 병원으로 환자를 보내지만, 수의사는 그 자리에서 당장 재킷을 벗어 던지고 야외에 수술 무대를 만들어야 했다.

해리와 나는 기구를 끓는 물로 소독하고, 뜨거운 물이 담긴 양동이를 여러 개 늘어놓고, 빈 우리에 깨끗한 짚을 깔면서 바쁘게 일했다. 송아지는 쇠약해져 있었지만, 넴부탈(수면제)을 60시시나 혈관에 주입한 뒤에야 완전히 마취가 되었다. 송아지는 두 개의 짚단 사이에 등을 기대고 작은 발굽을 대롱거리며 깊이 잠들었다. 수술을 시작할 준비가 갖추어졌다.

수술은 결코 책에 나온 대로 진행되지 않는다. 책에 나온 그림과 도해는 아주 간단명료해 보이지만, 막상 살아서 숨 쉬는 동물의 배를 가르면 사정이 달라진다. 배는 숨을 쉴 때마다 오르내리고 칼날 밑에서 피가 배어나온다. 주름위가 복막 바로 밑에, 복장뼈보다 조금 오른쪽에 있다는 것은 알고 있었지만, 복막을 갈라도 쭈글쭈글 주름이 져 있고 지방층으로 덮여 있는 이 미끌미끌한 복막 때문에 아무 것도 보이지 않았다. 복막을 옆으로 밀어냈을 때 몬티의 몸을 고정시키고 있던 짚단 하나가 움직이면서 몬티가 갑자기 왼쪽으로 기울어졌다. 그 바람에 갈라진 복막을 통해 창자가 밖으로 쏟아져 나오려 했다. 나는 반짝반짝 빛나는 분홍색 창자에 손바닥을 대고 밖으로 나오는 것을 막았다. 내가 일을 시작하기도 전에 환자의 내장이 짚단 위로 쏟아져 나오기 시작하면 큰일이다.

"몬티를 똑바로 눕혀요, 해리. 그리고 그 짚단을 제자리에 밀어 넣어요." 나는 헐떡거리며 말했다.

농부는 재빨리 내 지시에 따랐지만, 창자는 전혀 제자리로 돌아가고 싶어 하지 않고 내가 주름위를 더듬더듬 찾고 있는 동안에도 계속 주제넘게 밀고 들어와 나를 방해했다. 솔직히 나는 어찌할 바를 몰라 난감한 기분에 빠져들었다. 바로 그때 무언가 단단한 물체가 손에 잡혔다. 가슴이 쿵쿵 뛰었다. 그 물체는 위벽 안쪽에서 이리저리 미끄러졌다. 그 순간에는 네 개의 위 가운데 어느 위인지 확실히 알 수가 없었다. 나는 그것을 움켜잡고 갈라진 복막 밖으로 들어올렸다. 내가 잡고 있는 것은 주름위였고, 안쪽에 있는 단단한 물체는 모발 결석이 분명했다.

나는 또다시 주제넘게 밀고 들어오려는 창자를 밀어내면서 주름위를 절개했다. 처음으로 말썽의 원인이 시야에 들어왔다. 그것은 공처럼 둥글지 않고 납작한 덩어리였다. 빽빽하게 엉킨 털에 몇 가닥의 건초와 시큼한 응유가 섞여 있고, 내가 먹인 유동 파라핀이 피막처럼 그것을 싸고 있었다. 그 덩어리가 소장과 주름위 사이의 유문에 꽉 끼어 있었다.

나는 그 모발 결석을 조심스럽게 꺼내어 짚단 위에 떨어뜨렸다. 얼굴에서 땀이 줄줄 흘러내리고 있었지만, 주름위의 절개 부위와 근육층을 꿰매고 피부를 봉합하기 시작할 때까지 그것을 알아차리지도 못했다. 내가 코끝에 맺힌 땀방울을 콧김으로 날려 보내자 해리가 침묵을 깨뜨렸다.

"힘드시죠?" 그러고는 소리 내어 웃으면서 내 어깨를 탁 때렸다. "이런 수술은 처음이니까 기분이 좀 이상했을 겁니다."

나는 봉합사를 잡아당겨 매듭을 지었다.

"맞아요. 어쩌면 그렇게 잘 압니까?"

봉합이 끝나자 우리는 몬티에게 거적을 덮어주고 그 위에 짚을 쌓아올렸다. 짚더미에서 몬티의 머리만 튀어나와 있었다. 나는 허리를 굽혀 몬티의 눈 가장자리를 만져보았다. 각막 반사작용은 전혀 없었다. 몬티는 깊이 잠들어 있었다. 마취제를 너무 많이 투여한 건 아닐까? 물론 수술 쇼크가 일어날 수도 있었다. 나는 우리를 떠나면서 꼼짝도 하지 않는 그 작은 송아지를 힐끔 돌아보았다. 텅 빈 우리 안에 누워 있는 몬티는 여느 때보다 더 작고 연약해 보였다.

그날은 온종일 바빴지만, 저녁이 되자 자꾸만 몬티 생각이 났다. 이제 마취에서 깨어났을까? 어쩌면 죽었을지도 몰라. 길잡이가 되어줄 수술 경험이 없었기 때문에 송아지가 그런 수술에 어떤 반응을 보일지 짐작도 가지 않았다. 몬티의 죽음이 해리 섬너에게 얼마나 중요한 의미를 갖는지 나는 알고 있었다. 아무리 애를 써도 나를 끊임없이 괴롭히는 그 생각을 떨쳐버릴 수가 없었다. 씨받이소 한 마리가 소떼의 절반이라는 말이 있다. 해리의 장래 소떼의 절반이 거기 짚더미 아래 누워 있었다. 해리는 이제 다시는 그렇게 많은 돈을 마련하지 못할 것이다.

나는 의자에서 벌떡 일어났다. 앉아서 걱정만 하고 있어 봤자 아무 소용도 없었다. 무슨 일이 일어나고 있는지 알아내야 했다. 밤중에 환자를 찾아가서 공연히 법석을 떨면 제 기술에 자신을 갖지 못하는 미숙한 아마추어처럼 보일 것 같아서 좀 망설여지기도 했지만, 만약의 경우에는 수술 기구를 찾으러 왔다고 말하면 된다.

농장은 어둠에 싸여 있었다. 나는 우리 안으로 살금살금 들어가 짚더미를 손전등으로 비추었다. 몬티가 그 자리에 그대로 누워 있는 것을 본 순간 가슴이 쿵 내려앉았다. 나는 무릎을 꿇고 거적 밑으로 한 손을 밀어 넣었다. 몬티는 어쨌든 숨을 쉬고 있었다. 하지만 눈에는 여전히 반사작용이 없었다. 몬티는 죽어가고 있거나, 아니면 마취에서 깨어나는 데 너무 많은 시간이 걸리고 있었다.

어두운 마당 건너편에 농가가 보였다. 부엌에서 희미한 불빛이 새어나오고 있었다. 아무도 내 발소리를 듣지 못했다. 나는 차를 세워둔 곳까지 살금살금 걸어가서 그곳을 떠났다. 아무 진전도 없었기 때문에 몹시 속이 상했다. 결과가 어떻게 될지는 여전히 알 수 없었다.

이튿날 아침에도 나는 똑같은 일을 되풀이해야 했다. 송아지 우리로 살금살금 걸어가면서 이번에는 틀림없이 뭔가를 보게 될 거라고 생각했다. 지금쯤은 죽었거나 회복되었거나 양단 간에 결판이 나 있을 것이다. 나는 바깥문을 열고 거의 뛰다시피 통로를 걸어갔다. 몬티는 세 번째 우리에 있었다. 나는 허겁지겁 우리를 들여다보았다.

몬티는 가슴을 바닥에 대고 앉아 있었다. 여전히 거적과 짚을 덮은 채 처량한 표정을 짓고 있었지만, 소과 동물이 가슴으로 몸을 지탱하고 앉아 있으면 나는 늘 희망을 느낀다. 긴장이 순식간에 몸에서 빠져나갔다. 몬티는 수술을 견디고 살아남은 것이다. 첫 단계는 무사히 지나갔다. 무릎을 꿇고 몬티의 머리를 문지르면서 나는 우리가 해낼 거라고 확신했다.

그 뒤엉킨 털뭉치를 제거한 것이 여러 가지 면에 그토록 극적인 효과를 나타내는 이유를 과학적으로 설명하기는 어렵지만, 실제로 몬티는 상태가 훨씬 좋아져 있었다. 체온은 떨어졌고, 호흡도 정상으로 돌아왔고, 눈은 더 이상 앞을 뚫어지게 바라보지 않았고, 기묘하게 뻣뻣했던 다리도 풀렸다.

왜 그렇게 기쁜지는 이해할 수 없었지만, 그래도 나는 기뻤다. 나는 애제자를 대하는 스승처럼 몬티에게 따뜻한 애정을 품게 되었다. 어쩌다 그 농장에 가면 나는 무의식중에 몬티의 우리로 걸음을 옮기곤 했다. 몬티는 항상 나에게 다가와서 흥미롭게 나를 바라보았다. 몬티도 나에게 유대감을 갖고 있는 것 같았다.

몬티가 한 살쯤 되었을 때 나는 변화를 알아차렸다. 나를 바라보는 몬티의 눈에서 우호적인 관심이 차츰 사라지고, 그 대신 생각에 잠긴 듯한 표정이 떠올랐다. 그와 동시에 나를 향해 머리를 흔들어대는 버릇이 생겼다.

"내가 당신이라면 더 이상 몬티의 우리에 들어가지 않을 겁니다." 어느 날 해리가 말했다. "몬티는 덩치가 점점 커지고 있어요. 다 자라기도 전에 건방진 녀석이 될 겁니다."

하지만 건방지다는 말은 옳은 표현이 아니었다. 몬티는 오랫동안 해리를 속썩이지 않고 건강하게 자랐다. 내가 몬티를 다시 본 것은 녀석이 거의 두 살이 되었을 때였다. 이번에는 병 때문이 아니었다. 해리의 암소두 마리가 임신 기간을 채우지 않고 송아지를 낳았다. 혹시 브루셀라병에 걸린 건 아닐까 걱정이 된 해리는 자기네 소들의 혈액 검사를 나에게 의뢰했던 것이다.

암소들에 대한 혈액 검사는 순조롭게 진행되어, 한 시간쯤 뒤에는 수많은 유리관이 혈액으로 가득 찼다.

"암소는 다 끝났습니다. 이제 씨받이소만 검사하면 끝입니다."

해리는 앞장서서 마당을 가로질러 송아지 우리로 통하는 문을 지나, 통로 끝에 있는 씨받이소의 우리로 걸어갔다. 해리가 허리까지 올라오는 문을 열었다. 우리 안을 들여다본 순간 나는 놀라움에 사로잡혔다.

몬티는 정말로 거대했다. 근육이 울퉁불퉁 튀어나온 목이 거대한 머리를 지탱하고 있었다. 머리는 너무 거대해서 눈이 작아 보일 정도였다. 이제 그 눈에서 우호적인 느낌은 찾아볼 수 없었다. 아니, 사실은 어떤 감정도 드러나 있지 않았다. 그 눈에는 차갑게 반짝이는 검은 빛이 있을 뿐이었다. 몬티는 벽을 향해 옆으로 서 있었지만, 머리로 돌벽을 들이받아 일부러 위협적으로 천천히 벽의 회반죽에 커다란 뿔자국을 내는 것으로 보아 몬티가 나를 지켜보고 있다는 것을 알 수 있었다. 이따금 몬티는 가슴속 깊은 곳에서 콧김을 뿜어냈지만, 그것을 제하고는 으스스할 만큼 조용했다. 몬티는 단순한 씨받이소가 아니었다. 한 종족의 시조가 될 거대한 존재였다.

해리는 문 너머로 멍하니 몬티를 바라보는 나에게 싱긋 웃어 보였다.

"안에 들어가서 저 녀석의 머리를 긁어주고 싶으세요? 전에는 늘 그러셨잖아요."

나는 몬티한테서 억지로 눈길을 돌렸다.

"고맙지만 우리 안에 들어갔다가는 내 수명이 줄어들 것 같군요."

"1분 정도는 버틸 수 있을 겁니다." 해리가 생각에 잠긴 얼굴로 말했다. "몬티는 내가 기대한 대로 당당한 씨받이소가 되었지만, 다루기가 너무 어려워요. 나는 몬티를 전혀 믿지 않습니다."

"그럼 어떻게 혈액 표본을 채취하죠?"

"내가 녀석의 머리를 저 구석으로 몰아넣겠습니다." 해리는 우리 안쪽 벽을 가리켰다. 뒷마당으로 뚫린 구멍에 여물통이 놓여 있고, 그 위에 금속 멍에가 걸려 있었다. "먹이를 주어서 저쪽으로 유인하겠습니다."

해리는 밖으로 나가서 뒷마당으로 돌아갔다. 나는 해리가 국자로 사료를 퍼서 몬티의 여물통에 붓는 것을 볼 수 있었다.

몬티가 처음에는 해리를 완전히 무시하고 계속 벽을 들이받다가, 위엄 있게 천천히 돌아서서 유유히 우리를 가로질러 여물통 쪽으로 고개를 숙였다. 해리가 내 눈에는 보이지 않는 뒷마당에서 재빨리 레버를 잡아당겨 몬티의 굵은 목에 멍에를 채웠다.

"됐습니다." 해리가 레버를 움켜잡은 채 소리쳤다. "내가 몬티를 잡고 있으니까 이젠 안으로 들어가셔도 됩니다."

나는 문을 열고 우리 안으로 들어갔다. 몬티는 머리가 단단히 잡혀 있었지만, 그 좁은 공간에 몬티와 단둘이 있는 것은 역시 불안했다. 거대한 몸통을 지나 목에 손을 댄 순간 나는 부르르 떨고 있는 몬티의 몸에서 억눌린 힘과 분노가 발산되는 것을 느낄 수 있었다. 경정맥 옆에 손가락을 박자 혈관이 불끈 솟아올랐다. 나는 바늘을 찌를 태세를 갖추었다. 가죽처럼 질긴 그 피부를 꿰뚫으려면 힘차게 찔러야 할 것이다.

몬티는 몸을 긴장시켰지만 내가 바늘을 찔러도 움직이지 않았다. 나는 피가 주사기 안으로 흘러드는 것을 보면서 안도의 한숨을 내쉬었다. 다행히 한 번에 혈관을 찔러서, 여기저기 쑤셔댈 필요가 없었다. 일이 너무 쉽게 끝났다고 생각하면서 주사바늘을 **빼내고** 있을 때 사건이 시작되었다. 몬티가 무시무시한 울음소리를 내더니, 나를 휙 돌아보았다. 좀 전까지의 무기력은 흔적조차 찾아볼 수 없었다. 나는 몬티가 뿔 하나를 멍에에서 빼낸 것을 알았다. 몬티는 머리로 나를 들이받을 수는 없었지만 어깨로 내 등을 때렸다. 믿을 수 없을 만큼 강한 힘이었다. 밖에서 해리의 외침 소리가 들렸다. 간신히 일어나 우리 문 쪽으로 달려가는데, 미친 듯이 몸부림을 치던 몬티가 두 번째 뿔을 멍에에서 거의 빼낸 것이 보였다. 복도로 나간 순간 멍에가 쨍그랑 하는 소리를 냈다. 몬티가 마침내 멍에에서 풀려난 것이다.

콧김을 내뿜으며 덤벼드는 1톤짜리 저승사자보다 몇 걸음 앞서 좁은 통로를 달려가본 적이 있는 사람은 내가 잠시도 꾸물거리지 않은 것을 높이 평가해줄 것이다. 몬티가 나를 잡으면 잘 익은 자두를 으깨듯 벽에 밀어붙이고 으스러뜨릴 것이다. 그것을 분명히 알고 있었기 때문에, 말 그대로 걸음아 날 살려라 하고 정신없이 달렸다. 나는 긴 방수복을 입고 고무장화를 신고 있었지만, 정식 장비를 갖춘 올림픽 단거리 선수도 나보다 빨리 달리지는 못했을 것이다.

나는 몬티보다 한 발 먼저 문에 도착하여, 문 밖으로 몸을 날렸다. 그러고는 재빨리 문을 쾅 닫았다. 맨 처음 내 눈에 들어온 것은 우리 바깥쪽에서 모퉁이를 돌아 달려오는 해리 섬너였다. 그는 새파랗게 질려 있었다. 내 얼굴은 볼 수 없었지만, 나도 창백해진 느낌이 들었다. 입술까지도 핏기를 잃고 차갑게 마비되어 있었다.

"죄송합니다!" 해리가 쉰 목소리로 말했다. "멍에를 제대로 잠글 수 없었어요. 목이 너무 굵어서요. 레버가 내 손에서 쑥 빠져나갔지 뭡니까. 이렇게 무사하신 걸 보니 얼마나 다행인지 모릅니다. 선생님이 꼼짝없이 죽는 줄 알았어요."

　나는 손을 내려다보았다. 내 손은 아직도 피가 가득 든 주사기를 단단히 움켜쥐고 있었다.

　"어쨌든 표본은 채취했으니까 정말 다행이에요. 또다시 저 안에 들어가 혈액을 채취하라면, 천만금을 준대도 사양할 테니까요. 몬티와 나의 아름다운 우정도 오늘로 완전히 끝장난 것 같습니다."

　"저 빌어먹을 녀석!" 해리는 몬티의 뿔이 문을 들이받는 소리에 잠시 귀를 기울였다. "어쨌든 선생님은 녀석을 돌봐주셨어요. 그 점은 고맙게 생각하고 있습니다."

# 12

수의학의 역사에서 가장 극적인 사건은 아마 짐말의 소멸일 것이다. 수의사라는 직업을 떠받치고 번창하게 해준 짐말이 불과 몇 년 사이에 조용히 사라져버린 것은 거의 믿을 수 없는 사실이다. 나는 그 사건이 일어나는 것을 현장에서 목격한 증인들 가운데 한 사람이다.

내가 처음 대러비에 왔을 때는 이미 트랙터가 짐말을 대신하기 시작했지만, 농촌에서는 전통이 좀처럼 사라지지 않는 법이어서 아직도 주위에 말이 많이 남아 있었다. 나한테는 아주 다행한 일이었다. 내가 받은 교육은 주로 말과 관련된 것이었고, 다른 짐승들에 대한 교육은 형편없이 부족했기 때문이다. 많은 점에서 훌륭한 교육이긴 했지만, 그 교과 과정을 짠 이들은 말이 궤도차와 짐수레를 끄는 세상에서 중절모에 연미복을 입고 바쁘게 일하는 말 전문 수의사를 여전히 염두에 두고 있었던 게 아닌가 하는 생각이 들 때도 있었다.

우리는 우선 말의 신체 구조를 자세히 배운 다음, 다른 짐승들에 대해서는 수박 겉핥기식으로 넘어갔다. 해부학만이 아니라 다른 과목들도 마찬가지였다. 말발굽에 편자를 박는 방법은 대장장이 못지않게 철저히 배웠고, 개가 잘 걸리는 디스템퍼(개홍역)보다 말 전염병인 비저와 선역에 대해 아는 것이 훨씬 중요했다. 그것을 배우면서도 우리 젊은 학생들은 짐말이 이미 박물관의 유물로 밀려났고 소와 양과 개와 돼지를 치료하는 일이 늘어날 게 뻔한데 말을 위주로 공부하는 것은 어리석다는 사실을 알고 있었다.

그래도 말에 대한 지식을 잔뜩 흡수한 이상, 그 지식을 써먹을 수 있는 환자들이 아직 많이 남아 있는 것은 위안이 되었다. 수의사가 된 뒤 처음 2년 동안은 거의 날마다 농가의 말을 치료한 것 같다. 나는 예나 지금이나 말 전문가는 아니지만, 중세부터 이름이 알려진 질병과 마주치면 묘하게 가슴이 설레곤 했다. 기갑루, 항부종양, 제차부란, 견갑골 탈구—수의사들은 수백 년 동안 나와 거의 똑같은 약과 치료법을 사용하여 이런 질병과 싸워왔다. 나는 인두와 약상자로 무장하고, 수의사 생활의 주류였던 굽이치는 강물 속으로 용감하게 뛰어들었다.

그런데 3년도 지나기 전에 그 강물이 줄어들었다. 졸졸 흐르는 개울물이 된 것이 아니라, 머지않아 완전히 말라버릴 게 뻔한 단계에 이르렀다. 이것은 어떤 점에서는 수의사의 부담이 줄어드는 것을 의미했다. 말을 다루는 일은 수의사 생활에서 가장 거칠고 힘겨운 일이었기 때문이다.

그래서 오늘 세 살짜리 거세마를 본 순간, 이런 일은 정말 오랜만이라는 생각이 들었다. 말은 옆구리가 철조망에 걸려 길게 찢어져 있었다. 말이 움직일 때마다 상처가 크게 벌어졌다. 꿰매는 것 말고는 다른 방법이 없었다.

말은 나무 칸막이에 오른쪽 옆구리를 대고 우리에 묶여 있었다. 육척 장신인 농장 일꾼 하나가 말 머리에 씌운 마구를 단단히 움켜잡고 머리를 구유에 눌러대고 있는 동안, 나는 상처에 재빨리 요오드포름을 뿌렸다. 다행히 말은 싫어하는 기색을 보이지 않았다. 그 거대한 체구에서 발산되는 생명력과 힘이 손에 잡힐 듯했기 때문에 말이 얌전한 것은 다행이었다. 나는 명주실 봉합사를 바늘에 꿰고, 상처 가장자리를 들어 올려 거기에 바늘을 꿰었다. 반대쪽 가장자리에 바늘을 꿰면서 일이 쉽게 끝날 것 같다고 생각했지만, 바늘을 잡아당기고 있을 때 말이 갑자기 껑충 뛰어올랐다. 돌풍이 휙 소리를 내면서 내 앞을 스치고 지나간 듯한 느낌이었다. 그런데 묘하게도 말은 아무 일도 없었던 것처럼 다시 칸막이에 몸을 대고 얌전히 서 있었다.

나는 이따금 말에게 걷어차였지만, 말발굽이 다가오는 것을 본 적은 한 번도 없었다. 근육이 잘 발달한 그 거대한 다리가 어떻게 그처럼 빨리 움직일 수 있는지, 그저 놀라울 뿐이었다. 이번에도 말이 나한테 멋지게 한 방 먹인 것은 분명했다. 조금 전까지 손에 쥐고 있었던 실과 바늘이 어디론가 사라져버렸기 때문이다. 일꾼이 창백해진 얼굴로 눈을 크게 뜨고 나를 바라보았다. 내 옷의 앞쪽이 이상해져 있었다. 나는 방수복을 입고 있었는데, 누군가가 면도칼로 갈기갈기 찢어놓은 것처럼 가느다란 헝겊 조각들이 땅바닥까지 늘어져 있었다. 편자를 신은 거대한 발굽이 내 다리를 아슬아슬하게 스치고 지나가면서 방수복을 넝마로 만들어버린 것이다.

내가 망연자실한 채 주위를 둘러보고 있을 때 문간에서 쾌활한 목소리가 들려왔다.

"이 녀석이 무슨 못된 짓이라도 했소?"

나이든 목부(牧夫)인 클리프 타이어먼이 즐거움과 심술이 뒤섞인 눈으로 나를 훑어보았다.

"하마터면 병원에 실려 갈 뻔했지 뭡니까." 나는 떨리는 목소리로 대답했다. "정말 위기일발이었어요. 바람이 휙 지나가는 것밖에 못 느꼈는데……."

"무슨 일을 하려고 했는데요?"

"저 상처를 꿰매려고 했는데 그만두겠습니다. 병원에 가서 마취제 재갈을 가져다가 다시 해야겠어요."

노인은 충격을 받은 것 같았다.

"마취제 따위는 필요 없어요. 내가 잡고 있으면 아무 문제도 없을 거요."

"미안하지만 안 되겠어요." 나는 봉합기구와 가위와 가루약을 치우기 시작했다. "나를 공격한 녀석한테 또다시 기회를 줄 수는 없습니다. 평생 절뚝거리며 다니고 싶지는 않아요."

노인의 작은 몸이 똘똘 뭉쳐서 공격성의 덩어리로 변한 것 같았다. 클리프는 머리를 앞으로 쑥 내민 그 특유의 자세로 나를 노려보았다.

"그렇게 같잖은 소리는 내 평생 처음 듣겠군." 그러고는 아직도 말 머리를 붙잡고 있는 일꾼한테 홱 돌아섰다. 송장처럼 핼쑥했던 일꾼의 얼굴은 이제 미묘한 초록색으로 물들어 있었다. "보브, 거기서 나와! 자네가 그렇게 잔뜩 겁을 먹고 있으니까 말이 흥분하는 거야. 나한테 맡겨!"

보브는 얼씨구나 하고 말 머리를 놓고는 멋쩍은 듯 히죽히죽 웃으면서 조심스럽게 말 옆을 지나왔다. 그가 클리프 옆을 지나갈 때 보니, 작달막한 노인의 머리는 보브의 어깨에도 닿지 않았다.

클리프는 이 모든 일에 심한 모욕감을 느낀 것 같았다. 그는 말 머리를 잡고, 말썽꾸러기 학생을 못마땅하게 바라보는 선생님처럼 커다란 거세 마를 노려보았다. 말은 아직도 말썽을 피우고 싶은 듯 귀를 뒤로 젖히고 뒷발질을 하기 시작했다. 말발굽이 돌바닥 위에서 불길하게 타닥타닥 소리를 냈다. 하지만 성난 노인이 갈빗대에 어퍼컷을 먹이자 말은 당장 조용해졌다.

"똑바로 서 있어. 도대체 왜 그래?" 클리프가 호통을 치고는 또다시 불룩한 말의 가슴에 작은 주먹을 박았다. 말이 거의 느끼지도 못할 만큼 가벼운 타격이었지만, 말은 부들부들 떨면서 명령에 복종했다. "또 그랬다가는 나한테 혼날 줄 알아!" 노인은 그렇게 말하면서 말 머리를 흔들고 최면을 거는 듯한 눈으로 말을 노려보았다. "이제 시작해도 될 거요. 이 녀석은 얌전히 있을 테니까."

나는 거대한 말을 쳐다보며 망설였다. 눈을 뻔히 뜨고 위험한 상황에 발을 들여놓는 것은 수의사가 늘 감수해야 하는 일이지만, 반응은 수의사마다 다르다. 나는 종종 끔찍한 가능성을 지나칠 정도로 생생하게 상상하곤 했다. 이때도 나는 무서운 힘이 감추어져 있는 날씬한 다리와 편자를 신은 주걱 모양의 단단한 발을 곰곰이 생각했다. 하지만 클리프의 목소리가 내 심사숙고를 방해했다.

"걱정 말아요, 헤리엇 선생. 절대로 해치지 않을 테니까."

나는 다시 상자를 열고 떨리는 손으로 다시 바늘에 실을 꿰었다. 선택의 여지가 별로 없는 것 같았다. 노인은 나한테 부탁하는 것이 아니라 명령하고 있었다. 다시 한 번 시도해볼 수밖에 없었다.

홀라댄스용 치마처럼 너덜너덜해진 방수복을 앞에 늘어뜨리고 거기에 발이 걸려 고꾸라질 뻔하면서 마지못해 발을 질질 끌며 걸어가는 내 꼴이 그렇게 멋지지는 않았을 것이다. 떨리는 손을 다시 상처 쪽으로 뻗을 때는 심장의 고동 소리가 내 귀에까지 들렸다. 하지만 그렇게 걱정할 필요는 없었을 것이다. 노인 말대로 말은 얌전했다. 아니, 얌전한 정도가 아니라 꼼짝도 하지 않았다. 말은 노인이 코앞에서 중얼거리고 있는 말에 열심히 귀를 기울이고 있는 것 같았다. 나는 해부실습용 표본을 봉합하듯 가루약을 뿌리고 꿰매고 가위질을 했다. 마취제를 썼다 해도 그보다 낫지는 않았을 것이다.

내가 우리에서 나와 다시 기구를 치우기 시작하자 클리프의 독백이 성격을 바꾸기 시작했다. 위협적인 으르렁거림이 사라지고, 비위를 맞추거나 놀려대듯 낄낄거리는 소리가 들려왔다.

"아무 것도 아닌 일로 그렇게 흥분하다니, 넌 정말 바보야. 아니, 실은 착한 녀석이야. 아무렴. 착하고말고."

클리프는 말의 목을 다정하게 쓸어주었다. 거대한 말은 주인에게 무조건 따르는 강아지처럼 노인의 뺨에 코를 비벼대기 시작했다.

이윽고 노인은 말의 잔등과 갈빗대, 배와 다리를 어루만지며 천천히 마구간을 나왔다. 헤어질 때는 말 꼬리를 장난스럽게 잡아당기기까지 했다. 몇 분 전만 해도 뼈와 근육으로 이루어진 화산 같았던 말이 이제는 행복한 듯 노인의 손길에 몸을 내맡기고 있었다.

나는 주머니에서 담뱃갑을 꺼냈다.

"정말 놀랍습니다. 담배 한 대 태우시겠습니까?"

"그건 돼지한테 딸기를 주는 거나 마찬가지요." 노인은 대답하면서 혀를 쑥 내밀었다. 혀 위에는 반쯤 씹은 담배 덩어리가 놓여 있었다. "나는 늘 이 담배를 씹지요. 아침에 일어나자마자 맨 먼저 하는 일이 담배를 입 안에 넣는 거라오. 그리고 온종일 입 안에 넣고 다니지. 선생은 절대 모를 거요."

노인의 검은 눈이 반짝 빛나고 작은 얼굴에 즐거운 웃음이 떠오른 것으로 보아, 깜짝 놀라는 내 표정이 우스꽝스러워 보였던 모양이다. 나는 그 쾌활하면서도 만만찮은 웃음을 바라보면서 클리프 타이어먼이라는 특이한 인물을 곰곰 생각했다.

강인함과 지구력이 평가 기준인 공동체에서도 클리프는 보기 드문 존재였다. 3년 전 소떼 사이를 거침없이 돌아다니며 소의 코를 움켜잡고 거뜬히 제압하는 클리프를 처음 보았을 때 나는 그가 놀랄 만큼 건장한 중년 사내라고 생각했다. 그런데 알고 보니 일흔 살이 다 된 노인이었다. 체구는 빈약했지만, 그에게는 만만찮은 무언가가 느껴졌다. 고개를 숙인 채 긴 팔을 흔들며 안짱다리로 뚜벅뚜벅 걸어 다니는 그는 항상 앞길을 가로막는 장애물을 머리로 들이받으면서 인생을 헤치고 나아가는 것처럼 보였다.

"오늘은 영감님을 만나지 못할 줄 알았습니다. 폐렴에 걸렸다는 소식을 들었거든요."

노인은 어깨를 으쓱했다.

"그 비슷한 병이라고 합디다. 아파서 일을 쉰 건 소싯적 이래 처음이오."

"지금은 침대에 누워 계셔야 합니다." 나는 입을 반쯤 벌리고 가쁜 숨을 몰아쉬는 노인을 바라보았다. "영감님이 말 머리를 잡고 계실 때 헐떡거리는 소리를 들었어요."

"침대에 누워 있을 수는 없소. 내일이나 모레쯤이면 괜찮아질 거요."

노인은 삽을 들고 말 뒤에 쌓인 똥무더기를 치우기 시작했다. 정적 속에서 식식거리는 숨소리가 코고는 소리처럼 크게 들렸다.

골짜기 아래 저지대에 있는 그레인지는 주로 농작물을 경작하는 대규모 농장이었다. 이곳 마구간에 길게 늘어서 있는 칸막이 우리들이 모두 말로 채워져 있었던 적도 있었다. 한때는 말이 스무 마리가 넘었고, 본격적으로 일하는 말이 적어도 열두 마리는 되었다. 하지만 지금은 두 마리밖에 남아 있지 않았다. 하나는 내가 치료한 젊은 말이었고, 또 하나는 배저라는 이름의 늙은 말이었다.

클리프는 수석 목부였지만, 농업혁명이 일어나자 트랙터를 몰거나 농장 주변의 잡일을 하는 일꾼으로 조용히 변신했다. 이는 영국 전역에 있는 수천 명의 농장 노동자들이 보인 전형적인 반응이었다. 평생 동안 갈고 닦은 기술을 포기하고 처음부터 새로 시작해야 했지만, 그들은 고함 한 번 지르지 않고 현실을 받아들였다. 사실 젊은이들은 탐욕스럽게 새 기계를 움켜잡아 타고난 기계공임을 입증했다.

하지만 클리프처럼 나이든 전문가들은 귀중한 것을 버렸다. "트랙터에 앉아 있는 게 훨씬 편하지요. 그 넓은 땅을 온종일 걸어 다니다 보면 두 발이 엉망진창으로 망가지곤 했는데……." 클리프는 이렇게 말하곤 했다. 하지만 그도 말에 대한 사랑은 버릴 수 없었다. 일하는 사람과 일하는 짐승의 동료애는 그가 어릴 적부터 키워온 것이었고, 그의 피 속에 영원히 남아 있었다.

내가 다음에 그 농장을 찾아간 것은 순무 조각이 목에 걸린 수송아지를 치료하기 위해서였지만, 농장 주인인 길링 씨가 늙은 배저를 한번 봐달라고 부탁했다.

"요즘 기침을 좀 합니다. 아마 나이 때문이겠지만, 좀 봐주세요."

늙은 말은 이제 그 넓은 마구간을 혼자 쓰고 있었다.

"세 살배기 녀석은 팔아버렸습니다." 길링 씨가 말했다. "하지만 그 늙은 말은 앞으로도 계속 키울 겁니다. 달구지를 끌 때는 쓸모가 있을 테니까요."

나는 옆에 있는 농장주의 얼굴을 힐끔 쳐다보았다. 화강암처럼 단단한 그 얼굴은 감상과는 거리가 멀어 보였지만, 나는 그가 늙은 말을 집에 계속 놔두고 있는 이유를 알고 있었다. 그것은 클리프 때문이었다.

"클리프 영감님이 기뻐하시겠군요."

길링 씨는 고개를 끄덕였다.

"클리프만큼 말을 잘 다루는 사람은 본 적이 없어요. 클리프는 말과 함께 있을 때가 가장 행복했던 것 같아요." 그는 짧게 웃었다. "오래전 일이 생각나는군요. 클리프는 마누라와 싸우면 밤중에 이 마구간에 와서 말들 사이에 앉아 있곤 했지요. 그냥 여기서 말을 바라보고 담배를 피우면서 몇 시간이고 앉아 있는 겁니다. 클리프가 씹는담배를 즐기기 전이었지요."

"그때도 배저를 키웠습니까?"

"배저는 여기서 태어났어요. 클리프가 출산을 도왔지요. 지금도 생각나는군요. 엉덩이 쪽이 먼저 나와서, 우리가 녀석을 밖으로 끌어내느라 무진 애를 먹었답니다." 그는 다시 빙긋 웃었다. "클리프가 배저를 특별히 좋아한 건 아마 그 때문일 겁니다. 언제나 배저와 함께 일했고, 배저를 무척 자랑스러워했지요. 어쩌다 배저를 읍내에 데려가야 할 때는 우선 갈기를 리본으로 묶어주고 번쩍거리는 놋쇠 장식을 주렁주렁 매달곤 했답니다." 그는 옛날을 그리워하듯 고개를 흔들었다.

늙은 배저는 내가 다가가자 호기심 어린 눈으로 나를 돌아보았다. 배

저는 20대 후반이었고, 어느 모로 보나 평온한 노년을 보내고 있음을 알
수 있었다. 몸이 여위어서 골반이 툭 튀어나왔고, 얼굴과 주둥이는 하얘
지고, 움푹 꺼진 눈은 온화한 표정을 짓고 있었다. 내가 막 체온을 재려
고 할 때 배저가 날카롭게 짖는 듯한 기침 소리를 냈다. 그 소리는 배저
가 어떤 병에 걸렸는지를 알려주는 첫 번째 단서였다. 나는 숨을 쉴 때마
다 오르내리는 배저의 가슴을 1, 2분 동안 관찰하여 두 번째 단서를 찾아
냈다. 더 이상의 진찰은 필요 없었다.

"폐기종입니다. 폐에 공기가 차서 비정상적으로 팽창된 상태지요. 숨을
내쉴 때 배가 두 번 올라가는 게 보이지요? 그건 허파가 탄력성을 잃어버
려서 공기를 밖으로 내보내는 데 더 많은 노력이 필요하기 때문이에요."

"원인이 뭡니까?"

"나이와도 관계가 있지만, 지금 가벼운 감기에 걸려 있습니다. 그래서
증세가 나타난 겁니다."

"나을 수 있을까요?"

"감기가 나으면 조금은 좋아지겠지만, 완치되지는 않을 겁니다. 약을
드릴 테니까 배저가 마시는 물에 타서 먹이세요. 그러면 증세가 조금은
완화될 겁니다."

나는 자동차로 가서, 우리가 당시 진해거담제로 사용하고 있던 비소 혼
합물을 가져왔다.

길링 씨가 다시 전화를 걸어온 것은 달포쯤 뒤였다. 저녁 7시께에 전화
벨이 울렸다.

"배저를 좀 봐주셨으면 하는데요."

"무슨 일입니까? 또 폐기종인가요?"

"그건 아닙니다. 아직도 기침을 하고 있지만, 그것 때문에 고통스러워하는 것 같지는 않아요. 아무래도 산통인 것 같아요. 나는 볼일이 있어서 나가야 하지만 클리프가 여기 있을 겁니다."

작달막한 노인은 마당에서 석유램프를 들고 나를 기다리고 있었다. 그에게 다가간 나는 놀라서 소리를 질렀다.

"아니, 영감님! 도대체 무슨 일입니까?"

클리프의 얼굴은 온통 찢어지고 긁힌 자국투성이였다. 시커멓게 멍든 두 눈 사이에 삐죽 튀어나온 코는 피부가 거의 다 벗겨져 있었다.

상처에 파묻힌 그의 입술이 싱긋 웃었다. 눈은 즐겁게 춤을 추고 있었다.

"요전 날 자전거를 타다가 돌멩이에 부딪혀서 핸들 너머로 날아가버렸소. 그래서 땅바닥에 거꾸로 곤두박질을 쳤지요."

클리프는 생각만 해도 우습다는 듯 웃음을 터뜨렸다.

"의사한테 가보지 않았나요? 그런 상태로 밖에 나오면 좋지 않습니다."

"의사요? 아니, 의사 신세를 질 필요는 전혀 없어요. 별로 대단치 않으니까." 그는 턱에 난 깊은 상처를 가리켰다. "하루 동안 턱에 붕대를 감고 있었지만, 이젠 괜찮아요."

나는 그를 따라 마구간으로 들어가면서 고개를 저었다. 클리프는 석유램프를 벽에 걸어놓고 말에게 다가갔다.

"이 녀석이 왜 이러는지 모르겠소. 많이 아픈 것 같진 않은데, 뭔가 문제가 있어요."

심한 통증에 시달리는 기색은 전혀 없었지만, 말은 가벼운 복통이라도 앓는 것처럼 이쪽 뒷다리에서 저쪽 뒷다리로 계속 체중을 옮기고 있었다. 체온은 정상이었고 다른 증세도 보이지 않았다.

도대체 무슨 병일까. 나는 결론을 내리지 못하고 배저를 쳐다보았다.

"아마 가벼운 산통일 겁니다. 어쨌든 다른 증세는 전혀 없군요. 산통을 가라앉히는 주사를 놓겠습니다."

"그게 좋겠소."

클리프는 내가 주사기를 꺼내는 것을 지켜보다가 고개를 돌려 마구간 반대쪽 끝의 어둠 속을 바라보았다.

"이곳에 말이 한 마리밖에 없는 걸 보면 이상해요. 칸막이마다 말들이 즐비하게 늘어서 있고, 재갈받이와 굴레는 저기 걸려 있고, 나머지 마구들은 저 뒷벽에 걸려서 반짝반짝 빛나던 때가 아직도 기억에 생생한데 말이오." 클리프는 오른쪽 어금니로 씹고 있던 담배를 왼쪽으로 옮기고는 빙긋 웃었다. "아침마다 여섯 시에 여기 와서 말들을 먹이고 일할 준비를 시키곤 했다오. 모두 줄지어서 밭을 갈러 나가는 광경은 정말 볼만했지. 여섯 쌍이 마구를 쩔렁거리며 출발하고, 일꾼들은 말 등에 옆으로 걸터앉아 있고…… 군대가 행진하는 것 같았소."

나는 미소를 지었다.

"옛날에는 아침 일찍 일을 시작했지요."

"그리고 늦게야 끝났어요. 우리는 밤에 말들을 집으로 데려와서 여물을 먹이고 마구를 풀어주고, 우리도 집에 가서 차를 마시고, 다시 여기로 돌아와서 말을 빗질해주고…… 땀을 닦아주고 먼지를 털어주고 귀리와 건초를 듬뿍 주었지요. 그래야 말들도 기운을 내서 다음날 또 일을 할 수 있으니까."

"옛날에는 저녁에도 남아도는 시간이 별로 없었지요?"

"남는 시간은 거의 없었지. 저녁에도 할 일이 있고, 일이 끝나면 자느라 바빴으니까. 그래도 우리는 그걸 고생으로 여기지 않았다오."

나는 배저에게 주사를 놓으려고 다가가다가 문득 걸음을 멈추었다. 늙은 말은 가벼운 경련을 일으켰다. 거의 알아차리지 못할 만큼 근육이 뻣뻣해졌고, 내가 지켜보는 동안 꼬리를 잠깐 곧추세웠다가 다시 내렸다.

"뭔가 다른 게 있는 것 같습니다. 배저를 마구간 밖으로 끌어내서 마당을 걷게 해보세요."

배저가 자갈 위를 따각거리며 걷고 있을 때 또 그 증세가 나타났다. 근육이 뻣뻣해지고 꼬리를 곧추세우고…… 그래, 바로 그거야. 나는 배저에게 다가가 턱 밑을 톡톡 두드렸다. 순막(瞬膜: 눈의 각막을 뒤덮고 보호하는 반투명의 막)이 휙 눈을 가로질렀다가 서서히 되돌아갔다. 의심할 여지가 없었다.

나는 잠시 망설였다. 가벼운 마음으로 온 왕진이 갑자기 심각한 사태로 발전한 것이다.

"아무래도 파상풍인 것 같습니다."

"파상풍?"

"의심할 여지가 없습니다. 배저가 최근에 상처를 입지 않았습니까? 특히 발에……."

"보름쯤 전에 심하게 절뚝거렸는데, 대장장이가 발굽에서 무슨 고름 같은 걸 빼냈어요. 그래서 발에 커다란 구멍이 났는데."

바로 그거였다.

"그때 파상풍 예방주사를 맞았으면 좋았을 걸 그랬군요." 나는 말의 입에 손을 집어넣고 억지로 벌리려고 했지만 턱이 단단히 맞물려 있었다.
"오늘은 아무 것도 먹지 못했겠네요?"

 "아침에는 조금 먹었지만 저녁에는 전혀 못 먹었소. 전망은 어떻소?"

 전망이 어떠냐고? 클리프가 오늘 나한테 똑같은 질문을 했다 해도 나
는 그때와 마찬가지로 대답하기가 곤란했을 것이다. 파상풍 환자의 70퍼
센트 내지 80퍼센트가 목숨을 잃고, 어떤 식으로 치료해도 그 치사율은
변함이 없는 것 같다. 하지만 패배주의자처럼 말하고 싶지는 않았다.

 "상태가 심각하긴 하지만 최선을 다해보겠습니다. 항독제를 가져왔으
니까 그걸 혈관에 주사하고, 경련이 심해지면 진정제를 투여하겠습니다.
물을 마실 수만 있다면 살아날 가망은 있습니다. 턱이 굳어서 유동식만
으로 버텨야 할 테니까요. 묽은 보리죽을 먹이는 게 좋을 겁니다."

 며칠 동안 배저는 더 이상 악화되지 않았다. 나는 희망을 갖기 시작했
다. 파상풍에 걸린 말이 회복되는 것을 본 적이 있는데, 그것은 수의사한
테도 멋진 경험이다. 어느 날 마구간에 들어가서, 굳은 턱 때문에 굶주렸
던 말이 허겁지겁 먹이를 입 안으로 끌어들이는 것을 보면 기분이 날아
갈 것 같다.

 하지만 배저한테는 그런 일이 일어나지 않았다. 길링 씨와 클리프 노인
은 늙은 말이 편안하게 돌아다닐 수 있도록 넓은 우리에 넣어두었다. 나
는 날마다 그 우리를 들여다보면서 조금이라도 호전되는 기미가 보이기
를 간절히 바랐다. 하지만 며칠이 지나자 배저의 상태가 악화되기 시작
했다. 사람이 다가가거나 갑자기 움직이면 배저는 심한 경련을 일으켜
커다란 나무 장난감처럼 뻣뻣해진 다리로 비틀거리며 우리 안을 맴돌곤
했다. 눈은 겁에 질려 있고 악물린 이빨 사이로 침이 질질 흘러내렸다.

어느 날 아침, 배저를 내버려두면 쓰러질 것 같아서 멜빵으로 묶어두자고 제의했다. 나는 멜빵을 가지러 병원으로 돌아가야 했다. 스켈데일 하우스에 막 들어섰을 때 전화벨이 울렸다. 길링 씨였다.

"배저가 선수를 친 것 같습니다. 바닥에 벌렁 쓰러져버렸어요. 아무래도 틀린 것 같습니다. 안락사를 시켜야겠지요?"

"그래야 할 것 같군요."

"그런데 한 가지 문제가 있습니다. 맬록이 배저를 데려갈 예정인데, 클리프 영감이 총 쏘는 일을 맬록한테 맡기고 싶지 않다고 고집을 부리면서, 헤리엇 선생이 그 일을 해주면 좋겠다고 하는데 와주시겠습니까?"

나는 인도적인 도살 기구를 가지고 농장으로 갔다. 노인이 도축업자의 총알보다 수의사의 총알에 거부감을 덜 느낀다는 사실이 놀라웠다. 길링 씨는 우리 안에서 기다리고 있었고, 그 옆에 클리프가 어깨를 구부정하게 굽히고 두 손을 주머니에 찔러 넣은 채 서 있었다. 내가 들어가자 클리프는 나를 돌아보며 묘한 미소를 지었다.

"내가 이 녀석을 품평회에 내보내려고 꾸며놓으면 얼마나 근사해 보였는지, 방금 그 이야기를 하고 있던 참입니다. 선생도 그걸 보았어야 하는 건데. 털은 반짝반짝 윤나고, 다리의 더부룩한 털은 눈처럼 새하얗고, 꼬리에는 푸른색 리본을 달았지요."

"짐작이 갑니다. 아무도 영감님만큼 배저를 잘 돌보지는 못했을 거예요."

클리프는 두 손을 주머니에서 **빼내고**, 길게 드러누운 배저 옆에 쭈그리고 앉아 움푹 꺼진 눈으로 무표정하게 배저를 내려다보면서 하얀 무늬가 있는 목을 쓰다듬고 귀를 잡아당겼다.

이윽고 클리프는 낮은 소리로 늙은 말에게 말을 걸기 시작했다. 목소리는 차분했고, 마치 친구와 잡담이라도 하는 것 같았다.

"나는 너를 따라 수천 킬로미터를 걸었고, 너와 수많은 이야기를 나누었지. 하지만 너한테 그렇게 많은 말을 할 필요는 없었어. 너는 내 몸짓만 보고도 내 속마음을 다 알고 있었으니까. 내가 한마디만 하면 너는 내가 뭘 원하는지 금세 알아차리고 그대로 해주었지."

클리프는 몸을 일으켰다.

"나는 이제 일하러 가겠습니다." 노인은 길링 씨에게 말하고 우리에서 나갔다.

나는 클리프가 총소리를 듣지 못하도록 잠시 기다렸다. 배저의 죽음을 알리는 총소리는 그레인저 농장의 말이 완전히 사라지는 것을 알리는 소리, 클리프 타이어먼의 인생에서 가장 아름다운 부분이 끝나는 것을 알리는 소리이기도 했다.

농장을 떠날 때 나는 그 작달막한 노인을 다시 보았다. 노인은 꿍음을 내는 트랙터의 철제 의자에 높이 올라앉아 있었다. 나는 그에게 소리를 질렀다.

"길링 씨가 그러는데, 양을 들여와서 영감님한테 양치는 일을 맡길 작정이랍니다. 영감님도 그 일이 즐거우실 거예요."

패배를 모르는 클리프가 씨익 웃으면서 소리쳤다.

"새로운 일을 배우는 건 문제없어요. 나는 아직 팔팔하니까!"

## 13

이건 다른 종류의 종소리였다. 나는 크리스마스 자정 예배를 알리는 교회 종소리가 거리에 울려 퍼질 때쯤 잠이 들었지만, 이것은 그보다 훨씬 날카롭고 높은 소리였다.

처음에는 어젯밤에 내가 뒤집어쓴 비현실의 망토를 벗어 던지기가 어려웠다. 크리스마스이브인 어젯밤은 내가 크리스마스에 대해 품고 있던 모든 관념이 절정에 도달한 것 같았다. 내가 일찍이 경험해본 적이 없는 감정들이 꽃을 피웠다. 그것은 오후에 어느 작은 마을로 왕진을 갔을 때부터 시작되었다. 마을의 외줄기 안길과 담장과 창틀에는 눈이 쌓였고, 반짝이는 금속으로 아름답게 장식된 나무에서는 오색 알전구들이 깜박거리고 있었다. 나는 해질녘에 그 마을을 떠나, 눈의 무게에 짓눌려 가지가 축 늘어진 가문비나무 아래를 지났다. 가문비나무들은 하얀 목초지를 배경으로 그려진 스케치처럼 꼼짝도 하지 않았다. 대러비에 도착했을 때는 이미 어두워진 뒤였다. 시장의 작은 상점들은 화려하게 장식되어 있었고, 사람들의 발길에 다져진 눈은 창문에서 새어나오는 불빛에 주황색으로 물들어 있었다. 머리부터 발끝까지 온몸을 감싸서 누군지 알아볼 수도 없는 사람들이 마지막 쇼핑을 하느라 분주히 돌아다니고 있었다. 길바닥에 깔린 동글동글한 자갈들 위에 눈이 쌓여, 종종걸음을 치던 사람들이 주르르 미끄러지곤 했다.

나는 스코틀랜드에서 많은 크리스마스를 겪었지만, 대러비에서는 새해 축하 행사가 우선이고 크리스마스는 그다음이었다. 이곳처럼 들뜬 크리스마스 분위기는 전혀 없었다. 여기서는 며칠 전부터 사람들이 크리스마스 인사를 나누고, 외딴 산기슭에도 색전구가 깜박이고, 농가의 아낙들이 포동포동 살찐 거위의 털을 뽑아 깃털을 수북이 쌓아두면서 크리스마스 분위기가 서서히 달아오르기 시작한다. 그리고 꼬박 보름 동안 아이들이 거리에서 크리스마스 캐럴을 부르고 집집마다 돌아다니며 성금을 받는다. 어젯밤에는 감리교회 성가대가 길거리에서 노래를 불러 풍부하고 감동적인 화음으로 밤공기를 가득 채웠다.

나는 잠자리에 들기 전에 스켈데일 하우스를 나와서 다시 시장으로 가보았다. 교회종이 막 울리기 시작했다. 달빛 아래 하얗게 펼쳐져 있는 광장은 이제 텅 비어 쥐죽은 듯 조용했다. 움직이는 것은 아무 것도 없었다. 누군가가 도시 계획을 생각해내기 훨씬 전에 지어진 광장 주변의 집과 상점들은 찰스 디킨스의 소설 같은 분위기를 자아냈다. 갖가지 모양의 건물들이 키다리와 난쟁이, 뚱보와 홀쭉이처럼 어지럽게 뒤섞여 있고, 눈을 머리에 인 지붕들은 얼어붙은 하늘을 배경으로 들쭉날쭉한 스카이라인을 그리고 있었다.

나는 발밑에서 뽀드득거리는 눈을 밟으며 집으로 돌아왔다. 교회종이 울려 퍼지고, 살을 에는 듯한 공기가 콧구멍을 따갑게 찔렀다. 크리스마스의 경이와 신비가 거대한 물결처럼 밀려와 나를 감쌌다. 땅에는 평화, 사람에게는 자비를. 전에는 무의미했던 이 말이 의미를 갖게 되었다. 갑자기 내가 거대한 하나의 유기체를 이루는 작은 조각이 된 기분이었다.

대러비, 농부들, 짐승들과 내가 처음으로 따뜻하고 편안한 하나의 존재처럼 느껴졌다. 술을 전혀 마시지 않았는데도 살림방으로 올라가는 내 발은 거의 공중에 붕 떠 있었다.

헬렌은 자고 있었다. 아내 옆으로 기어들어갈 때도 나는 아직 행복한 크리스마스 기분에 깊이 잠겨 있었다. 내일은 일이 별로 없을 거야. 실컷 늦잠을 자자. 아홉 시까지는 잘 수 있겠지. 그런 다음 온종일 빈둥거리며 느긋하게 지내자. 바쁜 생활에서 잠시 벗어나 한숨 돌리면서 즐거운 한때를 보내는 거야. 잠 속으로 빠져들 때는 고객들의 미소 띤 얼굴이 나를 둘러싸고 모든 것을 포용하는 자비로운 표정으로 나를 내려다보는 것 같았다. 그리고 묘하게도 감리교회 성가대처럼 감미로운 노랫소리가 끊임없이 들려왔다. 하나님이 너희를 쉬게 하시니…….

하지만 지금은 다른 종소리가 울리고 있었다. 종소리는 멈추려 하지 않았다. 틀림없이 자명종일 거야. 하지만 시계를 만져도 소음은 계속되었다. 시계는 6시를 가리키고 있었다. 물론 그것은 전화벨 소리였다. 나는 수화기를 들었다.

힘차고 또렷해서 졸린 기색이라고는 전혀 없는 금속성 목소리가 불쾌하게 내 귀를 찔렀다.

"수의사요?"

"예, 헤리엇입니다." 나는 졸린 목소리로 웅얼거렸다.

"월렛힐의 브라운이오. 암소 하나가 유열(乳熱: 젖소에게 일어나는 대사성 질환)에 걸렸으니까 빨리 좀 와주쇼."

"예, 알겠습니다."

"너무 늦지 마쇼." 그러고는 딸깍 전화가 끊겼다.

나는 벌렁 드러누운 채 천장을 쳐다보았다. 그러니까 오늘이 바로 크리스마스였다. 내가 잠시 세상 밖으로 나가 크리스마스 기분에 탐닉하기로 마음먹은 날이다. 브라운이라는 사내가 나를 잔인하게 다시 현실로 데려올 줄은 꿈에도 몰랐다. 게다가 미안해하는 말 한마디 없이. "메리 크리스마스"라는 말까지는 바라지 않는다 해도, 최소한 "주무시는데 깨워서 죄송합니다"라든가 뭐 그런 말쯤은 한마디 해야 하지 않나? 정말이지 너무 인정머리가 없다.

브라운 씨는 어두운 농가 마당에서 나를 기다리고 있었다. 이곳에는 전에도 몇 번 와봤었다. 내 자동차의 헤드라이트가 그를 비추었을 때, 여느 때처럼 나는 완벽한 건강 상태를 나타내고 있는 그의 외모에 감탄하지 않을 수 없었다. 그는 마흔 살쯤 된 활기찬 사내였다. 피부가 깨끗하고 이목구비가 또렷한 얼굴에 광대뼈가 튀어나와 있었다. 체크무늬 모자 밑으로 붉은 머리가 엿보이고, 노란색 솜털이 뺨과 목과 손등을 덮고 있었다. 그를 보기만 해도 나는 더 나른해지고 졸음이 왔다.

그는 아침 인사도 없이 무뚝뚝하게 고개를 끄덕인 다음 외양간 쪽으로 고갯짓을 했다. "저기요." 그가 한 말은 그게 전부였다.

내가 주사를 놓는 동안 그는 말없이 지켜보고 있다가, 내가 빈 약병을 주머니에 넣고 있을 때에야 비로소 입을 열었다.

"오늘 젖을 짜면 안 되겠소?"

"젖통이 찰 때까지 내버려두는 게 좋습니다."

"먹이에 대해 특별히 조심할 점은 없겠소?"

"없습니다. 언제든 먹고 싶어 할 때 좋아하는 먹이를 주어도 됩니다."

브라운 씨는 대단히 효율적인 사람이어서, 언제나 모든 점을 자세히 알고 싶어 했다.

나와 함께 마당을 가로지르다가 별안간 멈춰 서서 나를 돌아보았다. 들어가서 따끈한 차라도 한 잔 마시고 가라고 권하려나 보다.

귀를 물어뜯는 찬바람을 맞으며 눈 속에 발목까지 묻힌 채 마당 한복판에 서 있는 나에게 그가 말했다.

"아시다시피 요즘 우리 소들이 연달아 유열에 걸렸소. 아무래도 내 방식에 뭔가 문제가 있는 것 같은데, 내가 녀석들한테 수증기를 너무 많이 썼다고 생각하쇼?"

"그럴 수도 있습니다."

나는 서둘러 자동차 쪽으로 걸어갔다. 지금 이 순간 가장 하고 싶지 않은 일은 가축 관리법을 강의하는 것이었다.

내가 문손잡이를 잡았을 때 그가 말했다.

"점심때까지도 상태가 좋아지지 않으면 다시 전화하겠소. 그리고 또 하나, 당신들이 지난달에 보낸 그 빌어먹을 청구서 말이오. 원장한테 제발 펜을 그렇게 함부로 놀리지 말라고 전해주쇼." 그리고는 돌아서서 자기 집 쪽으로 서둘러 걸어갔다.

기가 막혀서. 나는 차를 몰고 나오면서 생각했다. 고맙다는 말도, 잘 가라는 말도 하지 않고 불평만 늘어놓다니. 그리고 필요하면 구운 거위고기를 먹고 있는 나를 식탁에서 끌어내겠다고? 갑자기 분노의 물결이 밀려왔다. 빌어먹을 농부들! 농부들 중에는 무례하고 비열한 사람도 있었다. 브라운 씨는 내 머리에 찬물 한 바가지를 퍼부은 것처럼 효과적으로 내 축제 기분을 망쳐놓았다.

스켈데일 하우스 계단을 올라갈 때 어둠이 은회색으로 옅어지기 시작했다. 헬렌이 복도에서 나를 맞아주었다. 헬렌은 쟁반을 들고 있었다.

"미안하지만 급한 일거리가 또 하나 생겼어요. 원장님도 아까 왕진을 나갔어요. 커피와 튀긴 빵을 준비해놓았으니까 들어와서 앉으세요. 그걸 먹을 시간은 있어요."

나는 한숨을 내쉬었다. 크리스마스도 결국 여느 날과 다름없는 하루가 될 것 같았다.

"이번에는 또 무슨 일이지?" 나는 커피를 홀짝거리면서 물었다.

"커비 영감님이에요. 암염소 때문에 몹시 걱정하고 있어요."

"암염소가?"

"숨을 못 쉬고 있대요."

"숨을 못 쉰다고? 아니, 어떻게 그럴 수가 있지?" 나는 소리를 질렀다.

"그건 나도 모르죠. 그리고 나한테 소리 지르지 마요. 내 잘못이 아니니까."

나는 당장 부끄러움에 사로잡혔다. 기분이 나쁘다고 죄 없는 아내한테 화풀이를 하다니. 수의사가 달갑잖은 전갈을 받으면 그 전갈을 전해준 사람에게 책임을 뒤집어씌우는 경우가 많지만, 나는 그것을 좋게 생각지 않는다. 나는 사과의 표시로 손을 내밀었고, 헬렌은 내 손을 잡아주었다.

"미안해."

나는 사과하고 부끄러운 마음으로 커피 잔을 비웠다. 크리스마스에 어울리는 따뜻한 선의는 내 마음속에서 바닥까지 떨어져 있었다.

커비 씨는 은퇴한 농부였지만, 현명하게도 땅이 딸린 작은 집을 얻어서 소일거리로 가축—암소 한 마리, 돼지 몇 마리, 그리고 그가 사랑해 마지않는 염소 몇 마리—을 키우고 있었다. 그는 젖소를 키우고 있을 때에도 늘 염소를 키웠다. 그만큼 염소를 좋아했다.

그의 집은 골짜기 상류 쪽 마을에 있었다. 커비 씨가 대문간에서 나를 맞아주었다.

"이렇게 아침 일찍, 더구나 크리스마스에 성가시게 해서 정말 미안하네. 하지만 어쩔 수가 없었어. 도로시가 많이 아파서 말이야."

그는 축사로 개조한 석조 헛간으로 나를 안내했다. 철조망을 친 우리 안에서 커다란 흰색 자넨 염소(스위스 자넨 지방이 원산지인 낙농용 염소)가 불안한 얼굴로 우리를 내다보았다. 나는 염소가 침을 꿀꺽 삼키고 무언가를 토해낼 것처럼 한바탕 기침을 한 다음 입에서 침을 질질 흘리면서 부들부들 떨고 있는 것을 유심히 관찰했다.

농부가 눈을 크게 뜨고 나를 돌아보았다.

"이러니 수의사 선생을 부를 수밖에. 내일까지 내버려두면 도로시는 죽어버릴 걸세."

"맞습니다. 도저히 그냥 내버려둘 수 없었겠군요. 목에 무언가가 걸렸습니다."

우리는 우리 안으로 들어갔다. 노인이 염소를 벽에 밀어붙이고 있는 동안 나는 입을 벌리려고 했다. 하지만 녀석은 그것을 별로 좋아하지 않았다. 내가 턱을 억지로 벌리자 큰 소리로 오랫동안 비명을 질렀다. 꼭 사람이 울부짖는 소리처럼 들렸다. 염소의 입은 별로 크지 않았지만, 내 손이 워낙 작아서 염소의 입 속에 집어넣을 수 있었다. 나는 내 손을 물려고 하는 날카로운 어금니를 피해 손가락 하나를 목구멍 속으로 깊숙이 집어넣었다.

거기에 무언가가 있었다. 하지만 손가락에 닿긴 하는데 잡을 수가 없었다. 그때 염소가 머리를 이리저리 흔들어댔기 때문에 나는 손을 뺄 수밖에 없었다. 손에서 염소의 침이 뚝뚝 떨어졌다. 나는 도로시를 내려다보며 궁리했다.

잠시 후에 나는 농부를 돌아보았다.

"좀 난감하군요. 목구멍 안에서 무언가가 만져지긴 하는데, 꼭 헝겊처럼 부드러워요. 나뭇가지나 가시 같은 게 목구멍에 박혀 있을 줄 알았는데…… 염소가 밖을 돌아다닐 때는 별의별 희한한 것을 다 집어먹지만, 헝겊이라면 어째서 목구멍으로 내려가지 않고 거기에 끼어 있을까요? 왜 꿀꺽 삼키지 않았을까요?"

"그래, 염소는 정말 별난 동물이야. 안 그런가?" 노인은 염소의 등을 한 손으로 부드럽게 쓰다듬었다. "이 녀석이 그걸 스스로 토해낼 수 있을까? 아니면 그냥 배 속으로 쑥 미끄러져 내려갈 수 있을까?"

"그럴 것 같진 않습니다. 아주 단단히 끼었어요. 어떻게 해서 그렇게 됐는지는 모르지만, 어쨌든 그런 상태예요. 도로시의 몸이 부풀어 오르기 시작했으니까 빨리 그걸 꺼내야 합니다. 저것 보세요."

나는 고창증(반추동물의 장내에 발효성 가스나 거품이 축적되어 위장이 팽창하는 대사성 질환)으로 부풀어 오른 염소의 왼쪽 옆구리를 가리켰다. 그때 도로시가 목이 거의 찢어질 것처럼 발작적으로 기침을 하기 시작했다.

커비 씨는 말없이 호소하는 눈으로 나를 쳐다보았지만, 그 순간에는 나도 어찌해야 좋을지 막막했다. 나는 우리 문을 열었다.

"차에 가서 손전등을 가져오겠습니다. 목구멍 속을 비추어보면 원인을 찾아낼 수 있을지도 몰라요."

노인이 손전등을 들었고 나는 다시 염소의 입을 억지로 벌렸다. 또다시 어린애가 울부짖는 듯한 그 기묘한 소리가 도로시의 목에서 새어나왔다. 내가 도로시의 혀 밑에서 무언가를 본 것은 녀석이 목청껏 고함을 지른 순간이었다. 혀 밑에 가늘고 검은 띠 같은 것이 있었다.

"알았어요." 나는 소리쳤다. "끈 같은 게 혀에 감겨 있어서 내려가지 못하고 목구멍에 걸렸군요."

나는 그 끈 밑에 집게손가락을 조심스럽게 밀어 넣고 잡아당기기 시작했다. 그러나 그것은 끈이 아니었다. 내가 조심스럽게 잡아당기자 늘어나기 시작했다. 꼭 고무줄처럼. 그러다가 늘어나기를 멈추었고, 나는 진짜 저항을 느꼈다. 목구멍에 끼어 있는 것이 움직이기 시작했다. 나는 계속 잡아당겼고, 그 수수께끼의 장애물이 혀뿌리를 지나 입 안으로 아주 천천히 미끄러져 올라왔다. 그것이 손에 닿는 곳까지 올라오자 나는 고무줄을 놓고 침에 흠뻑 젖은 그 덩어리를 앞으로 잡아당겼다. 그것은 끝이 없는 것 같았다. 길이가 두 자나 되는 긴 뱀이 물을 뚝뚝 떨어뜨리며 올라오는 것 같았다. 하지만 마침내 나는 그것을 짚이 깔린 우리 바닥에 꺼내놓았다.

커비 씨가 그것을 집어 들었다. 도대체 뭘까 하고 의아해하는 눈으로 그 덩어리를 헤집던 커비 씨가 갑자기 소리를 질렀다.

"맙소사. 내 여름 팬티잖아!"

"여름 뭐라고요?"

"여름 팬티. 날씨가 따뜻해지면 나는 긴 속옷을 입기 싫어서 늘 이런 짧은 팬티로 갈아입는다네. 마누라가 연말이 되기 전에 옷장을 정리했는데, 여름 팬티를 빨았는지 걸레로 만들어버렸는지 기억이 안 난다고 하더군. 마누라가 빨아서 빨랫줄에 널어놓은 걸 도로시가 먹은 게 분명해."

커비 씨는 너덜너덜한 팬티를 들어 올려 침울한 눈으로 바라보았다. "이 팬티도 좋은 시절이 있었지만, 이번에는 도로시가 이걸 탐낸 모양이군."

이윽고 그의 몸이 조용히 흔들리기 시작했다. 낮게 킬킬거리는 소리가 잠시 그의 입에서 새어나오다가 요란한 웃음소리로 바뀌었다. 그것은 전염성을 가진 웃음이었다. 나는 커비 씨를 바라보면서 함께 웃었다. 커비 씨는 한참동안 웃음을 그치지 않았다. 마지막에는 힘이 빠져서 철조망에 몸을 기대었다.

"내 가엾은 팬티." 커비 씨는 헐떡거리며 말하고는 철조망 너머로 몸을 기울여 염소의 머리를 토닥였다. "하지만 너만 괜찮으면 이까짓 팬티쯤은 아깝지 않아."

"도로시는 괜찮을 겁니다." 나는 도로시의 왼쪽 옆구리를 가리켰다. "배가 벌써 가라앉기 시작하는 게 보이시죠?"

그때 도로시가 기분 좋게 트림을 하고는 건초더미를 흥미로운 듯 코로 쑤셔대기 시작했다.

농부는 다정한 눈길로 도로시를 바라보았다.

"대단하지 않나? 벌써 먹을 준비가 됐어. 고무줄이 혀에 감기지 않았다면 팬티가 목구멍으로 꿀꺽 넘어가서 도로시를 죽여버렸을 걸세."

"그렇지는 않을 겁니다. 반추동물은 위 속에 깜짝 놀랄 만한 물건도 넣고 다닐 수 있지요. 한번은 다른 병 때문에 암소를 수술하다가 위 속에서 자전거 타이어를 발견한 적도 있어요. 그런데 암소는 타이어를 배 속에 넣고도 전혀 괴로워하는 것 같지 않았어요."

"알겠네." 커비 씨는 턱을 문질렀다. "그러니까 도로시도 몇 년 동안이나 내 팬티를 배 속에 넣은 채 돌아다닐 수 있었겠군."

"충분히 가능합니다. 영감님은 팬티가 어떻게 되었는지 영원히 몰랐을 겁니다."

"맞아. 그랬을 거야." 커비 씨는 또 킬킬거릴 것처럼 보였지만, 웃음을 억누르고 내 팔을 잡았다. "내가 무엇 때문에 자네를 이 추운 곳에 계속 세워두고 있는지 모르겠군. 안에 들어가서 크리스마스 케이크나 한 조각 먹고 가게."

작은 거실에 들어가자 커비 씨는 나를 난롯가의 가장 좋은 의자로 안내했다. 난로에서는 장작 두어 개가 탁탁 소리를 내며 타고 있었다.

"여보, 헤리엇 선생한테 케이크를 좀 갖다드려."

농부는 식료품 저장실을 뒤지면서 아내에게 소리쳤다. 농부가 위스키 술병을 들고 다시 나타난 것과 동시에 그의 아내가 케이크를 들고 들어왔다. 두꺼운 당의를 입힌 케이크는 예쁜 색깔의 눈송이와 썰매와 순록으로 장식되어 있었다.

커비 씨는 술병 마개를 열면서 아내에게 말했다.

"크리스마스 아침에 여기까지 와서 우리를 도와주는 사람이 있으니, 우리는 정말 운이 좋은 편이야."

"정말 그래요."

커비 부인은 케이크를 두껍게 썰어서, 접시에 담겨 있는 커다란 치즈 덩어리 옆에 놓았다.

그동안 커비 씨는 내가 마실 술을 따랐다. 요크셔 사람은 위스키에 아마추어다. 커비 씨가 위스키를 마치 레모네이드처럼 철렁거리며 술잔에 따른 것은 위스키를 잘 몰라서 그런 것이지만, 그 태도에는 한없는 기쁨이 담겨 있었다. 내가 말리지 않았다면 커비 씨는 위스키를 잔이 넘치게 가득 채웠을 것이다.

나는 손에는 술잔을 들고 무릎 위에는 케이크를 올려놓고, 식탁 의자에 똑바로 앉아서 자애로운 눈길로 조용히 나를 바라보고 있는 농부와 그의 아내를 바라보았다. 두 얼굴에는 공통점—일종의 아름다움—이 있었다. 그런 얼굴은 오직 시골에서만 찾아볼 수 있을 것이다. 깊이 새겨진 주름살, 비바람에 거칠어진 피부, 쾌활하고 평온하게 반짝이는 맑은 눈.

나는 술잔을 들어올렸다.

"두 분 다 행복한 크리스마스를 보내시기 바랍니다."

노부부도 고개를 끄덕이고는 웃으면서 대답했다.

"자네도 메리 크리스마스."

그러고는 커비 씨가 말했다.

"고맙네. 우리 도로시를 구해주려고 여기까지 달려와줘서 얼마나 고마운지 몰라. 우리가 자네의 크리스마스를 망쳐놓았겠지만, 도로시가 죽었다면 우리 크리스마스는 엉망이 되어버렸을 거야. 안 그래, 여보?"

"걱정 마세요. 영감님은 제 크리스마스를 망쳐놓지 않으셨으니까요. 사실은 이게 진짜 크리스마스라는 걸 새삼 깨닫게 해주셨어요."

나는 낮은 천장 들보에 크리스마스 장식이 매달려 있는 작은 방을 둘러보면서, 어젯밤에 느꼈던 감정이 서서히 되돌아오는 것을 느꼈다. 온몸으로 스멀거리며 퍼져가는 그 따뜻한 훈기는 위스키와는 아무 관계도 없었다.

나는 케이크를 한 입 먹고 촉촉한 치즈 한 조각을 입에 넣었다. 처음 요크셔에 왔을 때는 치즈와 케이크를 같이 먹는 것을 보고 깜짝 놀랐다. 내가 자란 스코틀랜드에서는 보도 듣도 못한 일이었기 때문이다. 하지만 세월은 지혜를 가져다주었고, 나는 치즈와 케이크를 같이 씹으면 그 맛이 무어라 말할 수 없이 미묘하다는 사실을 발견했다. 이상한 일이지만, 치즈와 케이크의 혼합물은 설익은 위스키 한 모금과 함께 목구멍으로 넘기는 것이 가장 좋다는 사실도 발견했다.

"헤리엇 선생님, 혹시 라디오 소리가 귀에 거슬리지 않으세요?" 커비 부인이 물었다. "크리스마스 아침에는 늘 라디오에서 나오는 찬송가를 즐겨 듣지만, 선생님이 원하신다면 끌게요."

"아니, 그냥 두십시오. 아주 듣기 좋은데요."

나는 낡은 라디오를 돌아보았다. 나무틀은 이지러지고, 표면에 장식적인 당초무늬가 새겨져 있었다. 가장 초기에 나온 모델이 분명했다. 소리도 쉿소리 같아 듣기가 거북했지만, 그래도 역시 교회 성가대의 노래는 감미로웠다. '하나님의 말씀을 전하는 천사들의 노래에 귀를 기울여라…….' 그 노래는 작은 방을 가득 채우고, 장작이 난로 안에서 타닥거리는 소리, 노부부의 부드러운 목소리와 어우러졌다.

노부부는 아들과 딸의 사진을 보여주었다. 아들은 훌턴에서 경찰관으로 일하고, 딸은 이웃 마을 농부와 결혼했다고 한다. 크리스마스 만찬에는 여느 때처럼 아들과 딸이 손자들을 데리고 올 예정이었다. 커비 부인은 상자를 열고, 그 속에 담겨 있는 폭죽을 한 손으로 쓸어보았다. 성가대는 '옛날 다윗 왕의 도시에서'를 부르기 시작했고, 나는 위스키를 다 마셨고 농부는 다시 술병을 기울였다. 나는 그만 마시겠다고 했지만, 그 저항에는 별로 힘이 담겨 있지 않았다. 작은 창문을 통해 두껍게 덮인 눈을 뚫고 나온 새빨간 감탕나무 열매가 보였다.

그 집을 떠나기가 못내 아쉬웠다. 두 번째 술잔을 비우고 접시에 남은 케이크 부스러기를 포크로 떠먹자, 이제 가야 한다는 생각에 기분이 우울해졌다.

커비 씨는 나와 함께 밖으로 나와, 대문간에서 나에게 손을 내밀었다.

"고맙네. 정말 고마워. 행운을 비네."

거칠고 마른 손바닥이 잠시 내 손바닥과 맞닿았다. 나는 차에 타서 시동을 걸었다. 손목시계를 보니 이제 겨우 9시 반이었다. 첫 아침 햇살이 연푸른 하늘에서 빛나고 있었다.

마을을 지나자 가파른 오르막길이 나왔다. 길은 커다란 원호를 그리며 마을 가장자리를 돌았다. 드넓은 요크 평원이 갑자기 눈앞에 나타나는 것은 바로 이 지점이다. 이곳에 서면 평원이 바로 발아래에 펼쳐져 있는 것처럼 보인다. 나는 늘 여기서 속도를 늦추곤 했다. 평원은 볼 때마다 새롭고 매번 다른 볼거리가 있었지만, 오늘은 거대한 장기판 같은 목초지와 농장과 숲이 이제껏 한 번도 본 적이 없을 만큼 투명하게 떠올라 있었다. 그것은 오늘이 휴일이라서 공장 굴뚝이 매연을 내뿜지 않고 트럭도 배기가스를 내뿜지 않기 때문일 것이다. 맑고 차가운 공기 속에서는 거리가 마술이라도 부린 것처럼 단축되어, 손만 뻗으면 까마득히 밑에 있는 낯익은 건물들을 만질 수 있을 것 같았다.

나는 하얀 눈에 덮여 큰 파도처럼 굽이치는 산들을 돌아보았다. 빽빽이 들어찬 산들은 멀어질수록 푸르스름한 색깔을 띠고, 갈라진 틈새가 으스스할 만큼 뚜렷이 드러나고, 가장 높은 산꼭대기는 햇빛을 받아 반짝이고 있었다. 마을 끝에 커비 부부의 작은 집이 보였다. 나는 거기서 크리스마스와 평화와 자비를 발견했다.

농부들은 지상의 소금이었다.

# 14

마머듀크 스켈턴은 만나기 전부터 오랫동안 나에게 관심의 대상이었다. 이유는 두 가지다. 우선 마머듀크라는 이름을 가진 사람은 책 속에나 존재하는 줄 알았기 때문이고, 둘째로는 마머듀크가 무면허 수의사라는 명예로운 직업을 가진 사람들 중에서도 특히 이름깨나 날리는 인물이었기 때문이다.

1948년에 수의사법이 제정되기 전에는, 수의사로 성공을 꿈꾸는 사람이면 누구나 동물의 질병을 치료하는 일에 손을 댈 수 있었다. 수의대 학생들이 수련 기간에 현장에 파견되어 환자를 치료하는 것도 합법이었고, 수의학에는 문외한인 일반인도 부업으로 수의사 일을 하거나 아예 전업 수의사로 나서기도 했다. 이런 무면허 수의사를 대개 '돌팔이'라고 불렀다.

돌팔이라는 말에 담겨 있는 경멸적인 요소는 부당한 경우가 많았다. 물론 개중에는 동물에게 위협적인 존재도 있었지만, 대부분은 책임감과 애정을 가지고 열심히 일하는 사람들이었기 때문이다. 이들은 수의사법이 제정된 뒤 '개업 수의사'로 제도권에 편입되었다.

하지만 그 전에는 돌팔이에도 다양한 종류와 유형이 있었다. 내가 가장 잘 아는 돌팔이는 아서 럼리라는 남자였다. 배관공 출신인 아서가 브로턴에서 운영한 동물병원은 날로 번창하여, 영국수의사협회의 정식 회원인 앵거스 그리어 씨를 분통터지게 만들었다. 아서는 소형 밴을 타고 다녔는데, 항상 흰 가운을 입었고, 임상 경험이 풍부한 유능한 수의사처럼 보였다. 밴 옆면에는 높이가 30센티미터나 되는 큼직한 글씨로 '아서 럼리 MKC, 개와 고양이 전문'이라고 쓰여 있었다. 정식 수의사가 그랬다면 수의사협회로부터 엄한 질책을 받았을 것이다. 돌팔이의 이름 뒤에 '약자로 표기되는 칭호'를 붙이지 않는 이유 중의 하나는 일반 대중이 돌팔이와 정식 수의사를 쉽게 구별할 수 있도록 하기 위해서였다. 나는 아서가 학위를 딴 것을 알고 흥미를 가졌다. 하지만 'MKC'라는 학위는 생소했다. 아서한테 그게 무슨 학위냐고 물어봤지만 그는 대답을 얼버무렸다. 결국 나는 그 의미를 알아냈다. 그것은 'Member of the Kennel Club'(애견 클럽 회원)의 머리글자였다.

마머듀크 스켈턴은 아서와는 전혀 다른 부류였다. 나는 스카번 지역에서 오랫동안 일했기 때문에 그 지방의 역사를 잘 알게 되었는데, 마머듀크의 부모는 1900년대 초의 베이비붐 때 제 자식들이 장차 위대한 인물이 될 운명을 타고났다고 믿은 게 분명하다. 그래서 세 아들의 이름을 마머듀크(영국의 이슬람교 지도자인 윌리엄 피크틸의 별칭), 세바스천(3세기에 활동한 순교 성인 세바티아누스의 영국식 이름), 코널리어스(3세기에 로마 교황을 지낸 뒤 순교한 코르넬리우스의 영국식 이름)라고 지었다. 둘째는 우유배달회사에서 트럭을 몰았고, 셋째는 영세농이었다. 그의 농장에서 투베르쿨린 검사를 마치고 서류를 작성하면서 이름을 물었을 때 '코널리어스'라는 대답을 듣고 놀란 기억이 지금도 생생하다. 요크셔 특유의 걸걸한 목소리로 발음된 그 이름이 너무 어울리지 않아서, 나는 그가 나를 놀리는 줄 알았다. 사실 나는 그 이름에 대해 한마디 논평을 하고 싶었지만 그의 눈빛을 보고 그만 입을 다물었다.

평소에 '듀크(공작)'라고 불린 마머듀크는 그 집안에서 가장 화려한 존재였다. 나는 스카번으로 왕진을 갔을 때 그에 대한 이야기를 많이 들었는데, 그는 소와 말과 양의 새끼를 받는 솜씨가 일품이고, 동물의 질병을 진단하고 치료하는 기술은 '어느 수의사 못지않게' 훌륭했으며, 거세하고 꼬리를 자르고 돼지를 도살하는 솜씨도 노련했다. 그는 이런 일로 많은 돈을 벌어서 유복하게 살았고, 이완 로스는 듀크에게 이상적인 경쟁자였다. 정식 수의사인 이완 로스는 일하고 싶을 때만 일했고 마음이 내키지 않으면 왕진도 가지 않았다. 농부들은 이완을 좋아하고 대부분 존경했지만, 그가 왕진을 와주지 않으면 듀크에게 부탁할 수밖에 없었다. 이완이 개업한 스카번 지역에서 검사해야 할 가축의 수는 점점 늘어나고 있었다. 50대인 이완은 감당해낼 수가 없었다. 그래서 내가 자주 스카번에 가서 이완을 도왔고, 그 결과 이완과 그의 아내 지니를 자주 만나게 되었다.

듀크가 자기 환자를 치료하는 일에만 전념했다면 이완은 그를 완전히 무시했을 것이다. 그런데 듀크가 농장에 왕진을 가면, 분위기를 잡느라 이제 별볼일없는 늙은이가 되어가고 있는 스코틀랜드 출신 수의사를 빈정거리기 좋아했다. 이완은 그런 조롱에도 별로 흥미가 없었겠지만, 경쟁자의 이름을 입에 올릴 때는 입술이 조금 굳어지고 생각에 잠긴 표정이 푸른 눈에 서서히 번지곤 했다.

듀크를 좋아하기는 쉽지 않았다. 그가 잔인하고 난폭하다는 소문, 기분이 언짢으면 아내와 자식들을 학대한다는 소문도 파다했다. 나도 듀크가 스카번 시장을 거들먹거리며 걸어가는 모습을 처음 보았을 때 그의 외모가 매력적이라고는 생각지 않았다. 그는 검은 황소 같은 남자, 동작이 잽싸고 매서운 눈을 가진 히스클리프(에밀리 브론테의 소설 『폭풍의 언덕』에 나오는 남자 주인공) 같은 사내였다. 목에 두른 새빨간 스카프는 그가 자신을 과시하기를 좋아하는 허풍선이라는 것을 보여주었다.

하지만 그날 오후 로스 부부의 난롯가에 편안히 앉아 있을 때 나는 듀크 스켈턴을 생각하고 있지 않았다. 아니, 듀크만이 아니라 다른 것도 별로 생각하고 있지 않았다. 방금 지니가 손수 만든 점심을 먹은 참이었다. 점심 메뉴는 생선 파이라는 겸손한 이름을 갖고 있었지만, 실제로는 감자와 토마토, 달걀, 마카로니, 그리고 지니만이 아는 온갖 재료를 대구 속에 듬뿍 집어넣어 만든 마술적인 요리였다. 그런 다음 바삭바삭한 사과 크럼블을 먹고, 난롯가에 앉아서 내 얼굴을 때리는 불꽃의 열기를 쐬고 있었다.

그때 내 머릿속을 오간 생각들은 졸음을 부르는 것들이었다. 이 집과 로스 가족은 나한테 자석 같은 매력을 갖게 되었다는 생각, 이곳이 크고 번창하는 진료소라면 전화가 쉴새없이 울렸을 것이고 이완은 음식을 씹으면서 코트를 걸치느라 허둥대고 있을 거라는 생각. 창문으로 눈 덮인 하얀 정원과 눈에 짓눌린 나무들을 내다보자 터무니없는 생각이 떠올랐다. 대러비로 서둘러 돌아가지 않으면 시그프리드가 두 배로 일을 해서 내가 집에 도착하기 전에 일을 다 끝내버릴지도 모른다는 생각이었다.

온몸을 코트와 머플러로 똘똘 감싸고 정신없이 농장을 돌아다니며 고군분투하는 원장을 상상하자 즐거웠다. 나는 마음을 달래주는 그런 상상을 즐기면서 지니가 커피 잔을 남편의 팔꿈치 옆에 놓아주는 것을 지켜보았다. 이완은 아내를 쳐다보며 빙긋 웃었다. 바로 그때 전화벨이 울렸다.

수의사들이 대부분 그렇듯이 나도 전화벨 소리에 민감하다. 그래서 전화가 울리자마자 나도 모르게 벌떡 일어났지만, 이완은 꿈쩍도 하지 않았다. 이완은 조용히 커피를 홀짝거렸고 지니가 수화기를 들었다. 지니가 다가와서 "토미 스웨이트인데, 암소의 아기집이 밖으로 빠져나왔대요" 하고 말해도 이완은 표정 하나 변치 않았다.

내가 그런 소식을 들었다면 방 안을 이리저리 뛰어다녔겠지만, 이완은 커피 한 모금을 길게 마시고 나서 천천히 대답했다.

"곧 간다고 전해줘."

그러고는 내 쪽으로 돌아앉아 그날 아침에 일어난 우스운 일을 이야기하기 시작했다. 그 이야기가 끝나자 이완은 웃기 시작했다. 어깨가 진동하고 눈이 약간 튀어나오는 것 말고는 아무 표정도 나타나지 않는 그 특유의 웃음이었다. 이어서 그는 의자에 느긋하게 앉아 다시금 커피를 홀짝거렸다.

내 환자는 아니지만, 나는 초조해서 발바닥이 근질거렸다. 소의 자궁탈은 긴급사태일 뿐 아니라 중노동이 요구되는 질환이었다. 나는 자궁탈을 치료하고 나면 완전히 녹초가 되어 좀처럼 피로에서 회복되지 못했다. 다른 소보다 상태가 더 심한 경우도 있었다. 그래서 나는 어떤 상태인지 알려고 늘 서둘러 달려가곤 했다.

하지만 이완은 전혀 관심이 없는 것 같았다. 커피를 다 마시자 눈을 감아버렸기 때문에 나는 그가 식후 낮잠을 자려고 작정한 게 아닐까 생각했다. 하지만 그것은 오후의 휴식이 망가지는 것을 감수하는 몸짓이었다. 마침내 그가 기지개를 켜고 몸을 일으켰다.

"같이 가겠나?" 이완이 부드러운 목소리로 물었다.

나는 잠시 망설였지만, 마음을 모질게 먹고 시그프리드를 운명의 손에 맡기기로 했다. 나는 같이 가겠다고 말하고, 이완을 따라 부엌으로 들어 갔다.

이완은 의자에 앉아 지니가 난롯불에 덥혀둔 두꺼운 털양말을 신었다. 다음에는 고무장화를 신고 짧은 코트를 걸치고 노란 장갑을 끼고 체크무 늬 모자를 썼다. 정원의 눈 속에 파놓은 좁은 길을 걸어가는 그의 모습은 놀랄 만큼 젊고 활달해 보였다.

이완은 조제실에 들어가지 않았다. 나는 그가 어떤 장비를 사용할지 궁금하게 여기면서 "이완은 무슨 일을 할 때나 독자적인 방식을 갖고 있 다"는 시그프리드의 말을 생각했다.

농장에 도착하자 스웨이트 씨가 종종걸음으로 우리를 맞으러 달려왔 다. 당연히 그는 초조하고 있었지만, 그것만이 아니었다. 그는 두 손을 신경질적으로 비벼대고 불안하게 킥킥거리면서 이완이 자동차 트렁크를 여는 것을 지켜보았다.

"로스 선생님." 마침내 그가 불쑥 입을 열었다. "기분 상하게 해드리고 싶지는 않지만 말씀드릴 게 있는데요…… 사실은 듀크 스켈턴이 저기서 내 암소를 치료하고 있습니다."

이완은 눈썹 하나 까딱하지 않았다.

"아아, 그래? 그럼 나는 필요 없겠군." 그러고는 트렁크를 닫더니, 자 동차 문을 열고 차에 다시 올라탔다.

"아니, 가시라는 뜻이 아니었습니다!" 스웨이트 씨는 부리나케 달려와서 차창을 통해 소리쳤다. "듀크는 우연히 이 마을에 왔다가 도와주겠다고 자청한 겁니다."

"괜찮네." 이완은 차창을 내리면서 말했다. "나는 조금도 언짢게 생각지 않아. 듀크가 잘할 걸세."

농부는 고통스럽게 얼굴을 일그러뜨렸다.

"이해를 못 하시는군요. 듀크는 벌써 한 시간 반이나 저기 들어가 있었는데, 전혀 진척이 없습니다. 아무 도움도 못되고, 게다가 이제는 기진맥진한 상태입니다. 선생님이 맡아주세요."

"미안하네." 이완은 농부를 똑바로 쳐다보았다. "나는 끼어들 수 없어. 자네도 알잖나. 듀크가 일을 시작했으니 마무리를 짓게 해줘야지."

이완은 시동을 걸었다.

"아니, 안 됩니다. 제발 가지 마세요!" 스웨이트 씨는 두 손으로 자동차 지붕을 두드리면서 소리쳤다. "듀크는 완전히 지쳤습니다. 선생님이 가버리시면 저는 제일 좋은 암소를 잃게 될 겁니다. 저를 도와주셔야 돼요!" 금방이라도 울음을 터뜨릴 것 같았다.

엔진이 부르릉거렸다. 이완은 생각에 잠긴 눈으로 농부를 쳐다보다가 시동을 껐다.

"좋아. 저기 가서 듀크가 뭐라고 하는지 들어보겠네. 듀크가 내 도움을 원한다면 도와주지."

나는 이완을 따라 외양간으로 들어갔다. 우리가 문간에 멈춰 서자 듀크 스켈턴이 고개를 들었다. 그는 거대한 암소 엉덩이에 한 손을 올려놓고, 입을 헤벌리고 두툼한 가슴을 부풀려 가쁜 숨을 몰아쉬면서 고개를 축 늘어뜨리고 서 있었다. 어깨를 덮은 풍성한 머리와 무성한 가슴털은 안팎이 뒤집힌 채 암소 꽁무니에 대롱대롱 매달려 있는 거대한 자궁에서 흘러나온 피가 덕지덕지 달라붙어 수세미처럼 엉켜 있었다. 피와 오물은 그의 얼굴에 줄무늬를 그리며 두 팔을 뒤덮고 있었다. 텁수룩한 눈썹 밑에서 우리를 노려보는 그의 눈은 밀림의 맹수 같았다.

"야아, 스켈턴 씨." 이완이 붙임성 있게 말을 걸었다. "어떻게 되어가고 있소?"

듀크는 그에게 악의에 찬 눈길을 던졌다.

"잘 되어가고 있습니다." 이 말은 그의 배 속 깊은 곳에서 헤벌어진 입술을 통해 덜커덕거리며 새어나왔다.

스웨이트 씨가 알랑거리는 미소를 지으며 앞으로 나섰다.

"이봐, 듀크, 자네는 최선을 다했어. 이젠 로스 선생님의 도움을 받는 게 좋을 것 같은데."

"싫어." 거구의 사내가 갑자기 턱을 쑥 내밀었다. "설령 도움이 필요하다 해도 '저 사람'의 도움은 받지 않겠어."

듀크는 몸을 돌려 자궁을 움켜잡았다. 그러고는 거대한 자궁을 두 팔로 들어 올려 몸속으로 밀어 넣으려 안간힘을 쓰기 시작했다.

스웨이트 씨는 절망적인 표정으로 우리를 돌아보며 다시 하소연을 하려고 입을 벌렸지만, 이완은 한 손을 들어 그의 말을 가로막고는 외양간 구석에서 젖을 짤 때 쓰는 반달 모양의 걸상을 끌어내어 그 위에 앉아서 벽에 편안히 몸을 기댔다. 그런 다음 담배쌈지를 꺼내 한 손으로 담배를 말기 시작했다. 담배 마는 종이에 침을 발라 붙이고는 끝을 비틀어 마무리를 하고 성냥으로 불을 붙이면서, 1미터쯤 떨어진 곳에서 땀을 뻘뻘 흘리며 몸부림치는 듀크를 가만히 바라보았다.

듀크는 자궁을 절반쯤 밀어 넣었다. 두 다리를 벌린 채 끙끙대고 헐떡거리면서 벌겋게 충혈된 덩어리를 조금씩 질 안으로 밀어 넣어, 마지막으로 한 번만 더 용을 쓰면 자궁을 제자리에 넣을 수 있는 단계에 이르렀다. 듀크는 마지막 밀어붙이기 공격을 앞두고 잠깐 한숨을 돌렸다. 단단한 어깨와 팔의 근육은 그의 힘이 얼마나 센지를 보여주었다. 하지만 그래도 역시 그 암소만큼 힘이 세지는 못했다. 아무도 암소만큼 힘이 셀 수는 없다. 게다가 이 암소는 내가 이제껏 본 암소들 가운데 가장 덩치가 커서, 등은 탁자처럼 넓적하고 꼬리가 달려 있는 부분에는 지방이 잔뜩 붙어 있었다.

나도 전에 이런 일을 겪어봤기 때문에 다음에 무슨 일이 일어날지 짐작할 수 있었다. 오래 기다릴 필요는 없었다. 듀크는 길게 심호흡을 한 다음, 필사적으로 자궁을 들어 올려 두 팔과 가슴으로 밀어붙이기 시작했다. 몇 초 동안은 거대한 자궁이 꾸준히 안으로 들어갔기 때문에 그가 승리를 거두고 있는 것처럼 보였다. 그런데 다음 순간 암소가 한 번 슬쩍 힘을 주자 자궁이 다시 통째로 쑥 빠져나와 뒷다리 오금에 쿵 부딪히며 대롱대롱 매달렸다.

듀크는 암소의 골반에 몸을 기대고 축 늘어졌다. 우리가 처음 이 외양간에 들어왔을 때와 같은 자세였다. 그 꼴을 보니 측은한 생각이 들었다. 기분 나쁜 녀석이지만 그래도 불쌍했다. 나도 얼마든지 그런 처지에 놓일 수 있었기 때문에 남의 일 같지가 않았다. 재킷과 셔츠를 못에 걸어놓고 피와 땀이 뒤범벅된 몸에서 힘이 썰물처럼 빠져나가는 것을 느끼며 축 늘어져 있는 사람이 나일 수도 있었다. 지금 듀크가 기를 쓰고 있는 일은 어떤 천하장사도 해낼 수 없다. 암소가 힘을 주지 못하도록 경막외 마취제의 도움을 받거나 도르래 장치로 암소를 외양간 들보에 매달면 자궁을 제자리에 밀어 넣을 수 있을 것이다. 듀크처럼 그냥 암소 뒤에 서서 무턱대고 힘으로 밀어붙이면 절대 성공할 수 없다.

그렇게 경험이 풍부한 듀크가 아직도 그것을 배우지 못했다는 게 놀라웠지만, 지금도 그는 깨달음을 얻지 못한 게 분명했다. 놀랍게도 듀크는 모든 과정을 처음부터 다시 되풀이할 태세를 보이고 있었기 때문이다. 이번에는 아까보다 좀 더 안쪽으로 자궁을 밀어 넣었지만, 암소는 다시 그것을 힘들이지 않고 쑥 밀어냈다. 듀크에게 협력하는 체하다가 마지막 순간에 절묘하게 타이밍을 맞추어 결정적인 밀어내기 공격 한 방으로 판세를 뒤집는 암소의 방식에는 치밀한 계획성마저 엿보였다. 아무래도 이 암소는 모험과 경쟁을 좋아하는 운동선수의 성향을 타고난 것 같았다. 하지만 이제는 이 모든 일에 조금 싫증이 난 것처럼 보였다. 사실 이완을 제외하면 우리 중에서 가장 침착한 것은 암소였다.

듀크는 다시 시도했다. 그가 지친 듯이 허리를 구부린 채 그 피투성이 자궁을 들어 올리는 것을 보면서, 그가 지난 두 시간 동안 그 지긋지긋한 일을 얼마나 여러 차례 되풀이했을지 궁금했다. 듀크는 끈기가 있었다. 그것만은 의심할 여지가 없었다. 하지만 그 끈기도 거의 바닥날 때가 되었다. 듀크의 몸놀림에는 필사적인 절박감이 담겨 있었다. 이번이 마지막 시도라는 것을 그 자신도 알고 있는 듯했다. 또다시 결승점이 가까워지자 끙끙대는 소리는 고통스럽게 흐느끼는 듯한 소리로 바뀌었다. 고집불통인 그 자궁한테 제발 이번 한 번만 안으로 사라져서 얌전히 있어 달라고 눈물로 호소하는 것처럼 구슬픈 소리였다.

그러나 이번에도 피할 수 없는 일이 일어나자 듀크는 가쁜 숨을 몰아쉬고 온몸을 부들부들 떨면서 그의 희망을 산산 조각낸 원흉을 멍하니 내려다보았다. 이제는 누군가가 어떻게든 해야 한다고 나는 생각했다.

스웨이트 씨가 그 일을 맡았다.

"이제 됐네, 듀크. 제발 집 안에 들어가서 몸을 씻게나. 아내가 점심을 차려줄 거야. 자네가 점심을 먹는 동안 로스 선생님이 뒷일을 맡아주실 걸세."

거구의 사내는 두 팔을 축 늘어뜨리고 가슴을 부풀려 숨을 들이마시면서 농부를 잠시 노려보다가 홱 돌아서서 벽에 걸린 옷을 낚아챘다.

"좋아." 그는 천천히 문 쪽으로 걸어가기 시작했다. 도중에 이완 맞은편에 멈춰 섰지만, 이완한테는 눈길도 주지 않고 스웨이트 씨에게 말했다. "하지만 분명히 말하겠는데, 내가 못하면 이 늙은이도 절대로 못해."

이완은 담배연기를 빨아들이며 무표정하게 그를 쳐다보았다. 이완은 외양간을 나가는 듀크를 눈으로 좇지 않고, 벽에 기댄 채 가느다란 담배연기를 내뿜으면서, 담배연기가 위로 올라가 천장의 어둠 속으로 사라지는 것을 지켜보았다.

스웨이트 씨는 곧 돌아와서 숨 가쁘게 말했다.

"로스 선생님, 기다리시게 해서 정말 죄송하지만, 이제 일을 시작할 수 있습니다. 뜨거운 물이 필요하겠지요? 또 필요하신 건 없습니까?"

이완은 바닥에 깔린 자갈에 꽁초를 떨어뜨리고 발로 짓뭉갰다.

"설탕 한 근만 갖다주게."

"그게 뭡니까?"

"설탕 한 근."

"설탕…… 아아, 예…… 알았습니다."

농부는 순식간에 아직 뜯지 않은 설탕봉지를 들고 돌아왔다. 이완은 손가락으로 봉지를 찢고 암소에게 다가가 설탕을 자궁 전체에 뿌리기 시작했다. 그러고는 다시 스웨이트 씨를 돌아보았다.

"돼지 채반도 필요한데, 집에 있겠지?"

"예, 하나 있긴 합니다만, 도대체 무슨……."

이완은 그에게 부드러운 눈길을 던졌다.

"그럼 가져오게. 지금쯤은 벌써 일을 다 끝냈을 시간이야."

농부가 뻣뻣한 다리로 뛰어나가자 나는 이완에게 다가갔다.

"도대체 무슨 일입니까? 설탕은 왜 뿌린 겁니까?"

"설탕은 자궁에서 혈장을 빼내지. 자궁이 저렇게 충혈되어 있으면 절대 성공할 수 없어."

"그래요?" 나는 믿을 수 없다는 눈으로 크게 부풀어 오른 자궁을 힐끔 바라보았다. "그럼 경막외 마취제나…… 피튜이트린(뇌하수체 후엽 호르몬)이나…… 칼슘 주사액 같은 건 투여하지 않을 건가요?"

"물론이지." 이완은 천천히 미소를 지으며 대답했다. "그런 건 절대로 안 써."

바로 그때 스웨이트 씨가 돼지 채반을 겨드랑이에 끼고 종종걸음으로 돌아왔기 때문에 나는 그 채반으로 뭘 하려는 거냐고 물어볼 기회를 놓쳤다.

옛날에는 대부분의 농가에 돼지 채반이 갖추어져 있었다. 흔히 '크릴'이라고 불린 이 채반은 돼지를 잡을 때 베이컨용 삼겹살을 늘어놓는 용도로 쓰였다. 스웨이트 씨가 가져온 것은 전형적인 '크릴'이었다. 길고 낮은 탁자처럼 네 개의 짧은 다리가 달려 있고, 오목하게 들어간 윗면은 가는 널빤지 살로 되어 있었다. 이완은 그것을 암소의 몸 아래, 젖 바로 앞쪽에 조심스럽게 밀어 넣었다. 나는 실눈을 뜨고 열심히 바라보았지만 여전히 영문을 알 수가 없었다.

이어서 이완은 전혀 서두르는 기색도 없이 밖으로 나가더니, 자동차에서 기다란 밧줄과 갈색 종이로 싼 꾸러미 두 개를 들고 돌아왔다. 그러고는 밧줄을 칸막이에 걸쳐놓고 암소 분만용 고무 가운을 걸친 다음 꾸러미를 풀기 시작했다.

첫 번째 꾸러미에서 나온 것은 맥주잔을 나르는 쟁반처럼 보였지만, 물론 맥주 쟁반일 리는 없다고 판단했다. 하지만 이완이 "잠깐 들고 있게" 하고 말했을 때, 나는 그 쟁반에 '존 스미스의 매그닛 발효 맥주'라는 소용돌이 문양의 금박 글씨가 박혀 있는 것을 보고 생각을 바꿀 수밖에 없었다. 그것은 진짜 맥주 쟁반이었다.

이완은 두 번째 꾸러미에서 갈색 종이를 풀기 시작했다. 그가 빈 위스키 술병을 꺼내 맥주 쟁반 위에 놓았을 때 나는 머리가 조금 어지러워졌다. 이상야릇한 짐을 들고 거기에 서 있으려니까 마술사의 조수가 된 듯한 기분이 들었다. 이완이 다음에 꾸러미에서 꺼낸 것이 살아 있는 토끼나 비둘기였다 해도 나는 전혀 놀라지 않았을 것이다.

하지만 다음에 그가 한 일은 단지 술병에 양동이의 뜨거운 물을 채우는 것이었다.

이어서 그는 암소의 뿔에 밧줄을 감고 그것을 암소의 몸에 두어 번 감은 다음, 몸을 뒤로 기울이며 밧줄을 잡아당겼다. 암소는 순순히 채반 위에 주저앉아, 엉덩이를 높이 치켜들고 엎드렸다.

"자, 시작하세." 이완이 중얼거렸다.

내가 재킷을 벗어 던지고 넥타이를 풀기 시작하자 그는 놀란 눈으로 나를 돌아보았다.

"아니, 뭘 하려는 건가?"

"선생님을 도와드리려고요."

그의 입술 한쪽 끝이 위로 씰룩 움직였다.

"고맙지만 옷을 벗어부칠 것까진 없네. 1분밖에 안 걸릴 거야. 자네하고 스웨이트 씨는 이걸 똑바로 들고 있어 주기만 하면 돼."

암소의 자궁은—내 흥분한 머리가 그렇게 상상했을 뿐인지는 모르지만—설탕을 뿌린 뒤 눈에 띄게 오그라든 것 같았다. 이완은 자궁을 맥주 쟁반 위로 조심스럽게 들어 올리더니 농부와 나한테 쟁반 양쪽을 잡고 있게 했다. 그러고는 자궁을 밀어 넣었다.

말 그대로 1분밖에 걸리지 않았다. 전혀 힘들이지 않고, 땀을 흘리거나 눈에 띄게 압력을 행사하지도 않고 그 거대한 덩어리를 원래 있어야 할 곳에 돌려놓은 것이다. 그동안 암소는 힘을 줄 수도 없이 속수무책으로 당하고만 있는 것이 분한 듯, 불만스러운 표정으로 엎드려 있었다. 이어서 이완은 술병을 암소의 질 속에 조심스럽게 밀어 넣었다. 팔이 완전히 암소의 몸속으로 사라지자 이완은 어깨를 힘차게 움직이기 시작했다.

"도대체 지금 뭘 하고 있는 겁니까?" 나는 맥주 쟁반 옆에서 몸을 기울여, 들뜬 목소리로 그의 귀에 속삭였다.

"자궁의 돌기를 돌려서 제자리에 집어넣고, 모든 돌기가 완전히 정상적인 상태로 확실히 복귀하도록 돌기 끝에 뜨거운 물을 조금씩 붓고 있는 걸세."

"아, 예, 알겠습니다."

나는 이완이 술병을 빼내고, 두 팔을 비누로 씻고, 가운을 벗기 시작하는 것을 멍하니 지켜보았다.

"그런데 꿰매지는 않을 건가요?" 내가 불쑥 물었다.

이완은 고개를 저었다.

"아니야. 자궁이 제대로 들어갔다면 다시는 빠져나오지 않아."

이완이 손을 닦고 있을 때 외양간 문이 벌컥 열리더니 듀크 스켈턴이 축 처진 걸음걸이로 들어왔다. 몸을 씻고 옷을 입고 목에 빨간 스카프를 다시 맨 듀크는 들어오자마자 사나운 눈으로 암소를 노려보았다. 이제 몸이 말쑥해지고 침착성을 되찾은 암소는 외양간에 늘어선 다른 암소들과 똑같아 보였다. 듀크는 입술을 한두 번 달싹거리다가 마침내 목소리를 쥐어짜냈다.

"그래, 어떤 놈들은 좋겠군." 그는 으르렁거리듯이 말했다. "희한한 주사약과 기구를 갖고 있는 놈들한테 이런 일쯤은 식은 죽 먹기지! 안 그래?" 그러고는 획 돌아서서 나가버렸다.

그의 무거운 장화가 절벅거리며 마당을 가로지르는 소리가 들렸을 때, 그의 말이 너무 부당하다는 생각이 들었다. 돼지 채반과 설탕 한 근과 위스키 술병과 맥주 쟁반에 조금이라도 희한한 데가 있는가?

## 15

나는 그랜빌 베넷의 동물병원에 와 있었다. 거대한 램프가 그랜빌의 머리와 간호사들, 줄지어 늘어선 기구들, 수술대 위에 길게 누워 있는 동물 위에 무자비한 빛을 쏟아붓고 있는 수술실에 돌아와 있었다.

오늘 오후까지만 해도 하팅턴에 다시 오게 될 줄은 꿈에도 몰랐다. 오후 늦게 초인종이 울릴 때까지만 해도 하팅턴에 올 생각은 전혀 없었다. 내가 마침 차 한 잔을 다 마셨을 때 초인종이 울렸다. 나는 복도를 걸어가서 문을 열었다. 보스워스 대령이 고양이용 고리버들 바구니를 들고 층계에 서 있었다.

"잠깐 폐를 끼쳐도 되겠나?" 대령이 말했다.

목소리가 여느 때와 달라서 나는 의아한 눈으로 그를 쳐다보았다. 보스워스 대령은 육척장신이라서 대다수 사람들은 그를 올려다볼 수밖에 없었다. 키가 크고 여위었지만 군인답게 강인한 얼굴은 그가 전쟁 때 받은 무공훈장과 잘 어울렸다. 나는 그를 자주 보았다. 그가 우리 병원에 올 때만이 아니라 내가 시골로 왕진을 나갔을 때도 자주 보았다. 그는 커다란 사냥용 말을 타고 케언테리어(스코틀랜드 원산의 다리가 짧은 사냥개) 두 마리를 데리고 대러비 주변의 조용한 길을 천천히 달리면서 대부분의 시간을 보냈다. 나는 그를 좋아했다. 그는 만만찮은 사람이었지만 늘 예의바른 신사였고, 동물을 대하는 태도도 다정하고 너그러웠다.

"물론이죠. 어서 들어오세요."

그는 대기실에서 바구니를 내밀었다. 눈에는 긴장감이 감돌고 얼굴에는 충격과 고통이 나타나 있었다.

"모디일세."

"모디…… 그 검은 고양이 말인가요?" 그의 집에 왕진을 가면 그 작은 고양이는 대개 대령 옆에 붙어 있었다. 대령의 발목에 몸을 비벼대고 무릎 위로 뛰어오르면서 대령의 애정을 얻기 위해 테리어들과 열심히 경쟁하고 있었다.

"무슨 일인가요? 병에 걸렸나요?"

"그건 아니고……." 대령은 침을 꿀꺽 삼키고는 조심스럽게 덧붙였다. "사고를 당한 것 같아."

"어떤 사고요?"

"차에 치였다네. 집 앞 도로에는 절대로 안 나가는데, 오늘 오후에 무엇 때문인지 밖에 나갔지 뭔가."

"알겠습니다." 나는 바구니를 받아들었다. "바퀴 밑에 깔렸습니까?"

"아니, 그랬을 가능성은 없네. 모디는 사고가 난 뒤에 집으로 달려왔으니까."

"다행이군요. 그렇다면 희망적입니다. 아마 심하게 다치지는 않았을 겁니다."

대령은 잠깐 머뭇거렸다.

"그렇다면 좋겠지만…… 좀 끔찍해. 모디의 얼굴이…… 차에 부딪힌 모양인데…… 녀석이 어떻게 살아갈 수 있을지, 정말 걱정이네."

"정말 안됐군요. 어쨌든 저를 따라오시죠. 모디를 한번 보겠습니다."

대령은 고개를 저었다.

"괜찮다면 나는 그냥 여기 있겠네. 그리고 한 가지만 말해두겠는데……" 대령은 바구니에 잠깐 손을 올려놓았다. "가망이 없다고 생각되면 당장 모디를 잠재워주게. 더 이상 고통을 주고 싶지 않아."

나는 이해할 수가 없어서 잠시 그를 쳐다보다가 서둘러 수술실로 갔다. 바구니를 수술대 위에 올려놓고 고리에서 막대기를 빼내고 뚜껑을 열었다. 매끈매끈한 검은 형체가 바구니 속에 웅크리고 있었다. 내가 조심스럽게 손을 뻗자 고양이는 천천히 고개를 들고 나를 돌아보며 입을 벌리고 길게 구슬픈 소리를 냈다. 그것은 고통의 울부짖음이었다.

그런데 자세히 보니 입을 벌린 게 아니었다. 아래턱 전체가 쓸모없이 대롱대롱 매달려 있었다. 턱이 산산조각으로 부서져 있었다. 바구니에서 또다시 소름끼치는 울음소리가 들려왔을 때, 피와 침이 섞인 거품 속에서 톱니처럼 깔쭉깔쭉한 뼈가 번득이는 것이 언뜻 보였다.

너무 끔찍해서 나는 얼른 바구니 뚜껑을 닫았다.

"맙소사! 오오, 맙소사!" 나는 숨을 헐떡거렸다.

눈은 감아도 그 기괴한 얼굴과 고통에 못 이겨 내지르는 울음소리를 기억에서 떨쳐버릴 수가 없었다. 가장 가슴 아픈 것은 두려움과 당혹감에 가득 찬 눈, 겁에 질려 어찌할 바를 모르는 눈이었다. 말 못하는 동물의 고통을 바라볼 때 가장 견딜 수 없는 것이 바로 그 눈이다.

나는 떨리는 손으로 트레이에 놓인 넴부탈을 서둘러 집어 들었다. 어쨌든 이 고통을 빨리 끝내주는 것은 그나마 수의사가 고통 받는 동물에게 해줄 수 있는 일이다. 나는 주사기에 넴부탈 5시시를 채웠다. 그 정도면 충분하다. 모디는 금방 잠이 들 테고, 다시는 깨어나지 않을 것이다. 나는 바구니를 열고 손을 뻗어 모디의 배에 주사바늘을 찔렀다. 하지만 주사기를 누르는 순간, 나보다 더 침착하고 냉정한 사람이 내 어깨를 두드리며 "잠깐 기다려, 헤리엇. 진정하라구. 이 문제를 좀 더 생각해보는 게 어때?" 하고 말하는 듯한 기분이 들었다.

나는 1시시만 주사하고 바늘을 뺐다. 그것은 모디를 마취시키기에 충분한 양이었다. 잠시 후에는 아무 고통도 느끼지 못할 터였다. 나는 뚜껑을 닫고 방 안을 서성거리기 시작했다. 지금까지 나는 턱뼈가 부서진 고양이를 많이 고쳐주었다. 고양이들은 턱뼈가 잘 부서지는 경향이 있는 것 같았다. 나는 골절된 뼈를 철사로 동여매고 무사히 낫는 과정을 지켜보면서 큰 만족감을 맛보곤 했다. 하지만 이번 경우는 달랐다.

5분 뒤에 나는 바구니를 열고 고양이를 들어 올려 수술대 위에 내려놓았다. 고양이는 깊이 잠들어 헝겊인형처럼 축 늘어져 있었다.

나는 고양이의 입을 닦아내고, 소름끼치는 조각그림을 맞추려고 애쓰면서 조심스럽게 상처 부위를 조사했다. 뼈의 결합선은 완전히 분리되었지만 그것은 철사로 고정시킬 수 있을 것이다. 하지만 양쪽이 다 산산 조각난 저 아래턱뼈는 어떡하지? 왼쪽은 두 군데나 골절되었다. 게다가 이빨도 몇 개는 못 쓰게 되었고 나머지도 흔들거렸다. 이빨을 고정시켜둘 받침대가 전혀 없었다. 뼈에 금속판을 박아서 그것으로 이빨을 떠받칠 수 있을까? 어쩌면 가능할지도 모른다. 그런데 그런 일을 해낼 수 있는 기술과 장비를 갖춘 사람이 있을까? 나는 그런 사람을 하나 알고 있다고 생각했다.

나는 잠들어 있는 고양이의 온몸을 주의 깊게 살펴보았다. 측은하게 늘어진 턱 말고는 모두 말짱했다. 나는 생각에 잠긴 채 반짝반짝 윤이 나는 매끄러운 털을 쓰다듬었다. 모디는 앞날이 창창한 어린 고양이였다. 나는 결단을 내렸다. 그러자 구원받은 듯한 안도감이 밀물처럼 밀려왔다. 우선 모디를 그랜빌 베넷에게 데려가도 좋은지, 대령에게 물어봐야 했다. 나는 서둘러 복도를 지나 대기실로 대령을 만나러 갔다.

출발할 때부터 눈이 펑펑 쏟아지기 시작했다. 하팅턴까지 가는 길이 줄곧 내리막인 게 다행이었다. 고지대의 도로는 이렇게 눈이 많이 내리는 밤에는 곧 차가 다닐 수 없게 될 것이다.

나는 동물병원에서 거구의 그랜빌이 구멍을 뚫고 나사못을 박고 봉합사로 꿰매는 것을 지켜보았다. 그것은 서둘러 할 수 있는 일이 아니었지만, 그 뭉툭한 손가락이 그렇게 빨리 움직일 수 있다는 게 놀라웠다. 그래도 수술은 한 시간이 걸렸고, 그동안 계속된 긴 침묵은 그랜빌이 수술에 완전히 몰두해 있다는 것을 보여주었다. 기구가 달그락거리는 소리, 고함치듯 지시를 내리는 소리, 느닷없이 간호사들에게 분노를 터뜨리는 소리가 이따금 침묵을 깰 뿐이었다. 괴로운 것은 간호사들만이 아니었다. 나도 손을 씻고 수술을 거들어야 했는데, 내가 턱뼈를 그랜빌이 원하는 대로 정확히 잡지 못하면 그는 맞대놓고 화를 냈다.

"그게 아니야, 짐! 도대체 지금 뭘 하고 있나? 아니, 아니, 아니야. 그게 아니라니까! 오오, 하느님 맙소사!"

마침내 수술이 끝났고, 그랜빌은 모자를 벗어 던지고 수술대에서 돌아섰다. 이제 할 일을 다 끝냈다는 만족감과 성취감이 뒤섞인 그 태도야말로 내가 그를 부러워한 이유였다. 그랜빌은 땀을 뻘뻘 흘렸다. 그는 사무실에서 손을 씻고, 이마를 수건으로 훔치고, 멋진 회색 재킷을 입고, 호주머니에서 파이프를 꺼냈다. 지난번에 본 것과는 다른 파이프였다. 그랜빌의 파이프가 모두 아름다울 뿐 아니라 크다는 것은 진작부터 알고 있었지만, 이 파이프는 담배통이 커피 잔 같았다. 그랜빌은 콧등에 파이프를 문지른 다음, 항상 지니고 다니는 노란색 헝겊으로 닦아서 윤을 내고, 사랑이 듬뿍 담긴 눈으로 반짝거리는 파이프를 불빛에 비추어보았다.

"아무 것도 섞지 않은 순수한 담배라네. 최고급이지."

그는 거대한 쌈지에서 살담배를 꺼내 담배통에 담고 불을 댕겼다. 그러고는 향기로운 연기를 나에게 뿜어낸 다음 내 팔을 잡았다.

"간호사들이 저길 치우고 있는 동안 내가 병원 구경을 시켜주겠네."

우리는 병원을 여기저기 구경하고 다녔다. 대기실과 진찰실, 엑스선실, 조제실에도 들렀고, 모든 환자들의 병력을 기록한 색인 카드가 가지런히 정돈되어 있는 사무실에도 들렀지만, 수술을 받은 온갖 동물들이 수용되어 있는 회복실에서 따뜻한 칸막이방을 들여다보고 다니는 것이 나는 가장 즐거웠다.

그랜빌은 수술에서 회복되고 있는 동물들을 하나씩 파이프로 가리키면서 말했다.

"난소 절제, 장 절개, 이혈종, 안검내번(눈꺼풀 가장자리가 안쪽으로 말린 상태)……." 그러다가 갑자기 허리를 구부려 철망 사이로 손가락 하나를 밀어 넣고는 살가운 투로 말했다. "조지, 이리 온. 겁낼 거 없어. 그랜빌 아저씨야."

한쪽 다리에 깁스를 한 작은 하일랜드테리어가 절뚝거리며 다가오자 그랜빌은 개의 콧등을 손가락으로 간질였다.

"이 녀석은 조지 윌스펜덤이야." 그랜빌이 설명했다. "윌스펜덤 부인의 자랑이자 기쁨이지. 고약한 복잡골절이지만 아주 잘 견뎌내고 있다네. 조지는 좀 수줍음을 타지만, 알고 보면 좋은 녀석이야. 조지, 그렇지?" 그랜빌은 계속 조지의 코를 간질였고, 희미한 불빛 속에서 하얗고 짧은 꼬리가 맹렬히 흔들리는 것이 보였다.

모디는 회복실 끝에 누워 작은 몸을 바들바들 떨고 있었다. 그 떨림은 모디가 마취에서 깨어나고 있다는 것을 의미했다. 나는 문을 열고 모디에게 손을 뻗었다. 모디는 아직 고개를 들지는 못했지만 눈을 뜨고 나를 바라보았다. 내가 옆구리를 부드럽게 쓰다듬어주자 모디가 입을 벌리고 쉰 목소리로 희미하게 야옹 하고 울었다. 나는 모디가 아래턱을 다시 움직일 수 있게 된 것을 보고 짜릿한 기쁨을 느꼈다. 모디는 턱을 여닫을 수 있었다. 살과 뼈가 너덜너덜해진 채 대롱대롱 매달려 있던 그 기괴한 꼴은 불쾌한 기억으로만 남았을 뿐이다.

"굉장하군." 나는 중얼거렸다. "정말 대단해."

당당한 파이프에서 담배연기가 조용히 의기양양하게 뿜어 나왔다.

"그래, 나쁘진 않아. 열흘쯤 뒤에는 유동식을 먹을 수 있을 테고, 그러면 모디도 신품이나 다름없어질 거야. 아무 문제도 없어."

나는 허리를 폈다.

"보스워스 대령한테 한시라도 빨리 알려주고 싶어서 몸이 다 근질거리는군. 오늘 밤 모디를 집에 데려갈 수 있을까?"

"안 돼. 이번에는 안 돼. 며칠 동안 경과를 지켜보고 싶어. 며칠 뒤에 대령이 직접 와서 데려가면 돼."

그랜빌은 나를 휘황하게 불이 켜진 사무실로 데려가서 잠시 나를 바라보았다.

"모처럼 여기까지 왔으니까 우리 집에 가서 마누라와 인사라도 나누어야지. 안 그래? 하지만 한 가지 제안이 있는데, 나와 함께 잠깐 어디 들러서……."

나는 얼른 한 걸음 뒤로 물러섰다.

"아니…… 저어…… 그러고 싶지 않아." 나는 빠른 말씨로 덧붙였다. "지난번에 간 그 술집에서는 무척 즐거웠지만…… 오늘 밤은 안 돼."

"잠깐만." 그랜빌은 달래듯이 말했다. "누가 술집에 가쟀나? 나는 그저 나랑 모임에 가고 싶은지 물어보려고 했을 뿐이야."

"모임?"

"그래. 밀리건 교수가 대사장애에 대해 강연하려고 에든버러에서 왔다네. 자네도 즐거울 거야."

"유열이나 아세토네미아 같은 질병 말인가?"

"맞아. 자네 취향에 딱 맞는 내용이지."

"그건 그래. 나는……." 나는 몇 분 동안 생각에 잠겼다. 내 머리에 떠오른 온갖 생각들 가운데 하나는 그랜빌처럼 작은 동물만 전문으로 치료하는 수의사가 무엇 때문에 암소의 질병에 대한 강연을 듣고 싶어 할까 하는 의문이었다. 하지만 어쩌면 내가 그랜빌을 잘못 판단하고 있는지도 몰라. 그랜빌은 수의학 전반에 대해 폭넓고 유연한 관점을 유지하고 싶은 걸 거야.

그랜빌이 나를 좀 더 부추긴 것으로 보아 내가 결단을 내리지 못하고 망설이는 것이 겉으로 드러났던 모양이다.

"나는 자네랑 함께 가고 싶어. 어쨌든 자네는 이렇게 근사하게 차려입고, 무슨 일이든 할 준비가 되어 있잖아. 솔직히 말하면 아까 자네가 들어왔을 때 자네도 뜻밖에 멋쟁이구나 하고 놀라지 않을 수 없었어."

그 말은 옳았다. 이번에는 내가 농장에서 일할 때 입는 작업복 차림으로 달려오지 않았다. 지난번에 그랜빌의 집을 방문했을 때의 아픈 기억이 아직도 생생했기 때문에, 그의 아내인 매력적인 조이를 다시 만나게 되면 (1)제대로 옷을 차려입고, (2)술에 취하지 말고, (3)정상적인 컨디션을 유지하고, (4)충격을 받은 송아지처럼 딸꾹질을 하거나 트림을 하지 말자고 단단히 결심했던 것이다.

헬렌도 내 이미지를 쇄신할 필요가 있다는 데 동의하고 제일 좋은 양복을 골라주었다.

나는 결단을 내렸다.

"좋아. 함께 가도록 하지. 우선 아내한테 전화하고……."

# 16

밖에는 여전히 눈이 내리고 있었다. 도시에 내리는 눈은 축축한 커튼 처럼 내려와 거품을 일으키는 지저분한 진창 속으로 사라졌다. 나는 코 트 깃을 높이 세워 목을 감싸고, '벤틀리'의 호화로운 가죽 시트에 더욱 깊이 몸을 묻었다. 어두운 빌딩과 상점들이 빠른 속도로 차창 밖을 스쳐 지나갔다. 나는 그랜빌이 이제 곧 옆길로 구부러지거나 차를 세울 거라 고 생각했지만, 몇 분도 지나기 전에 우리는 교외를 지나 '노스 대로'(런 던과 요크와 에든버러를 잇는 간선도로)를 향해 달리고 있었다. 이 모임은 시골 의 회관 같은 곳에서 열리는 모양이라고 나는 생각했다. 그래서 '스코치 코너'(노스 대로에 있는 주요 분기점)에 도착할 때까지 아무 말도 하지 않았지 만, 차가 보우스로 가는 옛 로마가도로 구부러지자 더 이상 궁금증을 참 을 수가 없었다.

나는 기지개를 켜면서 말했다.

"그런데 모임은 어디서 열리나?"

"애플비." 그랜빌은 태연히 대답했다.

나는 깜짝 놀라 몸을 똑바로 세웠다가, 소리 내어 웃기 시작했다.

"뭐가 그렇게 우스워?" 그랜빌이 물었다.

"애플비라니…… 하하하! 농담은 그만두고, 정말 어디로 가는 거야?"

"말했잖아. 정확히 말하면 애플비의 펨버턴암스 호텔이야."

"정말?"

"그렇다니까."

"하지만 애플비는 페나인 산맥(잉글랜드 북부지역에 남북으로 뻗은 산맥) 너머에 있잖아."

"맞아. 늘 거기에 있었지."

나는 머리카락을 손으로 쓸어 넘겼다.

"이런 날씨에 50킬로가 넘는 길을 달려간다고? 어쨌든 '보우스 황무지'를 넘지 못할 거야. 사실은 어제 그 길이 폐쇄됐다는 소식을 들었거든. 게다가 벌써 여덟 시가 다 되어가고 있으니까, 지금 가도 너무 늦을거야."

거구의 그랜빌이 손을 뻗어 내 무릎을 토닥였다.

"걱정은 붙들어 매셔. 우리는 그곳에 무사히, 시간도 충분히 여유 있게 도착할 테니까. 자네가 지금 앉아 있는 이 차는 그야말로 진정한 자동차라는 걸 잊으면 안 돼. 눈이 조금 내리는 것쯤은 전혀 문제가 안 된다고."

그랜빌은 자신의 말을 입증하기로 결심한 듯 액셀을 힘껏 밟았다. 대형 승용차는 곧게 뻗은 도로를 돌진하기 시작했다. 차는 그레타브리지로 들어가는 모퉁이에서 옆으로 조금 미끄러졌지만, 굉음을 내며 보우스를 통과하여 가장 높은 고지대로 접어들었다. 시야가 별로 좋지 않았다. 황무지의 고갯마루에서는 정말 아무 것도 보이지 않았다. 그곳에 내리는 눈은 진짜 시골 눈이었기 때문이다. 보송보송하고 커다란 눈송이가 헤드라이트 불빛 속으로 곧장 들어와, 수백만 개의 이웃들과 함께 이미 도로에 깔린 두꺼운 하얀 카펫 위에 편안히 내려앉았다. 그랜빌이 어떻게 앞을 볼 수 있는지 알 수가 없었다. 하물며 이렇게 빠른 속도로 차를 몰다니. 몇 시간 뒤에는 바람에 날린 눈이 길을 온통 뒤덮을 텐데 어떻게 이 길을 지나 되돌아갈지도 알 수가 없었다. 하지만 나는 입을 다물고 있었다. 그랜빌과 함께 있으면 나는 잔소리 많은 노처녀 고모처럼 된다는 사실이 점점 분명해졌다. 그래서 나는 침묵을 지키면서 속으로 기도를 드렸다.

브라프를 지나 아까보다 고도가 낮은 도로를 지나는 동안 나는 줄곧 이 방침을 고수했다. 이 도로는 황무지보다 상태가 좋아서 운전하기가 쉬웠다. 펨버턴 암스 호텔 마당에 도착하여 차에서 내렸을 때는 이런 날씨에 그 먼 길을 이렇게 빨리 왔다는 게 믿기지 않았다. 시간은 정각 9시였다.

우리는 방 뒤쪽으로 살짝 들어갔다. 나는 의자에 앉아서 정신을 조금 향상시킬 준비를 했다. 연단에서는 한 남자가 떠들어대고 있었다. 처음에는 무슨 말을 하고 있는지, 내용을 파악하기가 어려웠다. 그는 동물의 질병에 대해서는 한마디도 언급하지 않았기 때문이다. 다음 순간 갑자기 모든 것이 분명해졌다.

"정말 고맙습니다." 남자가 말했다. "여기까지 먼 길을 오셔서 흥미롭고 유익한 강연을 해주신 밀리건 교수님께 진심으로 감사드립니다. 무척 재미있는 강연이었습니다. 이것은 모든 청중을 대신해서 제가 대표로 말씀드리는 겁니다. 그러니까 여러분은 통상적인 방법으로 감사의 뜻을 표해주시기 바랍니다."

그러자 한참동안 박수가 계속되었고, 이어서 말소리와 의자를 뒤로 미는 소리가 한꺼번에 터져 나왔다. 나는 놀라서 그랜빌을 돌아보았다.

"그건 감사의 박수였어. 강연은 벌써 끝난 모양이야."

"그래." 그랜빌은 별로 실망한 것 같지 않았고 놀란 기색도 보이지 않았다. "나하고 같이 가세. 놓친 강연을 보상해줄 테니까."

우리는 다른 수의사들과 함께 화려한 카펫이 깔린 홀을 가로질러 다른 방으로 자리를 옮겼다. 그곳에는 음식이 가득 차려진 탁자가 줄지어 놓여 있고, 휘황한 불빛이 그것을 비추고 있었다. 그때 버로스-웰컴 제약회사의 판매 대리인이 눈에 띄었다. 이제야 모든 것이 분명해졌다.

이것은 기업체가 후원하는 행사였고, 그랜빌의 견해에 따르면 진짜 행사는 이제부터 시작이었다. 언젠가 시그프리드가 한 말이 생각났다. 그랜빌은 이런 기회를 절대 놓치고 싶어 하지 않는다는 것이었다. 그랜빌은 통이 크고 인심 좋은 사람이지만, 공짜 음식과 술을 실컷 먹고 마시는 통쾌함은 그에게는 저항할 수 없는 매력이었다.

지금도 그랜빌은 명확한 의도를 가지고 나를 바 쪽으로 유도했다. 하지만 그랜빌 특유의 기이한 현상 때문에 좀처럼 앞으로 나아갈 수가 없었다. 이 세상 사람들이 모두 그랜빌을 알고 있는 것 같았다. 그랜빌과 함께 식당이나 술집이나 댄스파티에 가도 똑같은 현상이 일어났다. 그를 데리고 아마존 밀림의 잊힌 부족을 찾아가도 누군가가 반갑게 뛰어나와 그랜빌의 어깨를 탁 치면서 "야아, 잘 있었나, 그랜빌?" 하고 외칠 거라는 생각이 들 때가 많았다.

마침내 우리는 동료 수의사들 틈을 뚫고 목적지에 도착했다. 바에서는 하얀 가운을 입은 까무잡잡하고 작달막한 두 남자 바텐더가 벌써 정신없이 바쁘게 일하고 있었다. 그들은 수의사들의 야회에서는 위스키 술병을 손에서 내려놓을 새가 없다는 것을 알고 있었기 때문에 오로지 술잔을 채우는 데에만 정신을 집중하고 있었지만, 그랜빌의 육중한 몸이 카운터로 다가가자 일손을 멈추고 싱긋 웃었다.

"아이구, 베넷 선생님, 안녕하십니까?"

"잘 지냈나, 보브? 만나서 반갑네, 레그." 그랜빌은 위엄 있게 인사를 받았다.

나는 보브가 지금까지 손에 들고 있던 보통 위스키 병을 내려놓고, 밑에 감추어둔 글렌리벳(스코틀랜드에서 생산되는 몰트위스키의 일종) 병을 집어들어 그랜빌의 잔에 따르는 것을 알아차렸다. 거구의 수의사는 그 고급 위스키를 킁킁거리며 향기를 음미했다.

"내 친구 헤리엇 선생에게도 한 잔 부탁하네."

바텐더들이 존경스러운 표정으로 나를 쳐다보았기 때문에 나는 갑자기 중요한 인물이라도 된 듯한 기분이 들었다. 바텐더들은 나한테도 글렌리벳을 듬뿍 따라주었다. 그들은 그랜빌이 술잔을 비우는 속도에 맞추어 위스키 병을 집어 들었고, 그래서 나도 연거푸 빠른 속도로 술을 삼켜야 했다. 빈 잔은 순식간에 다시 채워졌다.

그랜빌은 가장 자연스러운 환경에 있는 사람답게 당당한 태도로 탁자 사이를 누비기 시작했고, 나도 그 뒤를 따랐다. 버로스-웰컴 제약회사가 우리를 위해 마련한 음식은 호화판이었다. 우리는 다양한 카나페(얇게 자른 빵이나 토스트에 치즈 캐비어 안초비 따위를 얹은 안주)와 세이보리(전채나 디저트로 내놓는 소금에 절인 생선이나 브랜디에 담근 과일)와 냉편육 사이를 천천히 지나갔다. 그리고 이따금 바로 돌아가서 글렌리벳을 몇 잔 더 마시고, 다시 음식 탁자로 돌아갔다.

나는 이미 술을 너무 많이 마셨고, 이제는 음식을 너무 많이 먹고 있었다. 그것은 알고 있었지만, 내가 무언가를 거절하면 그랜빌은 그것을 개인적인 모욕으로 생각했다. 그것이 그랜빌을 상대할 때의 어려움이었다.

"저 참새우를 하나 먹어보게." 그는 버섯파이를 깨물면서 말하고, 내가 망설이면 당장 기분상한 표정이 눈에 나타나곤 했다.

하지만 실은 나도 즐거운 시간을 보내고 있었다. 나는 수의사들을 좋아한다. 이때도 여느 때처럼 동료들의 성공담과 실패담을 들으면서 마음껏 즐겼다. 특히 실패담은 나에게 위안을 주었다. 집에 어떻게 돌아가나 하는 생각이 마음속에 슬며시 기어들 때마다 나는 서둘러 그 생각을 쫓아냈다.

그랜빌은 조금도 걱정하지 않는 것 같았다. 사람들로 북적거리던 파티장이 한산해지기 시작했는데도 전혀 움직일 기색을 보이지 않았기 때문이다. 사실 파티장을 맨 마지막으로 떠난 것은 우리였다. 우리는 떠나기전에 마지막으로 보브와 레그한테서 푸짐한 이별의 술잔을 받았다. 그래서 우리의 출발은 엄숙한 의식 같은 분위기를 자아냈다.

호텔을 나왔을 때는 기분이 좋았다. 머리가 좀 어지럽고 트라이플(포도주에 적신 스펀지케이크에 생크림을 바른 과자)을 억지로 두 접시나 먹은 것이 조금 후회스럽긴 했지만, 그것만 빼면 더할 나위 없이 좋은 컨디션이었다. 다시 벤틀리에 자리를 잡았을 때 그랜빌은 어느 때보다도 호탕해져 있었다.

"정말 훌륭한 모임이었어. 내가 뭐랬나. 먼 길을 올 가치가 있을 거라고 했지?"

모임에 참석한 사람들 가운데 페나인 산맥을 넘어 동쪽으로 가는 것은 우리뿐이어서, 길은 텅 비어 있었다. 애플비까지 오는 길에도 차를 한 대도 보지 못했다는 생각이 문득 떠올랐다. 길에 나와 있는 사람이 우리뿐이라는 게 왠지 불안했다. 눈은 그쳤고, 밝은 달이 텅 빈 은세계에 차가운 빛을 쏟아붓고 있었다. 텅 빈 세계에 있는 것은 그랜빌과 나 단둘뿐. 눈앞에 펼쳐져 있는 백설의 카펫은 발자국 하나 없이 매끈하고 깨끗했다. 그 순결한 눈밭이 우리의 적막한 고독을 더욱 강조해주었다.

나는 페나인 산맥의 황량하고 으스스한 능선이 눈앞에서 점점 커질수록 불안이 더욱 커지는 것을 의식했다. 산맥에 가까이 다가가자 하얀 눈에 덮인 산맥은 성난 괴물처럼 뒷발로 일어섰다.

눈 덮인 브라우를 지나자 긴 오르막길이 시작되었다. 차는 이쪽저쪽으로 미끄러지면서 구불구불한 산길을 힘들게 기어 올라갔다. 엔진이 으르렁거리는 소리를 냈다. 고갯마루에 도착하면 기분이 좀 나아질 줄 알았는데, 보우스 황무지를 보자마자 불안해서 배 속이 요동을 쳤다. 보우스 황무지를 지나는 길은 잉글랜드 전체에서 가장 황량한 지역을 굽이치며 끝없이 뻗어 있었다. 이렇게 먼 거리에서도 바람에 날려 쌓인 눈더미가 길을 가로질러 흐르는 것을 볼 수 있었다. 그것은 비단처럼 매끄럽고 아름답지만, 휩쓸리면 치명적이었다.

길 양쪽에는 온통 하얗고 거대한 황무지가 검은 지평선을 향해 완만한 기복을 이루며 끝없이 뻗어 있었다. 불빛 하나 보이지 않고, 움직이는 것도 없고, 어디에서도 생명의 흔적을 찾아볼 수 없었다.

그랜빌이 전투를 시작하기 위해 엔진을 으르렁거리며 전진하자, 그의 입에 물린 파이프도 공세를 취하듯 앞으로 돌진했다. 차는 길을 가로질러 흐르는 첫 번째 눈더미에 부딪혀 몇 초 동안 옆으로 미끄러졌다. 다음에는 반대쪽으로 미끄러져 매끄러운 눈밭으로 쏜살같이 들어갔다. 눈더미가 차례로 닥쳐왔다. 그때마다 나는 눈더미에 꼼짝없이 처박힐 거라고 생각했지만, 차는 매번 바퀴를 고속으로 회전시켜 눈을 휘젓고 요란한 엔진 소리를 내면서 용케도 빠져나왔다. 나는 눈길 운전을 많이 경험했기 때문에, 그랜빌이 장애물을 만날 때마다 속도를 늦추지 않은 채 장애물에서 가장 얕고 폭이 좁은 부분을 골라 공격하는 것을 보고 그의 운전 기술이 상당한 수준이라는 것을 알 수 있었다. 물론 힘 좋은 대형 자동차의 도움을 받긴 했지만 그의 운전 솜씨는 가히 일품이었다.

하지만 이 황무지에서 꼼짝없이 발이 묶일지도 모른다는 걱정은 그보다 더 큰 불안에 차츰 밀려나기 시작했다. 호텔을 떠날 때는 음식과 술을 배불리 먹어서 기분이 아주 좋았다. 그 후 몇 시간 동안 편안히 쉬었다면 괜찮았을 것이다. 하지만 브라우까지 험한 길을 오는 동안 나는 구역질이 점점 심해지는 것을 깨달았다. 그랜빌이 꼭 한 잔 먹어봐야 한다고 우겨대는 바람에 레그의 특제품인 그 이국적인 칵테일을 마신 것이 자꾸만 생각나고 못내 후회스러웠다. 게다가 그랜빌은 이따금 맥주를 마셔서 위스키를 씻어내려야 한다고 설득했다. 액체와 고체를 균형 있게 섭취하기 위해서는 맥주가 꼭 필요하다는 것이 그랜빌의 논리였다. 그리고 마지막으로 먹은 트라이플―그건 정말 큰 실수였다.

이제 나는 덜컹거리는 차 안에서 그냥 위아래로 흔들리고 있는 게 아니었다. 벤틀리가 갑자기 요동을 치고 이쪽저쪽으로 기울어지고 미끄러지고 이따금 공중으로 날아오를 때마다 나는 드럼 속에 든 완두콩처럼 사방으로 내던져졌다. 나는 정말로 기분이 나빠지기 시작했다. 뱃멀미를 하는 사람은 배가 가라앉든 말든 상관하지 않는다. 나도 운전에 대한 관심을 모두 잃어버렸다. 나는 눈을 감고 바닥에 두 발을 힘껏 버티고는 내면의 고통 속으로 움츠러들었다.

격렬한 움직임이 끝없이 계속된 뒤, 우리는 마침내 내리막길로 접어들어 굉음을 내며 보우스를 통과했다. 하지만 나는 그것도 거의 알아차리지 못했다. 보우스를 지나자 차에서 밤을 보내야 할 위험은 사라졌다. 그런데도 그랜빌은 액셀에서 발을 떼지 않았고, 얼어붙은 땅을 요동치며 달리는 동안 내 속은 계속 나빠졌다.

차에서 내려 길가에서 토하게 해달라고 부탁하고 싶은 마음이 굴뚝같았지만, 과음과 과식에 조금도 영향을 받지 않은 듯이 보이는 사람한테 어떻게 그런 말을 할 수 있겠는가. 게다가 그랜빌은 바로 그 순간에도 핸들을 잡지 않은 손으로 파이프에 담배를 채우면서 쾌활하게 지껄여댔다. 위장이 심하게 흔들리는 바람에 알코올이 피 속에 더 많이 들어간 것 같았다. 금세라도 토할 것처럼 속이 메스꺼울 뿐 아니라, 술기운이 퍼져서 시야가 흐려지고 현기증까지 났기 때문이다. 너무 어지러워서, 일어나려고 하면 앞으로 고꾸라질 게 분명하다는 생각이 들었다.

내가 이런 생각에 몰두해 있을 때 차가 멈춰 섰다.

"잠깐 들어가서 조이한테 인사나 하고 가지 그래." 그랜빌이 말했다.

"뭐라고?" 나는 혀 꼬부라진 소리로 되물었다.

"잠깐 안에 들어가자고."

나는 주위를 둘러보았다.

"여기가 어디지?"

그랜빌은 소리 내어 웃었다.

"어디긴 어디야? 우리 집이지. 불이 켜져 있는 걸 보니 아내가 아직 깨어 있는 모양이야. 들어가서 커피나 한 잔 마시고 가게."

나는 간신히 밖으로 기어 나와 차에 몸을 기대고 서 있었다. 그랜빌은 경쾌하게 현관으로 걸어가서 초인종을 울렸다. 이 친구는 아직도 팔팔하군. 나는 그 뒤를 따라 비틀비틀 걸으면서 씁쓸하게 생각했다. 내가 포치에 기대어 헐떡거리고 있을 때 문이 열리고 조이 베넷이 나타났다. 눈매가 시원하고 얼굴이 발갛게 상기된 그녀는 여느 때처럼 아름다웠다.

"어머나, 헤리엇 씨!" 그녀가 외쳤다. "이렇게 다시 만나다니 정말 반가워요!"

칠칠찮게 느즈러진 턱, 창백하다 못해 초록색이 다 된 얼굴, 구겨진 양복. 나는 조이의 눈을 뚫어지게 들여다보고는 점잖게 한 번 딸꾹질을 하고, 그 옆을 지나 비틀거리며 안으로 들어갔다.


이튿날 아침, 그랜빌이 만사가 순조롭다는 것을 알려주기 위해 전화를 걸어왔다. 모디가 우유를 핥아먹을 수 있게 되었다는 것이다. 나한테 알려준 것은 고마운 일이었지만, 내가 한 일이 뭐가 있느냐고 말하는 건 촌스럽게 들릴 것 같아서 내키지 않았다.

공교롭게도 그날 아침에 나는 멀리 떨어진 외딴 농가에 왕진을 갔는데, 노스 대로의 스코치코너를 지나가야 했다. 나는 차를 세우고, 페나인 산맥을 향해 길게 뻗어 있는 눈 덮인 길을 바라보았다. 내가 막 시동을 걸고 있을 때 '자동차협회' 직원이 다가와 차창 밖에서 말을 걸었다.

"설마 보우스 황무지 도로를 타려고 생각하시는 건 아니겠죠?"

"아니, 천만에요." 나는 그저 길을 바라보고 있었을 뿐이다.

그는 만족스럽게 고개를 끄덕였다.

"다행입니다. 그 길은 폐쇄됐어요. 지난 이틀 동안 그 길을 지나간 차는 한 대도 없었습니다."

# 17

나는 늘 우리 동물병원에 수습생을 두었으면 좋겠다는 생각을 했다. 젊은 학생들은 대학 재학 중에 적어도 6주 동안 수련 과정을 거쳐야 하기 때문에 방학 때는 수의사와 함께 농장을 돌아다니면서 대부분의 시간을 보냈다.

물론 우리 병원에는 트리스탄이라는 상근 수습생이 있었지만, 그는 처지가 달랐다. 더구나 그에게는 무언가를 가르칠 필요가 없었다. 그는 만사를 잘 알고 있는 것 같았고, 눈에 띄게 노력하지 않고도 쉽게 지식을 흡수하는 것처럼 보였다. 아니, 사실을 말하면 그는 실습에 별다른 관심을 보이지 않았다. 왕진에 데려가면 그는 대개 차 안에 앉아 《데일리 미러》지를 읽고 담배를 피우면서 시간을 보냈다.

다른 수습생들의 유형은 다양했다. 시골 출신도 있고 도시 출신도 있고, 총명한 학생도 있고 아둔한 학생도 있었다. 어쨌든 나는 수습생을 두고 싶었다.

우선 그들은 차를 타고 다닐 때 좋은 길동무가 되었다. 시골 수의사들은 혼자 차를 몰고 다니면서 많은 시간을 보내는데, 그럴 때 말벗이 있으면 위안이 된다. 그들이 문을 열어주는 것도 도움이 되었다. 외딴 농장에 가려면 통용문이 여러 개 설치된 길을 한참동안 지나가야 했다. 개중에는 통용문이 여덟 개나 있는 길도 있었다. 이런 길을 지나야 할 때면 나는 늘 공포에 사로잡히곤 했다. 다른 사람이 차에서 뛰어내려 문을 열어주면 대단한 호강이라도 하는 듯한 기분이 든다. 그 안락한 느낌은 말로 표현하기 어렵다.

그 밖에도 작은 즐거움이 있었다. 학생들에게 이런저런 질문을 던지는 것이다. 내가 대학에 다니면서 공부하고 시험을 치르던 시절이 아직도 기억에 생생했고, 게다가 나는 거의 3년 동안 풍부한 임상 경험을 쌓았다. 우리가 본 환자에 대해 문득 생각난 것처럼 질문을 던지면 학생들은 얼마 전에 내가 그랬듯이 우물쭈물하면서 어찌할 바를 모른다. 그것은 나에게 상당한 우월감을 안겨주었다. 나는 그 시절에 이미 후기의 생활 패턴을 형성하고 있었던 것 같다. 나 자신의 특수한 문제를 시험관처럼 학생들에게 묻는 버릇이 나도 모르는 사이에 생겨나고 있었던 것이다. 몇 년 뒤 나는 한 젊은이가 다른 젊은이에게 이렇게 말하는 것을 우연히 듣게 되었다. "송아지들이 경련을 일으키는 원인을 헤리엇 선생이 너한테 물어보지 않았다고? 걱정 마. 이제 곧 물어볼 테니까." 그 말을 듣고 나는 갑자기 늙은이가 된 기분을 느꼈지만, 갓 면허증을 딴 학생이 나에게 달려와서 내가 더 이상 마시지 못할 때까지 맥주를 사겠다고 제의했을 때는 보람을 느꼈다. "시험관이 구두시험 때 무슨 질문을 했는지 아세요? 송아지들이 경련을 일으키는 원인을 말해보래요! 제가 한없이 지껄였더니 시험관은 얼빠진 듯이 듣고 있다가 나중에는 제발 그만하라고 말리더군요."

학생들은 다른 면에서도 쓸모가 있었다. 자동차로 달려가 트렁크에서 필요한 물건을 가져오기도 하고, 암소가 새끼를 낳을 때 밧줄을 잡아당기기도 하고, 수술할 때는 숙련된 조수였고, 걱정과 의심이 생길 때는 속을 털어놓을 수 있는 상대가 되어주기도 했다. 그들은 잠깐씩 머무는 동안 내 생활에 혁명을 일으켰다 해도 지나친 말이 아니다.

올해 부활절에도 나는 대러비 역 플랫폼에서 기대감을 한껏 안고 수습생을 기다렸다. 그를 추천해준 농림부 관리는 이렇게 말했다. "이 학생은 진짜 일급입니다. 런던대학 졸업반인데, 우등상을 여러 번 탔답니다. 지금까지는 도시와 농촌이 혼합된 지역에서 수련을 했는데, 진짜 시골에서도 한 번은 수련을 해야겠다고 생각했대요. 그래서 내가 당신께 전화를 걸어보겠다고 말했지요. 그 학생 이름은 리처드 카모디라고 합니다."

수의대생들은 생김새도 능력도 다양했지만, 대다수가 공통적으로 갖고 있는 특징이 몇 가지 있었다. 수의대생을 생각하면 항상 트위드 재킷에 구겨진 바지를 입고 배낭을 멘 진지한 표정의 젊은이가 떠올랐다. 이 학생도 아마 기차가 서자마자 플랫폼에 뛰어내릴 것이다. 하지만 이번에는 기차가 멈춘 뒤에도 사람이 내릴 기미가 보이지 않았다. 짐꾼이 화물칸에 달걀 상자를 싣기 시작한 뒤에야 비로소 객실 문이 열리고 키가 훤칠한 젊은이가 느긋하게 내렸다.

나는 그가 수습생인지 의심스러웠지만, 그는 나를 한눈에 알아본 것 같았다. 나에게 다가와 손을 내밀면서 냉정한 눈으로 나를 바라보았다.

"헤리엇 선생님?"

"아아…… 예, 맞습니다."

"카모디입니다."

"아, 그래요. 오느라 수고했어요."

우리는 악수를 나누었다. 나는 고급 체크무늬 양복과 트위드 모자, 반짝거리는 가죽 구두와 가죽 가방을 훑어보았다. 카모디는 아주 뛰어난 학생이었고 대단히 인상적인 젊은이였다. 나이는 나보다 두어 살 아래지만, 딱 바라진 어깨와 혈색 좋은 얼굴에 드러나 있는 자신감에는 어른스러운 태도가 엿보였다.

나는 그를 데리고 구름다리를 건너 역전으로 나왔다. 그는 낡아빠진 내 차를 보고 눈썹을 치켜 올리지는 않았지만, 진흙이 튄 차체와 금이 간 유리창과 매끈매끈하게 닳아버린 타이어에 차가운 눈길을 던졌다. 나는 조수석 문을 열어주면서, 카모디가 자리에 앉기 전에 시트를 닦지 않을까 하고 잠깐 생각했다.

병원에 도착하자 나는 카모디를 데리고 다니며 이곳저곳 안내해주었다. 나는 원장의 동업자에 불과했지만 우리 병원을 무척 자랑스럽게 여겼고, 시설을 한 번 둘러본 사람들은 대부분 깊은 인상을 받았다. 그런데 카모디는 심드렁했다. 작은 수술실에서는 "흐음", 조제실에서는 "예, 알겠습니다", 기구를 넣어두는 벽장을 보고는 "그렇군요" 하고 말했을 뿐이다. 약품 보관실에서는 다소 적극적이어서, 우리가 말 구충제로 애용하는 아드레반 상자를 집어 들었다.

"여기서는 아직도 이 약을 쓰고 있군요?" 카모디는 희미한 미소를 지으며 말했다.

내가 프랑스식 창문(좌우 여닫이 유리문으로, 보통 뜰이나 발코니로 통하는 출입구로 쓰인다)을 통해 높은 담장으로 둘러싸인 정원으로 데리고 나갔을 때, 카모디는 황홀경에 빠지지는 않았지만 그곳이 마음에 드는 기색을 보였다. 정원은 손질을 하지 않아서 어수선했지만 나팔수선화가 피어 있고, 등나무 줄기가 조지 양식의 높은 건물의 낡은 벽돌담을 기어오르고 있었다. 정원 발치의 자갈 깔린 마당에서 카모디는 느릅나무의 높은 가지에 앉아 시끄럽게 울고 있는 까마귀들을 쳐다보고, 나무들 사이로 산들을 한동안 바라보았다. 속살을 드러낸 산기슭에는 지난겨울에 내린 눈이 아직도 하얀 줄무늬를 그리고 있었다.

"멋지군요." 카모디가 중얼거렸다. "멋진 풍경이에요."

그날 저녁에 나는 카모디를 그의 숙소까지 바래다주었다. 수습생에 대한 내 생각을 조정할 시간이 필요하다고 생각했기 때문이다.

이튿날 아침 왕진을 나갈 때 카모디는 체크무늬 양복을 포기하고 스포츠 재킷과 플란넬 바지 차림으로 나타났다. 그렇게 입어도 여전히 멋져 보였다.

"방호복은 없나?" 내가 물었다.

"이걸 가져왔습니다."

그는 자동차 뒷좌석에 놓여 있는 긴 고무장화를 가리켰다. 장화는 얼룩 하나 없이 깨끗했다.

"물론 장화도 필요하지만, 내 말은 방수복이나 레인코트 같은 걸 가져 오지 않았느냐는 뜻일세. 우리가 하는 작업은 아주 지저분하거든."

카모디는 너그럽게 미소를 지었다.

"괜찮을 겁니다. 전에도 농장에 왕진을 가본 적이 있으니까요."

나는 어깨를 으쓱하고 그냥 내버려두었다.

첫 환자는 다리를 저는 송아지였다. 앞다리 하나를 들어 올린 채 절뚝거리며 우리 안을 돌아다니는 작은 송아지는 심한 비탄에 잠겨 있는 듯이 보였다. 무릎은 눈에 띄게 부어올랐고, 손으로 만져보니 고름주머니가 생긴 듯 유동체 속에 덩어리가 들어 있는 것 같았다. 체온은 40도였다.

나는 농부를 쳐다보았다.

"관절염입니다. 출산 직후에 배꼽을 통해 감염되었을 겁니다. 세균이 배꼽으로 들어가서 무릎에 자리를 잡았어요. 간이나 허파 같은 내장도 감염될 수 있으니까 치료해야 할 겁니다. 주사를 놓고 알약을 드릴 테니 나중에 먹이세요."

내가 차에 가서 필요한 물건을 갖고 돌아와 보니 카모디가 송아지 위로 허리를 숙이고 부어오른 무릎을 만지면서 송아지 배꼽을 꼼꼼히 조사하고 있었다. 나는 주사를 놓고 카모디와 함께 농장을 떠났다.

우리가 농가 마당을 빠져나오자 카모디가 말했다.

"그건 관절염이 아니었어요."

"그래?"

나는 좀 당황했다. 수습생들이 내 진단의 옳고 그름을 따지는 것은 상관없었다. 물론 농부 앞에서 내 진단이 틀렸다고 말하면 곤란하지만, 그렇지만 않으면 개의치 않았다. 하지만 지금까지 맞대놓고 내 진단이 틀렸다고 말한 수습생은 하나도 없었다. 나는 이 친구가 원장한테 가까이 가지 못하게 해야겠다고 생각했다. 시그프리드한테 그런 말을 하면 시그프리드는 서슴지 않고 카모디를 차 밖으로 내던질 것이다. 카모디가 아무리 덩치가 커도 시그프리드는 주저하지 않을 것이다.

"어째서 그런 결론이 나왔지?"

"아픈 관절은 하나뿐이었고, 배꼽은 깨끗이 말라 있었어요. 배꼽은 아프지도, 붓지도 않았어요. 내 생각에는 그 무릎을 삔 것 같습니다."

"자네 생각이 옳을지도 모르지만, 삐었기 때문에 체온이 올라갔다고 말하진 않겠지?"

카모디는 툴툴거리며 가볍게 고개를 저었다. 분명히 그는 관절염이 아니라고 확신하고 있었다.

다음 농장으로 가는 길에는 문을 몇 개나 통과해야 했다. 카모디는 그때마다 차에서 내려 문을 열었다. 몸놀림이 상당히 느긋하고 우아하다는 점을 제외하면 여느 수습생과 똑같았다. 나는 키가 후리후리한 카모디가 고개를 꼿꼿이 쳐들고 요즘 유행하는 멋진 모자를 직각으로 쓰고 천천히 우아하게 걸어가는 것을 바라보면서 그의 풍채가 당당하다는 것을 새삼 인정하지 않을 수 없었다. 그 나이에 그런 풍채를 갖는 것은 보기 드문 일이었다.

점심시간이 되기 직전에 나는 두 번째 환자인 암소를 진찰했다. 농부는 나한테 전화를 걸었을 때 그 암소가 아무래도 결핵에 걸린 것 같다고 말했다. "새끼를 낳은 뒤 비쩍 말랐어요. 완전히 못쓰게 된 것 같은데, 어쨌든 선생님이 오셔서 한번 봐주셨으면 합니다."

나는 외양간으로 들어가자마자 문제가 무언지를 알아차렸다. 다행히 나는 유난히 민감한 코를 타고났기 때문에 케톤의 달착지근한 냄새를 당장 맡을 수 있었다. 결핵 검사를 하다가 느닷없이 "보름 전에 새끼를 낳았는데 상태가 별로 안 좋은 암소가 여기 있군요" 하고 말하여 농부를 깜짝 놀라게 하는 것은 나에게 어린애 같은 즐거움을 주었다. 그러면 농부는 머리를 긁적이면서, 어떻게 알았느냐고 묻는다.

오늘도 나는 작은 승리를 거두었다.

"처음에는 덩어리로 된 사료를 싫어했지요?"

농부는 맞다고 고개를 끄덕였다.

"그 후 살이 녹아버리듯이 빠졌지요?"

"맞습니다. 암소가 그렇게 빨리 여위는 것은 난생처음 봤습니다."

"더 이상 걱정하지 않으셔도 됩니다, 스미스 씨. 이 암소는 결핵이 아니라 바이러스성 열병에 걸렸을 뿐이니까요. 얼마든지 치료할 수 있는 병입니다."

바이러스성 열병은 아세톤 혈증을 가리킨다. 농부는 안심한 듯 미소를 지었다.

"아이고, 정말 다행입니다! 나는 이 암소가 개밥이 될 줄 알았어요. 오늘 아침에 하마터면 맬록(도축업자)한테 전화할 뻔했지 뭡니까."

당시에는 요즘 사용하는 스테로이드가 없었기 때문에 나는 포도당 200시시와 인슐린 100단위를 정맥에 주사했다. 이것은 내가 애용한 치료법 가운데 하나였지만, 요즘 수의사들이 이 이야기를 들으면 웃을지도 모른다. 하지만 그것은 효과가 있었다. 눈이 몽롱하고 수척한 암소는 너무 쇠약해서 농부가 코를 잡아도 버둥거릴 기력조차 없었다.

나는 주사를 다 놓고는 암소의 튀어나온 뼈를 쓸어주었다. 암소는 뼈와 가죽만 남은 것처럼 보였다.

"이제 곧 살이 오를 겁니다. 하지만 젖을 짜는 것은 하루에 한 번으로 줄이세요. 그러면 이미 반은 성공한 셈입니다. 그래도 효과가 없으면 이틀이나 사흘 동안 젖을 짜지 마세요."

"예, 이 녀석은 먹은 것을 살로 만들지 않고 몽땅 젖으로 만들어서 우유통에 쏟아버리는 것 같아요."

"맞습니다, 스미스 씨."

카모디는 농부와 내가 이렇게 소박한 지식을 주고받는 것을 이해하지 못하는 것 같았다. 그가 초조한 듯 안절부절못하는 것을 보고 나는 자동차 쪽으로 갔다.

"며칠 안으로 다시 들르겠습니다."

나는 차를 몰고 떠나면서 소리를 지르고, 농가 문간에서 밖을 내다보고 있는 스미스 부인에게 손을 흔들었다. 하지만 카모디는 모자를 엄숙하게 들어 올리고, 우리가 농가 마당을 떠날 때까지 모자를 머리 위로 한 뼘쯤 들어 올린 그 자세를 유지했다. 그것은 확실히 내 작별 인사보다 더 좋았다. 나는 그가 어디서나 이런 식으로 작별 인사를 한다는 걸 알아차렸다. 그게 너무 좋아 보여서, 나도 이제부터 모자를 쓰고 그런 인사를 한번 해보고 싶은 생각이 들었다.

나는 옆에 앉은 카모디를 힐끔 바라보았다. 오전 일이 거의 다 끝났는데 아직 그에게 아무 질문도 하지 않았다. 나는 헛기침을 했다.

"우리가 방금 본 그 암소 말인데, 아세톤 혈증의 원인에 대해 말해줄 수 있겠나?"

카모디는 무표정하게 나를 바라보았다.

"사실은 어떤 이론을 지지해야 할지, 아직 결정을 내리지 못했습니다. 스티븐스는 지방산의 불완전 산화가 원인이라고 주장하고, 숄레마는 간 중독 쪽으로 기울어져 있고, 얀센은 자율신경중추의 이상을 암시하고 있지요. 제 견해는 이렇습니다. 디아세트산과 베타옥시부티르산이 생성되는 정확한 원인을 지적할 수만 있다면 이 문제를 이해하는 데 있어서 큰 진전이 이루어질 겁니다. 동의하지 않으십니까?"

나는 벌리기 시작한 입을 도로 다물어버렸다.

"그래. 물론 동의하고 말고…… 그건 그 옥시…… 아니, 베타옥시…… 그래, 그게 문제야…… 틀림없어."

나는 운전석에 더 깊이 몸을 묻고, 더 이상 카모디에게 질문하지 않기로 결심했다. 돌담이 빠른 속도로 차창 밖을 지나가는 동안, 옆에 앉아 있는 이 친구가 뛰어난 인물이라는 인식이 차츰 마음속에 스며들었다. 나는 그 인식을 받아들이기 시작했다. 카모디가 체구도 당당하고 잘생기고 자신만만할 뿐 아니라 총명하고 재능도 있다는 사실을 생각하면 기분이 우울해졌다. 게다가 그가 부자의 풍모를 모두 갖추고 있다고 생각하자 기분이 씁쓸했다.

우리는 길모퉁이를 돌아 낮은 석조 건물들이 모여 있는 곳으로 다가갔다. 그곳이 점심을 먹기 전에 마지막으로 왕진할 곳이었다. 마당으로 들어가는 문은 닫혀 있었다.

"차를 몰고 들어가는 편이 나을 것 같은데, 문 좀 열어주겠나?"

수습생은 차에서 내려 빗장을 열고 문을 밀기 시작했다. 카모디는 그 일을 할 때도 타고난 우아함을 발휘하여, 다른 일을 할 때와 마찬가지로 서두르지 않고 차분했다. 그가 차 앞을 지나갈 때 나는 그의 기품과 침착한 태도에 새삼 경탄하면서 그를 바라보았다. 바로 그때 어디선가 흉악해 보이는 검은 똥개 한 마리가 소리 없이 나타나 카모디의 왼쪽 엉덩이에 이빨을 박고는 쏜살같이 사라졌다.

엉덩이를 느닷없이 그렇게 깊이 물리면, 아무리 튼튼한 구조를 가진 품위도 견뎌낼 수 없다. 카모디는 비명을 지르면서 엉덩이를 움켜잡고 펄쩍 뛰어올랐다. 그러고는 원숭이처럼 민첩하게 문 위로 기어 올라갔다. 멋진 모자는 비스듬히 기울어져 한쪽 눈을 덮었다. 그는 문의 맨 위 가로대 위에 쪼그리고 앉아서 사납게 주위를 노려보았다.

"뭡니까?" 그가 고함을 질렀다. "도대체 뭐죠?"

"괜찮아." 나는 땅바닥에 몸을 던져 대굴대굴 구르면서 웃고 싶은 충동을 간신히 억누르고, 서둘러 그에게 다가가면서 말했다. "개가……."

"개요? 무슨 개요? 어디 있습니까?" 카모디의 외침 소리는 거의 광란적인 음색을 띠었다.

"가버렸어. 사라졌어. 나도 2, 3초밖에 못 봤어." 나도 주위를 둘러보았지만, 바람처럼 사라진 그 작고 검은 형체가 실제로 존재했다고는 믿기 어려웠다.

카모디를 살살 달래어 문에서 내려오게 하는 데에는 조금 시간이 걸렸다. 그는 마침내 땅으로 내려오자 절뚝거리며 차에 올라탔다. 그러고는 환자를 볼 생각도 하지 않고 계속 차 안에 앉아 있었다. 다른 사람이었다면, 요오드팅크를 발라줄 테니 바지를 내리라고 말했을 것이다. 하지만 카모디한테는 왠지 그런 말을 할 마음이 생기지 않았다. 나는 그가 차 안에 앉아 있도록 내버려두었다.

　오후 왕진에 동행하러 나타난 카모디는 침착성을 완전히 되찾은 상태였다. 찢어진 플란넬 바지를 갈아입고 차 안에서는 조금 비스듬히 앉은 자세를 취했지만, 그것을 제외하면 개 사건은 전혀 일어나지 않은 것처럼 여겨졌다. 우리가 출발하자마자 그는 오만하게 말했다.

　"선생님이 일하는 것을 옆에서 지켜보기만 해서는 많은 것을 배울 수 없을 겁니다. 저도 주사를 놓거나 그런 일을 할 수 없을까요? 동물을 실제로 경험해보고 싶습니다."

　나는 대답하는 대신 미로처럼 금이 가 있는 앞유리창을 통해 똑바로 앞만 바라보았다. 사실 나는 아직 농부들에게 내 능력을 입증하려고 애쓰는 중이었고, 내 능력을 인정하기를 유보하고 있는 농부들도 있었지만, 카모디한테 그런 말을 할 수는 없는 노릇이었다. 잠시 후 나는 그를 돌아보았다.

　"좋아. 진단은 내가 내려야겠지만, 가능하면 그다음은 자네가 맡게."

　카모디는 곧 실제 진료 행위를 처음으로 경험하게 되었다. 나는 생후 10주 된 돼지들에게 대장균 항혈청을 주사하는 것이 좋겠다고 판단하고, 카모디에게 약병과 주사기를 건네주었다. 그러고는 그가 새끼 돼지를 잡으려고 이리저리 뛰어다니는 동안, 교과서에 작은 글씨로 인쇄된 내용을

휜히 꿰지는 못할지언정 돼지를 잡기 위해 지저분한 우리 끝으로 돼지를 몰아넣는 바보짓은 하지 않는다고 생각하면서 음울한 만족감을 맛보았다. 카모디가 바싹 다가왔기 때문에 새끼 돼지들은 꽥꽥 비명을 지르면서 잠자리에서 뛰어내려 똥오줌이 웅덩이처럼 고여 있는 건너편 벽 쪽으로 우르르 달려갔다. 수습생이 뒷다리를 붙잡으면 돼지들은 웅덩이 속에서 몸부림치며 오물을 걷어찼다. 오물이 소나기처럼 그의 온몸에 쏟아졌다. 카모디는 마침내 주사를 모두 끝냈지만, 그의 멋진 옷은 아낌없이 오물 세례를 받은 뒤였다. 그가 차에 타자 도저히 악취를 참을 수가 없어서 나는 차창을 모두 활짝 열어야 했다.

다음에 간 곳은 저지대에 있는 커다란 농장이었는데, 아직도 말의 노동력에 의존하고 있는 몇 안 되는 농장 가운데 하나였다. 긴 마구간에는 여러 개의 우리가 있었고, 벽 위쪽에 말들의 이름이 적혀 있었다. 복서, 캡틴, 보비, 토미, 그리고 암말인 보니와 데이지. 우리가 치료해야 할 말은 늙은 짐말인 토미였다. 토미는 '기능 장애'로 고생하고 있었다.

토미는 내 오랜 친구였다. 만성 변비로 계속 가벼운 산통에 시달렸기 때문이다. 나는 토미의 창자 어딘가에 돌처럼 단단하게 굳은 숙변이 숨어 있는 게 아닐까 생각할 때가 많았다. 어쨌든 물 0.5리터에 에스틴 1온스를 타서 먹이면 토미는 건강을 되찾았기 때문에, 이번에도 나는 자동적으로 노란 가루약과 물을 병에 넣고 흔들기 시작했다. 그러는 동안 농부와 그의 일꾼은 말을 우리 안에서 돌려세우고, 재갈 밑에 끼운 밧줄을 마구간 지붕의 들보에 걸치고 잡아당겨 말의 머리를 위쪽으로 들어올렸다.

나는 약병을 카모디에게 건네주고 뒤로 물러섰다. 수습생은 위를 쳐다보며 머뭇거렸다. 토미는 큰 말이었고, 높이 쳐들린 머리는 손이 닿기에는 너무 멀었다. 일꾼은 건들거리는 부엌 의자를 말없이 앞으로 밀어주었다. 카모디가 의자 위에 올라서자 몸이 위태롭게 흔들렸다.

나는 흥미롭게 지켜보았다. 말에게 물약을 먹이는 것은 언제나 어렵지만, 토미는 제 몸에 좋은 약인데도 쓴맛이 나는 에스틴을 좋아하지 않았다. 지난번에 왕진을 왔을 때 나는 토미가 에스틴을 삼키지 않고 목 안쪽에 머금고 있는 솜씨가 능숙해지고 있다는 것을 알아차렸다. 나는 토미가 기침을 해서 약을 뱉어낼 생각을 하고 있을 때 녀석의 턱 밑을 두드려 그의 계획을 좌절시켰고, 토미는 불쾌한 표정으로 약을 삼켰다. 하지만 사태는 점점 더 두뇌 싸움의 양상을 띠어갔다.

사실 카모디에게는 승산이 전혀 없었다. 시작은 아주 좋았다. 그는 말의 혀를 움켜잡고 약병을 입 안으로 깊숙이 밀어 넣었다. 하지만 토미가 한 수 위였다. 고개를 기울여 물약이 입 옆쪽으로 흘러나가게 하는 방법으로 카모디를 간단히 속인 것이다.

"이보게 젊은이! 약이 저쪽으로 흘러나오고 있어!" 농부가 퉁명스럽게 외쳤다.

수습생은 숨을 헐떡거리면서 물약이 목구멍으로 흘러가게 하려고 애썼지만, 토미는 카모디가 아마추어라는 것을 당장 알아차리고 상황을 완전히 장악해버렸다. 토미는 혀를 영리하게 돌리면서 잔기침을 하고 콧김을 내뿜어 대부분의 약을 뱉어버렸다. 삐걱거리는 의자 위에서 이리저리 흔들리며 폭포수처럼 쏟아지는 노란 액체를 온몸에 뒤집어쓰고 있는 카모디를 보자 측은한 마음이 들었다.

농부는 눈을 가늘게 뜨고 빈 약병을 들여다보았다.

"말이 이 약을 '조금'은 먹은 것 같군." 농부는 심술궂게 중얼거렸다.

카모디는 잠시 무표정하게 농부를 바라보다가 에스틴 용액을 소매에서 털어내고는 마구간에서 성큼성큼 걸어 나갔다.

다음 농장에서 나는 내 성격에 가학적인 성향이 숨어 있는 것을 알아차리고 깜짝 놀랐다. 그 농장의 주인은 순혈종인 '라지 화이트' 돼지를 사육하고 있었는데, 암돼지 한 마리를 해외에 수출할 예정이었다. 해외로 수출되는 돼지는 다양한 검사를 받아야 했고, 거기에는 혈액 표본을 채취하여 브루셀라균을 검사하는 것도 포함되어 있었다. 버둥거리는 돼지의 귀에서 혈액을 뽑아내는 것은 대부분의 수의사들이 몸서리를 치는 일이다. 그런 일을 수습생한테 시키는 것은 분명 비열한 짓이었지만, 그날 오후에 일을 시작할 때 카모디가 자기한테도 일을 시켜달라고 자신만만하게 요구했던 기억이 내 양심을 마비시켰다. 나는 거의 양심의 가책을 느끼지 않고 그에게 주사기를 건네주었다.

돼지 주인은 짐승의 입 안에 올가미를 밀어 넣어 송곳니 뒤에 끼우고 주둥이 위로 단단히 잡아당겼다. 돼지의 움직임을 제한할 때 흔히 쓰는 방법인데, 돼지한테 전혀 고통을 주지 않는다. 하지만 이 암돼지는 어떤 형태의 속박도 좋아하지 않는 녀석이었다. 거대한 암돼지는 밧줄의 감촉을 느끼자마자 분개하여 입을 딱 벌리고 목청껏 비명을 질렀다. 길게 꼬리를 끄는 비명 소리는 믿을 수 없을 만큼 컸다. 암돼지는 힘든 기색도 없이 계속 그 성량을 유지했다. 숨을 들이마실 필요도 없는 것 같았다. 그때부터는 대화를 나누기가 아예 불가능했다. 나는 몸이 오싹할 만큼 지독한 소음 속에서 카모디가 암돼지의 귀에 지혈용 압박붕대를 대고 알코올로 피부를 소독하고 작은 혈관에 주사바늘을 꽂는 것을 지켜보았다. 아무 일도 일어나지 않았다. 카모디는 다시 한 번 시도했지만, 주사기는 여전히 완강하게 비어 있었다. 카모디는 주사바늘을 여기저기 찔러댔다. 나는 머리꼭지가 느슨해지려는 것을 느끼고 돼지우리에서 평화로운 마당으로 나갔다.

나는 돼지우리 밖을 한가롭게 거닐다가 소음이 비교적 약한 마당 끝에서 몇 분 동안 경치를 바라보았다. 그리고 다시 돼지우리로 돌아오자 비명 소리가 공기 드릴처럼 나를 강타했다. 카모디는 땀을 뻘뻘 흘리면서 여전히 돼지 귀를 헛되이 찔러대고 있다가, 고개를 들어 조금 튀어나온 눈으로 나를 쳐다보았다. 이제는 모든 사람이 진저리가 난 것 같았다. 나는 손짓으로 수습생한테 내가 한번 해보겠다는 뜻을 전달했다. 다행히도 운이 좋아서 내가 찌른 주사바늘은 단번에 혈관에 꽂혔다. 검붉은 피가 주사기 안으로 분출했다. 나는 돼지 주인에게 올가미를 빼라고 손짓했다. 거대한 암돼지는 올가미가 치워지자마자 마술이라도 부린 것처럼 소리를 뚝 그치고는 침착하게 짚단을 코로 쑤시기 시작했다.

"다음 농장에는 그렇게 자극적인 일이 없을 거야." 차를 몰고 농장을 떠날 때 나는 우쭐한 목소리를 내지 않으려고 애쓰면서 말했다. "목에 종기가 난 수송아지 한 마리만 치료하면 되니까. 하지만 그 집 소들은 아주 흥미롭지. 모두 갤러웨이종인데, 한데서 겨울을 났다네. 이 지역에서는 가장 강인한 동물이야."

카모디는 고개를 끄덕였다. 내 말을 듣고도 흥미나 열의가 별로 솟아나지 않는 것 같았다. 나는 길들지 않은 그 검은 소들에 매혹되어 있었다. 그 거친 소들과의 접촉에는 언제나 어느 정도의 불확실성이 따라다녔다. 용케 소를 잡아서 검사할 때도 있었지만 소를 아예 붙잡지 못할 때도 있었다.

농장이 가까워졌을 때 서른 마리쯤 되는 소떼가 오른쪽 언덕비탈의 관목 숲을 물밀듯이 내려오고 있는 것이 보였다. 농장 일꾼들은 드문드문 흩어져 있는 가시금작화 덤불과 작은 숲을 지나 대체로 V자 모양을 이루고 있는 돌담 모서리로 소떼를 몰아넣고 있었다.

그 중 한 사람이 나를 보고 손을 흔들었다.

"녀석이 친구들 틈에 끼어 있을 때 저 구석에 몰아넣어서 붙잡아볼 작정입니다. 정말 다루기 힘든 녀석이에요. 방목장에서는 절대 가까이 갈 수 없을 겁니다."

일꾼들은 한참 동안 고함을 지르고 손을 흔들고 이리저리 뛰어다닌 끝에 겨우 소들을 구석에 몰아넣었다. 소들은 불안한 듯 빽빽이 모여 서 있었다. 소들의 몸에서 피어오르는 증기 속에서 털로 뒤덮인 검은 머리들이 까딱거렸다.

"저기 있군요! 얼굴에 난 종기가 보이시죠?" 일꾼 하나가 무리 한복판에 서 있는 커다란 송아지를 가리키고는 소들을 헤치며 그쪽으로 나아가기 시작했다. 뛰어오르고 걷어차는 소들 사이로 비집고 들어가는 그를 바라보면서 나는 요크셔의 농장 일꾼에게 새삼 탄복하지 않을 수 없었다. "내가 녀석의 머리에 굴레를 씌우면 자네들은 모두 녀석의 엉덩이를 붙잡아야 할 거야. 혼자서는 도저히 녀석을 붙잡고 있을 수 없으니까." 일꾼은 소들을 헤치고 나아가면서 헐떡거리듯 말했다.

웬만큼 거리가 좁혀지자 숙달된 솜씨로 송아지 머리에 재빨리 굴레를 씌운 것으로 보아 그는 분명 전문가였다.

"좋았어!" 그가 외쳤다. "나를 도와줘. 이제 잡았어."

하지만 바로 그때 송아지가 큰 소리로 한 번 울부짖더니, 무리를 떠나 반대쪽으로 돌진하기 시작했다. 일꾼은 절망적인 외침 소리와 함께 털투성이 몸뚱이들 사이로 사라져버렸다. 일꾼이 놓친 밧줄은 송아지 목에 감긴 채 획획 날아다녀서 아무도 붙잡을 수가 없었다. 그런데 카모디가 제 옆을 쏜살같이 지나가는 송아지의 목에서 늘어진 밧줄을 반사적으로 움켜잡고 매달렸다.

나는 인간과 동물이 목초지를 가로질러 질주하는 것을 황홀한 눈으로 바라보았다. 그들은 저쪽 비탈을 향해 멀어져갔다. 동물은 고개를 숙인 채 네 다리를 피스톤처럼 움직이며 경주마처럼 달렸고, 두 손으로 밧줄을 움켜잡은 수습생도 역시 전속력으로 달리고 있었지만 고개를 똑바로 세운 당당한 자세였다. 그 모습은 불굴의 의지를 그림으로 그려놓은 듯했다.

일꾼들과 나는 무력한 구경꾼이었다. 우리가 말없이 서서 지켜보고 있을 때 송아지가 갑자기 왼쪽으로 방향을 돌려 관목 숲 뒤로 사라졌다. 시야에서 사라진 시간은 잠시였지만 아주 오랜 시간이 지난 것처럼 느껴졌다. 이윽고 다시 나타난 송아지는 아까보다 더 빨리 달리고 있었다. 풀숲을 날듯이 달리는 그 모습은 꼭 검은 번개 같았다. 믿을 수 없는 일이지만 카모디는 여전히 밧줄 끝에 매달려 있었고, 여전히 똑바른 자세였다. 다만 보폭이 도저히 믿기 어려울 만큼 늘어나서, 한 번에 5미터씩 땅을 딛는 것처럼 보일 정도였다.

나는 카모디의 끈기에 경탄했지만, 그 끈기도 분명히 바닥나고 있었다. 카모디는 하늘 높이 도약했다가 급강하하는 동작을 몇 번 되풀이한 뒤, 땅바닥에 코를 박고 고꾸라졌다. 그래도 밧줄은 놓지 않았다. 어느 때보다 원기왕성해진 송아지는 이제 우리 쪽으로 돌아서서, 축 늘어진 카모디를 힘든 기색도 없이 질질 끌고 왔다. 나는 송아지가 줄지어 떨어져 있는 쇠똥 쪽으로 곧장 오고 있는 것을 보고 움찔했다.

내가 갑자기 카모디를 좋아하기 시작한 것은 그가 얼굴을 땅에 처박은 채 세 번째 똥무더기를 통과할 때였다. 카모디는 마침내 밧줄을 놓을 수 밖에 없었다. 나는 풀밭에 꼼짝 않고 누워 있는 그에게 달려가 일으켜 세웠다. 카모디는 짤막하게 고맙다고 말하고는 목초지 너머로 모든 수의사에게 낯익은 광경―환자가 굉음을 내며 먼 지평선을 가로질러 사라지는 광경―을 차분하게 바라보았다.

카모디는 거의 알아볼 수 없는 꼴이 되어 있었다. 옷과 얼굴에 쇠똥이 덕지덕지 달라붙어 있어서, 아까 농장에서 뒤집어쓴 에스틴 용액의 노란 색 줄무늬가 유난히 돋보였다. 아메리카 인디언이 전쟁하러 나갈 때 얼굴과 몸에 바르는 물감 같았다. 몸에서는 지독한 냄새가 났고, 엉덩이는 개한테 물렸고, 온종일 제대로 된 일이 하나도 없었지만, 묘하게도 카모디는 패배하지 않았다. 나는 속으로 빙긋 웃었다. 일반적인 기준으로 이 친구를 평가해봤자 헛일이었다. 나는 위대한 인물이 될 싹수가 있는 사람을 알아볼 수 있었다.

카모디는 2주 동안 우리와 함께 일했고, 그 첫날 이후로는 우리 관계도 그리 나쁘지 않았다. 물론 다른 수습생들과 같은 관계는 아니었다. 카모디와 나 사이에는 언제나 서먹서먹한 장벽이 가로놓여 있었다. 카모디는 혈액이나 피부 조직이나 우유를 현미경으로 들여다보면서 많은 시간을 보냈고, 날마다 환자들한테서 새로운 표본을 모았다. 저녁 왕진을 끝내면 나와 함께 의례적으로 맥주를 마시곤 했지만, 다른 수습생들과는 달리 그날 있었던 사건을 이야기하며 킬킬거린 적은 한 번도 없었다. 그는 맥주를 마시면서 킬킬거리기보다는 그날그날의 증례를 기록하고 자기가 발견한 것을 연구하고 싶었을 것이다. 나는 그와 함께 맥주를 마실 때면 늘 그런 느낌을 받았다.

하지만 언짢은 기분은 들지 않았다. 나는 진정으로 과학적인 정신을 가진 사람과 접촉하는 데 흥미를 느꼈다. 카모디는 전통적인 공부벌레와는 거리가 멀었다. 그는 냉정하고 뛰어난 지성을 갖고 있었다. 그가 연구하는 모습을 지켜보는 것은 보람 있는 일이었다.

나는 그 후 20년이 넘도록 카모디를 만나지 못했다. 그가 대학을 수석으로 졸업했을 때 『수의사 회보』에서 그의 이름을 보았을 뿐이다. 그 후 그는 한동안 연구의 세계로 사라졌다가 박사가 되어 다시 나타났고, 몇 년 동안 더 많은 학위와 자격증을 땄다. 이따금 전문 잡지에 그의 이름으로 난해한 논문이 실리곤 했고, 과학 신문을 읽다 보면 카모디 박사의 말을 인용한 기사가 심심찮게 눈에 띄었다.

내가 마침내 카모디를 다시 만난 것은 수의학회 연회장이었다. 카모디는 온갖 명예로운 칭호를 잔뜩 가진 국제적 명사로 그 연회의 주빈이었다. 나는 연회장 구석에 앉아서 그의 연설에 귀를 기울였다. 그가 이렇게 큰 인물이 된 것은 필연적인 결과라는 생각이 들었다. 그는 연설 주제를 폭넓게 파악하고, 그것을 재치 있게 설명하고 있었다. 나는 이미 오래전에 그에게서 그 싹수를 보았다.

연회가 끝나자 카모디는 참석자들 사이를 돌아다녔다. 나는 그의 당당한 풍채가 다가오는 것을 경외의 눈으로 바라보았다. 카모디는 언제나 덩치가 컸지만, 넓은 어깨에 딱 맞는 연미복을 입고 튀어나온 배를 은은하게 빛나는 셔츠가 팽팽하게 조이고 있는 모습은 거의 압도적이었다. 그는 내 옆을 지나가다가 문득 걸음을 멈추고 나를 바라보았다.

"헤리엇?"

혈색 좋고 잘생긴 얼굴은 아직도 그 옛날의 차분하고 정력적인 표정을 띠고 있었다.

"예, 맞습니다. 다시 만나서 반갑군요."

우리는 악수를 나누었다.

"대러비는 요즘 어떻습니까?"

"늘 마찬가지지요. 이따금 좀 바쁩니다. 원하신다면 우리 일도 좀 도와주시지요."

카모디는 엄숙하게 고개를 끄덕였다.

"정말로 그러고 싶군요. 저한테도 도움이 될 겁니다."

그는 다른 곳으로 가려다가 다시 걸음을 멈추었다.

"돼지 피를 뽑고 싶으면 언제든지 연락하세요."

우리는 잠시 서로의 눈을 들여다보았다. 나는 그의 냉정하고 푸른 눈 속에 작은 불꽃이 잠깐 어른거리는 것을 보았다. 그리고 그는 가버렸다.

멀어지는 그의 등을 바라보고 있을 때 누군가가 내 팔을 잡았다. 나처럼 이름 없는 개업의인 브라이언 밀러였다.

"가세, 짐. 내가 술 한 잔 사지."

우리는 술집으로 들어가서 맥주 두 잔을 주문했다.

"그 카모디 말이야!" 브라이언이 말했다. "머리가 좋은지는 모르지만, 쌀쌀맞고 도도해."

나는 맥주를 한 모금 마시고, 잠시 내 술잔을 들여다보며 생각에 잠겼다.

"난 그렇게 생각지 않아. 카모디는 확실히 그런 인상을 주지만, 알고 보면 괜찮은 사람이야."

## 19

자기가 하는 일이 점점 더 어려워지는 것을 좋아할 수의사는 아무도 없다. 암양의 몸속에 손을 집어넣은 채 나는 점점 심해지는 짜증과 싸우고 있었다.

"킷슨 씨, 좀 더 빨리 연락했어야죠." 나는 퉁명스럽게 말했다. "새끼를 꺼내려고 한 지 얼마나 됐습니까?"

거구의 사내는 툴툴거리며 어깨를 으쓱했다.

"얼마 안 됐어요."

"30분? 한 시간?"

"기껏해야 몇 분밖에 안 됐어요."

킷슨 씨는 뾰족한 코를 따라 음울한 눈길을 나에게 던졌다. 그는 늘 그런 표정이었다. 사실 나는 그가 웃는 것을 한 번도 본 적이 없었다. 그의 축 늘어진 뺨이 웃음으로 흔들린다는 건 생각할 수도 없었다.

그 문제에 대해서는 더 이상 말하지 않기로 작정했지만, 불과 몇 분 만에 질벽이 이렇게 부어오르고 그 안에 있는 새끼들이 이렇게 사포처럼 바싹 마를 리가 없음은 분명했다. 게다가 새끼들의 태위는 아주 단순했다. 조금 큰 쌍둥이가 하나는 앞쪽에 또 하나는 뒤쪽에 있었지만, 한 녀석의 뒷다리가 다른 녀석의 머리 옆에 있어서 그 녀석의 다리로 착각하기 쉬웠다. 킷슨 씨는 그 머리와 다리를 함께 꺼내려고 투박하고 거친 손을 암양의 몸속에 집어넣고 오랫동안 잡아당겼을 게 뻔했다.

내가 처음부터 있었다면 몇 분 만에 끝났을 일인데, 지금은 질벽이 퉁퉁 부어서 손이 들어갈 공간이 전혀 없었다. 그래서 나는 손이 아니라 손가락 하나로 일하느라 진땀을 빼고 있었다.

다행히 요즘 농부들은 우리한테 이런 못된 장난을 치지 않는다. 암양의 새끼를 받을 때 내가 흔히 듣는 말은, "척 보니까 느낌이 이상해서, 이건 내가 감당할 수 있는 일이 아니라는 걸 알았지요" 하는 것이다. 요전 날 어떤 농부는 "암양 하나에 사람 둘이 달라붙는 것은 아무 도움도 안 됩니다"고 말했다. 정말 옳은 이야기다.

하지만 킷슨 씨는 보수파였다. 다른 길을 탐색해보지도 않고 대뜸 수의사를 부르는 것은 옳지 않다고 생각했다. 아무리 해봐도 안 되면 결국 우리한테 의존할 수밖에 없지만, 그 결과에 만족한 적은 거의 없었다.

"이래봤자 아무 소용도 없습니다." 나는 손을 빼어 양동이에 넣고 재빨리 씻으면서 말했다. "새끼들이 바싹 말라버려서, 그걸 어떻게든 해야겠어요."

나는 임시 해산 우리로 개조된 낡은 외양간에서 밖으로 나가 자동차 트렁크에서 튜브에 든 윤활제를 꺼냈다. 다시 외양간으로 들어오는데 왼쪽에서 희미한 소리가 났다. 외양간의 불빛은 어두웠고, 왼쪽 구석에는 낡은 문과 두 벽에 둘러싸인 어둡고 좁은 공간이 만들어져 있었다. 그 공간을 들여다보니 어둠 속에서 가슴을 바닥에 대고 목을 앞으로 쭉 뻗은 채 엎드려 있는 암양 한 마리가 보였다. 암양의 흉곽은 빠르게 오르내리고 있었다. 그처럼 힘들게 가쁜 숨을 몰아쉬는 것은 고통스러워하는 양의 전형적인 호흡이다. 암양은 이따금 낮은 신음 소리를 내고 있었다.

"이놈은 어떻게 된 겁니까?"

그러자 킷슨 씨는 건물 반대쪽 끝에서 무표정하게 나를 바라보았다.

"어제 새끼를 낳느라 좀 고생했어요."

"좀 고생했다는 게 무슨 뜻입니까?"

"큰 새끼를 한 마리 낳았는데…… 다리가 뒤쪽에 있어서…… 아무리 애를 써도 다리를 돌릴 수가 없었어요."

"그래서 그냥 그대로…… 다리가 뒤에 있는 채로 잡아당겼군요?"

"그럴 수밖에 없었어요."

나는 문 너머로 허리를 굽혀 배설물과 분비물로 더러워진 암양의 꼬리를 들어올렸다. 퉁퉁 붓고 변색된 질과 회음부를 보고 나는 움찔했다.

"이놈은 치료할 필요가 있겠는데요."

농부는 놀란 표정을 지었다.

"아니, 그럴 필요 없습니다. 그놈은 이미 끝났어요. 그러니 선생이 할 수 있는 일은 아무 것도 없어요."

"죽어가고 있다는 뜻인가요?"

"그래요."

나는 양의 머리를 만져보았다. 귀와 입술이 차가웠다. 농부의 말이 맞을지도 모른다.

"맬록한테 전화해서 이놈을 데려가라고 했나요? 이왕이면 되도록 빨리 고통에서 벗어나게 해줘야 합니다."

"예, 그렇게 할 겁니다."

킷슨 씨는 발을 질질 끌면서 고개를 돌렸다.

나는 상황을 알아차렸다. 농부는 암양을 '운에 맡길' 작정이었다. 양이 새끼를 낳는 철은 나한테는 언제나 보람과 성취의 계절이지만, 이것은 동전의 이면이었다. 이때는 농부들이 가장 바쁜 시기이기도 했다. 일상적인 일 외에 가윗일이 갑자기 늘어나기 때문에, 어떤 면에서는 농부와 수의사의 기력을 모두 고갈시켰다. 새 생명들의 홍수가 지나고 나면 그 뒤에는 가슴 아픈 파편들이 남았다. 몸이 망가진 양들은 조난당한 배의 짐짝들처럼 버려졌다. 너무 늙어서 더 이상 새끼를 밸 수 없는 암양, 간디스토마나 독혈증 같은 질병으로 쇠약해진 양, 세균에 감염되어 관절염에 걸린 양, 새끼를 낳느라 '조금 고생한' 양. 이런 양들은 이 외양간의 문 뒤처럼 어두운 구석에 거의 잊힌 채 누워 있었다. '운에 맡겨진 채' 방치되어 있는 것이다.

나는 말없이 원래의 환자에게로 돌아갔다. 윤활제는 효과가 있어서, 이제는 손을 사용하여 암양의 자궁을 탐색할 수 있었다. 나는 뒤에 있는 새끼와 앞에 있는 새끼 가운데 어느 쪽을 밀어내야 할지를 결정해야 했다. 앞에 있는 새끼의 머리가 질 속으로 많이 들어와 있었기 때문에 나는 앞에 있는 새끼를 먼저 끌어내기로 했다.

나는 농부의 도움을 얻어 암양의 아랫도리를 짚단 위에 올려놓았다. 이제는 아래쪽으로 힘을 줄 수 있어서 일하기가 훨씬 수월했다. 나는 새끼의 뒷다리 두 개를 자궁 안쪽으로 부드럽게 밀어냈다. 그러자 그 자리에 공간이 생겼고, 덕분에 나는 앞에 있는 새끼의 흉곽을 따라 뒤쪽으로 뻗어 있는 앞다리 두 개에 손가락을 걸어 산도로 끌어낼 수 있었다. 윤활제를 한 번 더 바르고 조심스럽게 잡아당기자 새끼양이 쑥 빠져나왔다.

하지만 이미 너무 늦었다. 새끼는 죽어 있었다. 형태는 완전한데 생명

257

의 불꽃이 없는 몸을 볼 때면 늘 그렇듯이 내 마음속에서 실망의 조종이
울렸다.

나는 서둘러 다시 팔에 윤활제를 바르고, 아까 어미의 자궁 안쪽으로
밀어낸 새끼 양을 더듬었다. 이제는 공간이 충분했기 때문에 무릎을 손
으로 잡고 쉽게 끌어낼 수 있었다. 이번에는 새끼가 살아 있으리라는 기
대를 거의 갖지 않고 단지 어미의 불편함을 덜어주려 했을 뿐인데, 새끼
를 차가운 바깥 공기 속으로 끌어낸 순간 내 손에 움직임이 느껴졌다. 털
로 뒤덮인 작은 몸뚱이가 꿈틀거렸다. 새끼는 건강했다.

이상하게도 이런 일은 자주 일어났다. 죽은 새끼—때로는 이미 오래전
에 죽어서 부패한 새끼—뒤에 살아 있는 새끼가 숨어 있는 것이다. 어쨌
든 그것은 보너스였다. 나는 기뻐서 새끼양의 입 안에 차 있는 점액을 닦
아내고 어미에게 밀어주었다. 혹시나 해서 어미의 자궁을 더듬어보았지
만 새끼는 더 이상 없었다. 나는 일어섰다.

"어미는 전혀 다치지 않았습니다. 이제 괜찮을 겁니다. 그런데 킷슨 씨,
깨끗한 물 좀 갖다주실래요?"

거구의 사내는 말없이 양동이의 더러운 물을 외양간 바닥에 쏟아버리
고 집 쪽으로 걸어갔다. 사방이 조용해졌다. 저쪽 구석에서 암양이 헐떡
거리는 소리가 희미하게 들려왔다. 나는 그 암양의 운명을 생각지 않으
려고 애썼다. 나는 이제 곧 이곳을 떠나 다른 환자를 보러 갈 것이고, 그
다음에는 점심을 먹고 오후 왕진을 시작할 것이다. 그동안 무력한 동물
은 이곳에 감추어진 채 헐떡거리며 죽어갈 것이다. 얼마나 오래 살 수 있
을까? 하루? 이틀?

하루나 이틀쯤 더 산다고 무슨 소용이 있겠는가? 암양의 고통을 그냥

내버려둘 수는 없었다. 나는 내 차로 달려가서 넴부탈 병과 50시시짜리 주사기를 움켜잡고 서둘러 외양간으로 돌아왔다. 그리고는 썩어가는 나무문을 넘어 구석으로 들어가서 넴부탈 50시시를 암양의 배 속에 주입했다. 그런 다음 다시 나무문을 넘어 외양간 끝으로 달려갔다. 킷슨 씨가 돌아왔을 때 나는 아무 일도 없었던 것처럼 아까 서 있던 자리에 서 있었다.

나는 수건으로 손을 닦고, 재킷을 입고, 나에게 큰 도움을 준 윤활제와 소독약을 챙겼다.

킷슨 씨는 앞장서서 밖으로 나가다가 문 너머로 외양간 구석을 힐끔 들여다보았다.

"아니, 벌써 죽어가고 있군요." 농부가 툴툴거렸다.

나는 농부의 어깨 너머로 어두운 구석을 들여다보았다. 헐떡거리던 숨소리는 멎었고, 느리고 고른 숨소리가 들려왔다. 눈은 감겨 있었다. 양은 마취되어 있었다. 이제 평화롭게 죽어갈 것이다.

"그렇군요. 오래가지 못하겠는데요." 나는 마지막 독설을 내뱉고 싶은 충동을 억누르지 못했다. "당신은 이 어미와 저기 있는 새끼를 잃었군요. 나한테 기회를 주었다면 둘 다 살릴 수 있었을 텐데 말입니다."

이 말이 효과가 있었던 모양이다. 며칠 뒤, 놀랍게도 킷슨 씨가 겉으로는 별탈이 없어 보이는 암양을 보아달라고 나를 불렀기 때문이다.

그 양은 집 근처 목초지에 있었는데, 배가 새끼로 가득 차서 금방이라도 터질 것 같았다. 배가 너무 부르고 뒤룩뒤룩 살이 쪄서 어기적어기적 걷기도 힘들 정도였다. 하지만 생기가 있고 건강해 보였다.

"배 속에 새끼들이 마구 뒤엉켜 있습니다." 킷슨 씨가 시무룩한 얼굴로 말했다. "머리 두 개는 찾았는데, 발은 얼마나 많은지 셀 수도 없어요. 도대체 내 손이 어디 있는지도 모를 지경이었다니까요."

"심하게 잡아당기지는 않았겠지요?"

"전혀요."

상황은 차츰 나아졌다. 농부가 양의 목을 감고 있는 동안 나는 양의 엉덩이 뒤에 무릎을 꿇고 양동이 속에 두 손을 담갔다. 따뜻한 아침이었다. 양이 새끼를 낳는 철을 돌이켜보면, 비탈진 목초지의 풀을 시들게 하는 혹독한 바람과 터서 갈라진 손, 따끔거리는 팔, 장갑, 목도리, 추위에 꽁꽁 언 귀가 생각난다. 나는 글래스고를 떠난 뒤에도 오랫동안 스코틀랜드 서부의 온화한 이른 봄을 기다렸다. 30년이 지난 지금도 나는 기다리고 있지만, 요크셔에서는 봄이 그런 식으로 오지 않는다는 것을 이제야 조금씩 깨닫기 시작했다.

하지만 그날 아침은 예외였다. 태양은 푸른 하늘에서 눈부시게 빛나고 바람은 전혀 없었다. 황무지의 꽃과 햇볕에 따뜻해진 풀의 향기로운 냄새가 목초지에 무릎을 꿇고 있는 내 주위에 감돌았다.

그리고 내가 좋아하는 일이 나를 기다리고 있었다. 암양의 몸속을 더듬으면서 나는 하마터면 킬킬 웃을 뻔했다. 어미의 배 속에는 충분한 공간이 있었고, 새끼들은 모두 축축하고 팔팔하고 건강했다. 다양한 조각 그림을 맞추는 것은 어린애 장난이었다. 나는 30초 만에 꿈틀거리는 새끼 한 마리를 풀밭에 끌어냈다. 곧이어 두 번째와 세 번째 새끼가 나왔다. 혹시나 해서 손을 넣어보니, 놀랍게도 작은 발이 또 하나 잡혔다. 나는 그 새끼도 재빨리 세상으로 끌어냈다.

"네쌍둥이군요!" 나는 기뻐서 외쳤지만 농부는 떨떠름한 기색이었다.

"새끼를 많이 낳아봤자 귀찮기만 해요. 둘만 낳으면 훨씬 좋을 텐데."
그는 나에게 못마땅한 눈길을 던졌다. "어쨌든 선생을 부를 필요는 전혀
없었던 것 같군요. 그런 일쯤은 나도 충분히 할 수 있었을 겁니다."

나는 쪼그리고 앉은 채 서글픈 표정으로 그를 쳐다보았다. 우리 수의
사들은 어떤 식으로도 성공할 수 없다고 느낄 때가 있다. 너무 늦게 오면
아무 도움도 안 되고, 너무 일찍 오면 농부는 수의사를 부를 필요도 없었
는데 공연히 불렀다고 투덜댄다. 냉소적인 어느 동료가 언젠가 이런 충
고를 해준 적이 있었다. "새끼를 쉽게 받은 것처럼 보이면 안 돼. 필요하
면 새끼들을 잠시 어미 배 속에 그대로 놔두게." 나는 결코 이 말에 동의
하지 않았지만, 가끔은 그 말도 일리가 있다는 생각이 들었다.

어쨌든 나는 네 마리 새끼를 만족스럽게 바라보았다. 이 무자비한 세
상, 때로는 눈과 얼음으로 뒤덮인 가혹한 세상에 태어나는 그 작은 생명
들이 가엾게 여겨질 때도 많았지만, 이날은 따뜻한 태양 아래에서 일어
나려고 바둥거리는 새끼들을 보는 게 즐거웠다. 새끼들의 털코트는 벌써
빠른 속도로 말라가고 있었다. 마술이라도 부린 것처럼 배가 홀쭉해진
어미는 제 눈을 믿을 수 없는 듯 멍한 표정으로 새끼들 사이를 돌아다녔
다. 새끼들한테 코를 비벼대고 핥아주면서 목구멍 깊숙이에서 낄낄거리
는 소리를 내자 새끼들은 떨리는 목소리로 어미에게 응답했다. 새끼들의
첫 울음은 높고 새된 소리였다. 내가 넋을 잃고 이 대화를 듣고 있을 때
킷슨 씨가 소리쳤다.

"저번 날 선생이 새끼를 받아준 어미가 저기 있군요."

나는 고개를 들었다. 정말로 그 암양이 옆구리에 바싹 붙어 있는 새끼

를 데리고 자랑스럽게 지나가고 있었다.

"아주 좋아 보이는데요."

그것은 보기 좋은 광경이었지만, 다른 장면이 내 관심을 사로잡았다. 나는 풀밭 건너편을 가리켰다.

"저기 있는 저 암양은……."

내게는 양들이 대개 똑같아 보이지만, 그 양한테는 내가 알아볼 수 있는 특징이 있었다. 등의 털이 빠져서 툭 튀어나온 척추를 따라 뻗어 있는 맨살…… 틀림없는 그 암양이었다.

농부는 내 손가락이 가리키는 쪽을 바라보았다.

"예, 저건 지난번에 선생이 오셨을 때 외양간 구석에 누워 있던 그놈입니다." 농부는 무표정한 눈으로 나를 돌아보았다. "선생이 맬록한테 보내라고 말한 그놈 말입니다."

"하지만…… 그때는 분명히 죽어가고 있었잖아요!"

킷슨 씨의 입술 한쪽이 씰룩 움직였다. 그것은 그가 이제껏 지은 표정 중에서 가장 미소와 가까운 표정이었을 것이다.

"선생은 그렇게 말했죠." 농부는 어깨를 활처럼 구부렸다. "저 양은 오래가지 못할 거라고……."

나는 할 말이 없어서 입을 딱 벌리고 멍하니 그를 바라보았다. 그런 내 꼴은 당혹감을 그림으로 그려놓은 것처럼 보였을 게 분명하다. 농부가 이렇게 말을 이은 것을 보면 그도 역시 당혹스러웠던 모양이다.

"하지만 솔직히 말하면 평생을 양들 틈에서 보낸 나도 그런 건 처음 봤습니다. 저 양은 그냥 잠이 들었던 거예요."

"그래요?"

"예, 잠이 들어서는 꼬박 이틀 동안 내리 잤어요!"

"이틀 동안 내리 잤다고요?"

"이건 절대로 농담이 아닙니다. 나는 계속 외양간에 들어가 보았지만, 한 번도 자세가 바뀌지 않았어요. 첫 날도, 둘째 날도 그냥 평화롭게 누워 있었어요. 그리고 셋째 날 아침에 가봤더니, 녀석이 일어나서 먹이를 먹을 준비를 갖추고 나를 쳐다보고 있더라고요."

"정말 놀라운 일입니다! 내가 한번 봐야겠는데요."

나는 심한 염증과 종창으로 퉁퉁 부었던 암양의 꼬리 밑이 어떻게 되었는지 정말로 보고 싶었다. 나는 그 양한테 조심스럽게 다가가면서 목초지 구석으로 조금씩 몰고 갔다. 이윽고 구석에서 우리는 얼굴을 마주했다. 잠시 긴장된 시간이 흘렀다. 내가 몇 차례 속임수 동작으로 양동작전을 펴자 양은 민첩한 좌우 사이드 스텝으로 응수했다. 마침내 나는 양털을 움켜잡으려고 기습 공격을 시도했지만 양은 쉽게 피하고는 힘차게 발굽 소리를 울리며 쏜살같이 빠져나갔다. 나는 20미터 가량 추적했지만, 날씨가 너무 더웠고, 고무장화는 달리기에 적당한 신발이 아니다. 어쨌든 수의사가 환자를 붙잡지 못하면 별로 걱정할 필요가 없다는 것이 오래전부터 내가 갖고 있는 지론이다.

목초지를 걸어올 때 하나의 메시지가 내 머리를 두드렸다. 나는 무언가를 발견했다. 우연이지만, 어쨌든 중요한 사실을 발견했다. 그 암양은 의학적 치료로 목숨을 구한 것이 아니라, 통증을 없애주고 자연의 치유력에 맡겼기 때문에 살아난 것이다. 나는 이 교훈을 평생 잊지 않았다. 동물은 지속적인 심한 통증과 거기에 수반되는 공포와 충격에 직면하면 그것을 피하기 위해 죽음으로 후퇴하는 경우가 많지만, 그 통증을 없애주면 놀라운 일이 일어날 수 있다. 합리적으로 설명하기는 어렵지만 나는 그것이 사실임을 알고 있다.

킷슨 씨가 있는 곳으로 돌아왔을 때쯤에는 햇볕에 내 목덜미가 빨갛게 그을렸고, 셔츠 속에서는 땀이 흘렀다. 거구의 농부는 질주를 끝내고 만족스럽게 풀을 뜯고 있는 그 암양을 아직도 바라보고 있었다.

"도무지 이해할 수가 없어요." 농부는 턱에 삐죽삐죽 돋아난 수염을 긁으면서 중얼거렸다. "꼬박 이틀을 내리 자면서 한 번도 몸을 뒤척이지 않다니." 그는 나를 돌아보고 눈을 크게 떴다. "선생이 그걸 봤다면 수면제를 먹었다고 생각했을 겁니다!"

# 20

킷슨 씨의 암양을 마음에서 몰아내기는 어려웠지만, 양의 새끼를 받는 일이 진행되는 동안 다른 일상적인 문제들도 전혀 줄어들지 않았기 때문에 나는 그 양을 잊으려고 애써야 했다. 그런 일상적인 문제들 가운데 하나는 플랙스턴 가족이 키우는 페니라는 푸들과 관련되어 있었다.

페니와의 첫 대면이 기억에 남는 것은 여주인의 매력 때문이었다. 대기실 문으로 고개만 내밀고 "다음 분 들어오세요" 하고 말했을 때, 검은 머리에 감싸인 플랙스턴 부인의 작고 둥근 얼굴은 등대처럼 대기실을 환히 비추고 있는 것 같았다. 플랙스턴 부인이 카나리아의 발톱을 자르러 온 몸무게 95킬로그램의 밤비 부인과 고양이한테 뿌려줄 벼룩약을 받으러 온 아흔 살의 스펜서 노인 사이에 앉아 있었기 때문에 효과가 더욱 높아졌을 수도 있지만, 보기 좋은 외모를 갖고 있는 것은 분명했다.

부인은 아름다울 뿐만 아니라, 동그랗게 뜬 눈에는 사람의 마음을 끄는 천진난만한 매력이 있었고, 입가에는 늘 미소를 띠고 있었다. 부인의 무릎에 올라앉은 페니도 이마에 늘어진 갈색 고수머리 밑에서 미소를 짓고 있는 것처럼 보였다.

나는 그 작은 개를 진찰대 위로 들어올렸다.

"문제가 뭡니까?"

"어제부터 토하고 설사를 해요." 플랙스턴 부인이 대답했다.

"알겠습니다." 나는 트롤리에서 체온계를 집어 들었다. "혹시 먹이를 바꿨나요?"

"아뇨."

"밖에 나갔을 때 음식 쓰레기를 먹는 버릇이 있습니까?"

플랙스턴 부인은 고개를 저었다.

"아뇨. 대개는 안 그렇지만, 아무리 깔끔한 개라도 가끔은 죽은 새나 그런 것을 물어뜯긴 할 거예요."

말끝에 부인은 소리 내어 웃었고, 페니도 여주인을 쳐다보면서 함께 웃었다.

"열이 좀 있지만, 아주 쾌활해 보이는데요." 나는 푸들의 허리를 만져보았다. "어디, 네 배를 좀 만져볼까."

내가 복부를 부드럽게 촉진하자 작은 개는 몸을 움찔했다. 위와 장이 모두 민감했다.

"위장염입니다. 하지만 별로 심하지는 않은 것 같으니까 곧 나을 거예요. 약을 좀 드리지요. 며칠 동안은 먹이를 조금씩만 주는 게 좋을 겁니다."

"그러죠. 정말 고맙습니다."

플랙스턴 부인은 개의 머리를 토닥이면서 활짝 웃었다. 부인의 나이는 스물셋 정도. 젊은 남편과 함께 얼마 전에 대러비로 이사를 왔는데, 남편은 농장에 옥수수와 농후사료를 공급하는 대기업의 대리인이어서 나는 왕진을 나갔을 때 가끔 그를 보았다. 그의 아내와 개도 그렇지만, 플랙스턴 씨도 누구한테나 친절하게 굴고 싶어 하는 분위기를 풍겼다.

나는 비스무트와 고령토와 클로로다인 혼합액이 든 약병을 플랙스턴 부인에게 건네주었다. 이것은 우리가 위장염에 즐겨 쓰는 치료약이었다. 작은 개는 꼬리를 흔들면서 병원 계단을 종종걸음으로 내려갔고, 나는 더 이상 문제가 일어나리라고는 생각지 않았다.

그런데 사흘 뒤에 페니가 다시 병원에 왔다. 아직도 구토를 했고 설사도 전혀 낫지 않았던 것이다.

나는 다시 페니를 진찰했지만 이렇다 할 징후는 보이지 않았다. 페니는 벌써 닷새 동안 구토와 설사로 점점 쇠약해졌지만, 기운을 좀 잃었을 뿐 아직도 놀랄 만큼 쾌활했다. 푸들은 몸집이 작지만 강인하고 다부지다. 특히 페니는 어떤 것에도 호락호락 굴복하려 하지 않았다.

하지만 나는 마음이 개운치 않았다. 이런 상태를 페니가 계속 견뎌내지는 못할 것이다. 나는 과거에 큰 효과를 본 적이 있는 카본과 아스트린젠트로 치료약을 바꾸기로 했다.

"이 약은 좀 지저분해 보이지만, 전에 이 약으로 효과를 본 적이 있거든요." 나는 검은 알갱이로 가득 찬 약상자를 플랙스턴 부인에게 건네면서 말했다. "페니는 아직 먹이를 먹고 있지요? 그럼 이 약을 먹이에 섞어서 먹이세요."

"고맙습니다."

플랙스턴 부인은 약상자를 가방에 넣으면서 나에게 그 매혹적인 미소를 던졌다. 나는 복도를 지나 현관문까지 부인을 배웅했다. 부인은 계단 밑에 유모차를 놓아두었다. 유모차 덮개 밑을 들여다보기도 전에 나는 거기에 어떤 아기가 있을지 알 수 있었다. 아니나 다를까, 베개 위에 놓인 토실토실한 얼굴이 상냥한 눈을 동그랗게 뜨고 나를 쳐다보다가 즐거운 듯이 활짝 웃었다.

　나는 플랙스턴 가족을 자주 보고 싶었지만, 멀어져가는 그들을 바라보면서, 페니를 위해서는 앞으로 오랫동안 그들을 안 보게 되었으면 좋겠다고 생각했다. 하지만 일은 그렇게 되지 않았다. 이틀 뒤에 그들은 다시 병원을 찾아왔고, 이번에는 푸들이 긴장한 조짐을 보였다. 내가 진찰하는 동안 페니는 꼼짝도 않고 멍하니 앞을 바라보며 서 있었다. 내가 머리를 쓰다듬으면서 말을 걸면 이따금 꼬리를 실룩거릴 뿐이었다.

　"차도가 없는 것 같아요." 플랙스턴 부인이 말했다. "이젠 먹이도 별로 먹지 않고, 어떤 것에도 관심이 없어요. 그리고 갈증이 아주 심해요. 늘 물그릇 옆에 붙어 있고, 물을 마시고 나면 모두 토해버려요."

　나는 고개를 끄덕였다.

　"알겠습니다. 물을 마시고 싶어 하는 건 몸 안의 염증 때문이고, 물을 마실수록 더 많이 토하게 됩니다. 그런데 몸이 많이 쇠약해지고 있군요."

　나는 또다시 치료약을 바꾸었다. 실제로 그 후 며칠 동안 나는 쓸 수 있는 약을 거의 다 써보았다. 그 작은 개한테 먹인 약을 지금 돌이켜보면 쓴웃음이 나온다. 가루로 빻은 에피카쿠아냐와 아편, 살리실산나트륨과 장뇌, 심지어는 헤마톡실린이라는 나무를 달인 약과 패랭이꽃과 식물을 달인 약까지 써보았다. 다행히도 이런 기발하고 이국적인 약들은 이제 잊힌 지 오래다. 그 당시 네오마이신처럼 소화기관에서 작용하는 항생제를 구할 수 있었다면 조금은 도움이 되었겠지만, 항생제가 아닌 약은 전혀 효과가 없었다.

　페니가 병원에 데려올 수도 없을 만큼 쇠약해졌기 때문에 나는 날마다 페니에게 왕진을 갔다. 페니에게 마란타 녹말과 끓인 우유를 먹였지만,

이런 식이요법도 의학적 치료와 마찬가지로 효과가 없었다. 그러는 동안 그 작은 개는 계속 쇠약해지고 있었다.

어느 날 밤 3시에 고비가 찾아왔다. 내가 침대 옆 수화기를 들자 플랙스턴 씨의 떨리는 목소리가 전화선을 타고 들려왔다.

"이런 시간에 전화해서 정말 죄송하지만, 우리 집에 오셔서 페니를 좀 봐주세요."

"상태가 더 악화됐습니까?"

"예. 그리고…… 이제 몹시…… 고통스러운 것 같아요. 어제 오후에 페니를 보셨지요? 그 후 계속 물을 마시고 토하고 설사를 해서, 이젠 거의 막판에 이른 것 같습니다. 지금 바구니 속에 누워서 울고 있는데, 몹시 아픈 게 분명합니다."

"알았습니다. 곧 가겠습니다."

"고맙습니다." 플랙스턴 씨가 잠깐 말을 끊었다가 이었다. "그리고…… 페니를 안락사시킬 준비를 하고 와주시겠어요?"

그 시간에 나는 원래 기운이 없지만, 플랙스턴 씨의 그 말에 내 기분은 깊은 나락으로 곤두박질쳤다.

"그렇게 심한가요?"

"솔직히 말씀드려서 페니가 괴로워하는 모습을 차마 볼 수가 없습니다. 아내는 너무 심란해서…… 더는 견딜 수 없을 것 같습니다."

"알겠습니다."

나는 수화기를 내려놓고 이불을 홱 걷어찼다. 그 바람에 헬렌이 잠에서 깨어났다. 한밤중에 편안한 잠을 방해받는 것은 수의사의 아내가 짊어져야 할 십자가지만, 나는 평소에는 최대한 조용히 침대에서 기어 나오곤 했다. 하지만 이번에는 침실을 쿵쾅거리며 돌아다니고, 천천히 옷을 입으면서 혼잣말을 중얼거렸다. 헬렌은 이 위기가 무엇을 의미하는지 궁금했겠지만, 현명하게도 내가 불을 끄고 나갈 때까지 말없이 나를 지켜보았다.

멀리 갈 필요는 없었다. 플랙스턴 씨네 가족은 병원에서 2킬로미터밖에 떨어지지 않은 브로턴 가에 새로 지은 방갈로식 주택에서 살고 있었다. 잠옷 위에 가운을 걸친 젊은 부부는 나를 부엌으로 안내했다. 구석에 놓인 바구니에 가까이 가기도 전에 페니가 낑낑대는 소리를 들을 수 있었다. 페니는 편안하게 몸을 웅크리지 않고 가슴을 바닥에 댄 자세로 엎드려 있었다. 머리를 앞으로 쑥 내민 것으로 보아 몹시 고통스러워하고 있는 게 분명했다. 나는 페니를 두 손으로 들어올렸다. 무게가 거의 느껴지지 않았다. 푸들은 건강할 때도 훅 불면 날아가버릴 것처럼 가볍지만, 오랫동안 병을 앓은 페니는 곱슬곱슬한 갈색 털이 구토와 설사로 더러워지고 축축해져서 마치 비에 흠뻑 젖은 민들레씨앗 같았다.

플랙스턴 부인도 이때만은 미소를 짓고 있지 않았다. 나는 그녀가 말하면서 계속 눈물을 삼키고 있는 것을 알 수 있었다.

"그게 페니한테는 가장 친절한 일이……."

"예…… 예……." 나는 바구니 속에 페니를 돌려놓고는 그 위에 쪼그리고 앉아 손으로 턱을 만졌다. "그 말씀이 맞는 것 같군요."

그러면서도 나는 쪼그리고 앉은 채 내 실패의 증거를 도저히 믿을 수 없다는 눈으로 내려다보고 있었다. 이 개는 이제 겨우 두 살이었다. 신나게 뛰어다니고 팔짝팔짝 뛰어오르고 짖어댈 앞날이 기다리고 있었다. 페니는 위장염에 걸렸을 뿐인데, 이제 나는 녀석에게 남아 있는 마지막 생명의 불꽃을 끄려 하고 있었다. 페니를 안락사 시키는 것이 처음부터 이제까지 내가 한 일 가운데 거의 유일하게 적극적인 조치라고 생각하자 입맛이 씁쓸했다.

피로가 나를 덮쳤다. 그것은 잠에서 갑자기 끌려나왔기 때문만은 아니었다. 나는 늙은이처럼 뻣뻣한 동작으로 천천히 일어섰다. 그리고 막 돌아서려 할 때 그 작은 푸들의 무언가가 내 눈길을 끌었다. 페니는 다시 가슴을 바닥에 대고 머리를 쑥 내민 자세로 엎드려서 입을 벌리고 혀를 축 늘어뜨린 채 헐떡거리고 있었다. 전에 어디선가 본 것 같은데…… 저 자세…… 기진맥진한 모습, 통증과 충격…… 페니의 모습이 그 어두운 외양간 구석에 누워 있던 킷슨 씨네 암양과 똑같다는 생각이 잠에서 덜 깬 내 머릿속에 미끄러져 들어왔다. 물론 페니는 양이 아니라 개지만, 다른 것은 모두 똑같았다.

"아주머니, 페니를 잠재우고 싶습니다. 아주머니가 생각하는 그런 식으로 잠재우는 게 아니라, 마취를 시키는 겁니다. 끊임없이 물을 마시고 토하고 긴장해 있는 이 상태에서 벗어나 잠시 휴식을 취하면 자연의 치유력이 발동할지도 모르거든요."

젊은 부부는 반신반의의 눈으로 잠시 나를 바라보았다. 이윽고 입을 연 것은 남편이었다.

"페니는 이미 고통을 겪을 만큼 겪었다고 생각지 않으세요?"

"물론 그렇습니다." 나는 빗질도 하지 않은 부수수한 머리를 한 손으로 쓸어 넘겼다. "하지만 마취를 시키는 것은 페니에게 조금도 고통을 주지 않아요. 페니는 전혀 모를 겁니다."

부부가 여전히 망설이는 것을 보고 나는 말을 이었다.

"한번 시도해보고 싶습니다. 틀림없이 효과가 있을 것 같다는 예감이 듭니다."

부부는 얼굴을 마주보았다. 그리고 플랙스턴 부인이 고개를 끄덕였다.

"좋아요. 해주세요. 하지만 이게 마지막이겠죠?"

나는 차에 놓아둔 넴부탈을 가지러 밤공기 속으로 나왔다. 그리고 작은 푸들에게 넴부탈을 조금 주사했다. 집으로 돌아와 잠자리에 들었을 때 나는 킷슨 씨네 암양을 잠재웠을 때와 똑같은 안도감을 느꼈다. 결과가 어찌 되든, 페니는 더 이상 고통스럽지 않을 것이다.

이튿날 아침에도 페니는 여전히 몸을 쭉 뻗고 편안하게 누워 있었다. 오후 4시쯤 페니가 깨어날 조짐을 보였기 때문에 나는 다시 넴부탈을 주사했다.

킷슨 씨네 암양과 마찬가지로 페니는 48시간 동안 잠을 잤다. 마침내 비틀거리며 일어난 페니는 지난 며칠 동안 그랬듯이 곧장 물그릇 쪽으로 가지 않고, 힘없이 밖으로 나가 정원을 잠깐 돌아다녔다.

그때부터 페니는 순조롭게 회복되었다. 아니, 나는 기적적으로 놀랍게 좋아졌다고 말하고 싶다. 페니는 그 후 오랫동안 살면서 한 번도 병을 앓지 않았다.

헬렌과 나는 대러비의 크리켓 구장 근처에 있는 잔디 코트에서 테니스를 치곤 했다. 플랙스턴 부부도 거기서 자주 테니스를 쳤는데, 올 때마다 늘 페니를 데려왔다. 페니는 다른 개들과 신나게 뛰어놀았고, 나중에는 무럭무럭 자라는 플랙스턴 부부의 어린 아들과 장난을 치며 놀았다. 나는 그런 페니를 철조망 너머로 바라보면서 경탄하곤 했다.

병에 걸린 모든 동물에게 무조건 마취제를 투여하라고 주장하고 싶지는 않지만, 마취제로 동물을 진정시키는 것은 분명 효과가 있다. 요즘에는 다양한 진정제와 신경안정제가 개발되어 선택의 폭이 넓어졌다. 나는 심한 위장염에 시달리는 개를 만나면 정상적인 치료의 보조 치료제로 그런 약을 사용한다. 진정제는 소모적인 악순환의 고리를 끊고, 통증과 거기에 수반되는 두려움을 없애주기 때문이다.

페니가 신나게 뛰어다니며 짖어대고 쾌활하게 장난치는 것을 볼 때마다 나는 외양간의 어두운 구석에서 우연히 발견한 치료법에 감사하는 마음이 새삼 솟아나는 것을 느끼곤 했다.

  언덕 가장자리를 따라 깨끗한 석회석 돌담이 뻗어 있고, 무리지어 돋아
난 히스 사이를 선명한 초록빛 오솔길이 가로지르는 풍경, 이것이 진짜
요크셔였다. 향긋한 산들바람을 얼굴에 받으며 그 길을 걸으면, 움직이
는 거라곤 하나도 없고 자줏빛 꽃과 푸른 풀밭만 지평선까지 펼쳐져 있
는 드넓은 황무지에 나 혼자 있다는 짜릿한 경이감에 사로잡히곤 했다.
  하지만 사실은 나 혼자가 아니었다. 내 옆에는 샘이 있었다. 샘이 있는
것과 없는 것은 전혀 달랐다. 헬렌은 내 인생에 많은 것을 가져다주었지
만, 특히 소중한 건 바로 샘이었다. 비글종 개인 샘은 원래 헬렌의 애완
견이었다. 내가 처음 보았을 때 샘은 두 살 정도였고, 그때만 해도 샘이
내 충실한 동반자가 될 줄은 꿈에도 몰랐다. 열네 살에 생애를 마칠 때까
지 샘은 차를 몰고 시골길을 달리는 고독한 시간 동안 내 곁에서 친구가
되어주었다. 샘은 내가 소중히 여긴 첫 번째 개였고, 샘과의 우정은 내
수의사 생활을 늘 활기차고 밝게 해주었다.
  샘은 나를 보자마자 친구로 받아들여주었고, '충실한 사냥개 교본'이
라도 읽은 것처럼 한시도 내 곁을 떠나지 않았다. 내가 왕진을 다닐 때는
대시보드에 앞발을 올려놓고 열심히 앞을 바라보았고, 잘 때는 우리 침
실에서 내 발을 베개 삼아 누웠고, 내가 어디에 가든 종종걸음으로 내 뒤

를 따라왔다. 내가 술집에서 맥주를 마실 때는 내 의자 밑에 엎드려 있었고, 내가 이발소에서 머리를 깎을 때는 내 목에 두른 하얀 시트를 들어올리기만 하면 내 다리 밑에 웅크리고 있는 샘을 볼 수 있었다. 내가 샘을 데려가지 않는 곳은 극장뿐이었다. 그럴 때면 샘은 토라져서 침대 밑으로 기어들곤 했다.

개들은 대개 차를 타고 다니기를 좋아하지만, 샘은 그저 좋아하는 정도가 아니라 결코 시들지 않는 열정을 불태웠다. 세상이 깊이 잠든 밤에도 샘은 기꺼이 제 잠자리를 떠나, 두어 번 기지개를 켜고는 추운 바깥으로 나를 따라 나섰다. 그리고 내가 차 문을 다 열기도 전에 냉큼 조수석으로 뛰어오르곤 했다. 이 행동은 완전히 내 생활의 일부가 되어버려서, 샘이 죽은 뒤에도 오랫동안 나는 무심결에 차 문을 열고는 샘이 올라타기를 기다리곤 했다. 샘이 올라탈 리가 없다는 것을 깨달았을 때 느낀 고통은 지금도 기억에 생생하다.

날마다 왕진을 다니면서 틈틈이 쉬는 시간은 샘 때문에 더욱 즐거웠다. 회사나 공장에 다니는 사람들은 차를 마시는 휴식 시간을 갖지만, 나는 차를 세우고 가까이 있는 멋진 풍경 속으로 들어가 숨어 있는 오솔길을 걷거나 숲속을 돌아다녔고, 오늘처럼 높은 언덕마루를 지나는 초록빛 샛길을 따라 걷기도 했다.

이 일은 내가 늘 해온 일이지만, 이제는 새로운 의미로 다가왔다. 개를 산책시켜본 사람이라면 누구나 사랑하는 개에게 즐거움을 주는 만족감을 알고 있다. 종종걸음으로 앞서 가는 작은 개를 바라보면 지금까지 몰랐던 감정의 깊이에 도달할 수 있었다.

나는 길모퉁이를 돌아 무성한 히스가 어서 양지바른 곳으로 들어오라고 손짓하듯 물결치는 언덕 비탈로 나왔다. 나는 그 유혹을 한 번도 뿌리치지 못했다. 손목시계를 보니 몇 분은 여유가 있었고 촌각을 다투는 일거리가 기다리고 있는 것도 아니었다. 데이커 씨네 농장에 가서 투베르쿨린 검사만 하면 된다. 나는 세상에서 가장 멋진 천연 매트리스인 푹신한 풀밭에 벌렁 드러누워 몸을 쭉 뻗었다. 눈부신 햇빛 때문에 눈을 반쯤 감고 주위에 감도는 짙은 히스 향기를 맡으며 거기에 누워 있으면, 구름 그림자가 계곡과 협곡을 잠시 어둠 속에 몰아넣고 너울거리는 초록빛 옷자락을 나부끼며 산허리를 가로질러 달려가는 것을 볼 수 있었다.

그 무렵은 내가 시골 수의사가 된 것을 가장 고맙게 생각한 시절이었다. 겉옷을 입을 새도 없이 셔츠 바람으로 바쁘게 일하던 시절, 나무 한 그루 없는 고지대의 황량한 위협도 친밀하게 느껴지고 주변의 모든 동식물과 하나가 된 기분을 느끼던 시절, 내가 꿈에도 생각지 않았던 시골 수의사가 되어 가축을 돌보게 된 것을 더없이 기쁘게 생각하던 시절이었다.

시그프리드 원장은 어딘가에서 노련한 솜씨를 마음껏 발휘하고 있을 테고, 트리스탄은 아마 스켈데일 하우스에서 공부를 하고 있을 것이다. 나는 최근까지 트리스탄이 교과서를 펴놓고 있는 것을 본 적이 없었기 때문에 그가 공부를 하고 있을 거라고 생각한 것은 좀 놀라웠다. 트리스탄은 비상한 머리를 타고난 덕에 기를 쓰고 공부할 필요가 없었지만, 올해 졸업 시험을 볼 예정이라서 차분히 시험공부에 착수해야 했다. 나는 트리스탄이 이제 곧 자격증을 갖춘 수의사가 되리라는 것을 의심치 않았지만, 그의 자유로운 정신이 수의사의 현실에 구속당하는 게 조금은 안타깝기도 했다. 수의사가 되면 눈부시게 빛나던 시절은 막을 내릴 것이다.

긴 귀를 늘어뜨린 머리가 햇빛을 가렸다. 샘이 다가와서 내 가슴에 올라앉은 것이다. 샘은 의심스러운 눈으로 나를 내려다보았다. 샘은 이런 게으름에 동의하지 않았지만, 몇 분이 지나도 내가 움직이지 않으면 녀석은 달관한 철학자처럼 재빨리 체념하고 내 가슴 위에 웅크리고 누워서 내가 갈 준비가 될 때까지 잠깐 낮잠을 자곤 했다. 하지만 이번에는 그 말없는 호소에 응답하여 일어나 앉았다. 내가 일어나자 샘은 좋아서 내 주위를 팔짝팔짝 뛰어다니다가 앞장서서 자동차로 돌아갔다.

"빌! 움직여!" 얼마 후 데이커 씨는 덩치 큰 황소의 꼬리를 홱 잡아당기면서 소리쳤다. 당시에는 거의 모든 농부가 거세하지 않은 황소를 키웠는데, 이름은 모두 빌리나 빌이었다. 이 황소가 빌리 대신 빌이라는 어른 이름을 받은 것은 완전히 성숙한 소였기 때문일 것이다. 빌은 성질이 온순해서, 주인이 꼬리를 잡아당기자 그 거대한 덩치를 옆으로 움직여 내가 비집고 들어갈 수 있는 자리를 만들어주었다. 나는 빌이 사슬로 묶여 있는 나무 칸막이와 빌 사이로 밀고 들어갔다.

나는 투베르쿨린 검사 결과를 판독하고 있었다. 내가 할 일은 피부 반응을 측정하는 것뿐이었다. 하지만 그 거대한 목의 피부 두께를 고려하면 캘리퍼스(자로 재기 힘든 물체의 두께나 지름 따위를 재는 기)를 아주 넓게 벌려야 했다.

"30." 나는 농부에게 소리쳤다.

농부는 그 숫자를 검사 기록부에 적어 넣고 소리 내어 웃었다.

"이 녀석은 정말 두툼한 모피옷을 입고 있군요."

"예, 하지만 워낙 덩치가 크잖습니까?" 나는 빌과 칸막이 사이의 좁은 틈을 비집고 나오면서 말했다.

나는 빌이 얼마나 큰지를 당장 뼈저리게 실감했다. 빌이 갑자기 몸을 돌려 나를 칸막이에 꼼짝 못하게 눌러댔기 때문이다. 암소들도 이런 짓을 자주 하지만, 그때마다 나는 내 뒤에 있는 것에 등을 대고 힘껏 버티면서 암소를 밀어내고 빠져나왔다. 하지만 빌은 달랐다.

나는 헐떡거리면서 밤색과 흰색 털이 섞인 거대한 옆구리를 힘껏 떠밀었지만, 비계가 넘실거리는 파도처럼 출렁거릴 뿐 꿈쩍도 하지 않았다. 차라리 집 한 채를 옮기려고 애쓰는 편이 나았을 것이다.

농부는 검사 기록부를 내던지고 다시 황소 꼬리를 움켜잡았지만, 이번에는 황소가 전혀 반응을 보이지 않았다. 물론 악의는 전혀 없었다. 황소는 다만 칸막이 널빤지에 편안하게 몸을 기대고 있었을 뿐이다. 연약한 인간이 제 갈빗대에 짓눌려 미친 듯이 몸부림치고 있는 것을 알아차리지도 못했을 것이다.

하지만 황소가 의도했든 안 했든 결과는 마찬가지였다. 황소는 내게서 목숨을 짜내고 있었다. 나는 눈알이 튀어나오고 숨을 쉴 수가 없어서 끙끙 신음 소리를 냈다. 젖 먹던 힘까지 짜내어 버둥거렸지만 한 치도 움직일 수가 없었다. 사태가 더 이상 악화될 수는 없을 거라고 생각한 순간, 빌이 칸막이에 몸을 밀착시키고 위아래로 비벼대기 시작했다. 그러니까 빌이 칸막이 쪽으로 돌아온 것은 그 때문이었다. 몸이 가려워서 긁고 싶었던 것이다.

그 단순한 동작이 나한테 미친 영향은 파멸적이었다. 내장이 모두 짓이겨져서 펄프처럼 걸쭉해지고 있는 듯했다. 내가 완전히 공포에 사로잡혀 팔다리를 마구 휘두르자 거대한 짐승은 더욱 육중하게 몸을 기대왔다.

내 뒤에 있던 칸막이 널빤지가 낡아서 썩지 않았다면 무슨 사태가 일어 났을지 생각하고 싶지도 않다. 의식이 차츰 흐려지는 것을 느낀 순간 우 지끈 소리와 함께 칸막이가 쪼개지고 나는 옆 우리로 벌렁 나가떨어졌 다. 나는 육지로 밀려 올라와 오도 가도 못하게 된 물고기처럼 부서진 목 재 위에 누워서 다시 허파가 활동을 시작하기를 기다리며 데이커 씨를 쳐다보았다.

최초의 놀라움에서 회복된 농부는 웃음이 터지는 것을 막으려고 윗입 술을 힘껏 문지르고 있었다. 하지만 건초 다락이라는 유리한 위치에서 자초지종을 목격한 농부의 어린 딸은 자연스러운 반응을 억제하는 그런 사회적 규범을 전혀 갖고 있지 않았다. 그 딸은 재미있어서 못 견디겠다 는 듯 나를 손가락질하며 깔깔 웃어댔다.

"아빠, 아빠. 저 아저씨 좀 봐! 봤어? 아빠도 봤어? 정말 웃기는 아저씨 야!" 딸은 배꼽을 쥐고 대굴대굴 굴렀다. 겨우 다섯 살밖에 안 된 어린애 였지만, 그 아이는 이 재미난 공연을 평생 동안 잊지 못할 거라는 생각이 들었다.

마침내 나는 몸을 추스르고 일어나 그 사고를 가볍게 털어버렸지만, 농 장에서 1킬로미터쯤 떨어진 곳까지 오자 차를 세우고 몸을 점검했다. 갈 비뼈는 도로포장용 롤러가 지나가기라도 한 것처럼 균등하게 욱신거렸 고, 캘리퍼스 위에 착륙한 왼쪽 엉덩이가 얼얼했지만, 다른 부위는 괜찮 은 것 같았다. 나는 바지에서 뾰족한 나뭇조각을 몇 개 집어낸 다음, 다 시 차에 올라타고 왕진 목록을 들여다보았다.

목록에서 다음에 갈 곳을 보았을 때 내 얼굴에는 안도의 웃음이 저절로 번져갔다.

'톰프킨 부인, 재스민 테라스 14번지, 잉꼬 부리 자르기.'

고맙게도 수의사의 업무는 무궁무진하게 다양하다. 그 황소한테 혼이 난 뒤여서 지금은 작고 연약하고 해롭지 않은 동물을 상대할 필요가 있었다. 잉꼬보다 더 알맞은 동물은 바랄 수 없다.

재스민 테라스에는 제1차 세계대전 이후 날림으로 집을 지은 건축업자들이 애용한 싸구려 벽돌로 지은 작고 초라한 집들이 늘어서 있었고, 14번지는 그런 집들 가운데 하나였다. 나는 손톱깎이로 무장하고 현관문과 차도 사이를 갈라놓고 있는 좁은 인도로 올라섰다. 상냥해 보이는 빨간 머리의 여인이 문을 열어주었다.

"저는 옆집에 사는 도즈 부인이에요. 이 댁 할머니를 돌보고 있죠. 톰프킨 부인은 여든이 넘었는데 혼자 사세요. 할머니가 바깥출입을 못하셔서 제가 대신 연금을 받아온 참이에요."

도즈 부인은 나를 비좁고 갑갑한 방으로 안내했다.

"할머니, 연금 받아왔어요." 도즈 부인은 구석에 앉아 있는 노부인에게 말하고는 연금 장부와 돈을 벽난로 위에 내려놓았다. "그리고 이 분은 피터를 보러 오신 헤리엇 선생님이세요."

톰프킨 부인은 고개를 끄덕이며 빙그레 웃었다.

"이렇게 와줘서 정말 고마워요. 부리가 너무 길어서 가엾게도 먹이를 먹지 못해 걱정이 이만저만이 아니에요. 나한테 말벗이라고는 그 녀석뿐이라우."

"예, 이해합니다, 할머니." 나는 창가의 새장 안에 앉아 있는 초록색 잉꼬를 들여다보았다. "저 작은 새들은 재잘거리기 시작하면 좋은 말벗이 될 수 있지요."

톰프킨 부인은 소리 내어 웃었다.

"그렇긴 하지만 아주 별난 녀석이라우. 피터는 절대로 말을 많이 하지 않아요. 게으름뱅이인가 봐! 하지만 나는 피터가 옆에 있는 게 좋아요."

"물론 그러시겠죠. 하지만 지금은 돌봐줄 필요가 있겠군요."

부리는 지나치게 자라서 가슴 깃털에 닿을 만큼 아래로 구부러져 있었다. 손톱깎이로 재빨리 한 번만 잘라주면 피터의 생활에 혁명을 일으킬 수 있을 것이다. 나는 이 일이 내 취향에 딱 들어맞는다고 생각했다.

나는 새장 문을 열고 천천히 손을 집어넣었다.

"착하지. 이리 온."

새가 날개를 퍼덕거리며 도망가자 나는 살살 비위를 맞추면서 피터를 구석에 몰아넣고 손으로 부드럽게 감쌌다. 그러고는 피터를 새장에서 꺼내고 다른 손으로 주머니에 든 손톱깎이를 꺼냈다. 손톱깎이로 부리를 자르려다가 나는 문득 손을 멈추었다.

새는 더 이상 작은 머리를 내 손아귀에서 건방지게 내밀지 않고, 한쪽으로 축 늘어뜨리고 있었다. 눈은 감겨 있었다. 나는 도무지 이해할 수가 없어서 잠시 새를 바라보다가 손을 벌렸다. 새는 내 손바닥 안에 꼼짝도 않고 누워 있었다. 죽은 것이다.

나는 입 안이 바싹 마르는 것을 느끼면서 계속 바라보았다. 아름다운 무지갯빛 깃털, 이제 자를 필요가 없어진 기다란 부리도 바라보았지만, 주로 내 집게손가락 위에 축 늘어진 작은 머리를 바라보았다. 나는 새를 꽉 쥐지도 않았고 어떤 식으로도 거칠게 다루지 않았는데 덜컥 죽어버린 것이다. 그냥 놀라서 죽은 게 분명했다.

도즈 부인과 나는 경악하여 얼굴을 마주보았다. 감히 톰프킨 부인 쪽으로 고개를 돌릴 수가 없었다. 마침내 톰프킨 부인을 바라보았을 때 나는 그 노부인이 여전히 고개를 끄덕이며 웃고 있는 것을 보고 깜짝 놀랐다.

나는 도즈 부인을 방구석으로 끌고 갔다.

"톰프킨 부인은 시력이 어느 정도입니까?"

"심한 근시지만, 그 연세에도 허영심이 강해서 절대로 안경을 쓰려 하지 않아요. 귀도 잘 안 들려요."

내 심장은 아직도 두근거리고 있었다.

"어떻게 해야 할지 모르겠군요. 이 일을 톰프킨 부인한테 털어놓으면 충격이 클 겁니다. 무슨 일이 일어날지 몰라요."

도즈 부인은 괴로운 표정으로 고개를 끄덕였다.

"맞아요. 할머니는 이 작은 새를 애지중지했으니까요."

"사실대로 털어놓을 수 없다면, 다른 방법은 한 가지밖에 없습니다." 나는 작은 소리로 속삭였다. "어디 가면 다른 잉꼬를 구할 수 있는지 아십니까?"

도즈 부인은 잠시 생각하고 말했다.

"읍내 끝에 사는 잭 아먼드한테 한번 가보세요. 그 사람도 새를 키우고 있을 거예요."

나는 헛기침을 했지만, 그래도 입 안이 바싹 말라서 쉰 목소리밖에 나오지 않았다.

"할머니, 피터를 병원으로 데려가서 부리를 자르겠습니다. 오래 걸리지는 않을 겁니다."

나는 여전히 고개를 끄덕이며 미소 짓고 있는 노부인을 남겨두고, 새장을 든 채 거리로 뛰쳐나왔다. 그리고 3분도 지나기 전에 나는 읍내 끝에 있는 잭 아먼드의 집 현관문을 두드리고 있었다.

"아먼드 씨 되십니까?" 나는 문을 열어준 셔츠 바람의 건장한 사내에게 물었다.

"그렇소만⋯⋯." 그는 천천히 입을 벌려 차분한 미소를 지었다.

"새를 키우십니까?"

그는 위엄 있게 가슴을 젖히고 몸을 꼿꼿이 세웠다.

"그렇소. 나는 대러비 애완조류협회 회장이오."

"아, 잘됐군요." 나는 가쁜 숨을 몰아쉬며 말했다. "초록색 잉꼬도 키우십니까?"

"잉꼬만이 아니라 카나리아, 앵무새, 패러키트, 코카투⋯⋯."

"잉꼬 한 마리가 필요합니다."

"잉꼬로는 흰색, 청록색, 줄무늬, 진홍색⋯⋯."

"초록색 잉꼬가 필요합니다."

약간 불쾌한 표정이 사내의 얼굴을 언뜻 스치고 지나갔다. 서두르는 내 태도가 좀 무례하다고 생각한 것 같았다.

"그럼 가서 한번 봅시다."

나는 천천히 집 안을 지나 뒷마당으로 나가는 그를 따라갔다. 어리둥절할 만큼 다양한 새들이 들어 있는 기다란 우리가 뒷마당을 거의 다 차지하고 있었다.

아먼드 씨는 자랑스럽게 새들을 바라보며 한바탕 연설을 시작할 것처럼 입을 벌렸지만, 상대가 성마른 녀석이라는 것을 기억해낸 듯 마지못해 당면한 일로 돌아왔다.

"저기에 멋진 초록색 잉꼬가 한 마리 있군요. 하지만 다른 녀석들보다 나이가 좀 많아요. 사실은 내가 녀석한테 말을 가르쳤지요."

"그렇다면 더욱 좋습니다. 내가 원하는 새로군요. 얼맙니까?"

"하지만 더 좋은 새들도 많은데…… 한번 보여드릴……."

나는 그의 팔을 잡았다.

"아닙니다. 저 새를 사겠습니다. 얼맙니까?"

그는 실망하여 입술을 오므렸지만, 체념한 듯 어깨를 으쓱했다.

"10실링이오."

"좋습니다. 이 새장에 넣어주세요."

서둘러 길을 되짚어오면서 자동차 백미러를 보니, 그 가엾은 사내가 문간에서 슬픈 눈으로 나를 바라보고 있는 것이 보였다.

재스민 테라스에서는 도즈 부인이 나를 기다리고 있었다.

"내가 옳은 일을 하고 있는지 모르겠군요. 그렇게 생각하세요?" 나는 속삭이는 소리로 도즈 부인에게 물었다.

"물론이죠. 가엾게도 할머니는 생각할 거리가 별로 없어요. 지금쯤 피터 때문에 안달이 나 있을 거예요."

"나도 그렇게 생각했습니다." 나는 거실로 들어갔다.

내가 들어가자 톰프킨 부인은 활짝 미소를 지었다.

"별로 오래 걸리지 않았군요."

"예." 나는 새 잉꼬가 들어 있는 새장을 창가에 다시 걸면서 말했다.

"이제 아무 문제도 없을 겁니다."


내가 새장에 손을 집어넣을 용기를 낼 때까지는 그 후 몇 달이 걸렸다. 사실은 오늘까지도 주인이 직접 새를 새장에서 꺼내주기를 원한다. 내가 새를 꺼내달라고 부탁하면 사람들은 의아한 눈으로 나를 쳐다본다. 내가 그 작은 새한테 물릴까봐 겁을 낸다고 생각하는 모양이다.

내가 용기를 내어 톰프킨 부인의 집을 다시 찾아간 것도 몇 달 뒤였다. 어느 날 차를 몰고 재스민 테라스를 지나가다가 충동적으로 14번지 앞에 차를 세웠다.

노부인이 직접 문을 열어주었다.

"저어…… 저어…… 그……?"

내가 더듬거리자 노부인은 잠시 나를 들여다보다가 소리 내어 웃었다.

"아, 알겠어요. 피터 말씀이죠? 피터는 아주 잘 있어요. 들어와서 보세요."

작은 방에 들어가 보니 새장은 여전히 창가에 걸려 있고 '피터'는 나를 힐끔 보고는 한바탕 재롱을 떨었다. 새장의 창살을 폴짝폴짝 뛰어다니고, 사다리를 뛰어서 오르내리고, 작은 종을 두어 번 친 다음, 자기가 늘 앉는 홰로 돌아갔다.

여주인은 손을 뻗어 새장을 톡톡 두드리며 애정이 듬뿍 담긴 눈으로 새를 쳐다보았다.

"믿지 못하겠지만, 피터는 다른 새가 된 것 같아요."

나는 침을 꿀꺽 삼켰다.

"그래요? 어떻게요?"

"아주 활동적이에요. 활기가 넘쳐 흐른다우. 온종일 재잘거리죠. 부리를 자른 게 이런 결과를 가져올 수도 있다니, 정말 놀랍구려."

## 22

시그프리드가 나한테 잔소리를 한 건 한두 번이 아니었다. 연금으로 근근이 살아가는 한 노인이 줄에 매단 작은 잡종개를 끌고 복도를 걸어왔다. 나는 진찰대를 탁탁 두드리며 말했다.

"여기 올려놓으세요."

노인은 신음 소리를 내고 숨을 헐떡거리면서 천천히 허리를 구부리기 시작했다.

"잠깐만요. 제가 하겠습니다."

나는 작은 개를 진찰대 위에 올려놓았다.

"고맙소." 노인은 허리를 펴고는 무릎을 문질렀다. "관절염이 심해서 말이오. 나는 베일리라고 하오. 시영주택에 살고 있지요."

"그러시군요. 그런데 무슨 일로 오셨습니까?"

"기침 때문에. 이 녀석이 노상 기침을 해서 말이오. 그리고 한바탕 기침을 한 뒤에는 구역질을 해요."

"예, 알겠습니다. 개가 몇 살이죠?"

"지난달에 열 살이 됐어요."

나는 개의 체온을 재고 가슴에 청진기를 댔다. 내가 갈비뼈 위로 청진기를 움직이고 있을 때 시그프리드가 진료실로 들어와서는 벽장을 뒤지기 시작했다.

"만성 기관지염입니다, 영감님. 사람과 마찬가지로 개도 나이를 먹으면 대부분 기관지염에 걸리지요."

내가 말하자 노인이 웃으면서 말했다.

"맞아요. 나도 이따금 숨이 가빠서 씨근거리니까."

"그렇습니까? 하지만 그렇게 심하지는 않겠지요?"

"그럭저럭."

"영감님 개도 그렇게 심하지는 않습니다. 주사를 놓고 약을 좀 드리겠습니다. 그러면 조금은 도움이 되겠지만 기침이 완전히 낫지는 않을 겁니다. 상태가 아주 나빠지면 또 데려오세요."

노인은 힘차게 고개를 끄덕였다.

"알겠소. 정말 고맙소, 선생."

시그프리드가 요란한 소리를 내며 벽장을 뒤지는 동안 나는 개에게 주사를 놓고 새로 나온 'M&B 693' 정제를 세어서 스무 알을 노인에게 건네주었다.

노인은 흥미로운 눈으로 알약을 바라보다가 주머니에 집어넣었다.

"치료비는 얼마나 드리면 될까요?"

나는 닳아 해진 셔츠 칼라에 조심스럽게 맨 초라한 넥타이와 올이 보일 정도로 낡은 재킷을 바라보았다. 노인의 바지 무릎은 짜깁기로 기워져 있었지만, 한쪽은 옷감이 너무 얇아져서 속살이 비쳐 보였다.

"아니, 됐습니다. 개나 잘 돌봐주세요."

"예?"

"치료비는 없습니다."

"하지만……."

"걱정 마세요. 아무 것도 아니니까요. 개가 제시간에 약을 먹도록 신경을 써주세요."

"그러겠소. 정말 친절하시군요. 나는 전혀 생각지도 못한……."

"그러시겠지요. 오늘은 이만 돌아가시고, 며칠 뒤에도 상태가 나아지지 않으면 다시 데려오세요."

노인의 발소리가 사라지기가 무섭게 시그프리드가 벽장에서 나타났다. 그는 말 이빨을 뽑을 때 쓰는 집게를 내 얼굴에 들이댔다.

"이걸 찾느라 한참 동안 벽장을 뒤졌어. 자네는 내가 물건을 쉽게 찾지 못하도록 일부러 숨겨놓는 게 분명해."

나는 아무 대답도 하지 않고 빙긋 웃기만 했다. 내가 트롤리에 주사기를 돌려놓고 있을 때 시그프리드가 다시 입을 열었다.

"제임스, 이런 말은 하고 싶지 않지만, 공짜로 치료해주는 건 좀 지나치지 않나?"

나는 놀라서 그를 쳐다보았다.

"그분은 연금으로 살아가는 노인이었어요. 아주 궁색하게 살고 있을 겁니다."

"아마 그렇겠지. 하지만 공짜로 치료해주는 건 아무래도 곤란해."

"하지만 때로는…… 이런 경우에는……."

"아니, 이따금도 안 돼. 그건 실제적이지 않으니까."

"하지만 원장님도 그러시잖아요. 그것도 한두 번이 아니에요!"

그는 놀라서 눈을 크게 떴다.

"내가? 천만에! 그러기에는 인생의 가혹한 현실을 너무나 잘 알고 있다네. 모든 물가가 겁나게 비싸졌어. 예를 들면 자네가 아낌없이 내준 그 알약은 혹시 'M&B 693' 아니었나? 그 약이 한 알에 3페니라는 걸 모르나? 그건 좋지 않아. 공짜 치료는 절대 안 돼."

"하지만 원장님은 노상 하고 계시잖아요! 지난주에도……."

시그프리드가 한 손을 사래 쳐서 나를 제지했다.

"제임스, 제발 진정하게. 그건 자네 상상이야. 자네는 상상력이 너무 풍부해서 탈이야."

시그프리드가 손을 뻗어 내 어깨를 두드린 것으로 보아, 그를 노려본 내 눈초리가 분노에 불타고 있었던 게 분명하다.

"자네 마음은 이해해. 정말이야. 자네가 그렇게 행동한 동기는 지극히 고결했고, 실은 나도 그러고 싶은 유혹에 사로잡힌 적이 한두 번이 아니야. 하지만 마음을 단단히 먹어야 해. 지금은 어려운 시기야. 모질게 굴지 않으면 살아남을 수 없어. 그러니까 앞으로는 잊지 말게. 로빈 후드 같은 짓은 더 이상 하지 마. 우리한테는 그럴 여유가 없어."

나는 고개를 끄덕이고 좀 멍한 상태로 다시 일을 시작했지만, 곧 그 사건을 잊어버렸다. 일주일쯤 뒤에 베일리 씨를 다시 보지 않았다면 아마 그 사건을 다시는 생각지도 않았을 것이다.

베일리 씨의 개는 다시 진찰대 위에 누워 있었고, 시그프리드가 주사를 놓고 있었다. 나는 참견하고 싶지 않아서 복도를 따라 앞쪽 사무실로 돌아가 일지를 쓰기 시작했다. 여름날 오후였다. 창문은 활짝 열려 있고 커튼 틈새로 현관 계단이 바라보였다.

업무일지를 쓰고 있을 때 시그프리드와 노인이 사무실 앞을 지나 현관 쪽으로 걸어가는 소리가 들렸다. 그들은 계단 위에서 걸음을 멈추었다.

여전히 끈에 매달린 작은 개는 지난번에 보았을 때와 달라진 게 별로 없어 보였다.

"영감님." 시그프리드가 말했다. "저도 헤리엇 선생과 똑같은 말밖에는 해드릴 수 없군요. 그 기침은 평생 낫지 않을 겁니다. 하지만 더 심해지면 꼭 다시 와서 우리한테 보이셔야 합니다."

"알겠소." 노인은 주머니에 손을 집어넣었다. "그런데 치료비는 얼마요?"

"치료비요…… 아아, 예…… 치료비는…….."

시그프리드는 몇 번 헛기침을 했지만 말이 나오지 않는 모양이었다. 그의 시선은 잡종개한테서 노인의 누더기 옷으로 옮아갔다가 다시 개한테 돌아갔다. 이윽고 시그프리드는 집 안을 슬쩍 들여다본 다음 낮은 소리로 속삭였다.

"치료비는 없습니다, 영감님."

"하지만 파넌 선생, 그럴 수는…….."

"쉿! 쉿!" 시그프리드는 노인의 얼굴 앞에서 초조하게 한 손을 흔들어댔다. "아무 말씀도 하지 마세요! 그 이야기는 더 이상 듣고 싶지 않습니다."

베일리 씨의 입을 막아 버린 다음 시그프리드는 커다란 봉지 하나를 내밀었다.

"여기 M&B 약이 백 알쯤 들어 있습니다." 그는 고개를 돌려 어깨 너머로 불안한 눈길을 던지면서 말했다. "개한테는 이 약이 계속 필요할 겁니다. 그래서 넉넉히 드리는 거예요."

나는 시그프리드가 노인의 바지 무릎에 난 구멍을 발견한 것을 알 수 있었다. 그가 한참동안 그 구멍을 내려다보다가 재킷 주머니에 손을 집어넣었기 때문이다.

"잠깐만 기다리세요."

그는 주머니에서 잡동사니를 한 움큼 꺼냈다. 그가 손바닥 위에서 가위
와 체온계, 끈과 병따개 사이를 쑤석거리자 동전이 몇 개 떨어져 계단을
대굴대굴 굴러갔다. 마침내 그의 수색이 성과를 거두었다. 그는 지폐 한
장을 노인에게 내밀었다.

"1파운드예요."

그가 이렇게 속삭이고는, 노인이 뭐라고 말하려 하자 다시 초조한 표정
으로 노인의 입을 막았다. 베일리 씨는 거절해봤자 소용없다는 것을 깨
닫고 돈을 주머니에 집어넣었다.

"정말 고맙소, 파넌 선생. 이 돈으로 마누라를 스카버러에 데려가야겠군."

"예, 그러세요." 시그프리드는 무슨 죄라도 지은 사람처럼 여전히 주위
를 두리번거리면서 중얼거렸다. "이제 그만 가보세요."

노인은 엄숙하게 모자를 들어 올려 작별 인사를 하고, 발을 질질 끌면
서 힘들게 계단을 내려가기 시작했다.

"아, 잠깐만요." 시그프리드가 뒤에서 노인을 불러 세웠다. "왜 그러십
니까? 영감님도 몸이 별로 안 좋으신 것 같은데."

"관절염이라오. 고질병이지요."

"그런데 시영주택까지 걸어가야 합니까?" 시그프리드는 결단을 내리
지 못하고 턱을 문질렀다. "거기까지는 상당한 거리인데."

그는 마지막으로 복도에 경계하는 눈길을 던진 다음 손짓으로 노인을
불렀다.

"제 차가 저기 있는데……" 그는 노인에게 속삭였다. "얼른 차에 타세
요. 댁까지 모셔다 드릴 테니까."

## 23

대기실이 만원이다! 기뻐한 것도 잠시뿐, 빽빽이 들어찬 얼굴들을 둘러보자마자 뿌듯한 기분은 썰물처럼 빠져나갔다. 또 디모크 가족이 몰려왔을 뿐이다.

내가 디모크 가족을 처음 만난 건 어느 날 저녁 자동차에 치인 개를 치료해달라는 전화를 받았을 때였다. 디모크 가족은 옛 시가지에 살고 있었다. 다 쓰러져가는 집들이 늘어서 있는 길을 따라 천천히 차를 몰면서 전화로 들은 번지를 찾고 있을 때, 문 하나가 벌컥 열리더니 머리가 헝클어진 세 아이가 달려 나와 미친 듯이 손을 흔들었다.

"여기예요, 여기!"

내가 차에서 내리자 아이들은 일제히 소리를 지르며 상황을 설명하기 시작했다.

"개 이름은 본조예요!"

"차에 치였어요!"

"우리가 본조를 집 안으로 옮겼어요!"

세 아이는 저마다 말을 하려고 내 두 팔과 코트를 잡아당겼다. 나는 정원 문을 열고 세 아이를 매단 채 샛길을 힘들게 올라갔다. 도중에 창문을 보니 그곳에도 수많은 아이들의 얼굴이 보였다. 그 아이들도 저마다 나한테 소리를 지르며 손짓을 보냈다.

문을 열자 바로 거실이었다. 발을 들여놓자마자 수많은 몸뚱이가 홍수처럼 밀려와 나를 구석으로 실어갔다. 거기에 내 환자가 있었다.

본조는 낡은 담요 위에 똑바로 앉아 있었다. 털북숭이에 몸집이 큰 잡종개였다. 언뜻 보기에는 별로 아픈 것 같지도 않은데, 자기 연민에 빠져 처량한 표정을 짓고 있었다. 그 많은 아이들이 모두 한꺼번에 재잘거리고 있었기 때문에 나는 그 소리들을 무시하고 개를 직접 진찰하기로 마음먹었다. 다리와 골반과 갈비뼈와 척추를 차례로 만져보았지만 부러진 뼈는 없었다. 점막의 빛깔도 좋았고, 내장에 손상을 입은 징후도 없었다. 내가 찾아낼 수 있었던 것은 왼쪽 어깨에 생긴 멍뿐이었다. 그것도 아주 가벼운 타박상이었다. 내가 진찰하는 동안 본조는 동상처럼 꼼짝도 않고 앉아 있었지만, 진찰이 끝나자 옆으로 털썩 쓰러져 미안한 듯 나를 쳐다보며 꼬리로 담요를 탁탁 때렸다.

"너, 응석둥이구나."

내가 말을 걸자 담요를 때리는 꼬리의 속도가 더 빨라졌다.

나는 방을 가득 메운 사람들을 둘러보았다. 한참 뒤에야 겨우 부모를 찾아낼 수 있었다. 엄마는 아이들을 뚫고 앞으로 나오려고 애쓰는 중이었고, 뒤쪽에서는 몸집이 작은 아빠가 아이들 머리 너머로 나를 바라보며 환하게 웃고 있었다. 내가 좀 조용히 하라고 말하자 떠들썩한 말소리가 차츰 조용해졌다. 나는 디모크 부인에게 말을 걸었다.

"본조는 운이 좋았던 것 같습니다. 심각한 손상은 입지 않았어요. 본조는 차에 부딪혀 넘어져서 깜짝 놀란 게 분명합니다. 아니면 잠시 뇌진탕을 일으켰을지도 모르고요."

다시 소란이 시작되었다.

"본조는 죽을까요?"

"본조는 어때요?"

"아저씨는 어떻게 하실 거예요?"

나는 본조에게 가벼운 진정제 주사를 놓아주었다. 그동안 본조는 괴로워하는 개를 그림으로 그려놓은 것처럼 뻣뻣하게 누워 있었다. 헝클어진 머리들이 걱정스럽게 본조를 내려다보았고, 수많은 손들이 본조를 쓰다듬었다.

디모크 부인이 대야에 뜨거운 물을 담아서 가져왔다. 나는 손을 씻으면서 이 집 식구를 대충 헤아려볼 수 있었다. 10대 초반의 청소년부터 마루를 기어 다니는 젖먹이까지 내가 센 아이는 모두 열하나였다. 그리고 엄마의 배가 상당히 불룩한 것으로 미루어, 그 수는 곧 늘어날 것이 분명했다. 아이들의 입성도 다양했다. 싸구려 기성복, 기운 스웨터, 무릎에 헝겊 조각을 댄 바지, 누더기가 다 된 드레스. 하지만 이 집의 전반적인 분위기는 자유분방한 '삶의 기쁨' 그 자체였다.

이 집에서 키우는 동물도 본조만이 아니었다. 나는 또 다른 개와 고양이, 그리고 반쯤 자란 새끼고양이 두 마리가 수많은 다리와 발 사이에서 나타나는 것을 보고 도저히 믿을 수가 없었다. 그 많은 식구를 먹여 살리기도 힘들 텐데, 동물까지 키우다니! 나라면 틀림없이 그렇게 생각했을 것이다.

그러나 디모크 가족은 그런 걱정을 하지 않았다. 그들은 하고 싶은 대로 했고, 그런데도 용케 생활을 꾸려 나가고 있었다. 나중에 알았지만, 애들 아빠는 어떤 일도 해본 적이 없었다. '허리가 아프다'는 핑계로 낮에는 시내를 돌아다니고 밤에는 '말편자' 선술집 구석에서 맥주와 도미노 게임을 즐기면서, 내가 보기에는 상당히 우아한 생활을 하고 있었다.

나는 그를 자주 보았다. 늘 지팡이를 들고 다니기 때문에 금방 눈에 띄었다. 지팡이를 들고 다니면 제법 위엄이 있어 보였다. 어디 중요한 데라도 가는 것처럼 그의 걸음새는 늘 활기에 넘쳤다.

나는 본조를 마지막으로 살펴보았다. 본조는 여전히 담요 위에 드러누워 감정이 깃든 눈길로 나를 쳐다보았다. 나는 돌아서서 아이들을 헤치고 문 쪽으로 다가갔다.

또다시 왁자지껄한 소동이 시작되었기 때문에, 나는 그보다 더 큰 소리로 고함을 질렀다.

"걱정할 것 없다. 하지만 만약을 위해 내일 다시 오마."

이튿날 아침 그 집 앞에 차를 세우자 본조가 정원에서 몇몇 아이들과 함께 놀고 있었다. 아이들은 서로 공을 주고받는 놀이를 했고, 본조는 그 공을 가로채려고 공중으로 펄쩍펄쩍 뛰어올랐다.

교통사고 후유증은 전혀 없어 보였다. 하지만 내가 문을 열고 들어오는 것을 보더니, 꼬리를 늘어뜨리고 무릎이 거의 땅바닥에 닿도록 자세를 낮추고는 집 안으로 살금살금 도망쳤다. 아이들은 나를 열렬히 환영해주었다.

"아저씨가 본조를 고쳐주셨어요!"

"본조는 이제 괜찮죠?"

"오늘 아침에는 밥을 잔뜩 먹었어요!"

내가 집 안으로 들어가자 작은 고사리손들이 내 코트를 움켜잡고 따라왔다. 본조는 담요 위에 어젯밤과 똑같은 자세로 꼿꼿이 앉아 있었지만,

내가 다가가자 천천히 옆으로 쓰러져 순교자 같은 표정으로 나를 쳐다보았다.

나는 본조 옆에 무릎을 꿇으면서 소리 내어 웃었다.

"본조, 너는 꽤 영리한 꾀병 환자지만, 그래도 나를 속일 수는 없어. 네가 밖에서 노는 걸 다 봤으니까."

내가 멍든 어깨를 살짝 만지자, 덩치 큰 개는 제 운명을 감수하듯 몸을 떨면서 눈을 감았다. 하지만 내가 그대로 일어서자 본조는 주사를 맞기는 다 틀렸다는 것을 알아차리고 발딱 일어나 정원으로 뛰어나갔다.

디모크 가족은 일제히 환호성을 질렀다. 그러고는 찬탄하는 표정으로 나를 돌아보았다. 분명히 그들은 내가 본조를 죽음의 늪에서 구출했다고 믿었다. 디모크 씨가 아이들 틈에서 한 걸음 앞으로 나왔다.

"청구서를 보내주십시오." 그는 특유의 근엄한 태도로 말했다.

나는 어젯밤 이 가족을 처음 보았을 때부터 돈을 받을 가망은 없다고 판단하고 병원 장부에도 기록하지 않았지만, 엄숙하게 고개를 끄덕였다.

"좋습니다, 디모크 씨. 그렇게 하겠습니다."

그 후 우리의 교제는 오랫동안 계속되었지만, 그의 손에서 내 손으로 넘어온 돈은 한 푼도 없었다. 그런데도 그는 늘 "청구서를 보내주십시오" 하고 말했다.


이 사건을 계기로 나와 디모크 가족의 교제가 시작되었다. 분명히 그들은 나를 좋아했고, 그래서 되도록 자주 나를 만나고 싶어 했다. 그 후 몇 달 동안 그들은 뻔질나게 나를 찾아왔고, 그때마다 온갖 동물을 데려왔다. 개·고양이·잉꼬·토끼 등등. 내 진료가 공짜인 것을 알자 그들의 방문은 더욱 잦아졌다. 한 사람이 오면 온 가족이 함께 왔다. 나는 작은 동물 부문을 확대하려고 애쓰는 중이었기 때문에, 대기실 문을 열어보고 손님이 가득 차 있으면 잠시 기대에 부풀었다. 하지만 그 기대는 곧 산산 조각이 나곤 했다.

얼마 후 그들은 내가 얼마나 멋진 친구인지 보여주려고 한 동네에 사는 그들의 이모인 파운더 부인을 데려오기 시작했다. 파운더 부인은 부수수한 머리에 항상 손때가 묻어 번들거리는 벨벳 모자를 쓰고 다니는 뚱뚱한 여자였는데, 다산이 집안 내력인지 제 동생과 마찬가지로 아이를 많이 낳은 게 분명했다. 병원에 올 때는 대개 그 아이들 가운데 몇 명을 데려왔기 때문에 대기실의 혼잡은 더욱 심해졌다.

이날 아침도 그런 상황이었다. 나는 대기실에 모인 사람들을 재빨리 훑어보았지만, 환하게 웃고 있는 디모크 가족과 파운더 가족밖에 보이지 않았다. 이번에는 내 환자도 찾아낼 수 없었다. 그때 미리 정해진 신호라도 있었던 것처럼 집단이 좌우로 쫙 갈라지고, 무릎에 작은 강아지를 올려놓은 넬리 디모크가 내 눈에 들어왔다.

넬리는 내가 특히 좋아하는 아이였다. 분명히 말하지만 나는 디모크 가족을 모두 좋아했다. 실제로 그들은 유쾌한 사람들이어서, 나는 처음의 실망감이 가라앉은 뒤에는 항상 그들과 즐거운 시간을 보냈다. 디모크 부부는 예의바르고 쾌활했다. 아이들은 시끄러웠지만 결코 버릇이 없지는 않았다. 그들은 행복하고 친절한 가족이었다. 거리에서 나를 보면, 내가 시야에서 사라질 때까지 맹렬히 손을 흔들었다. 그들은 우유배달이나 신문배달을 하면서 끊임없이 시내를 돌아다녔기 때문에 나는 그들을 자주 볼 수 있었다. 가장 좋은 점은 그들이 동물을 사랑하고 동물한테 친절했다는 것이다.

내가 특히 좋아하는 아이는 넬리였다. 넬리는 아홉 살쯤 되었을 때 소아마비에 걸렸다. 다리를 심하게 절었고, 튼튼한 형제자매들과는 딴판으로 몸이 허약했다. 애처로울 만큼 가느다란 다리는 너무 연약해서 몸을 지탱하기도 어려워 보였고, 얼굴은 고통으로 움츠러들어 있었다. 하지만 잘 익은 옥수수 빛깔의 머리는 어깨까지 흘러내렸고, 약간 사팔인 맑고 푸른 눈은 안경 뒤에서 침착하게 바깥세상을 내다보고 있었다.

"넬리야, 네가 안고 있는 게 뭐지?" 내가 물었다.

"작은 강아지예요." 넬리가 속삭이듯 말했다. "제 거예요."

"네 강아지라고?"

넬리는 자랑스럽게 고개를 끄덕였다.

"예, 제 강아지예요."

"주인이 너 혼자라고?"

"예, 이 강아지는 제 거예요."

디모크 가족과 파운더 가족은 넬리 말이 맞다고 열심히 고개를 끄덕였다. 넬리는 강아지를 들어 올려 뺨에 대고 달콤한 미소를 지으며 나를 쳐다보았다. 그 미소는 항상 내 마음을 끌어당겼다. 천진난만한 아이의 꾸밈없는 행복과 신뢰로 가득 찬 미소지만, 가슴을 아릿하게 만드는 무언가가 있었다. 그것은 어쩌면 넬리의 장애와 관계가 있을지도 모른다.

"좋은 개로구나. 스패니얼이지?"

넬리는 개의 작은 머리를 쓰다듬었다.

"예, 코커스패니얼이에요. 브라운 아저씨가 그랬어요. 코커라고."

뒤쪽에서 가벼운 술렁거림이 일어나더니 디모크 씨가 군중 속에서 나타났다. 그는 정중하게 헛기침을 하고 나서 말했다.

"진짜 순종입니다. 은행에 다니는 브라운 씨의 암캐가 새끼를 낳았는데, 그중에서 이 녀석을 넬리한테 주었지요." 그는 지팡이를 겨드랑이에 끼우고, 안주머니에서 봉투 하나를 꺼내더니 과장된 몸짓으로 나에게 건네주었다.

"이게 혈통서입니다."

나는 혈통서를 훑어보고 낮게 휘파람을 불었다.

"진짜 명문 출신인 사냥개로군요. 이름도 길고 거창한데요. 대러비 토바이어스 3세. 제법 위엄있게 들리는군요."

나는 다시 어린 소녀를 내려다보았다.

"그런데 너는 이 개를 뭐라고 부르지?"

"토비요." 넬리가 낮은 소리로 대답했다. "저는 토비라고 불러요."

나는 껄껄 웃었다.

"좋아. 그런데 토비한테 무슨 문제라도 생겼니? 왜 데려왔지?"

"병에 걸렸나 봐요." 수많은 머리 틈에서 디모크 부인이 말했다. "아무것도 목구멍으로 넘기질 못해요."

"그럼 기생충일 겁니다. 구충제를 먹였나요?"

"아뇨. 아마 안 먹였을 거예요."

"알약 하나만 먹으면 되겠지만, 진료실로 데려오렴. 내가 한번 살펴볼 테니까."

다른 고객들은 대개 대표자 한 명만 아픈 동물과 함께 진료실로 들여보냈지만, 디모크 가족은 모두 함께 가야 했다. 나는 이쪽 벽에서 저쪽 벽까지 복도를 가득 메운 대부대를 이끌고 진료실까지 행진했다. 진료실

겸 수술실은 아주 좁았기 때문에, 나는 일렬종대로 뒤따라 들어오는 행렬을 불안한 눈으로 지켜보았다. 그런데 결국 그 많은 사람이 모두 진료실로 들어왔다. 맨 마지막에 들어온 파운더 부인은 좁은 틈새로 비집고 들어오느라 벨벳 모자가 조금 비스듬히 기울어졌다.

진찰은 여느 때보다 오래 걸렸다. 트롤리 위에 놓인 체온계를 가지러 사람들을 뚫고 나가야 했고, 다음에는 벽에 걸린 청진기를 가지러 반대 방향으로 뚫고 나가야 했기 때문이다. 그래도 마침내 진찰을 끝냈다.

"아무 이상도 없구나. 그러니까 배 속이 기생충으로 가득 차 있을 거야. 구충제를 줄 테니, 내일 아침에 토비한테 먹이를 주기 전에 우선 그 약을 먹여야 돼."

축구 경기가 끝났을 때처럼 인파가 복도를 지나 거리로 밀려나갔다. 디모크 가족의 이번 방문은 그렇게 끝났다.

유별난 점이 전혀 없었기 때문에 나는 이 사건을 금세 잊어버렸다. 강아지의 배가 올챙이처럼 불룩한 것은 배 속에 기생충이 차 있을 때의 전형적인 증세였다. 그래서 진찰을 형식적으로 끝낸 것도 사실이었다.

그러나 내 진단이 틀렸다. 일주일 뒤에 병원은 다시 인파로 넘쳐흘렀고, 나는 뒤쪽의 좁은 진료실에 밀려든 군중 속에서 다시 한 번 토비를 진찰해야 했다. 구충제는 기생충을 몇 마리 없앴지만, 토비는 여전히 토했고 여전히 올챙이배였다.

"내 말대로 하루에 다섯 번씩 먹이를 아주 조금씩만 주고 있니?"

넬리만이 아니라 온 가족이 단호하게 그렇다고 대답했다. 나는 그들을 믿었다. 디모크 가족은 정말로 동물을 잘 보살폈다. 무언가 다른 문제가 있었지만, 나는 문제를 찾을 수가 없었다. 체온도 정상이었고, 폐도 깨끗했고, 배를 만져보아도 이상이 없었다. 도무지 이해할 수가 없었다. 나는 제산제를 조제하면서 낭패감에 사로잡혔다. 이렇게 어린 강아지가 제산제 따위를 필요로 할 리가 없었다.

이때부터 좌절이 시작되었다. 2~3주 동안 아무 일도 없어서 이제 문제가 해결됐나 싶으면 또 느닷없이 디모크 가족과 파운더 가족이 병원을 가득 메우고, 나는 출발점으로 되돌아가곤 했다.

그러는 동안 토비는 줄곧 여위어가고 있었다.

나는 온갖 방법을 다 써보았다. 위장 진정제를 투여해보기도 하고, 먹이를 바꾸어보기도 하고, 돌팔이들이 쓰는 엉터리 요법까지 시도해보았다. 그리고 구토의 특징을 디모크 가족에게 되풀이 물어보았다. 먹이를 먹고 나서 얼마쯤 뒤에 토하는지, 간격은 얼마나 되는지…… 대답은 매번 달랐다. 먹이를 먹자마자 토할 때도 있었지만, 몇 시간 뒤에 토할 때도 있었다. 도무지 알 수 없는 일이었다.

토비가 처음 병원에 온 지 두 달쯤 지났을 때—당시 토비는 생후 넉 달쯤 되었을 것이다—나는 또다시 대기실에 모여 있는 디모크 가족을 보고 맥이 빠졌다. 그들의 방문은 이제 우울한 사건이 되었고, 나는 인파에 떠밀리다시피 복도를 걸으면서 오늘이라고 별다를 게 있나 하는 생각에 짓눌렸다. 이번에는 디모크 씨가 맨 마지막에 진료실로 비집고 들어왔고, 이어서 넬리가 강아지를 진찰대 위에 올려놓았다.

토비를 보자 가슴이 아팠다. 토비는 그렇게 허약한데도 많이 자랐지만, 코커스패니얼을 잔인하게 희화화한 듯한 섬뜩한 모습이었다. 비단처럼 부드러운 귀는 살이 거의 없는 두개골에서 축 늘어져 있고, 측은할 만큼 가냘픈 다리에는 깃털 같은 털이 나 있었다. 나는 늘 넬리가 너무 말랐다고 생각했지만, 토비는 주인보다 더 심했다. 그냥 마르기만 한 것이 아니라, 매끄러운 진찰대 위에서 등을 활처럼 구부리고 바들바들 떨고 있었다. 얼굴에는 매사에 흥미를 잃은 동물의 멍한 표정이 떠올라 있었다.

어린 소녀는 토비의 튀어나온 갈비뼈를 어루만지면서 푸른 사팔눈으로 나를 쳐다보았다. 안경을 통해 보이는 그 미소가 어느 때보다 아프게 내 마음을 끌어당겼다. 넬리는 걱정하는 것 같지 않았다. 일이 어떻게 되어가고 있는지 넬리는 전혀 모를 것이다. 하지만 넬리가 알든 모르든, 나는 알고 있었다. 토비가 죽어가고 있다고 말할 용기는 절대 나지 않으리라는 것을.

나는 피곤해서 눈을 문질렀다.

"오늘은 토비가 뭘 먹었지?"

"빵하고 우유를 조금 먹었어요." 넬리가 대답했다.

"그걸 먹은 지 얼마나 됐지?"

하지만 대답을 듣기도 전에 작은 개가 토하기 시작했다. 반쯤 소화된 내용물이 우아한 포물선을 그리며 허공을 날아가 50센티미터쯤 떨어진 진찰대 위에 착륙했다.

나는 디모크 부인을 돌아보았다.

"늘 이런 식으로 토합니까?"

"대개는 그래요. 그런 식으로 공중을 날아가요."

"왜 진작 말하지 않았습니까?"

가엾은 여자는 당황했다.

"글쎄요…… 모르겠어요……."

나는 한 손을 들었다.

"괜찮습니다. 신경 쓰지 마세요."

내가 아무 효과도 없는 치료를 계속하는 동안, 디모크 가족이나 파운더 가족은 한마디도 나를 타박한 적이 없었다. 그런데 왜 내가 불평을 하는 가?

하지만 이제 토비의 병명을 알았다. 마침내, 드디어 알아낸 것이다.

요즘 수의사들이 이 글을 읽으면 가뜩이나 우둔한 내가 이 환자한테는 더욱 멍청하게 굴었다고 생각할 것이다. 변명 삼아 한마디 하자면, 당시 교과서에는 유문 협착(위에서 소장으로 가는 출구인 유문이 좁아진 상태)이 수박 겉핥기 식으로 언급되어 있을 뿐이었고 치료법에 대해서는 한마디 언급 도 없었다.

하지만 영국의 누군가는 교과서보다 앞서 있을 게 분명했다. 실제로 이런 수술을 하고 있는 사람이 반드시 있을 것이다. 그런 사람이 있다면 그리 멀지 않은 곳에 있을 것 같은 예감이 들었다.

나는 혼잡을 뚫고 복도를 달려가 전화기를 움켜잡았다.

"그랜빌?"

"짐! 그래, 어떻게 지내고 있나?" 진심으로 반가워하는 목소리였다.

"그럭저럭. 자네는 어때?"

"나야 잘 지내지. 최고야! 이보다 더 좋을 수는 없어!"

"다름이 아니라, 생후 넉 달 된 스패니얼 강아지를 자네한테 데려가고 싶은데…… 유문 협착이야."

"우와, 그거 멋지군!"

"다 죽어가고 있어. 뼈와 가죽만 남은 상태야."

"훌륭해!"

"내가 유문 협착인 줄도 모르고 지난 한 달 동안 엉터리 치료로 일을 망쳐놓았기 때문이야."

"좋아, 좋아!"

"게다가 주인들은 아주 가난해. 치료비는 한 푼도 낼 수 없을 거야."

"그것도 멋지군!"

나는 잠시 망설이다가 말했다.

"그랜빌, 이런 환자를 수술해본 적 있나?"

"어제 다섯 건 했지."

"뭐라고?"

껄껄대는 웃음소리가 들려왔다.

"농담이야. 하지만 걱정할 거 없어. 몇 번 수술해본 적이 있으니까. 그렇게 어려운 수술도 아니야."

"다행이군." 나는 손목시계를 들여다보았다. "지금이 아홉 시 반이니까, 오전 왕진을 원장한테 맡기고 늦어도 열한 시까지는 도착하겠네."

내가 도착했을 때 그랜빌은 왕진을 나가고 없었다. 그래서 그의 병원을 어슬렁거리고 있을 때 '벤틀리'가 그르렁거리며 마당으로 들어오는 소리가 들렸다. 비싼 승용차는 소리도 고급스러웠다. 차창을 통해 운전대 뒤에서 반짝이는 파이프가 보였다. 잠시 후, 나무랄 데 없는 줄무늬 양복을 멋지게 차려입은 그랜빌이 옆문으로 당당하게 걸어왔다. 그 양복을 입으니 영국은행 총재처럼 보였다.

"반갑네, 짐! 정말 오랜만이군."

그는 내 손을 다정하게 잡으며 소리쳤다. 그러고는 재킷을 벗기 전에 파이프를 입에서 떼어 불안한 눈으로 잠시 살펴보고, 노란색 헝겊으로 파이프를 닦아서 서랍 속에 살며시 집어넣었다.

오래지 않아 나는 수술실에서 길게 누워 있는 토비의 작은 몸을 내려다보고 있었다. 그랜빌―좀 전과는 딴 사람처럼 달라진 그랜빌 베넷―은 작은 강아지의 배 속에서 정신을 집중하여 일하고 있었다.

"위가 심하게 확장되어 있군." 그가 중얼거렸다. "전형적인 증상이야." 그는 유문을 잡고 메스를 댔다. "이제 복막을 절개할 걸세." 재빠르고 능숙한 절개. "여기 근섬유는 좀 뭉툭하게 절개하고…… 아래로…… 아래로…… 조금만 더…… 됐어. 이제 틈새로 비어져 나온 점막층이 보이지? 그래…… 맞아…… 여기가 우리 목적지야."

나는 토비를 괴롭힌 원흉이었던 작은 장관(腸管)을 내려다보았다.

"그럼 다 끝났나?"

"끝났어." 그랜빌은 싱긋 웃으면서 한 걸음 물러섰다. "이제 장애는 제거됐으니까 이 녀석은 무럭무럭 자랄 거야. 내기해도 좋아."

"놀랍군. 정말 고맙네."

"천만에. 나도 즐거웠어. 다음엔 자네가 직접 해보는 게 어때?"

그는 웃으면서 바늘과 봉합사를 집어 들고 복부의 근육과 피부를 놀랄 만큼 빠르게 꿰매버렸다.

잠시 후 그는 사무실에서 재킷을 입고 있었다. 그러고는 파이프에 담배를 재면서 나를 돌아보았다.

"남은 오전 시간을 즐겁게 보낼 좋은 계획이 있어."

나는 뒷걸음을 치면서 그랜빌을 막으려는 것처럼 한 손을 사래쳤다.

"아아, 저어…… 정말 고맙지만, 나는 정말로…… 솔직히 말하면 빨리 돌아가야 돼…… 우리는 무척 바쁘다네. 자네도 알겠지만…… 너무 오래 병원을 비울 수 없어…… 일이 밀려서 말이야." 나는 횡설수설하기 시작한 것을 깨닫고 입을 다물었다.

그랜빌은 상처받은 표정을 지었다.

"나는 그냥 우리 집에 가서 점심이나 같이 먹으려 했던 것뿐이야. 조이가 자네를 기다리고 있거든."

"아…… 알았어. 정말 고맙군. 그럼…… 다른 데 가는 건 아니지?"

"다른 데라니?" 그랜빌은 두 볼을 부풀리며 두 팔을 활짝 벌렸다. "물론 아니지. 하지만 가는 길에 병원 지점에 잠깐 들러야 돼."

"지점? 지점을 낸 줄은 몰랐는걸."

"있어. 우리 집에서 엎어지면 코 닿을 곳에." 그는 내 어깨를 감싸 안았다. "그럼 가세."

나는 벤틀리의 푹신한 좌석에 기대앉아, 드디어 내가 정상적인 상태일 때 조이 베넷을 만나게 된다는 행복한 생각에 잠겨 있었다. 조이도 내가 늘 술에 취하는 얼간이는 아니라는 사실을 이번에 확실히 알게 될 것이다. 앞으로 한두 시간은 즐거움으로 가득 차 있을 듯싶었다. 나는 장밋빛 기대에 부풀었다. 멋진 점심식사, 거기에 빛을 더해주는 나의 재치 있는 언변과 세련된 태도, 그리고 식사가 끝나면 기적적으로 기운을 되찾은 토비를 데리고 대러비로 돌아가는 거야.

토비가 이제 먹을 수도 있고 점점 튼튼해져서 다른 강아지들처럼 장난을 칠 수도 있을 거라고 말하면 넬리는 어떤 표정을 지을까. 생각만 해도 입가에 웃음이 떠올랐다. 내가 여전히 싱글싱글 웃고 있을 때 차가 그랜빌의 동네 어귀에 멈춰 섰다. 별생각 없이 창밖을 내다보니, 창에 쇠창살을 댄 낮은 석조건물이 보였다. 입구에는 나무 간판이 매달려 있었다. 간판에는 '참나무 주막'이라고 쓰여 있었다. 나는 그랜빌을 홱 돌아보았다.

"병원 지점에 가는 줄 알았는데?"

그랜빌은 어린아이처럼 천진한 미소를 지었다.

"나는 이 주막을 그렇게 불러. 우리 집하고 가까워서 많은 일을 여기서 처리하거든." 그는 내 무릎을 토닥였다. "잠깐 들러서 식전주로 딱 한 잔만 하세. 어때?"

"어어, 잠깐만." 나는 좌석의 양쪽 가장자리를 꽉 움켜잡고 더듬거리며 말했다. "오늘은 정말로 늦으면 안 돼. 그냥 가는 게……."

그랜빌이 한 손을 들어 내 말을 가로막았다.

"이보게, 짐. 여기 오래 있지는 않을 거야." 그는 손목시계를 들여다보았다. "지금이 정확히 열두 시 반이야. 나는 늦어도 한 시까지는 집에 가겠다고 조이한테 약속했어. 조이는 로스트비프와 요크셔푸딩을 만들 거야. 조이의 푸딩이 납작하게 쪼그라들면 나는 무슨 꼴을 당할지 몰라. 나는 그렇게 배짱 좋은 남자가 아니야. 약속할게. 한 시 정각에는 집에 가 있을 거야. 됐지?"

나는 망설였다. 30분 동안 망가져봤자 얼마나 망가지겠는가. 나는 차에서 나왔다.

술집으로 들어가자 카운터에 기대어 있던 덩치 큰 사내가 우리를 돌아보고 그랜빌과 열렬한 인사를 나누었다.

"앨버트!" 그랜빌이 소리쳤다. "대러비에서 온 짐 헤리엇을 소개하지. 짐, 이쪽은 앨버트 웨인라이트. 매덜리에 있는 '말과 마차'라는 술집 주인이지. 올해 '주류판매업자협회' 회장이기도 하다네. 안 그런가, 앨버트?"

덩치 큰 사내는 히죽 웃으면서 고개를 끄덕였다. 거구의 두 사내 사이에 낀 나는 잠시 압도당한 기분을 느꼈다. 그랜빌의 단단하고 거대한 몸은 무어라고 설명하기가 어려웠지만, 웨인라이트 씨는 명백한 뚱보였다. 체크무늬 재킷은 앞이 크게 벌어져서, 줄무늬 셔츠로 감싸인 배가 거대한 면적을 드러냈다. 허리띠 밖으로 비어져 나온 배는 앞으로 불룩 튀어나와 있었다. 화려한 나비넥타이 위에서 쾌활한 눈이 나를 보고 장난스럽게 반짝거렸다. 얼굴은 불그레했고, 목소리는 우렁차고 낭랑했다. '주류판매업자'라는 말이 풍기는 화려한 분위기를 그림으로 그려놓은 듯한 사내였다.

나는 맥주 반 파인트를 주문하여 홀짝홀짝 마시기 시작했지만, 2분 만에 두 번째 잔이 눈앞에 나타났다. 두 사내가 위스키소다 한 잔을 단숨에 비우고 또 한 잔씩 주문한 것이다. 맥주로는 그 속도를 도저히 따라갈 수 없을 것 같아서 나도 위스키소다로 바꾸었다. 그런데 이것이 터무니없는 오산이었다. 그랜빌과 웨인라이트는 둘 다 이 술집에 외상 장부를 갖고 있는 것 같았다. 그들이 술 한 잔을 입에 털어넣고 카운터를 톡톡 두드리며 "잭, 한 잔 더!" 하고 말하면 마술이라도 부린 것처럼 즉각 세 개의 잔이 카운터에 나타났다. 나는 술을 살 기회를 한 번도 얻지 못했다. 사실 돈은 한 푼도 오가지 않았다.

조용하고 우호적인 시간이었다. 앨버트와 그랜빌은 규칙적인 간격을 두고 카운터를 톡톡 두드리면서 기분 좋게 대화를 나누었다. 내가 두 거장과 보조를 맞추려고 애쓰는 동안 카운터를 톡톡 두드리는 소리는 점점 잦아져서 나중에는 몇 초에 한 번씩 들리는 것 같았다.

그랜빌은 약속을 지켰다. 1시가 가까워지자 그는 손목시계를 들여다보았다.

"그만 가봐야겠네, 앨버트. 마누라가 우리를 기다리고 있어서 말이야."

차가 정각 1시에 집 밖에 멈추었을 때 나는 전과 똑같은 일이 또다시 일어난 것을 깨닫고 절망에 빠졌다. 배 속에서는 마녀의 비약이 부글부글 거품을 내며 끓기 시작했고, 숨 막히는 유독가스를 뇌 속으로 보내고 있었다. 끔찍한 기분이었다. 내 상태는 급속도로 악화될 게 뻔했다.

여전히 팔팔하고 기운이 넘치는 그랜빌은 차에서 뛰어내려 나를 집 안으로 끌고 들어갔다.

아내가 부엌에서 나오자 그는 아내를 끌어안고 노래하듯 말했다.

"오 여보, 내 사랑!"

조이는 남편의 품에서 빠져나와 나에게 다가왔다. 오늘은 꽃무늬 앞치마를 두르고 있어서 더욱 매력적으로 보였다.

"어서 오세요!" 조이는 남편과 마찬가지로 제임스 헤리엇을 만나는 것이 대단한 영광이라도 되는 듯한 표정으로 소리쳤다. "다시 만나서 기뻐요. 점심을 차릴게요."

내가 얼빠진 미소로 대답을 대신하자 그녀는 재빨리 부엌으로 사라졌다.

나는 안락의자에 털썩 주저앉아 그랜빌이 찬장에서 술을 따르는 소리를 들었다. 그는 내 손에 술잔 하나를 쥐어주고 다른 의자에 앉았다. 그러자 당장 통통한 스태퍼드셔테리어가 그의 무릎 위로 껑충 뛰어올랐다.

"피블스, 내 귀염둥이!" 그는 즐겁게 노래를 불렀다. "아빠가 집에 왔다." 그러고는 발치에 앉아서 계속 이빨을 드러내며 황홀한 미소를 짓고 있는 작은 요크셔테리어에게 장난스럽게 손가락질을 했다. "알았어, 빅토리아. 너도 봐줄게!"

식탁으로 안내되었을 때쯤 나는 꿈을 꾸는 사람 같았다. 몸놀림도 굼떠지고 말도 느려지고 혀 꼬부라진 소리가 나왔다. 그랜빌은 커다란 고깃덩어리 앞에 자리를 잡고 고기 써는 칼을 숫돌에 간 다음, 무자비하게 고기를 자르기 시작했다. 그랜빌은 손이 큰 사람이어서, 내 접시에 1킬로그램 정도의 고기를 쌓아놓았다. 이어서 그는 요크셔푸딩을 나누기 시작했다. 조이는 커다란 푸딩을 하나 만들지 않고, 농부의 아내들처럼 작고 둥근 푸딩을 많이 만들었다. 컵처럼 오목하게 들어간 가운데 부분은 오묘한 황금빛으로 먹음직스럽게, 옆면은 갈색으로 파삭파삭하게 구워져 있었다. 고기가 담긴 내 접시에 그랜빌이 또 푸딩 여섯 개를 쌓아놓는 것을 나는 멍하니 지켜보았다. 조이가 나에게 그레이비소스가 담긴 배 모양의 그릇을 건네주었다.

나는 애써 조심스럽게 손잡이를 움켜잡고는 한쪽 눈을 감고 소스를 붓기 시작했다. 무엇 때문인지는 모르지만 나는 모든 푸딩에 그레이비소스를 가득 채워야 한다고 생각했다. 그래서 올빼미처럼 심각한 얼굴로 소스가 넘쳐흐를 때까지 푸딩을 하나씩 채워갔다. 한 번은 겨냥이 빗나가 식탁보에 향긋한 소스가 몇 방울 떨어졌다. 나는 미안해서 조이를 쳐다보며 킬킬거렸다.

조이도 키득거렸다. 그녀는 내가 좀 별나기는 하지만 악의는 전혀 없는 사람, 밤낮없이 술에 취해서 한 번도 맨 정신일 때가 없는 끔찍한 약점을 갖고 있기는 하지만 심성은 그리 나쁘지 않은 사람이라고 생각하는 듯했다.

그랜빌을 찾아갔다 하면 정상으로 돌아오는 데 며칠이 걸렸다. 다음 토요일에는 상당히 회복되고 있었다. 그날 나는 우연히 시장에 갔다가 수많은 사람이 광장을 가로지르는 것을 보았다. 어린이와 어른이 섞여 있었기 때문에, 처음에는 소풍 나온 학생들인 줄 알았다. 하지만 자세히 보니 장보러 나온 디모크 가족과 파운더 가족이었다.

그들은 나를 보더니 방향을 바꾸었고, 나는 순식간에 인파에 휩싸였다.

"토비를 보세요, 아저씨!"

"이젠 돼지처럼 먹어대요!"

"금방 뚱보가 될 거예요!"

즐거운 외침소리가 주위에서 울려 퍼졌다.

넬리가 토비의 목줄을 잡고 있었다. 나는 허리를 굽혀 작은 개를 살펴보았다. 어떻게 며칠 만에 그렇게 달라질 수 있는지, 믿을 수가 없었다. 아직 비쩍 마르기는 했지만 절망적인 표정은 씻은 듯이 사라졌다. 이제 토비는 언제든지 뛰놀 준비가 되어 있는 팔팔한 강아지였다. 완쾌는 단지 시간문제였다.

어린 여주인은 매끄러운 갈색 털을 자꾸만 쓰다듬었다.

"넬리야, 네 강아지가 자랑스럽지?"

내가 말하자 부드러운 사팔눈이 나를 돌아보았다.

"예, 아저씨." 넬리는 또 그 맑은 미소를 지었다. "이 강아지는 내 거니까요."

## 24

새로 지은 축사에 나란히 늘어서 있는 소들을 바라보면서 나는 마치 내 암소들을 바라보는 것처럼 뿌듯한 기분을 느꼈다.

"프랭크, 소들이 아주 좋아 보이는군. 전의 그 소들과 같은 녀석들이라고는 아무도 생각지 않을걸."

프랭크 메칼프는 히죽 웃었다.

"정말 그래. 환경을 바꿔주면 가축이 얼마나 달라지는지, 놀랄 정도야."

오늘은 암소들이 새 축사에 들어온 첫날이었다. 이제까지 그 소들이 지낸 낡은 외양간은 데일스 지방의 전형적인 축사―자갈 깔린 바닥은 울퉁불퉁하고, 구덩이가 여기저기 파여서 배설물이 고여 있고, 우리와 우리 사이의 칸막이는 다 썩어가고, 요새로 지은 것처럼 창문이 좁아서 햇빛이 잘 들지 않는 수백 년 된 건물이었다. 낡은 지붕에 거미줄이 종려나무 잎처럼 무성하게 매달려 있고 어두워서 거의 아무 것도 보이지 않는 낡은 축사에 앉아서 젖을 짜던 프랭크가 머리에 떠올랐다.

암소 열 마리가 그 낡은 외양간에 있을 때는 평범한 젖소를 모아놓은 오합지졸처럼 보였지만, 오늘은 새롭게 얻은 위엄과 품위를 보여주고 있었다.

"자네, 열심히 일한 보람이 있었어. 안 그래?"

내 말에 젊은 농부는 고개를 끄덕이며 빙긋 웃었다. 뼈 빠지게 일한 지난 몇 달을 한순간에 다시 체험하고 있는 듯 엄숙한 미소였다. 프랭크 메칼프는 외양간을 새로 짓는 그 힘든 노동을 혼자 힘으로 해냈다. 콘크리트로 만든 말끔한 우리, 깨끗하고 평평한 바닥, 시멘트를 바르고 회반죽을 칠한 벽, 넓은 창문으로 들어오는 환한 햇빛. 그 축사는 오로지 그의 두 손으로 이루어낸 것이었다.

"우유 가공장을 보여줄게." 프랭크가 말했다.

나는 프랭크가 축사 한쪽 끝에 지어놓은 작은 방으로 들어가, 반짝반짝 빛나는 우유 냉각기, 얼룩 하나 없이 깨끗한 싱크대와 양동이, 여과지가 가지런히 쌓여 있는 여과기를 경탄하는 눈으로 둘러보았다.

"우유는 바로 이렇게 제조되어야 해. 날마다 왕진을 다니면서 보곤 하지만, 그 낡고 더러운 축사들은 정말이지 머리카락이 곤두설 지경이야."

프랭크는 몸을 앞으로 기울여 수도꼭지 하나를 틀었다. 물이 세차게 뿜어 나왔다.

"맞아. 축사는 모두 이래야 해. 아니, 언젠가는 이보다 더 좋아져야 하겠지. 그러면 농부들도 우윳값을 더 많이 받을 수 있을 테고. 나는 이제 우유 가공 면허도 받았으니까 1갤런에 4페니를 더 받을 수 있어. 그건 엄청난 차이야. 이제 시작할 준비를 갖추고 출발점에 선 기분이 들어."

나는 그가 반드시 성공할 거라고 생각했다. 그는 농업이라는 힘든 직업에서 성공하는 데 필요한 자질—지성, 튼튼한 몸, 땅과 동물에 대한 사랑, 부지런함과 불굴의 의지—을 모두 갖추고 있는 것 같았다. 나는 그가 빈털터리라는 가장 불리한 여건을 이런 자질로 충분히 극복할 수 있을 거라고 믿었다.

프랭크는 원래 농부가 아니라 미들즈브러(잉글랜드 북동부, 요크셔 북부, 북해로 흘러드는 티스 강 우안에 있는 공업 도시) 출신의 철강 노동자였다. 그가 젊은 아내와 함께 이곳에 와서 브랜셋에 있는 외딴 농경지를 인수한 지 1년도 되지 않았다. 그때 나는 그가 도시 출신이라는 것을 알고 깜짝 놀랐다. 그는 전형적인 데일스 사람처럼 피부가 검고 근골이 늠름한데다 성이 메칼프였기 때문이다.

내가 그 점을 지적하자 프랭크는 껄껄 웃으면서 말했다. "증조부가 이지방 출신입니다. 그래서 나는 늘 이곳에 돌아오고 싶다는 생각을 갖고 있었지요."

프랭크는 어렸을 때부터 휴일을 이곳에서 보냈다. 아버지는 제철공장 감독이었고 그 자신도 제철공장에 다녔지만, 데일스의 매력은 세이렌(그리스 신화에 나오는 바다의 요정)의 아름다운 노랫소리처럼 점점 강해져서 더이상 저항할 수 없게 되었다. 프랭크는 공장에서 일하는 틈틈이 농장에서 일을 배우고 농업에 대한 책을 열심히 구해서 읽은 다음, 마침내 도시 생활을 청산하고 돌투성이의 긴 샛길 끝에 있는 고지대에 작은 농장을 빌렸다.

원시적인 집과 다 쓰러져가는 축사가 서 있는 그 척박한 땅에서는 도저히 생계를 꾸려나갈 가망이 없어 보였고, 어쨌든 나도 도시 출신이 갑자기 농사꾼으로 변신하여 성공할 수 있으리라고는 믿지 않았다. 당시 나는 풋내기 수의사였지만, 그 짧은 기간에도 많은 시행착오를 목격했다. 하지만 프랭크 메칼프는 평생 동안 농사꾼이었던 것처럼 일에 달라붙어 무너진 담장을 고치고, 목초지를 개량하고, 쥐꼬리만 한 예산으로 가축들을 사들였다. 농사꾼으로 변신한 도시 사람들은 대부분 무엇을 어떻게 해야 할지 몰라서 쩔쩔매고 쉽사리 절망에 빠지지만, 프랭크는 전혀 그런 기색을 보이지 않았다.

내가 대러비의 은퇴한 농부에게 그 이야기를 하자 노인은 껄껄 웃었다. "농사꾼으로 성공하려면 농사꾼 기질을 타고나야 해. 피 속에 농사꾼 기질이 없으면 성공하기 어렵지. 메칼프라는 젊은이가 도시에서 자란 것은 중요하지 않아. 그 젊은이는 농사꾼 기질을 타고난 모양이군. 엄마 젖꼭지를 통해 그 기질을 물려받은 거야."

그 노인의 말이 옳았다. 프랭크는 엄마 젖꼭지를 통해 농사꾼 기질을 물려받았든 공부와 두뇌를 통해 그 기질을 얻었든, 짧은 기간에 자기 땅을 완전히 바꾸어놓았다. 젖을 짜거나 소에게 사료를 주거나 분뇨를 치우지 않을 때는 돌을 깎고 시멘트와 모래와 흙을 섞으면서 땀과 먼지가 뒤범벅된 얼굴로 그 작은 축사에서 노예처럼 뼈 빠지게 일했다. 그리고 이제 그는 자신의 말마따나 시작할 준비가 되었다.

우유 가공장에서 나오자 그는 마당 건너편에 있는 낡은 건물을 가리켰다.

"몸을 좀 추스르고 나면 저 건물도 축사로 개조할 생각이야. 돈을 많이 빌려야 했지만, 이제 나는 우유 가공 면허증도 가지고 있으니까 2, 3년 안에 빚을 다 갚을 수 있을 거야. 만사가 잘되면 언젠가는 훨씬 큰 농장을 가질 수 있을지도 몰라."

우리는 나이가 비슷했기 때문에 둘 사이에는 자연스러운 우정이 싹텄다. 우리는 작은 창문이 하나밖에 없고 가구도 거의 없는 비좁은 거실의 낮은 들보 아래 앉아 함께 시간을 보내곤 했다. 프랭크는 젊은 아내가 따라주는 차를 마시면서 장래 계획에 대해 이야기하기를 좋아했다. 그리고 나는 그 이야기에 귀를 기울이면서 프랭크 같은 남자는 자신만이 아니라 농업 전체에도 도움이 될 거라고 늘 생각했다.

프랭크는 고개를 돌려 자신의 왕국을 잠시 둘러보았다. 그가 굳이 "나는 이곳을 사랑해. 이곳에 속해 있다는 기분이 들어" 하고 말할 필요는 없었다. 그것은 그의 얼굴에 다 쓰여 있었고, 산골짜기의 푸른 목초지를 바라보는 부드러운 눈길에 뚜렷이 드러나 있었다. 여러 세대에 걸쳐 황량한 언덕 비탈을 개간하여 만든 그 목초지는 오랫동안 히스나 덤불과 싸우면서 울퉁불퉁한 벼랑가와 바윗돌이 무너져 내린 가파른 비탈까지 밀고 올라갔고, 그 너머에는 황무지(moor)—습지와 이탄지로 이루어진 야생 그대로의 땅—가장자리가 보였다. 아래쪽에 펼쳐진 농경지는 나무가 울창한 언덕을 돌아 시야에서 사라졌다. 목초지는 척박했고 바윗돌들이 얇은 흙을 뚫고 곳곳에 삐죽삐죽 튀어나와 있었지만, 풀냄새가 나는 깨끗한 공기와 정적은 제철공장의 소음과 매연에 시달린 사람에게는 구원처럼 여겨졌을 게 분명하다.

"그 암소를 보는 게 좋겠군. 새 축사에 넋이 나가서 여기 온 목적을 하마터면 잊어버릴 뻔했잖아."

"아아, 저기 붉은색과 흰색 털이 섞인 녀석이야. 가장 최근에 사들인 암소인데, 샀을 때부터 줄곧 상태가 안 좋아. 젖도 제대로 안 나오고, 왠지 졸린 것 같아."

체온은 39도 5분이었다. 나는 체온계를 치우면서 코를 킁킁거렸다.

"냄새가 좀 나지 않아?"

"그래, 나도 느꼈어."

"그럼 뜨거운 물을 좀 갖다 주게. 자궁 속에 손을 넣어볼 테니."

암소의 자궁은 악취 나는 삼출액으로 가득 차 있었다. 내가 손을 빼자 누리끼리한 색깔의 괴사 조직이 왈칵 쏟아져 나왔다.

"분비물이 있었을 텐데?"

내가 묻자 프랭크는 고개를 끄덕였다.

"맞아. 하지만 나는 별로 관심을 두지 않았어. 암소들은 새끼를 낳은 뒤에는 대부분 분비물이 있으니까."

나는 고무튜브로 자궁 속의 삼출물을 모두 빼내고 소독제로 씻어낸 다음, 아크리플라빈(방부소독제) 페서리를 자궁 속에 밀어 넣었다.

"이걸 넣어두면 자궁이 깨끗해질 거야. 그러면 상태가 한결 좋아지겠지만, 혈액 표본을 채취하겠네."

"그건 왜?"

"아무 것도 아니겠지만, 저 누런 액체가 마음에 걸려서 그래. 저건 태반엽이 부패한 것인데, 저런 색깔을 띨 때는 브루셀라증을 의심해볼 수 있거든."

"유산했다는 건가?"

"그럴 수도 있지. 달이 차기 전에 새끼를 조산했을지도 모르지만, 정상적으로 새끼를 낳아도 감염되었을 가능성은 있어. 어쨌든 피를 검사해보면 알겠지. 당분간 이 소를 격리시키도록 하게."

며칠 뒤에 나는 스켈데일 하우스에서 아침을 먹으면서 연구소에서 보내온 보고서를 펼쳤다. 혈액에 대한 응집 반응 검사가 양성으로 나와 있었다. 그것을 읽은 순간 불안이 날카롭게 내 가슴을 찔렀다. 나는 서둘러 프랭크의 농장으로 달려갔다.

"이 소를 산 지 얼마나 됐나?"

"이제 막 3주가 지났어."

"그동안 다른 암소나 처음 새끼를 밴 젊은 암소들과 같은 목초지에서 뛰어다녔나?"

"줄곧 그랬지."

나는 한동안 입이 떨어지지 않았다.

"아무래도 그게 무엇을 뜻하는지 분명히 말하는 게 좋을 것 같군. 앞으로 무슨 일이 일어날지 자네도 알고 싶을 테니까 말이야. 브루셀라증은 브루셀라균에 감염된 암소의 분비물을 통해 전염돼. 이 암소는 저 목초지를 완전히 오염시켰을 거야. 자네 소들이 모두 브루셀라균에 감염되었을 가능성이 있다는 얘기야."

"소들이 모두 유산할 거라는 뜻이야?"

"꼭 그렇지는 않아. 증세는 아주 다양하니까. 브루셀라균에 감염되었는데도 정상적으로 새끼를 낳는 암소도 많아." 나는 낙관적으로 말하려고 애쓰고 있었다.

프랭크는 주머니 속에 두 손을 깊이 찔러 넣었다. 까무잡잡하고 여윈 얼굴은 심각한 표정을 짓고 있었다.

"제기랄. 저놈의 암소를 보지 않았더라면 좋았을걸. 홀턴의 가축시장에서 샀는데, 어디서 왔는지도 몰라. 지금 와서 이런 말을 해봤자 무슨 소용이 있겠나? 이제 어떻게 하면 좋지?"

"가장 중요한 건 이 암소를 다른 소들과 격리시키는 거야. 다른 소들을 보호할 방법이 있으면 좋겠지만, 우리가 할 수 있는 일은 별로 없어. 백신은 두 종류뿐이야. 생백신은 새끼를 배지 않은 암소한테만 투여할 수 있는데, 자네 소들은 모두 새끼를 배고 있으니까 쓸 수 없고, 죽은 균을 이용한 백신은 별로 효과가 없어."

"팔짱을 끼고 앉아서 기다리는 건 딱 질색이야. 죽은 균을 이용한 백신은 별로 효과가 없어도 해롭지는 않겠지?"

"그래."

"좋아. 그럼 그걸 소들한테 투여하고 최선의 결과를 기대해 보자고."

최선의 결과를 기대하는 것은 1930년대에 수의사들이 많이 한 일이었다. 나는 모든 소들에게 백신을 주사하고 기다렸다.

꼬박 두 달 동안은 아무 일도 일어나지 않았다. 여름이 지나고 가을이 깊어지자 소들은 축사로 들어갔다. 감염된 소는 상태가 나아졌다. 분비물은 사라졌고, 젖도 전보다는 잘 내기 시작했다.

그러던 어느 날 이른 아침에 프랭크가 전화를 걸어왔다.

"새벽에 젖을 짜러 갔다가 도랑에 죽은 송아지가 누워 있는 것을 발견했어. 와줄 수 있겠나?"

그것은 털이 듬성듬성 돋아난 7개월 된 태아였다. 새끼를 사산한 암소는 몹시 아파 보였고, 엉덩이에는 태반이 대롱대롱 매달려 있었다. 암소가 정상적으로 새끼를 낳았다면 젖통은 프랭크가 생계를 의존할 수 있는 귀중한 젖으로 가득 차서 탱탱하게 부풀어 있었겠지만, 지금은 거의 비어 있었다.

무력감에 사로잡힌 나는 전과 똑같은 충고를 할 수밖에 없었다. 격리, 소독, 그리고 희망.

보름 뒤, 처음 새끼를 밴 젊은 암소 한 마리가 유산했다. 프랭크는 예쁜 저지종 잡종인 그 암소가 자기가 만드는 버터의 지방 함유량을 훨씬 높여줄 거라고 잔뜩 기대를 걸고 있었다. 일주일 뒤에 임신 6개월 된 또 다른 암소가 유산했다.

내가 베이글리 씨를 만난 것은 이 세 번째 환자를 보러 갔을 때였다. 프랭크는 미안한 듯이 베이글리 씨를 소개했다.

"베이글리 씨가 이 병의 치료법을 알고 있다면서 자네한테 그걸 말해주고 싶대."

골치 아픈 상황에서는 수의사보다 잘 아는 누군가가 나타나게 마련이다. 나는 무의식중에 베이글리 씨 같은 사람이 나타나기를 기다리고 있었던 것 같다. 그래서 나는 잠자코 귀를 기울였다.

베이글리 씨는 안짱다리에 각반을 두른 땅딸보였는데, 나를 뚫어지게 쳐다보면서 입을 열었다.

"내 농장에서도 이런 일을 겪었지만 치료법을 찾아냈소. 그렇지 않았다면 오늘 여기 오지도 않았을 거요."

"알겠습니다. 그런데 그 치료법이 뭐지요?"

"여기 가져왔소." 작달막한 사내는 재킷 주머니에서 병 하나를 꺼냈다. "병이 좀 더럽지만…… 지난 1, 2년 동안 축사 창틀에 놓아두었던 거라서……."

나는 라벨을 읽었다. '드리스콜 교수의 유산 치료약. 물 500시시에 2숟갈씩 타서 하루에 한 번씩 이틀 동안 모든 암소에게 먹일 것.' 교수의 얼굴이 라벨을 거의 다 차지하고 있었다. 높은 칼라를 목에 두르고 구레나룻을 기른 교수는 공격적으로 보였다. 교수의 얼굴에는 먼지가 덕지덕지 묻어 있었지만, 그 두꺼운 먼지층을 뚫고 시비라도 걸듯 나를 노려보고 있었다. 교수는 그렇게 우둔하지도 않았다. 병 아래쪽에 '유산 경험이 있는 암소에게 이 약을 먹이면 유산을 예방할 수 있다'라고 쓰여 있었기 때문이다. 교수는 암소가 두 번 이상 유산하는 경우는 드물다는 사실을 나만큼이나 잘 알고 있었다.

"정말로 그 말이 딱 들어맞았소." 베이글리 씨가 말했다. "내 암소들도 대부분 유산했지만, 이 약을 계속 먹였더니 다음번에는 모두 새끼를 쑥쑥 잘 낳았지 뭐요."

"하지만 이 약을 먹이지 않았어도 어쨌든 새끼를 잘 낳았을 겁니다. 면역이 생기니까요."

베이글리 씨는 머리를 한쪽으로 기울이고, 믿을 수 없다는 듯이 부드러운 미소를 지어 보였다. 어쨌든 논쟁을 벌여봤자 소용없는 일이었다. 내가 누구를 설득할 수 있겠는가? 내 말을 입증할 증거가 하나도 없는데.

"좋습니다." 나는 진저리가 나서 말했다. "프랭크, 이 약을 먹이고 싶으면 마음대로 하게. 내 백신과 마찬가지로 이 약도 해롭지는 않을 테니까."

프랭크는 드리스콜의 치료약을 한 병 사서, 작달막한 베이글리 씨의 감독을 받으며 모든 암소에게 약을 먹였다. 3주 뒤에 암소 한 마리가 무사히 송아지를 순산하자 베이글리 씨는 우쭐했다.

"자, 어떻소? 내 약이 벌써 효과를 발휘하고 있잖소?"

"나도 몇 마리는 정상적으로 새끼를 낳을 거라고 생각했습니다."

내가 대답하자 작달막한 사내는 내가 선선히 패배를 인정하지 않고 치사하게 군다고 생각한 듯 입술을 오므렸다. 하지만 나는 베이글리 씨가 어떻게 생각하든 개의치 않았다. 내가 느낀 것은 슬픈 체념뿐이었다. 새로운 약이 나오지 않은 당시에는 이런 일이 일상적으로 일어나고 있었기 때문이다. 농장에는 엉터리 약이 범람했지만, 수의사들은 쓸 수 있는 약이 비참할 만큼 부족했기 때문에 그런 엉터리 약에 대해 이러쿵저러쿵 말할 수가 없었다.

게다가 그때까지 수의사들이 아무리 애를 써도 막지 못했던 유산 같은 질병에서는 특히 돌팔이들이 푸짐한 수확을 거두었다. 농업 잡지와 지방 신문은 좋은 결과를 자신 있게 보증하는 빨간 물약이나 시커먼 환약이나 분홍색 가루약에 대한 광고로 가득 메워졌다. 드리스콜 교수한테도 경쟁자가 많았다.

그 직후에 또 다른 암소가 정상적으로 새끼를 낳자 베이글리 씨는 기분이 좋아서 나한테 아주 상냥해졌다.

"우리는 모두 배워야 합니다. 게다가 당신은 아직 실제 경험을 많이 쌓지 못했어요. 당신은 내 약에 대한 이야기를 듣지 못했을 뿐이니까 당신을 탓하지 않겠지만, 우리는 이제 성공한 것 같소."

나는 아무 대꾸도 하지 않았다. 프랭크는 희망의 빛을 찾아낸 사람처럼 보이기 시작했다. 내 불안을 이야기하여 그 희망의 빛을 끄고 싶지는 않았다. 어쩌면 병은 자연스러운 경과를 거쳐 저절로 소멸했는지도 모른다. 이런 일은 아무도 예측할 수 없었다.

하지만 다음에 프랭크가 전화를 걸어왔을 때 내 우울한 예감은 모두 현실이 되었다.

"빨리 와서 암소를 세척해주게. 이번엔 세 마리야."

"세 마리나?"

"차례로 새끼를 낳았어. 빵, 빵, 빵. 게다가 모두 조산이니 정말 큰일이야. 어떻게 해야 할지 모르겠어."

차를 몰고 달려가자 프랭크는 샛길 꼭대기에서 나를 맞았다. 한숨도 못 잔 것처럼 얼굴이 창백하고 초췌해서, 열 살은 더 늙어 보였다. 베이글리 씨는 축사 문 앞에 구덩이를 파고 있었다.

"저 사람은 뭘 하고 있는 거야?"

프랭크는 무표정하게 장화를 내려다보았다.

"송아지를 파묻고 있어. 죽은 송아지를 문 앞에 묻으면 큰 도움이 된다나." 프랭크는 나를 바라보면서 웃으려고 애썼다. "과학은 나한테 아무것도 해줄 수 없으니까 주술에 기대보는 것도 좋겠지."

베이글리 씨가 파고 있는 무덤을 돌아 축사로 들어가면서 나도 몇 살은 더 늙어버린 기분이 들었다. 작달막한 사내는 지나가는 나를 쳐다보면서 설명했다.

"이건 아주 오래된 민간요법이오. 내 약이 효력을 잃기 시작한 모양이니까, 더 강력한 방법을 써봐야 하겠지요." 그가 퉁명스럽게 덧붙였다. "그런데 문제는 프랭크가 나를 너무 늦게 불렀다는 거요."

나는 암소 세 마리의 자궁에서 부패한 태반과 난막 따위를 제거하고, 되도록 빨리 그곳을 떠났다. 너무 부끄러워서 도저히 프랭크의 눈을 마주볼 수가 없었다.

보름 뒤에 다시 프랭크의 농장을 찾아갔을 때는 상황이 더욱 나빠져 있었다. 마당을 가로지를 때 이미 고약한 냄새가 달콤한 공기를 오염시키고 있는 것을 알아차렸기 때문이다. 코를 찌르는 악취였다. 그 냄새는 무언가를 연상시켰지만, 그게 무엇인지는 알 수 없었다. 집에서 나온 프랭크는 코를 킁킁거리며 주위를 둘러보는 나를 바라보았다.

"별로 좋은 냄새는 아니지?" 프랭크는 피곤한 미소를 지으며 말했다.

"자네는 우리 염소를 만난 적이 없을 거야."

"염소를 샀나?"

"산 게 아니라 빌렸어. 빌리라는 녀석인데, 지금은 안 보이지만 냄새는 늘 맡을 수 있지. 베이글리 씨가 저기 어딘가에 파묻었거든. 이웃집에서 나와 똑같은 문제로 골치를 앓고 있을 때 자기가 죽은 염소를 파묻어주어서 큰 효과를 보았대나. 송아지를 파묻어도 효과가 없으니까 염소를 가져오는 게 좋겠다고 생각했겠지. 주술을 부리는 것은 바로 이 냄새라고 하더군."

"프랭크, 정말 안됐네. 그럼 아직도 소들이 계속 유산을 하고 있단 말인가?"

"지난번에 자네가 다녀간 뒤로 두 마리가 더 유산했어. 하지만 이젠 걱정하지도 않아. 그러니까 제발 그렇게 비참한 표정은 짓지 말게. 나는 알고 있어. 자네도 어쩔 수 없다는 걸. 아무도 어쩔 수 없어."

집으로 돌아오면서 나는 프랭크의 말을 곰곰 생각해보았다. '소의 전염성 유산'은 수세기 전부터 알려졌고, 고대 농부들도 프랭크 메칼프처럼 그 재난 때문에 망했다는 이야기를 언젠가 책에서 읽은 적이 있었다. 당시의 전문가들은 불결한 물과 부적절한 먹이, 운동 부족, 갑작스러운 공포를 전염성 유산의 원인으로 꼽았지만, 죽은 태아와 썩은 태반 냄새를 맡은 다른 암소들도 똑같은 운명을 겪을 가능성이 크다는 점에 주목했다. 하지만 알려진 것은 그것뿐이었고, 그 너머에는 무지의 어두운 터널이 끝없이 이어져 있었다.

반면에 현대의 수의사들은 그 병에 대해 모든 것을 알고 있다. 브루셀라균이라는 그램음성균이 그 병을 일으킨다는 것도 알고 있고, 그 세균의 습성과 특성을 철저히 연구하여 그 모든 비밀을 알아냈다. 하지만 프랭크와 같은 상황에 놓인 농부를 돕는다는 문제에서는 우리도 그 별난 책을 쓴 옛날 동료들만큼 쓸모가 없었다. 헌신적인 연구자들이 송아지 시절에 이 병에 대한 면역을 가질 수 있도록 안전하고 효과적인 백신을 만들기 위해 세균의 균주를 찾으려 애썼고, 1930년에 이미 '변종 19'라는 균주가 개발되어 많은 기대를 모았다. 하지만 그것은 아직도 실험 단계에 머물러 있었다. 프랭크가 20년 뒤에 태어났다면 그가 산 암소들은 그 '변종 19' 덕분에 면역을 갖게 되었을 것이다. 오늘날에는 임신한 암소한테도 죽은 세균을 이용한 백신을 주사하여 효과를 보고 있다.

무엇보다 다행인 것은 브루셀라증을 완전히 박멸하려는 계획이 진행되고 있고, 이를 통해 일반 대중도 브루셀라증에 주목하게 되었다는 점이다. 사람들이 주로 공중위생에 관심을 갖는 것은 자연스러운 일이다. 이제 사람들은 브루셀라균에 오염된 우유가 사람에게 일으킬 수 있는 다양한 질병에 대해 알게 되었다. 하지만 도시에는 브루셀라증이 농부들에게 어떤 영향을 미칠 수 있는가를 아는 사람이 드물다.

프랭크의 이야기가 막을 내릴 날도 머지않았다. 가을이 어느덧 겨울로 접어들고 스켈데일 하우스의 계단에 서리가 내리기 시작한 어느 날 밤, 프랭크가 나를 만나러 왔다. 나는 프랭크를 큰방으로 안내하고 맥주 두어 병을 땄다.

"직접 만나서 이야기하는 게 좋을 것 같아서 말이야." 프랭크는 사무적인 어조로 말했다. "다 때려치우고 떠날 생각이야."

"떠나?" 내 마음속의 무언가가 그의 말을 받아들이기를 거부했다.

"미들즈브러의 옛 직장으로 돌아갈 작정이야. 달리 어쩔 도리가 없어."

나는 무력하게 프랭크를 바라보았다.

"상황이 그렇게도 안 좋아?"

"생각해봐." 프랭크는 우울하게 미소를 지었다. "정상적으로 새끼를 낳은 암소가 세 마리뿐이야. 나머지는 더러운 분비물을 내는 병든 것들이고, 그 소들이 내는 우유는 아무 가치도 없어. 내다 팔 송아지도 없고 병든 암소들 대신에 키울 송아지도 없으니, 나한테는 이제 아무 것도 없는 셈이지."

"어떻게든 돈을 마련해서 이 위기를 넘길 가망은 전혀 없나?"

"없어. 지금 다 팔아치우면 은행 빚은 간신히 갚을 수 있을 거야. 나머지는 아버지한테 빌렸지만, 더 이상은 아버지 신세를 지고 싶지 않아. 이일이 뜻대로 안 되면 공장으로 돌아가겠다고 아버지한테 약속했거든. 이제 그 약속을 지킬 거야."

"정말 유감이군. 자넨 처음부터 줄곧 운이 없었어."

그는 나를 바라보며 싱긋 웃었다. 자기연민에 빠진 기색은 전혀 없었다.

"살다 보면 이런 일도 일어나게 마련이지."

이 말에 나는 하마터면 펄쩍 뛰어오를 뻔했다. '살다 보면 이런 일도 일어나게 마련이다!' 그것은 농부들이 재난을 당하면 으레 하는 말이었다. 대러비의 그 늙은 농부가 옳았다. 프랭크는 정말로 엄마 젖꼭지를 통해 농사꾼 기질을 물려받은 게 분명했다.

사실 이런 식으로 망한 농부는 프랭크만이 아니었다. 프랭크를 덮친 재난은 '유산 폭풍'이라고 불렸고, 수많은 농부가 그 때문에 궁지에 몰렸다. 그래도 포기하지 않고 폭풍이 가라앉아 다시 시작할 수 있을 때까지

굶어죽을 지경으로 허리띠를 졸라매고 그동안 저축한 돈으로 연명하면서 버틴 사람도 있다. 하지만 프랭크는 위기를 넘길 수 있는 저축이 전혀 없었다. 그의 모험은 처음부터 도박이었고, 그는 도박에 졌다.

그 후 다시는 그의 소식을 듣지 못했다. 처음에는 그가 편지를 보낼지도 모른다고 생각했지만, 훌훌 털고 떠난 이상 괴로운 경험과는 완전히 손을 끊고 새출발을 해야 하리라는 생각이 들었다.


페나인 산맥에서는 티스 강 하류에 넓게 펼쳐져 있는 공업 지대가 내려다보인다. 용광로의 맹렬한 열기가 밤하늘을 붉게 물들이면 나는 그곳에 있을 프랭크를 생각하고, 그가 어떻게 지내고 있는지 궁금해지곤 했다. 아마 잘해 나가고 있겠지만, 아이들을 낳아 키우면서 뭔가 가치 있는 일을 이루고 싶다는 꿈을 안고 이주한 초록빛 골짜기, 그러나 그를 받아들이기를 거부한 오만한 데일스 골짜기를 얼마나 자주 떠올리고 있을까?

프랭크가 떠난 뒤, 피터스라는 사람이 브랜셋의 그 작은 농장을 사들였다. 묘하게도 피터스 가족도 티스 강 하류의 공업 지대 출신이지만, 피터스 씨는 돈 많은 회사 중역이어서 그곳을 주말 별장으로만 이용했다. 그에게는 말타기를 좋아하는 아이들이 있었기 때문에 주말 별장으로는 안성맞춤이었다. 목초지에서는 곧 온갖 말과 망아지들이 풀을 뜯게 되었다. 피터스 부인은 그곳에서 아이들과 함께 여름 몇 달을 보내곤 했다. 피터스 가족은 동물을 좋아하는 유쾌한 사람들이었고, 나도 그곳을 자주 찾아갔다.

집은 거의 알아볼 수 없을 만큼 완전히 개조되었다. 고풍스러운 탁자와 가구가 놓여 있고 벽에는 그림들이 걸려 우아하고 매력적인 공간으로 탈

바꿈한 거실에서 나는 차 대신 커피를 마셨다. 낡은 별채들은 새로 페인트를 칠한 반짝이는 문이 달린 널찍한 마구간으로 개조되었다.

피터스 가족이 전혀 관심을 기울이지 않은 것은 프랭크가 새로 지은 그 작은 축사뿐이었다. 그 축사는 건초와 옥수수를 넣어두는 창고로 쓰였다.

한때 프랭크의 암소들이 그토록 자랑스럽게 서 있었던 그곳에 들어가, 먼지가 두껍게 쌓인 바닥과 흙먼지로 밖이 거의 보이지 않는 창문, 사방에 걸려 있는 거미줄, 녹슬어가는 물통, 어지럽게 흩어져 있는 짚단과 물이끼와 귀리 자루를 보면 나는 늘 가슴이 저렸다.

한 남자의 꿈은 사라지고, 남은 것은 그것뿐이었다.

## 25

나는 전에 결혼해본 적이 없어서 과거의 경험과 비교해볼 수는 없지만, 헬렌과 결혼한 뒤 생활에 여유가 생기고 안정을 얻게 되었다는 생각이 들었다.

물론 물질적인 면에서 그렇다는 얘기다. 누구나 마찬가지겠지만 나도 내가 사랑하는 여자 그리고 나를 사랑하는 여자와 결혼한 것만으로도 충분히 만족했을 것이다. 다른 것은 전혀 기대하지 않았다.

예를 들면 이렇게 안락한 상태를 되새기게 될 줄은 꿈에도 몰랐다. 그런 것은 이미 시대에 뒤떨어졌다고 생각했지만, 헬렌에게는 그렇지 않았다. 오늘 아침에 밥을 먹으러 식당에 들어갔을 때 나는 또다시 그것을 절감했다. 우리는 마침내 식탁을 구입했다. 어느 농가에서 할인 판매가 열렸을 때 사서 자동차 지붕 위에 묶고 의기양양하게 집으로 가져온 중고품이었다. 이제 헬렌은, 작업대를 식탁으로 사용할 때 앉았던 낮은 의자를 나한테 양보하고, 대신 내가 앉았던 높은 스툴을 인수했다. 헬렌은 이제 그 등받이도 없는 의자에 올라앉아 저만치 밑에 있는 식탁에서 음식을 집어 먹었고, 나는 의자에 편안히 앉아서 식사를 해야 했다. 내가 천성적으로 이기적인 사람이라고는 생각지 않지만, 헬렌의 고집은 꺾을 수 없었다.

그 밖에도 이런 일은 얼마든지 있었다. 아침마다 헬렌이 나를 위해 꺼내놓는 옷. 차곡차곡 개켜서 쌓아놓은 깨끗한 셔츠와 손수건과 양말은 총각 시절의 혼란스러운 상태와는 천양지차였다. 나는 식사시간에 늦을 때가 많았는데, 먼저 식사를 끝낸 헬렌은 나한테 음식만 차려주고 밖에 나가서 다른 일을 하는 대신, 하던 일을 멈추고 내 옆에 앉아서 내가 식사하는 것을 지켜보곤 했다. 그럴 때마다 나는 영주라도 된 듯한 기분을 느꼈다.

헬렌의 행동을 이해하는 실마리가 된 것은 바로 이 마지막 특징이었다. 장인어른이 늦은 식사를 할 때 헬렌이 아버지 옆에 앉아 있는 것을 본 기억이 문득 되살아났다. 그때도 헬렌은 한 팔을 탁자 위에 올려놓은 자세로 아버지를 조용히 지켜보고 있었다. 헬렌은 어릴 적부터 줄곧 아버지를 그런 태도로 대했고, 이제는 내가 그 혜택을 받고 있었다. 장인은 몸집이 작고 온화한 분이었지만, 헬렌은 집에서는 가장이 우선이라고 생각하고 기꺼이 아버지를 받들었다. 그리고 결혼한 뒤에는 그 모든 행동양식을 나에게 그대로 옮겨놓았다.

이런 헬렌을 보면서 나는 여자들이 결혼한 뒤 어떻게 행동하기를 요구받고 있는가 하는 중요한 문제를 생각했다. 한번은 어떤 나이든 농부가 아내 고르는 방법을 충고하면서 "우선 처녀의 어머니를 잘 살펴보라"고 말한 적이 있다. 그 말도 확실히 일리가 있다고 생각한다. 하지만 거기에 내 충고를 덧붙인다면, 처녀가 자기 아버지한테 어떻게 행동하는가를 살펴보라고 권하고 싶다.

헬렌이 내 아침 식사를 차리는 것을 보면서, 내 아내는 남자를 돌보기 좋아하는 여자이고, 그런 여자와 결혼한 나는 정말 운이 좋다는 생각이 새삼스럽게 솟아났다.

　나는 헬렌이 손수 만들어주는 맛있는 음식 덕분에 꽃이 피듯 혈색이 좋아졌다. 아니, 사실은 지나칠 정도였다. 나는 아침 식탁에 차려진 오트밀과 크림에 손을 대면 안 된다는 것을 알면서도 게걸스럽게 먹고 있었다. 특히 프라이팬에서 지글지글 소리를 내고 있는 기름진 음식에는 절대 손을 대면 안 되었다. 헬렌은 돼지 반 마리를 혼수품으로 스켈데일 하우스에 가져왔기 때문에, 다락방 들보에는 소금에 절여서 훈제한 삼겹살과 넓적다리가 매달려 있었다. 그것은 끊임없는 유혹이었다. 그 일부가 지금 프라이팬에서 지글지글 소리를 내고 있었다. 나는 아침을 많이 먹는 편이 아니지만, 아내가 노릇하게 프라이한 달걀 두어 개를 고기에 곁들여 내놓았을 때 이의를 제기하지 않았다. 아내가 시장에서 사오는 특별히 맛있는 소시지를 곁들였을 때도 나는 반대하는 시늉만 했을 뿐이다.

　그 음식을 다 먹어치우고 나는 천천히 식탁에서 일어나 외투를 걸쳤다. 지금까지 잘 맞던 외투가 오늘 아침에는 몸에 꽉 끼어서 단추를 채우기가 쉽지 않았다.

　"샌드위치 가져가세요." 헬렌이 도시락을 내 손에 쥐어주면서 말했다. 나는 온종일 스카번 지역에 있는 이완 로스의 농장에서 투베르쿨린 검사를 할 예정이었고, 내가 먼 길을 오가는 동안 영양 부족으로 졸도하지나 않을까 하는 것이 헬렌에게는 늘 걱정거리였다.

　나는 아내에게 입을 맞추고 긴 계단을 천천히 내려와 옆문으로 나갔다. 정원을 반쯤 지났을 때 나는 여느 때처럼 걸음을 멈추고 지붕 밑 창문을 쳐다보았다. 그러자 창문에서 팔 하나가 나타나 행주를 열심히 흔들어댔다. 나는 손을 흔들고 마당으로 나갔다. 차를 몰고 나오면서 나는 숨을 헐떡거리고 있는 것을 알아차렸다. 나는 샌드위치 꾸러미를 뒷좌석에 놓으면서 약간 죄책감을 느꼈다. 나는 거기에 뭐가 들어 있는지 알고 있었다. 샌드위치만이 아니라, 나를 더욱 무분별하게 만들 맛있는 음식—고기와 양파를 넣은 파이, 버터 바른 스콘, 생강 케이크—도 들어 있을 것이다.

시골 수의사가 아니었다면 나는 그 신혼 시절에 헬렌이 만들어주는 맛있는 음식 때문에 뚱보가 되어버렸을 것이다. 하지만 내 일이 나를 구해주었다. 언덕 비탈 곳곳에 흩어져 있는 헛간들을 찾아다니고, 울타리를 타고 넘어 송아지 우리를 들락거리고, 송아지와 망아지를 받느라 정기적으로 중노동을 한 덕분에, 셔츠 칼라가 조금 빡빡해지고 이따금 농부들한테 "와아, 풍채가 정말 좋군요!" 하는 말을 듣는 정도로 끝날 수 있었다.

차를 몰고 나오면서 나는 헬렌이 내 작은 변덕을 받아주는 데에도 경탄했다. 나는 비계를 병적으로 싫어했기 때문에 헬렌은 내 고기에서 비계를 모두 조심스럽게 떼어냈다. 비계에 대한 혐오감은 거의 공포에 가까웠고, 그것은 요크셔에 온 뒤로 더욱 심해졌다. 1930년대의 농부들은 주식이 비계인 것처럼 보였기 때문이다. 나는 어떤 노인이 점심으로 돼지비계 구운 것만 맛있게 먹고 있는 것을 보고 놀라서 눈이 휘둥그레졌다. 그러자 노인은 평생 동안 비계가 없는 살코기는 입에 댄 적도 없다면서, 웃음과 함께 덧붙였다. "기름이 턱을 타고 줄줄 흐르는 느낌보다 좋은 게 없지." 기름을 '지름'이라고 발음했기 때문에 나는 속이 더 느글거렸다. 하지만 노인은 여든 살이 훨씬 넘은 나이에도 혈색이 불그레하고 건강해 보였으니까, 기름기는 노인에게 전혀 해롭지 않았던 게 분명하다. 그 노인 같은 사람은 수백 명이나 있었다. 그런 사람들을 보면서 나는 생각했다. 농부들은 날이면 날마다 농장에서 중노동을 하니까 지방이 몸에 축적되지 않고 다 타버리지만, 내가 만약 그런 음식을 먹어야 한다면 순식간에 죽어버릴 거라고.

물론 이것은 어느 날 입증되었듯이 터무니없는 망상이었다.

그날 나는 호너 영감네 작은 농장에서 처음 출산하는 암소를 돌보기 위해 아침 6시에 잠자리에서 일어나야 했다. 농장에 도착해서 보니, 태위는 정상이었지만 송아지가 너무 컸다. 나는 송아지를 억지로 잡아당겨 꺼내는 것을 별로 좋아하지 않지만, 짚 위에 누워 있는 젊은 암소는 분명 도움을 필요로 하고 있었다. 암소가 몇 초마다 한 번씩 힘을 주면 송아지의 두 발이 잠시 보였다가, 암소가 힘을 빼면 다시 자궁 속으로 사라지곤 했다.

"저 발이 더 이상은 나오지 않습니까?" 내가 물었다.

"벌써 한 시간이 넘도록 저 모양이야." 노인이 대답했다.

"양수는 언제 터졌습니까?"

"두 시간쯤."

송아지가 산도에 단단히 끼여서 말라가고 있었다. 진통하는 어미가 말을 할 수 있다면, "제발 이걸 나한테서 빨리 꺼내줘요!" 하고 말했을 것이다

덩치 크고 힘센 남자의 도움을 받을 수 있으면 좋았겠지만, 호너 씨는 나이가 많을 뿐만 아니라 허약하고 가벼웠다. 게다가 농장은 가장 가까운 마을에서도 몇 킬로미터나 떨어진 외딴 고지대에 자리 잡고 있어서 이웃 사람을 부를 수도 없었다. 나는 모든 일을 혼자 해내야 했다.

송아지를 꺼낼 때까지는 거의 한 시간이 걸렸다. 나는 가느다란 밧줄을 송아지 목에 감고 조금씩 세상으로 끌어냈다. 너무 힘껏 잡아당기지 않고, 암소가 힘을 줄 때 내 몸을 뒤로 젖혀 어미를 도와주었다. 몸집이 작은 암소는 끈기 있게 옆으로 누워서 소 특유의 체념하는 태도로 그 상황을 견디고 있었다. 누군가가 도와주지 않으면 그 암소는 끝내 새끼를 낳을 수 없었을 것이다. 나는 그 암소가 원하는 일을 해주고 있다고 확신했다. 그리고 나도 그 암소만큼 참을성을 가져야 한다고 생각했기 때문에 서두르지 않고 일이 자연스럽게 진행되도록 도와주었다. 송아지의 작은 코가 나를 안심시키듯 콧구멍을 벌름거렸다. 머리가 산도를 가까스로 빠져나오는 동안 송아지의 눈은 바깥세상으로 나가는 데 열중한 듯한 빛을 띠고 있었다. 이어서 귀가 나오고, 마지막으로 송아지의 몸이 한꺼번에 쑥 빠져나왔다.

옆으로 누워 있던 젊은 어미는 당장 몸을 일으켜 가슴을 바닥에 대고 갓난 새끼에게 관심을 보이면서 킁킁 냄새를 맡기 시작했다. 오랫동안 진통을 겪었는데도 상태가 더 악화되지 않은 것은 분명했다. 아니, 사실은 암소가 나보다 나은 상태였다. 나는 놀랍게도 땀을 뻘뻘 흘리면서 숨을 헐떡거렸고, 팔과 어깨가 욱신거렸다.

농부는 무척 기뻐하면서 양동이에 허리를 굽히고 있는 내 어깨를 수건으로 닦아주고, 내가 셔츠를 입는 것을 도와주기까지 했다.

"아주 잘했네, 젊은이. 집에 들어가서 차나 한 잔 마시고 가지 그래."

부엌에 들어가자 호너 부인이 식탁에 김이 모락모락 오르는 찻잔을 놓아주면서 나에게 활짝 웃어 보였다.

"우리 영감이랑 함께 아침 식사를 하시겠수?"

아침 일찍 송아지를 받는 것만큼 식욕을 돋우는 일은 없다. 나는 기꺼이 고개를 끄덕였다.

"정말 고맙습니다."

가축이 무사히 새끼를 낳으면 늘 기분이 좋다. 나는 의자에 앉아 노부인이 내 앞에 빵과 버터와 잼을 차려놓는 것을 보면서 만족스럽게 한숨을 내쉬었다. 하지만 차를 홀짝거리면서 농부와 이야기를 나누느라 호너 부인이 다음에 무슨 일을 하고 있는지는 보지 못했다. 다음 순간 살코기가 하나도 섞이지 않은 새하얀 돼지비계 두 덩어리가 내 접시 위에 놓여 있는 것을 보고 나는 발가락이 공 모양으로 오그라드는 것을 느꼈다.

나는 그 큼지막한 비계 덩어리에서 되도록 멀어지려고 의자 등받이에 몸을 기댔다. 그러자 호너 부인이 삶은 베이컨을 톱질하듯 자르고 있는 것이 보였다. 그것은 보통 베이컨이 아니라 살코기가 한 점도 붙어 있지 않은 순수한 비계였다. 나는 충격을 받은 상태에서도 그것이 예술작품이라는 것을 알 수 있었다. 알맞게 조리된 비계는 황금색 빵가루로 아름답게 장식되어 깨끗한 접시에 놓여 있었다. 하지만 그래도 비계는 비계였다.

부인은 내 접시에 놓인 것과 비슷한 비계 덩어리 두 개를 남편 접시에 올려놓고 기대에 찬 눈으로 나를 바라보았다.

내 입장은 절망적이었다. 이 친절한 노부부의 기분을 해칠 수도 없고, 그렇다고 내 앞에 놓인 음식을 먹을 수도 없었다. 바삭하게 튀긴 따끈따끈한 비계라면 작은 조각 하나 정도는 어떻게든 먹을 수 있을지도 모른다. 하지만 삶아서 차갑게 식힌 진득거리는 비계는…… 도저히 먹어볼 엄두도 나지 않았다. 게다가 양도 너무 많았다. 가로 15센티미터에 세로

10센티미터, 두께는 한쪽 면에 뿌려져 있는 빵가루를 빼고도 최소한 1센티미터는 되어 보였다. 그게 하나도 아니고 두 덩어리다. 이건 도저히 불가능했다.

호너 부인이 내 맞은편에 앉았다. 하얗게 센머리에 귀까지 덮이는 꽃무늬 모자를 쓴 부인은 고개를 한쪽으로 기울이고는 비계가 더욱 돋보이도록 베이컨 덩어리가 담긴 접시를 약간 왼쪽으로 돌렸다. 그러고는 나를 돌아보며 상냥하게 웃었다. 자신이 요리한 비계를 자랑스럽게 여기는 미소였다.

나는 암담하고 절망적인 상황에 직면했을 때 뜻밖에도 나에게서 꿈에도 생각지 못한 용기와 결단력을 발견한 적이 여러 번 있었다. 나는 숨을 한 번 깊이 들이마신 다음, 포크와 나이프를 움켜잡고 비계 덩어리 하나를 과감하게 잘랐다. 하지만 미끈거리는 하얀 덩어리를 입으로 가져가는 순간 나는 몸서리를 치기 시작했다. 내 손은 공중에서 그대로 얼어붙었다. 내가 피컬릴리(향미료가 든 채소 절임) 단지를 발견한 것은 그때였다.

나는 열에 들뜬 사람처럼 얼른 피컬릴리를 한 숟갈 듬뿍 떠서 내 접시로 옮겼다. 거기에는 온갖 채소와 과일이 다 들어 있는 것 같았다. 양파, 사과, 오이, 그 밖의 온갖 채소가 진한 겨자식초 소스 속에서 서로 밀치락달치락하고 있었다. 나는 포크에 꽂힌 비계 덩어리를 얼른 피컬릴리에 담갔다가 입 속에 집어넣고 두어 번 재빨리 씹은 다음 꿀꺽 삼켰다. 그것이 시작이었다. 나는 피컬릴리 맛밖에는 느끼지 못했다.

"베이컨이 정말 맛있군." 호너 씨가 중얼거렸다.

"맛있군요!" 나는 필사적으로 두 번째 비계 덩어리를 우적우적 먹으면서 대답했다. "정말 기막힌 맛입니다!"

"내가 만든 피컬릴리도 좋아하시는구려!" 노부인은 나한테 활짝 웃어 보였다. "베이컨에 피컬릴리를 찍어 먹다니!" 부인은 즐거운 듯 소리 내어 웃었다.

"정말 좋은데요." 나는 눈물이 글썽한 눈으로 부인을 바라보았다. "이렇게 맛있는 음식은 난생처음 먹어보는 것 같습니다."

이제 와서 돌이켜보면 그것은 내 평생 가장 용감한 행동이었다. 나는 피컬릴리를 수없이 퍼내어 내 접시에 옮기면서 전혀 흔들리지 않고 내 임무에 충실했다. 마음을 비우고, 나에게 일어나고 있는 이 끔찍한 일에 대해 생각하기를 단호히 거부했다. 딱 한 번 곤란했던 순간이 있었다. 맛이 강한 피컬릴리는 원래 조금씩 먹는 음식인데, 그 피컬릴리를 계속 한 입 가득 먹어댔기 때문에 숨이 막혀서 한바탕 기침을 했을 때였다. 하지만 마침내 나는 임무를 완수했다. 영웅적인 용기를 발휘하여 마지막 한 입을 아작아작 씹어서 꿀꺽 삼키고 차를 한 모금 길게 들이마셨다. 접시는 깨끗이 비워졌다. 드디어 해냈다.

그럴 만한 가치가 있었던 것은 의심할 여지가 없었다. 그 노부부를 기쁘게 해주는 데 성공한 것이다. 호너 씨는 내 어깨를 두드렸다.

"젊은이가 음식을 맛있게 먹는 걸 보면 기분이 좋아. 나도 젊었을 때는 그렇게 음식을 게눈 감추듯 먹어치우곤 했지만, 지금은 안 돼." 노인은 혼자 킬킬거리면서 계속 아침을 먹었다.

호너 부인은 나를 문까지 배웅했다.

"내가 만든 음식을 그렇게 맛있게 먹어줘서 정말 고마워요." 그러고는 식탁을 바라보며 소리 내어 웃었다. "피컬릴리 단지를 바닥내버렸구려!"

"죄송합니다, 아주머니." 나는 내 위장 속에서 음식이 거품을 내며 부글거리는 것을 애써 무시하고 눈물을 글썽거리면서 미소를 지었다. "하지만 너무 맛있어서 참을 수가 없었어요."

내 예상과는 반대로 그렇게 비계 덩어리를 잔뜩 먹은 뒤에도 나는 죽지 않았지만, 일주일 동안 구역질에 시달렸다. 지금은 이 구역질이 순전히 심리적인 것이었다고 믿을 준비가 되어 있다.

어쨌거나 이 작은 사건 이후로는 두 번 다시 비계를 먹은 적이 없다. 비계에 대한 혐오감은 그때부터 강박증 같은 것으로 바뀌었다.

피컬릴리도 다시는 그처럼 무분별하게 먹어대지 않았다.

## 26

"할 거요, 말 거요?"

월트 바넷은 병원 문간에 버티고 서서 나를 위아래로 훑어보았다. 그의 눈이 내 머리에서 발로 휙 내려갔다가 다시 무표정하게 위로 올라왔다. 아랫입술에 대롱대롱 매달린 담배는 그의 일부처럼 보였고, 갈색 중절모와 번들거리는 파란색 양복도 마찬가지였다. 양복은 그의 우람한 몸에 꽉 끼어서 금방이라도 터질 것 같았다. 몸무게가 100킬로그램은 넘어 보였고, 붉고 두툼한 입술과 고압적인 태도를 갖고 있었다. 그가 만만찮은 사내인 것은 분명했다.

"저어…… 물론 하고 싶습니다. 다만 언제 시간을 낼 수 있을지, 그걸 생각하고 있었어요." 나는 책상으로 가서 예약 장부를 들여다보았다. "이번 주는 예약이 꽉 차 있군요. 내주에는 원장님이 어떤 식으로 일정을 짰는지 모르겠습니다. 우리가 나중에 전화로 알려드리는 편이 나을 것 같습니다."

거구의 사내는 예고도 없이 또는 인사도 없이 불쑥 안으로 들어와서 고함을 질렀다.

"훌륭한 말을 한 마리 거세해야 하는데, 언제 해줄 수 있냔 말이오?"

나는 잠시 그를 쳐다보며 망설였다. 내가 당황한 것은 그의 태도가 오만했기 때문이기도 하지만, 그의 요구가 내키지 않았기 때문이기도 했다. 이것은 나한테 좋은 소식이 아니었다. 훌륭한 말을 거세하는 것은 내가 좋아하는 일이 아니었다. 그보다는 아직 다 자라지 않은 평범한 짐말이 훨씬 좋았고, 그 중에서도 특히 셰틀랜드산 조랑말을 좋아했다. 하지만 먹고살자면 좋아하는 일만 할 수는 없었고, 아무리 싫은 일이라도 꼭 해야 한다면 할 수밖에 없었다.

"일을 하고 싶으면 전화를 주시오. 하지만 너무 오래 기다리게 하진 마시오." 사내는 여전히 웃지도 않고 매서운 눈으로 나를 노려보았다. "그리고 나는 일이 잘되기를 바라니까, 그 점을 잘 고려해주시오!"

"우리는 언제나 최선을 다하려고 애쓰고 있습니다, 바넷 씨."

나는 그의 무례한 태도에 화가 나서 울화가 치미는 것을 꾹 참았다.

"그 소리는 전에도 수없이 들었지만, 낭패를 본 게 한두 번이 아니오."

그는 험상궂은 표정으로 한 번 고개를 끄덕이고는 홱 돌아서서 문을 열어놓은 채 나가버렸다.

내가 방 한복판에 서서 부글거리는 속을 달래며 혼자 투덜거리고 있을 때 시그프리드가 들어왔다. 처음에는 원장도 내 눈에 들어오지 않았다. 마침내 원장이 내 시야에 들어왔을 때, 문득 정신을 차리고 보니 내가 불쾌한 표정으로 원장의 얼굴을 노려보고 있었다.

"왜 그러나, 제임스?" 원장이 물었다. "소화불량인가?"

"소화불량요? 아, 아닙니다…… 왜 그런 말씀을 하시죠?"

"오만상을 찌푸리고 있는 게 꼭 몸이 아픈 것 같아서……."

"제가 그렇게 보였나요? 사실은 월트 바넷 때문에요. 말을 한 마리 거세해달라면서, 여느 때처럼 매력적으로 그 요구를 하고 갔습니다. 그 녀석을 보면 정말 화가 나요."

그때 트리스탄이 복도에서 들어왔다.

"그래, 나도 저 밖에 있다가 그 녀석이 말하는 걸 들었어. 바넷은 본데 없는 상놈이야."

시그프리드는 트리스탄을 돌아보았다.

"그만해! 여기서 그런 얘기는 듣고 싶지 않아." 그러고는 다시 나를 돌아보았다. "그리고 제임스, 아무리 속이 뒤집혔다 해도, 그게 그런 말을 할 핑계가 된다고는 생각지 않네."

"무슨 뜻입니까?"

"자네가 욕설을 중얼거리는 걸 들었는데, 그건 자네답지 않았어. 내가 고상한 체하는 사람이 아니라는 건 하늘이 알지만, 이 건물 안에서 그런 말은 듣고 싶지 않아." 시그프리드는 잠시 말을 끊고 엄숙한 표정을 지어 보였다. "뭐니뭐니 해도 이 건물에 들어오는 사람은 모두 우리한테 빵과 버터를 제공해주니까, 고객에 대해 말할 때는 존경하는 마음을 가져야 돼."

"예, 하지만……."

"물론 고객 중에는 불쾌한 사람도 있다는 걸 알아. 하지만 고객이 불쾌하게 굴어도 우리가 화를 내면 안 돼. '손님은 왕'이라는 말도 있잖나. 그건 아주 유익하고 실용적인 금언이야. 나는 늘 그 금언을 지킨다네." 시그프리드는 트리스탄과 나를 차례로 엄숙하게 바라보았다. "그래서 분명히 말해두고 싶은데, 병원 안에서는 절대로 욕설을 하지 말 것. 특히 고객한테 욕하면 절대로 안 돼."

"알았습니다!" 나는 흥분하여 소리쳤다. "하지만 원장님은 바넷이 하는 말을 못 들었으니까 그렇게 말할 수 있는 겁니다. 나는 많이 참겠지만……."

시그프리드는 고개를 한쪽으로 기울였다. 우아하고 아름다운 미소가 그의 얼굴에 서서히 번져갔다.

"또 시작이군. 또 사소한 일에 흥분하고 있어. 전에도 말했잖나? 나는 자네를 도와주고 싶다고. 언제나 침착성을 유지할 수 있는 내 능력을 자네한테 전해줄 수 있으면 좋겠다고."

"원장님이 그런 말을 했던가요?"

"자네를 돕고 싶다고 말했어. 그리고 나는 자네를 도울 거야." 시그프리드는 집게손가락을 들어올렸다. "내가 왜 화를 내거나 흥분하지 않는지, 그 이유를 자네는 알고 싶을 때가 많을 거야."

"예?"

"난 알아. 자네는 틀림없이 그 이유를 궁금하게 여기고 있어. 내가 작은 비밀을 하나 알려주지." 그의 미소가 장난기를 띠었다. "고객이 나한테 무례하게 굴면 나는 치료비를 좀 더 많이 청구한다네. 자네처럼 흥분하는 대신, 속으로 이렇게 말하지. 이 사람 청구서에 10실링을 추가해야겠군. 그게 마술 같은 효과를 발휘한다네."

"그래요?"

"그래." 시그프리드는 내 어깨를 탁 때리고는 진지한 표정을 지었다. "물론 내가 처음부터 자네보다 유리한 조건을 갖고 있다는 건 알고 있어. 나는 천성적으로 한결같은 기질을 타고났지만 자네는 조금만 바람이 불어도 사방팔방으로 휘둘리니까 말이야. 하지만 이건 스스로 노력하면 키울 수 있는 능력이라고 생각하네. 그러니까 노력하게, 제임스. 열심히 노력해봐. 그렇게 안달하고 울화를 터뜨리는 건 자네한테 좋지 않아. 나처럼 평온한 태도를 가질 수만 있다면 자네 인생이 완전히 달라질 걸세."

나는 마른침을 삼켰다.

"고맙습니다, 원장님. 노력해보겠습니다."


월트 바넷은 대러비에서 좀 수수께끼 같은 인물이었다. 그는 농부가 아니라 고물상이었는데, 용달차로 물건을 나르는 일도 했고, 리놀륨에서부터 중고차에 이르기까지 온갖 물건을 매매했다. 대러비 사람들이 그에 대해 확실히 말할 수 있는 것은 단 한 가지, 그가 뻔뻔스럽기 짝이 없는 철면피라는 것이었다. 그가 손을 대는 것은 무엇이든 돈으로 바뀐다고 사람들은 말했다.

바넷은 시내에서 몇 킬로미터 떨어진 곳에 다 쓰러져가는 저택을 사서, 남편의 횡포에 짓밟혀 조그맣게 오그라든 듯한 아내와 둘이 살면서 가축을 키웠다. 가축의 수는 일정하지 않았지만, 수송아지 몇 마리와 돼지 몇 마리 그리고 말 한두 마리는 항상 키우고 있었다. 바넷은 대러비 지역의 수의사를 번갈아가면서 다 불렀는데, 그것은 그가 어떤 수의사도 대수롭지 않게 여겼기 때문이다. 사실은 수의사들도 그를 대수롭지 않게 여겼으니까 피장파장이었다. 그는 육체노동을 전혀 하지 않는 것 같았고, 거의 날마다 주머니에 두 손을 찔러 넣고 입에 담배를 물고 갈색 중절모를 뒤통수에 올려놓고 금방이라도 터질 듯 몸에 꽉 끼는 그 번들거리는 파란색 양복 속에 거대한 몸뚱이를 우겨넣고 대러비 거리를 빈둥거리며 돌아다니는 그를 볼 수 있었다.

바넷을 만난 뒤 며칠 동안 우리는 무척 바빴다. 병원의 전화벨이 울린 것은 다음 목요일이었다. 시그프리드가 전화를 받았다. 그리고 당장 표정이 바뀌었다. 방 건너편에서도 나는 수화기에서 터져 나오는 그 오만한 목소리를 또렷이 들을 수 있었다. 수화기를 귀에 대고 있는 동안 원장의 뺨은 서서히 붉어지고 입이 굳어졌다. 원장은 몇 번이나 말을 하려고 애썼지만, 전화선을 통해 쏟아져 나오는 소리의 홍수는 멈추지 않았다. 마침내 원장이 목청을 높여 끼어들었지만, 그 순간 딸깍 소리가 났다. 원장은 한참 이야기한 뒤에야 전화가 끊긴 것을 깨달았다.

원장은 수화기를 내동댕이치듯 내려놓고는 홱 돌아섰다.

"바넷이야. 우리가 전화하지 않았다고 화를 내더군." 원장은 선 채로 잠시 나를 바라보았다. 얼굴이 붉으락푸르락했다. "개새끼! 도대체 자기가 뭔 줄 아는 거야? 나한테 실컷 욕을 퍼붓고는, 내가 말하려고 하니까 전화를 딱 끊어버려?"

원장은 잠시 입을 다물고 있다가 나를 돌아보았다.

"그 녀석이 이 방에 있었다면 나한테 그런 식으로 말하지는 않았을 거야." 원장은 나에게 다가와서 두 손을 내밀고는 손가락을 위협적으로 구부렸다. "만약 그랬다면, 그 녀석이 아무리 덩치가 커도 내가 이 손으로 녀석의 목을 비틀어버렸을 테니까! 아무렴, 그렇고말고. 분명히 말하지만, 그 빌어먹을 놈을 목 졸라 죽여버렸을 거야!"

"하지만 원장님! 원장님 방식은 어떻게 됐습니까?"

"방식이라니, 무슨 방식?"

"원장님은 사람들이 불쾌하게 굴 때 분노를 억누르는 비결을 알고 있잖습니까? 청구서에 요금을 추가로 덧붙이는 것 말입니다."

원장은 두 손을 옆으로 떨어뜨리고는 한참 동안 나를 쳐다보았다. 격한 감정 때문에 가슴이 격렬하게 오르내렸다. 이윽고 원장은 내 어깨를 두드린 다음, 창가로 다가가서 조용한 거리를 내다보며 섰다.

다시 나에게로 돌아선 원장은 여전히 험상궂은 표정을 짓고 있었지만 아까보다는 차분해 보였다.

"자네 말이 옳아. 그게 바로 해결책이야. 바넷의 말을 거세해주고 10파운드를 청구하겠어."

나는 실컷 웃었다. 그 당시 말을 거세하는 요금은 평균 1파운드(20실링)였고, 좀 더 전문적인 수의사에게 부탁해도 1기니(21실링)면 충분했다.

"왜 웃나?" 원장이 언짢은 듯이 물었다.

"원장님 농담이 재미있어서요. 10파운드라니…… 하하하!"

"농담이 아니야. 나는 정말로 10파운드를 청구할 거야."

"그만두세요. 그럴 수는 없습니다."

"두고 봐. 그 빌어먹을 놈을 내가 어떻게 처리하는지."


이틀 뒤, 나는 마지못해 거세 작업을 준비했다. 거세용 기구를 끓는 물로 소독하여 메스와 탈지면, 동맥 겸자, 요오드팅크, 봉합사와 바늘, 파상풍 항독제, 주사기 등과 함께 에나멜 트레이에 놓는 것은 나에게는 익숙한 작업이었다. 마지막 5분 동안 시그프리드는 서두르라고 나한테 계속 고함을 질렀다.

"제임스, 도대체 거기서 뭐하고 있나? 클로로포름을 한 병 더 넣는 걸 잊지 말게. 그리고 말이 쓰러지지 않을 경우에 대비해서 밧줄도 가져가게. 예비 칼은 어디다 숨겼지?"

병원 창문을 어지럽게 가로지른 초록빛 등나무 잎사귀를 뚫고 들어온 햇빛이 물건으로 가득 찬 트레이를 가로질러 흘렀다. 그것은 지금이 5월이라는 걸 생각나게 해주었다. 스켈데일 하우스의 정원만큼 5월의 아침이 멋진 마술을 부리는 곳은 세상 어디에도 없다는 생각이 들었다. 높은 벽돌담은 모르타르가 떨어져 나가고 담장 꼭대기에 올려놓은 낡은 갓돌은 부스러지고 있었지만, 햇볕을 따뜻하게 끌어안아 정원을 햇빛으로 가득 채웠다. 손질하지 않은 잔디밭, 루핀과 히아신스가 피어 있는 둔덕, 과일나무에 가득 매달린 꽃 위에 햇빛이 넘쳐흘렀다. 느릅나무의 높은 가지에서는 까마귀들이 까악까악 울고 있었다.

시그프리드는 클로로포름 재갈을 한쪽 어깨에 둘러메고, 출발하기 전에 트레이에 놓인 물건들을 마지막으로 점검했다. 30분도 지나기 전에 우리는 낡은 저택의 정문을 통과하여, 소나무와 자작나무 사이로 구불구불 뻗어 있는 이끼 낀 오솔길을 지났다. 완만한 기복을 이루며 몇 킬로미터나 뻗어 있는 초원과 황무지 너머에 울창한 숲을 배경으로 서 있는 집이 바라다보였다.

수술을 하기에 그보다 더 완벽한 곳은 바랄 수 없을 것이다. 높은 담장으로 둘러싸인 방목지에는 싱싱한 풀이 무성하게 우거져 있었다. 두 사람이 두 살 된 밤색 말을 끌고 왔다. 그들은 바넷의 부하로는 제격이라는 생각이 들었다. 바넷이 어디서 그들을 찾아냈는지는 모르지만, 대러비에서는 그런 얼굴을 찾아볼 수 없었다. 갈색 도깨비처럼 생긴 한 사내는 동료와 이야기를 할 때 계속 고개를 경련하듯 홱홱 움직이고, 수치스러운 비밀이라도 공유하고 있는 것처럼 한쪽 눈을 찡긋거렸다. 또 한 사내는 머리가 짧은 모랫빛 털로 덮여 있고, 그 밑에 있는 얼굴은 손으로 건드리면 떨어질 것처럼 새빨갛게 익어 있었다. 눈 주위의 살은 푸르죽죽했고,

그 속에 깊이 박힌 작은 두 눈은 날카롭게 번뜩였다.

두 사내는 웃지도 않고 무뚝뚝하게 우리를 바라보았다. 우리가 다가가자 까무잡잡한 사내가 요란하게 가래침을 뱉었다.

"안녕하세요." 내가 말했다.

'모랫빛'은 나를 노려보았고, '도깨비'는 잘난 체 고개를 끄덕이며 내가 자기 마음에 드는 멋진 말이라도 한 것처럼 한쪽 눈을 찡긋해 보였다.

그때 바넷의 구부정한 몸이 배경에 나타났다. 여전히 입술 끝에는 담배가 늘어져 있고, 밝은 햇빛이 번들거리는 파란색 양복에서 나오는 눈부신 빛줄기와 부딪쳤다.

나는 세 인간의 모습과 말의 자연스럽고 아름다운 기품을 비교하지 않을 수 없었다. 커다란 밤색 말은 고개를 휙 쳐들고 흔든 다음, 방목지 너머를 침착하게 바라보며 서 있었다. 크고 아름다운 눈은 총명하게 빛나고, 얼굴과 목의 고귀한 윤곽은 우아하고 힘찬 몸으로 부드럽게 이어져 있었다. 고등동물과 하등동물에 대해 내가 들은 이야기가 마음속에 떠올랐다.

시그프리드는 말 주위를 돌아다니며 말의 몸을 가볍게 토닥이고 다정하게 말을 걸었다. 열렬한 말 애호가인 그의 눈은 기쁨으로 빛나고 있었다.

"굉장한 녀석이군요, 바넷 씨." 시그프리드가 말했다.

뚱보는 시그프리드를 노려보았다.

"내 말을 망가뜨리지 마쇼. 내가 할 말은 그것뿐이오. 그 말을 사느라 돈이 엄청 들었으니까."

시그프리드는 생각에 잠긴 눈으로 바넷을 바라보고는 나에게 눈길을 돌렸다.

"시작하세. 저기 풀이 길게 자란 곳에 눕히는 게 좋겠군. 준비됐나, 제임스?"

나는 준비가 되었지만, 시그프리드가 나를 가만 내버려두면 훨씬 마음이 편했을 것이다. 말을 수술할 때 나는 마취 담당이었고 수술은 원장이 맡았다. 시그프리드는 훌륭한 외과의사여서, 능숙한 솜씨로 빠르게 수술을 끝냈다. 따라서 내가 마취를 맡고 원장이 수술을 맡는 데에는 전혀 불만이 없었다. 원장은 자기 일을 하고 나는 내 일을 하면 된다. 하지만 한가지 문제가 있었다. 원장은 계속 내 영역으로 밀고 들어와 내 일에 참견했고, 나는 그게 지겨웠다.

큰 동물을 마취시키는 데에는 두 가지 목적이 있다. 마취는 고통을 없애주는 동시에 동물의 움직임을 제한하는 수단이기도 하다. 잠재적으로 위험할 수도 있는 이런 동물을 다룰 때 움직임을 통제하지 않으면 일을 제대로 할 수 없다.

그것이 내 임무였다. 나는 환자를 잠재워 수술할 준비를 갖추어야 했지만, 그것이 수술 과정에서 가장 어려운 부분이라는 생각이 들 때가 많았다. 마취제가 제대로 효력을 나타낼 때까지는 한시도 긴장을 풀 수 없었다. 이 점에서 시그프리드는 나한테 전혀 도움이 되지 않았다. 원장은 내 옆을 얼쩡거리면서 클로로포름 양에 대해 조언했고, 마취제가 효력을 나타낼 때까지 꾹 참고 기다리지 못했다. 원장은 늘 이렇게 말하곤 했다. "쓰러질 것 같지 않은데!" 그러고는 이렇게 덧붙였다. "앞다리를 끈으로 묶어야 한다고 생각지 않나?"

30년이 지난 지금, 나는 티오펜탈 같은 정맥 마취제를 사용하고 있는

데도 시그프리드는 여전하다. 내가 주사기에 약을 넣고 있으면 초조하게 주위를 서성거리다가, 내 어깨 너머로 기다란 집게손가락을 뻗어 환자의 경정맥을 쿡쿡 찌르면서 말하곤 한다. "바로 여기다 주사바늘을 찔러주 게."

나는 결단을 내리지 못하고 거기에 서 있었다. 내 옆에는 원장이 서 있 고, 내 주머니에는 클로로포름 병이 들어 있고, 내 손에는 클로로포름 재 갈이 들려 있었다. 한 번만이라도 내 책임 아래 마취를 할 수 있다면 얼 마나 좋을까 하는 생각이 들었다. 뭐니뭐니 해도 나는 거의 3년 동안 시 그프리드 밑에서 일했다. 이제는 그런 말을 할 수 있을 만큼 시그프리드 를 잘 알고 있었다.

나는 헛기침으로 목청을 가다듬었다.

"원장님, 제가 이 말을 쓰러뜨릴 때까지 몇 분 동안 저쪽에 가서 앉아 계실 수는 없을까요?"

"왜?"

"이 일은 저한테 맡겨두는 게 좋을 것 같아서요. 말 머리 주변에 사람 이 너무 많습니다. 말을 흥분시키고 싶지 않아요. 그러니까 잠시 느긋하 게 앉아 계시는 게 어떨까요? 말이 쓰러지면 부르겠습니다."

시그프리드는 한 손을 들었다.

"좋아. 자네가 하라는 대로 하지. 어쨌든 내가 무엇 때문에 여기서 어정 거리고 있는지 나도 모르겠군."

원장은 돌아서서 쟁반을 겨드랑이에 끼고 50미터쯤 떨어진 곳에 세워 둔 '로버'(영국에서 1904년에 출시된 자동차 브랜드) 쪽으로 걸어갔다. 그리고 는 로버 뒤를 돌아 차체에 등을 기대고 풀밭에 주저앉았다. 마침내 원장이 내 시야에서 사라졌다.

평화가 찾아왔다. 나는 이마를 어루만지는 따사로운 햇살과 가까운 숲에서 메아리치는 새들의 노랫소리를 갑자기 의식했다. 나는 천천히 클로로포름 재갈을 굴레 밑에 고정시키고, 주머니에서 작은 유리 계량컵을 꺼냈다.

이번만은 시간이 충분했다. 나는 말이 겁먹지 않고 마취제 냄새에 익숙해지도록 우선 10시시 정도만 투여할 작정이었다. 나는 맑은 액체를 스펀지에 부었다.

"말을 끌고 천천히 원을 그리면서 도세요." 나는 '모랫빛'과 '도깨비'한테 말했다. "한 번에 조금씩 약을 투여할 작정입니다. 서두를 필요는 없어요. 하지만 말이 겁을 먹고 날뛸지도 모르니까 그 굴레를 단단히 잡고 있어야 합니다."

이런 경고를 할 필요는 전혀 없었다. 두 살배기 말은 전혀 겁먹은 기색 없이 차분하게 방목지를 돌았다. 나는 1분마다 한 번씩 스펀지에 마취제를 떨어뜨렸다. 잠시 후 말의 걸음걸이가 어색해졌다. 걸으면서 술 취한 것처럼 비틀거리기 시작했다. 나는 흡족한 기분으로 말을 지켜보았다. 바로 이것이 내가 원하는 방식이었다. 조금만 더 약을 투여하면 효력이 나타날 것이다. 나는 다시 10시시를 계량컵에 따라서 커다란 말에게 다가갔다.

말은 졸린 듯이 고개를 끄덕이고 있었다. 나는 약을 부으면서 중얼거렸다.

"자, 이젠 준비됐지?"

바로 그때 느닷없이 평화가 깨졌다. 자동차 쪽에서 우렁찬 고함 소리가 들려온 것이다.

"아무래도 쓰러질 것 같지 않은데!"

나는 깜짝 놀라 그쪽을 홱 돌아보았다. 보닛 너머로 머리가 살짝 보였다. 또다시 외침 소리가 이어졌다.

"앞다리를 끈으로……?"

그 순간 말이 비틀거리더니 조용히 풀밭에 쓰러졌다. 시그프리드는 칼을 손에 들고 숨어 있던 곳에서 사냥개처럼 달려왔다.

"머리를 깔고 앉아!" 원장은 달리면서 소리쳤다. "뭘 기다리고 있나? 금방 깨어날 거야! 그리고 그 밧줄을 뒷다리에 감아! 그리고 내 트레이를 가져와! 그리고 뜨거운 물을 가져와!" 원장은 헐떡거리면서 말에게 다가가더니, 홱 돌아서서 '모랫빛'의 얼굴에다 대고 냅다 고함을 질렀다. "자네한테 말하고 있는 거야. 빨리 움직여!"

'모랫빛'은 활처럼 휜 다리로 달려가다가 양동이를 들고 앞으로 달려나온 '도깨비'와 충돌했다. 이어서 그들은 밧줄을 가지고 잠시 미친 듯이 줄다리기를 하다가, 겨우 밧줄을 말의 발목에 감았다.

"다리를 앞으로 잡아당겨!" 원장이 수술 부위 위에 허리를 굽힌 채 소리를 지르고는 다시 기운차게 외쳤다. "그 빌어먹을 발을 내 눈에서 치워! 도대체 뭐하고 있는 거야? 그런 식으로 잡아당기면 둥지에 앉아 있는 암탉 한 마리도 끌어내지 못해."

나는 말 머리에 가만히 앉아서 목에 무릎을 댔다. 말을 억누를 필요는 전혀 없었다. 말은 완전히 의식을 잃었고, 시그프리드가 여느 때처럼 번개 같은 솜씨로 능숙하게 일하는 동안 편안히 눈을 감고 있었다. 기구를 트레이에 내려놓는 달그락거리는 소리만이 정적을 깨뜨리는 평화로운 상태는 겨우 몇 초밖에 지속되지 않았다. 몇 초 뒤에 원장은 말 머리 쪽에 앉아 있는 나를 힐끔 바라보았다.

"재갈을 벗기게."

수술이 끝난 것이다.

그렇게 쉬운 일은 평생 본 적이 없는 것 같다. 우리가 양동이의 물로 기구를 다 씻었을 때쯤 말은 벌써 일어나 조용히 풀을 뜯고 있었다.

"훌륭한 마취였네, 제임스." 원장이 기구를 닦으면서 말했다. "아주 좋았어. 그리고 이 말은 정말 굉장해."

우리가 장비를 트렁크에 싣고 떠날 준비를 마쳤을 때 월트 바넷이 우리에게 다가왔다. 그 거대한 덩치가 우리 머리 위로 불쑥 솟아올랐다. 바넷은 자동차 보닛 너머로 시그프리드를 바라보았다.

"그건 일이라고 할 만한 것도 아니었소." 바넷은 반짝거리는 보닛 위에 수표책을 탁 내려놓으면서 투덜거렸다. "얼마요?"

그 말에는 오만한 도전이 담겨 있었다. 이 야만적인 사내의 역동적인 힘에 직면하면 대부분의 사람들은 지레 주눅이 들어서, 1기니를 달라고 요구하려다가도 마음을 바꾸어 1파운드만 달라고 말했을 것이다.

"묻고 있잖소. 요금이 얼마요?" 바넷이 다시 말했다.

"아아, 예, 10파운드 되겠습니다." 시그프리드는 쾌활하게 말했다.

뚱보는 투실투실한 손을 수표책 위에 올려놓고 원장을 노려보았다.

"뭐라고?"

"10파운드 되겠습니다." 시그프리드가 되풀이 말했다.

"10파운드?" 바넷의 눈이 휘둥그레졌다.

"예." 시그프리드는 상냥하게 미소를 지으면서 말했다. "맞습니다. 10

파운드.”

침묵이 흘렀다. 두 사람은 보닛을 사이에 두고 서로를 노려보았다. 숲에서 들려오는 소음과 새들의 노랫소리가 비정상적으로 커진 것 같았다. 몇 초가 째깍거리며 지나갔다. 아무도 움직이지 않았다. 바넷은 무시무시한 눈으로 원장을 노려보고 있었다. 나는 아까보다 훨씬 크게 부풀어 오른 듯이 보이는 그 투실투실한 얼굴에서 눈길을 돌려, 턱이 단단하고 광대뼈가 튀어나온 원장의 여윈 옆얼굴을 쳐다보았다. 시그프리드의 얼굴에는 여전히 나른한 미소의 흔적이 남아 있었지만, 회색 눈에는 위험한 빛이 번득이고 있었다.

내가 참다못해 막 비명을 지르려는 순간, 뚱보가 갑자기 고개를 떨구고는 수표를 쓰기 시작했다. 수표를 건네는 바넷의 손이 부들부들 떨렸다. 종이가 거센 바람을 맞은 것처럼 펄럭거릴 정도였다.

“여기 있소.” 바넷이 쉰 목소리로 말했다.

“고맙습니다.” 시그프리드는 수표를 잠깐 들여다보고는 옆주머니에 아무렇게나 쑤셔 넣었다. “오늘은 진짜 봄날씨로군요. 이게 바로 5월의 날씨죠. 멋지지 않습니까? 진짜 5월의 날씨를 만끽하는 건 우리 모두에게 유익할 겁니다.”

월트 바넷은 뭐라고 중얼거리고는 돌아섰다. 나는 차에 올라타고, 파란색 양복에 감싸인 넓적한 어깨가 집 쪽으로 느릿느릿 걸어가는 것을 바라보았다.

“어쨌든 바넷은 이제 두 번 다시 우리를 부르지 않을 겁니다.” 내가 말했다.

시그프리드는 시동을 켜고 차를 출발시켰다.

"그래. 우리가 다시 여기로 차를 몰고 오면 바넷은 아마 12구경짜리 산탄총을 꺼낼걸. 하지만 나한테는 잘된 일이야. 앞으로 평생 동안 바넷을 상대하지 않고 살 수 있을 테니까."

병원으로 돌아가는 길에 우리는 볼든이라는 작은 마을을 지나갔다. 길에서 몇 미터 들어간 곳에 노란색으로 칠해진 건물이 서 있고, '교차로'라는 글씨가 적힌 나무 간판이 걸려 있었다. 양지바른 앞계단에 검은 개 한 마리가 누워서 낮잠을 자고 있었다. 시그프리드는 그 선술집 앞에서 속력을 늦추었다.

원장이 손목시계를 힐끗 보았다.

"12시 15분. 방금 문을 열었겠군. 시원한 맥주라도 한잔하면 기분이 상쾌해지지 않을까? 이 집엔 처음 와보는 것 같은데."

환한 밖에서 그늘진 술집 안으로 들어가자 마음이 차분해졌다. 커튼 사이로 어쩌다 스며드는 조각난 햇살이 판석을 깐 바닥과 갈라진 참나무 탁자, 높은 선반이 달린 커다란 벽난로를 비추고 있을 뿐, 실내는 어둡고 조용했다.

"안녕하쇼, 주인장."

원장은 카운터로 성큼성큼 다가가면서 우렁차게 외쳤다. 원장은 지금 공작 전하라도 된 기분이었다. 은제 손잡이가 달린 지팡이를 들고 있다면 그걸로 카운터를 땅땅 두드릴 수 있으련만, 그럴 수 없는 게 유감이었다.

카운터 뒤의 사내는 빙긋 웃으며 천연덕스럽게 장단을 맞추었다.

"안녕하십니까, 나리. 그런데 뭘 드릴까요?"

나는 시그프리드가 '이 술집의 최상급 특제 맥주 두 잔'을 주문하지 않을까 하고 은근히 기대했지만, 원장은 나를 돌아보며 중얼거렸다.

"생맥주 반 파인트씩만 할까?"

사내가 맥주를 따르기 시작했다.

"주인장도 같이 마시겠소?" 시그프리드가 물었다.

"고맙습니다. 그럼 저는 브라운 에일(단맛이 도는 흑맥주)을 한 잔 마시겠습니다."

"그리고 부인도!" 시그프리드는 카운터 끝에서 유리잔을 닦고 있는 주인의 아내에게 미소를 던졌다.

"고맙습니다." 그녀는 고개를 들고 숨을 삼켰다. 경탄한 표정이 그녀의 얼굴에 서서히 번져갔다. 시그프리드는 그녀를 유심히 쳐다보지 않았다. 회색 눈으로 5초 동안 힐끔 곁눈질했을 뿐이다. 하지만 포도주를 따르는 그녀의 손은 바르르 떨리고 있었다. 술병이 잔에 부딪쳐 달그락거렸다. 그리고 그녀는 그때부터 줄곧 꿈꾸는 듯한 눈으로 시그프리드를 바라보았다.

"5실링 6페니 되겠습니다." 주인이 말했다.

"알았소."

원장은 불룩한 옆주머니에 한손을 쑤셔 넣고 온갖 잡동사니를 카운터 위에 와르르 쏟아놓았다. 구겨진 지폐와 동전, 수의사용 기구, 체온계, 노끈 등등. 원장은 집게손가락으로 잡동사니를 휘저어 반 크라운짜리 은화 한 닢과 2실링짜리 플로린 은화 두 닢을 카운터 너머로 주인장에게 밀어주었다.

"잠깐만요!" 나는 놀라서 소리를 질렀다. "그거 제 곡선 가위 아닙니까? 며칠 전에 잃어버렸는데……."

시그프리드는 카운터 위에 쌓여 있던 잡동사니를 얼른 주머니 속에 쓸어 넣었다.

"말도 안 돼! 왜 그렇게 생각하나?"

"제 가위랑 똑같아 보이는데요. 아주 색다르게 생겼거든요. 날이 길고 납작하고…… 사방을 다 찾아다녔는데……."

원장은 몸을 뒤로 젖히고는 냉정하고 오만하게 나를 바라보았다.

"이보게 제임스! 그만하면 됐어. 더 이상 말하지 마. 나도 때로는 치사한 짓을 할 수 있을지 모르지만, 그런 짓은 내 품위에 어울리지 않는다고 믿고 싶네. 동료의 가위를 훔치는 것도 치사스러운 짓 가운데 하나야."

나는 입을 다물었다. 때를 기다리다가 나중에 기회를 잡아야 할 것 같다. 내 붕대 겸자도 시그프리드가 주머니에서 꺼내놓은 잡동사니 틈에서 분명히 본 것 같다는 생각이 들었다.

어쨌든 시그프리드의 마음은 다른 생각으로 가득 차 있었다. 원장은 실눈을 뜨고 열심히 생각하다가 다른 주머니를 뒤져서 아까와 비슷한 잡동사니를 카운터 위에 꺼내놓고 불안한 표정으로 휘젓기 시작했다.

"왜 그러세요?" 내가 물었다.

"방금 받은 그 수표 말이야. 내가 자네한테 주었나?"

"아뇨. 그 주머니에 넣었잖습니까? 제가 분명히 보았어요."

"나도 그런 줄 알았는데 없어졌어."

"없어져요?"

"그 빌어먹을 수표를 잃어버렸다고!"

"그럴 리가 없어요. 다른 주머니를 찾아보세요. 분명히 어딘가에 있을 겁니다."

시그프리드는 체계적인 수색을 시작했지만 헛수고로 끝났다.

마침내 원장이 말했다.

"정말로 잃어버렸군. 하지만 간단한 해결책이 방금 생각났어. 나는 여기 남아서 맥주를 한 잔 더 하고 있을 테니까, 그사이에 자네는 얼른 월트 바넷한테 가서 수표를 새로 받아오게."

## 27

차를 몰고 먼 길을 갈 때는 생각할 시간이 충분하다. 늦은 왕진을 마치고 집으로 돌아가면서 나는 치밀하게 계획을 세워 실천하는 내 능력을 속으로 곰곰 평가했다.

계획을 세우는 것은 내 강점이 아니었다. 그것은 솔직히 인정할 수밖에 없다. 결혼한 직후, 나는 헬렌에게 당분간은 아이를 낳지 않는 게 좋겠다고 말했다. 나는 곧 군대에 들어가 멀리 떠나야 할 테고, 우리에게는 아직 집이라고 할 만한 곳도 없고, 경제적으로도 불안정하니까 전쟁이 끝날 때까지 기다렸다가 아이를 낳는 편이 훨씬 좋을 것 같다고 말했던 것이다.

나는 의자에 기대앉아 현자처럼 파이프를 피우면서 진중하게 내 의견을 제시했지만, 헬렌의 임신이 확인되었을 때도 별로 놀랐던 것 같지 않다.

따뜻한 어둠 속에서 데일스의 풀냄새가 열린 차창으로 스며들어왔다. 조용한 마을을 지나갈 때는 풀냄새가 묘하게 달콤한 장작 연기 냄새와 잠깐 뒤섞였다. 마을을 에워싸고 있는 산들 사이로 텅 빈 길이 완만하게 구부러져 있었다. 그래, 나는 계획을 제대로 세우지 못했어. 얼마 동안 대러비를 떠나 있어야 할지 모르는데, 어쩌면 영국을 떠나 외국의 전쟁

터로 가게 될지도 모르는데, 집도 없고 돈도 없는데, 아내가 덜컥 임신을
해버렸으니……. 어수선한 상황이었다. 하지만 인생이란 언제 어느 때라
도 말끔하게 꾸려진 작은 소포 꾸러미 같지는 않다는 사실을 나는 비로
소 깨달았다.

내가 시장을 지나올 때 시계탑의 시계는 밤 11시를 가리키고 있었다.
트렌게이트 가로 구부러지자 우리 방의 불이 꺼져 있는 것이 보였다. 헬
렌은 벌써 잠자리에 든 모양이었다. 나는 뒷마당으로 돌아가 차를 차고
에 집어넣고 정원을 걸어갔다. 날마다 이렇게 정원을 걸어가는 것이 하
루를 마무리하는 일과였다. 때로는 얼어붙은 눈 위를 어기적거리며 걷기
도 했지만, 여름밤인 지금은 사과나무 아래를 지나 별들을 배경으로 조
용히 서 있는 집까지 쉽게 갈 수 있었다.

복도에서 나는 하마터면 시그프리드와 부딪칠 뻔했다.

"앨런비에서 지금 돌아오는 길인가?" 시그프리드가 물었다. "업무일지
를 보니 앨런비로 산통 환자를 보러 간 모양이던데."

나는 고개를 끄덕였다.

"예, 하지만 그리 심하지는 않았습니다. 발작적인 복통이었어요. 그 회
색 말은 과수원 곳곳에 떨어져 있는 설익은 배를 잔뜩 주워 먹었답니다."

시그프리드는 껄껄 웃었다.

"나도 몇 분 전에 돌아왔어. 마지막으로 들른 곳은 듀어 할머니 댁이었
지. 해산하는 고양이의 앞발을 한 시간 동안이나 붙잡아주었다네."

복도 모퉁이에 이르자 시그프리드는 잠시 머뭇거리다가 말했다.

"자기 전에 한잔할까?"

"좋죠."

나는 시그프리드와 함께 거실로 들어갔다. 하지만 우리 사이에는 조심스럽고 어색한 분위기가 감돌았다. 시그프리드는 공군에 입대하기 위해 내일 아침 일찍 런던으로 떠나야 했고(내가 일어났을 때쯤 시그프리드는 이미 떠난 뒤일 것이다), 따라서 이것이 이별주라는 것을 둘 다 알고 있었기 때문이다.

시그프리드가 벽난로 위의 찬장에서 위스키 병과 술잔을 찾아내는 동안 나는 내가 늘 앉는 안락의자에 털썩 주저앉았다. 시그프리드는 아무렇게나 병을 기울여 술잔에 위스키를 듬뿍 따르고 내 맞은편 의자에 자리를 잡았다.

우리는 몇 년 동안 수없이 이렇게 마주앉아 술잔을 나누었고, 새벽까지 술을 마시면서 대화에 열중한 적도 많았다. 하지만 내가 결혼한 뒤에는 자연히 그런 습관도 시들해졌다. 위스키를 홀짝거리며 벽난로 건너편에 앉아 있는 시그프리드를 바라보자 시계를 거꾸로 돌린 듯한 기분이 들었다. 높은 천장과 우아한 벽감과 프랑스식 창문이 있는 이 아름다운 방의 매력을 마치 살아 있는 존재처럼 느끼는 것도 정말 오랜만이었다.

우리는 시그프리드의 입대에 대해서는 한마디도 하지 않고, 예나 지금이나 우리의 변함없는 화제인 동물과 농부들 이야기만 나누었다. 기적적으로 회복된 암소 이야기, 어제 젠크스 영감한테 들은 이야기, 우리를 깔아뭉개고 울타리를 뛰어넘어 영원히 사라진 환자 이야기…… 그러다가 시그프리드가 손가락 하나를 들어올렸다.

"하마터면 잊을 뻔했군. 장부를 정리하다가 자네한테 줄 돈이 있는 걸 알았어요."

"그래요?"

"그래. 정말 미안해. 자네가 내 동업자가 되기 전에 이완 로스의 투베르쿨린 검사비 중에서 자네 몫을 따로 받곤 했잖아. 그때 뭔가 착오가 있어서 자네가 덜 받았어. 어쨌든 자네는 50파운드를 더 받아야 돼."

"50파운드나요? 그게 정말입니까?"

"물론이지. 정말 미안하네."

"아니, 사과하실 필요는 없습니다. 지금 그 돈이 있으면 큰 도움이 될 거예요."

"그거 잘됐군. 어쨌든 내일 아침에 책상 맨 위 서랍을 열어보면 수표가 들어 있을 걸세."

시그프리드는 나른하게 손을 흔들고는 그날 오후에 치료한 동물에 대해 이야기하기 시작했다. 하지만 몇 분 동안은 그의 말이 귀에 들어오지 않았다. 50파운드! 당시에는 큰돈이었다. 더구나 나는 이제 곧 공군 이등병이 될 테고, 훈련 기간에는 하루에 3실링밖에 못 벌 것이다. 50파운드가 나의 재정 문제를 해결해주지는 못하지만, 몸을 기댈 수 있는 멋진 쿠션이 되어줄 것이다.

나와 가까운 사람들은 내가 좀 얼뜨고 세상물정에 어둡다는 데 의견이 일치했다. 아무래도 그들의 말이 맞는 것 같다. 시그프리드가 나한테 50파운드를 빚졌을 리가 없다는 사실을 내가 깨달은 것은 그로부터 몇 년이나 지난 뒤였기 때문이다. 시그프리드는 내가 그때 금전적 도움이 필요한 처지라는 것을 알고 그런 식으로 나를 도와준 것이다. 먼 훗날 모든 사실이 분명해졌을 때 나는 이것이야말로 시그프리드다운 방식임을 깨달았다. 나를 조금도 난처하지 않게 도와주는 것. 그는 나한테 직접 수표를 건네지도 않았다…….

병에 든 위스키가 줄어들수록 대화는 점점 열기를 띠고 입에서는 말이 술술 흘러나왔다. 몇 시간 뒤에 내 마음은 초자연적으로 투명해진 것 같았다. 마음이 육체를 떠나 높은 곳에서 우리 두 사람을 내려다보고 있는 듯한 느낌이었다. 우리는 의자에 거의 눕다시피 한 자세로 앉아 있었다. 머리는 등받이 아래쪽으로 미끄러져 내려갔고, 두 다리는 앞으로 쭉 뻗고 있었다. 원장의 얼굴이 선명하게 드러났다. 원장은 아직 30대 초반인데도 그보다 훨씬 나이가 들어 보였다. 늘 장난기가 어려 있는 눈에 뼈가 단단하고 군살이 붙어 있지 않은 그 얼굴은 매력적이긴 했지만 젊어 보이지는 않았다. 사실 시그프리드는 내가 처음 만났을 때부터 지금까지 한 번도 젊어 보인 적이 없었지만, 지금은 오히려 유리한 입장에서 기분 좋게 웃고 있다. 마지막에 웃는 사람이 진정한 승리자가 아닌가. 그는 지난 30년 동안 거의 변하지 않았고, 앞으로도 절대 늙어 보이지 않을 사람이기 때문이다.

모든 것이 따뜻하고 편안했던 그날 밤, 내가 전지전능한 존재처럼 느껴졌던 그 순간, 트리스탄이 옆에 없는 게 유감이었다. 트리스탄이 있었다면 여느 때처럼 삼총사를 이룰 수 있었을 텐데. 이야기를 나누는 동안 지난 몇 년 동안의 기억이 선명한 그림처럼 방을 지나갔다. 언덕 비탈에서 얼음처럼 차가운 11월의 가을비를 고스란히 맞으며 일하던 기억, 눈더미 속에 처박힌 차를 꺼내려고 눈을 파헤치던 기억, 황량한 시골 풍경을 따뜻하게 감싸주던 봄날의 화창한 햇살. 그러자 그 모든 기억 속에는 언제나 트리스탄이 있었다는 생각이 떠올랐다. 나는 시그프리드를 그리워하듯 트리스탄을 그리워할 거라고 생각했다.

시그프리드가 일어나 커튼을 젖히자 희미한 아침 햇살이 방 안으로 흘러들었다. 벌써 날이 밝았다는 것을 믿을 수가 없었다. 나는 일어나서 창가로 다가가 시그프리드 옆에 섰다. 시그프리드가 손목시계를 들여다보았다.

"다섯 시군. 또 밤을 새웠어." 시그프리드가 미소를 지었다.

시그프리드는 프랑스식 창문을 열고 밖으로 나갔다. 나도 그를 따라 조용한 정원으로 나갔다. 신새벽의 달콤한 공기를 가슴 가득 들이마시고 있을 때 새소리가 정적을 깨뜨렸다.

"저 지빠귀 소리를 들었습니까?" 내가 물었다.

시그프리드는 고개를 끄덕였다. 원장도 나와 똑같은 생각을 하고 있는 게 아닐까 하는 생각이 들었다. 방금 들린 지빠귀 소리는 몇 해 전 내 첫 환자에 대해 이야기를 나눈 꼭두새벽에 첫 햇살을 환영했던 그 지빠귀 소리와 똑같았다. 시그프리드도 그 생각을 하고 있는 게 아닐까.

우리는 말없이 계단을 올라갔다. 시그프리드가 자기 방 앞에서 걸음을 세웠다.

"그럼 제임스……."

원장은 손을 내밀었다. 입술 한쪽이 실룩거렸다. 나는 원장이 내민 손을 움켜잡았다. 이윽고 원장은 돌아서서 방으로 들어갔다. 나는 멍하니 계단을 올라갔다. 우리가 작별 인사를 한마디도 하지 않았다는 게 이상했다. 언제 다시 만나게 될지는 알 수 없었다. 과연 다시 만날 수는 있을까. 하지만 시그프리드도 나도 이별에 대해서는 한마디도 하지 않았다. 시그프리드가 작별 인사를 하고 싶었는지 어떤지는 모르지만, 내 가슴속에는 밖으로 터져 나가고 싶어 하는 말이 가득 차 있었다.

나는 상사인 동시에 친구가 되어준 시그프리드에게 감사하고 싶었다.

나한테 그렇게 많은 것을 가르쳐주고 나를 버리지 않은 데 감사하고 싶었다. 그 밖에도 하고 싶은 말이 너무 많았지만 나는 아무 말도 하지 않았다.

생각해보면 그 50파운드에 대해서도 고맙다는 말을 한 적이 없다⋯⋯ 지금까지.

## 28

나는 정신을 바짝 차리고 내가 놓여 있는 상황을 생각했다. 이제 왕진할 곳은 하나밖에 남지 않았다. 그곳은 여기서 5킬로미터 정도 떨어져 있으니까 넉넉잡고 10분이면 갈 수 있을 것이다. 농장에서 일을 끝내는 데 20분이 걸린다 치고, 대러비로 돌아가는 데 15분, 잽싸게 몸을 씻고 옷을 갈아입으면 7시까지는 호지슨 부인네 식탁 밑에 내 무릎을 들이밀 수 있을 것이다.

게다가 다음 일거리는 간단했다. 거세하지 않은 황소의 코에 코뚜레를 꿰는 일이다. 요즘에는 인공수정이 널리 보급되어 씨받이소가 별로 없지만, 1930년대에는 거의 모든 농부가 씨받이용으로 거세하지 않은 황소를 키웠고, 그런 소에게 코뚜레를 꿰는 것은 수의사의 일상적인 일이었다. 코뚜레는 소가 한 살쯤 되었을 때 끼웠는데, 덩치 큰 황소를 이리저리 끌고 다녀야 할 때 마음먹은 대로 다루려면 반드시 필요한 도구였다.

농장에 도착해 보니 테드 노인과 일꾼 두 사람이 마당에서 나를 기다리고 있었다. 나는 안도의 한숨을 내쉬었다. 수의사는 농장에서 사람을 찾아다니느라 시간을 보낼 때가 많다. 아무도 없는 외양간에서 고함을 지르고, 다시 텅 빈 목초지에서 고함을 지르며 사람을 찾다가 까마득히 먼 지평선에 작은 점 하나가 보이면, 미친 듯이 손을 흔들면서 어떻게든 그 작은 점의 시선을 끌려고 기를 쓴다. 그것이 수의사가 시간을 낭비하는 전형적인 방식이다.

"아아, 젊은이." 테드 노인이 말했다. 그 짧은 문장이 입에서 나오는 데에도 상당한 시간이 걸렸다. 이 노인은 언제나 나에게 즐거움을 주는 존재였다. 그는 진짜 요크셔 사투리로 천천히 이야기했다. 내가 그 사투리 듣기를 즐기는 만큼, 노인도 음절 하나하나를 음미하며 즐기는 것 같았다. "그래, 왔구먼."

"예, 영감님. 이렇게 준비를 끝내고 기다리고 계신 걸 보니 기쁘군요."

"나는 수의사들이 여기서 오래 얼쩡거리는 게 싫어." 노인이 말하고는 일꾼들을 돌아보았다. "자네들은 저 우리에 들어가서 저 덩치 큰 미련퉁이 녀석을 붙잡고 있게."

'자네들'이라고 불린 어니스트와 허버트는 둘 다 60대 노인이었다. 그들은 발을 질질 끌면서 황소 우리로 들어가 문을 닫았다. 몇 초 동안 칸막이에 무언가가 부딪치는 둔탁한 소리와 황소의 울음소리, 두 일꾼의 말소리가 이따금 들리더니 조용해졌다.

"이제야 붙잡은 모양이군." 테드 노인이 중얼거렸다.

이번이 처음은 아니지만 나는 그의 낡은 옷을 새삼 경탄하는 눈으로 바라보았다. 그는 언제 보아도 늘 그 모자에 그 코트를 착용하고 있었다. 처음 만난 이후 지금까지 다른 옷을 입은 모습을 한 번도 본 적이 없었다. 헤아릴 수 없을 만큼 오래전에는 그 코트가 방수 처리된 레인코트였을 게 분명하지만, 나에게는 두 가지가 수수께끼였다. 왜 그 코트를 입는지, 그리고 어떻게 입는지. 노끈으로 허리를 동여맨 코트는 너덜너덜 해져서 리본 같은 넝마조각을 모아놓은 것 같았다. 그런 코트를 걸쳐봤자 비바람을 막아주지도 못할 텐데 무엇 때문에 입는 것일까? 그리고 옷이 온통 구멍투성이인데, 어느 구멍이 소매 구멍인지를 어떻게 분간할까? 모자는 20세기 초에 만들어진 중절모였는데, 윗막이가 거의 없어졌고 챙은 비참할 만큼 구겨져서 귀와 눈썹 위에 수직으로 늘어져 있었다. 노인이 밤마다 그 모자를 못에 걸어놓았다가 아침에 다시 쓴다는 것은 믿을 수 없는 일로 여겨졌다.

아마 이 수수께끼의 해답은 해골처럼 여윈 얼굴에서 밖을 내다보고 있는 그 차분하고 익살스러운 눈에서 찾을 수 있을 것이다. 테드 노인에게는 아무 것도 변하지 않았고, 10년의 세월도 순식간에 덧없이 지나갔다. 그의 부엌에는 화덕 위에 프라이팬과 냄비를 걸어놓는 구식 '걸이'가 있었다. 노인은 그것을 나한테 보여주면서, 프라이팬의 크기에 따라 조정할 수 있는 구멍을 가리켰다. 마치 최신 발명품이라도 되는 것처럼 자랑스러운 표정이었다.

"어때, 멋지지 않나? 이걸 설치해준 사람은 솜씨가 대단했어!"

"그게 언제였습니까?"

"1897년. 나는 잘 기억하고 있지. 그 사람은 정말 훌륭한 기술자였어."

일꾼들은 굴레를 씌운 어린 황소를 끌고 다시 나타나, 코뚜레를 꿰기에 적당한 자세를 취하게 했다.

이 일은 일정한 형식에 따라 진행되는 의식이었다. 거기에는 고전 발레처럼 변하지 않는 틀에 박힌 패턴이 있었다. 어니스트와 허버트는 허리까지 올라오는 외양간 문 너머로 황소의 머리를 잡아당기고, 굴레 양쪽에 달린 자루를 잡아당겨 소가 머리를 움직이지 못하게 했다. 낙인을 찍거나 코뚜레를 꿸 때 소를 꼼짝 못하게 가두어놓는 이동식 우리가 아직 발명되지 않았기 때문에, 안전을 위해서 소는 우리 안에 놔두고 사람은 밖에서 소의 머리를 고정시키는 이 방식이 채택된 것이다. 다음 단계는 특수 천공기로 비중격(비강을 좌우로 나누어주는 칸막이 벽) 끝에 있는 질긴 조직에 구멍을 뚫는 것이었다.

하지만 나는 이 단계를 약간 개량했다. 준비 단계가 전혀 없이 다짜고짜 구멍을 뚫는 것이 일반적인 관행이지만, 나는 황소가 그것을 별로 좋아하지 않을지도 모른다는 느낌을 받았다. 그래서 나는 국부마취제를 코속에 조금 주입한 뒤에 일을 시작하곤 했다. 내가 주사기를 준비하자 왼쪽 자루를 잡고 있던 어니스트가 불안한 듯 문 옆으로 슬금슬금 뒷걸음쳤다.

"어니스트, 자넨 지금 너무 옆으로 비켜 서 있어." 노인이 느릿느릿 말했다. "황소가 덤벼들까봐 겁이 나서 그래?"

"아, 아닙니다."

어니스트는 멋쩍은 듯 히죽 웃고는 밧줄을 짧게 잡았다. 하지만 내가 주사바늘을 콧구멍 바로 안쪽 연골에 찔러 넣자 어니스트는 뒤로 펄쩍 뛰어 원래 위치로 돌아갔다. 성난 황소가 갑자기 큰 소리로 울부짖으면서 문 위로 앞발을 들어 올렸기 때문이다. 테드 노인은 이 황소한테 코뚜레를 꿰는 것을 너무 미루었다. 소는 벌써 한 살 반이 다 되어 덩치가 너무 커졌다.

"꽉 잡아!" 테드 노인은 밧줄에 매달려 있는 두 일꾼에게 소리쳤다. "그래, 좋아. 이제 곧 진정될 거야."

그 말대로 소는 곧 진정되었다. 양쪽에서 밧줄을 잡아당기자 소는 문 위에 턱을 올려놓고 다음 단계를 준비했다. 나는 콧구멍 속에 천공기를 집어넣고 손잡이를 힘껏 눌렀다. 이 일을 할 때 나는 전문직에 종사하는 신사 같은 기분을 느낀 적이 한 번도 없지만, 적어도 마취제가 효력을 발휘했기 때문에 천공기가 딸깍 소리를 내면서 질긴 조직에 작은 구멍을 뚫어도 덩치 큰 황소는 꿈쩍도 하지 않았다.

이 엄숙한 의식의 다음 단계는 코뚜레를 꿰는 일이었다. 나는 청동 코뚜레를 싸고 있는 종이를 풀고 나사를 빼냈다. 코뚜레에는 경첩이 달려 있어서 여닫을 수 있도록 되어 있었다. 나는 코뚜레를 활짝 열고, 반드시 들려올 말을 기다렸다.

그 말을 해준 사람은 테드 노인이었다.

"허버트, 모자를 벗게. 잠깐 모자를 벗었다고 감기에 걸리진 않아."

항상 모자였다. 커다란 양동이나 세숫대야가 터무니없이 작은 그 나사와 역시 터무니없이 작은 드라이버를 받기에는 훨씬 실용적이었을 텐데도 언제나 모자였다. 기름때가 번들거리는 낡은 모자가 반짝반짝 빛나는 허버트의 머리에서 벗겨졌다.

다음 단계는 내가 뚫어놓은 구멍에 코뚜레를 끼운 다음 코뚜레를 닫고, 나사를 끼워서 단단히 조이는 일이었다. 모자가 등장하는 것은 바로 이 장면이다. 나사가 흙과 짚 속에 떨어지면 다시는 찾을 수 없기 때문에, 소가 갑자기 움직일 경우에 대비하여 코뚜레 밑에 모자를 받치는 것이다. 그 일이 끝나면 테드 노인은 줄칼을 건네주었고, 나는 그것으로 나사 가장자리를 조심스럽게 갈아서 매끄럽게 다듬곤 했다.

하지만 이번에는 이 판에 박힌 드라마를 수정해야 했다. 나는 코뚜레를 들고 앞으로 나가서 어린 황소와 마주섰다. 그루터기처럼 짧고 굵은 뿔

밑에 넓은 간격을 두고 박혀 있는 두 눈이 내 눈을 잠시 들여다보았다. 내가 손을 뻗은 순간 황소가 몸을 조금 움직인 게 분명하다. 코뚜레의 날카로운 끝이 재갈보다 조금 위쪽을 찔렀기 때문이다. 살짝 닿은 정도였지만, 격분한 황소는 입을 벌리고 큰 소리로 울부짖으면서 또다시 뒷다리로 일어섰다. 코뚜레에 찔린 것을 개인적인 모욕으로 생각한 것 같았다.

다 자란 황소가 그런 자세를 취하니까 정말로 거대해 보였다. 앞발로 허리까지 올라오는 우리 문을 쿵쿵 때리고 거대한 흉곽을 높이 치켜 올린 황소는 분명 만만찮은 존재였다.

"녀석이 문을 넘어오고 있어!"

어니스트는 놀라서 숨을 헐떡거리며, 잡고 있던 굴레 자루를 놓아버렸다. 애초부터 이 일에 별로 열의를 보이지 않은 어니스트가 이제 미련 없이 일을 팽개쳐버린 것이다. 허버트는 어니스트보다는 사내다워서, 황소가 제 머리 위에서 발을 마구 휘두르는데도 단호하게 밧줄을 잡고 있었다. 하지만 발굽 하나가 휙휙 소리를 내며 그의 귀를 스치고 또 다른 발굽이 반짝이는 그의 머리 위에서 윙윙 소리를 내자 허버트도 밧줄을 놓고 달아나버렸다.

테드 노인은 여느 때처럼 조금도 흐트러짐이 없었지만 사정거리 밖에 있었고, 결국 황소 앞에 남은 것은 나뿐이었다. 나는 소가 겁을 먹고 원래 위치로 돌아갈지도 모른다는 헛된 기대를 품고, 우리 문 앞에서 팔딱팔딱 뛰면서 미친 듯이 소에게 손짓 발짓을 해댔다. 나를 그 자리에 묶어둔 것은, 황소가 우리 밖으로 기어 나올수록 내가 호지슨 부인의 멋진 저녁식사에서 그만큼 더 멀어지고 있다는 초조감, 오직 그것뿐이었다.

나는 콧김을 내뿜으며 울부짖는 황소가 우리 문 밖으로 3분의 2쯤 넘어올 때까지 내 자리를 고수했다. 소는 우리 문의 맨 위 가로대가 복부를 깊이 파고든 희한한 상태로 잠시 문에 몸을 걸치고 있다가, 마지막으로 펄쩍 뛰어올라 마당으로 돌진했다. 나는 숨을 곳을 찾아 달아났다. 하지만 황소는 술래잡기에는 관심이 없었다. 목초지로 통하는 문이 열려 있는 것을 보고는 특급열차처럼 그 문으로 달려 나갔다.

나는 커다란 우유통 뒤에서 신나게 풀밭을 달려가는 황소를 슬픈 눈으로 바라보았다. 황소는 풀밭에서 펄쩍펄쩍 뛰면서 새로 찾은 자유를 만끽하고 있었다. 꼬리를 높이 쳐든 채 뿔로 박치기를 하려는 것처럼 뛰어오르거나 발길질을 하면서, 넓은 방목지가 펼쳐져 있는 머나먼 지평선을 향해 달려갔다. 방목지는 차츰 아래쪽으로 기울어져 우묵한 골짜기 바닥을 따라 구불구불 흐르고 있는 개울로 이어져 있었다. 황소가 언덕을 넘어 골짜기 쪽으로 사라진 순간, 돼지갈비에 대한 내 마지막 희망도 함께 사라졌다.

"저 녀석을 붙잡으려면 한 시간은 걸리겠군." 어니스트가 우울하게 투덜거렸다.

나는 손목시계를 보았다. 6시 반. 세상일이 너무 불공평하다는 생각이 들고, 내 신세를 한탄하는 울부짖음이 입에서 새어나왔다.

"그래요, 빌어먹을. 나는 일곱 시에 대러비에서 약속이 있는데!" 나는 마당에 깔린 자갈 위에서 잠시 발을 동동 구르다가 테드 노인을 홱 돌아보았다. "이제 약속을 지키기는 다 틀렸군요. 아내한테 전화를 해야겠어요. 전화가 어디 있죠?"

테드 노인의 느릿느릿한 말투가 평상시보다도 느려졌다.

"전화? 그런 거 없어. 나는 그런 걸 좋게 생각지 않아." 노인은 주머니에서 담배통을 꺼내 뚜껑을 비틀어 열고는 다 찌그러진 시계를 꺼내 천천히 문자반을 조사했다. "어쨌든 전화를 걸 필요는 없어. 아무도 자네가 일곱 시까지 대러비로 돌아가는 것을 막지 않을 테니까."

"하지만…… 그건 불가능합니다. 그리고 사람들을 계속 기다리게 할 수는 없어요. 전화를 걸어야 돼요."

"젊은이, 그렇게 낙담하지 말게." 노인의 길쭉한 얼굴에 주름이 잡히면서 나를 달래는 듯한 미소가 떠올랐다. "내 말을 믿어. 자네는 약속 시간에 늦지 않을 거야."

나는 두 팔을 휘둘렀다.

"하지만 저 아저씨가 방금 말했잖습니까. 저 소를 잡으려면 한 시간은 걸릴 거라고!"

"턱도 없는 소리! 저 친구는 늘 그런 식으로 말해. 내가 5분 안에 황소를 데려오지."

"5분이라고요? 말도 안 돼요! 영감님이 소를 쫓아다니는 동안 저는 차를 몰고 가까운 공중전화에 가서 전화를 걸고 오겠습니다."

"그러지 말게, 젊은이." 노인은 담장 앞에 놓여 있는 길쭉한 돌을 가리켰다. 소들이 물을 마시는 물통이었다. "저기 앉아서 다른 거나 생각하고 있게. 기껏해야 5분밖에 안 걸릴 거야."

나는 거친 돌 위에 털썩 주저앉아 두 손에 얼굴을 묻었다. 잠시 후 고개를 들어 보니 노인이 외양간에서 늙은 암소 한 마리를 몰고 나오는 참이었다. 암소는 노인 앞에서 천천히 걷고 있었다. 길게 구부러진 뿔의 나이테로 보아 암소는 10대 후반인 게 분명했다. 골반은 모자걸이처럼 튀어나왔고, 아래쪽에서는 땅바닥에 닿을 만큼 축 늘어진 젖통이 시계추처럼 흔들리고 있었다.

"저기로 나가."

노인이 말하자 늙은 암소는 목초지로 들어갔다. 걸음을 내디딜 때마다 젖통이 조용히 흔들렸다. 나는 암소가 언덕을 넘어 사라질 때까지 지켜보다가 고개를 돌렸다. 그러자 테드 노인이 농후사료를 양동이에 붓고 있는 것이 보였다.

노인은 양동이를 들고 목초지로 들어가더니 막대기로 양동이를 때리기 시작했다. 나는 도대체 뭘 하고 있는 건지 이해할 수가 없어서 어리둥절한 눈으로 지켜보았다. 테드 노인은 양동이를 때리면서 목청을 높였다. 높고 날카로운 목소리가 길게 뻗은 목초지를 가로질러 개울 쪽으로 퍼져 나갔다.

"쿠시, 쿠시! 쿠시, 펫, 쿠시!"

그러자 당장 암소가 언덕을 넘어 다시 나타났다. 그리고 바로 뒤이어 황소가 나타났다. 나는 테드 노인이 양동이를 두드리자 암소가 뻣뻣한 걸음걸이로 달리기 시작하고 젊은 황소가 늙은 암소 옆에 찰싹 붙어서 따라오는 것을 놀란 눈으로 바라보았다. 암소는 노인 옆에 이르자 농후사료 속에 고개를 처박았고, 암소만큼 덩치가 큰 황소는 암소의 배 밑에 코를 들이밀고 커다란 입으로 암소의 젖꼭지 하나를 물었다. 이치에 어긋나는 광경이었지만, 덩치 큰 황소가 무릎을 꿇다시피 하고 만족스럽게 젖을 빠는데도 암소는 전혀 개의치 않는 것 같았다.

실제로 그것은 진정제 같은 구실을 했다. 노인이 암소를 끌고 외양간으로 들어가자 황소도 얌전히 뒤를 따랐기 때문이다. 내가 코 속에 코뚜레를 밀어 넣고 다행히 허버트의 모자 속에 남아 있었던 나사로 코뚜레를 고정시켜도 황소는 전혀 불평하지 않았다.

"일곱 시 15분 전!" 나는 부리나케 자동차로 달려가 운전석에 뛰어오르면서 행복하게 말했다. "그래, 제시간에 도착할 수 있겠어." 헬렌과 내가 호지슨 부인네 계단에 서 있는 광경, 이윽고 문이 열리고 부엌에서 풍겨오는 황홀한 돼지갈비와 양파 냄새를 맡고 있는 광경이 눈앞에 선히 떠올랐다.

나는 모자챙을 침착한 눈 위로 늘어뜨린 허수아비 같은 노인을 다시 바라보았다.

"영감님, 정말 대단하십니다. 제 눈으로 보지 않았다면 믿지 않았을 거예요. 황소가 그런 식으로 암소를 따라오다니, 정말 놀라운 일입니다."

노인은 빙그레 웃었다. 그 조용한 정신 속에 무한한 지혜가 담겨 있다는 생각이 갑자기 솟아났다.

"젊은이, 그건 전혀 놀라운 일이 아니라네. 세상에서 가장 자연스러운 일이지. 그 암소는 황소 녀석의 어미거든."

## 29

나는 속력을 늦추고 농장의 오솔길 끝에 있는 외양간을 바라보았다. 트리스탄의 차가 외양간 앞에 서 있고, 외양간의 초록빛 문 안에서 트리스탄이 송아지를 받고 있었다. 트리스탄의 학창 시절이 끝났기 때문이다. 트리스탄은 이제 완전히 제몫을 할 수 있는 수의사였고, 그의 앞길에는 동물을 치료하는 수의사의 멋진 세계가 그 모든 현실과 함께 펼쳐져 있었다.

하지만 그 세계에 오랫동안 몸담고 있지는 못할 것이다. 다른 젊은이들과 마찬가지로 트리스탄도 군대에 들어가야 하고, 나에 뒤이어 곧바로 대러비를 떠날 것이기 때문이다. 하지만 트리스탄은 군대에 가서도 수의사 일을 하게 될 테니까 입대하는 것도 그리 나쁘지는 않을 것이다. 내가 군복무를 자원했을 때는 육군에서 수의사를 필요로 하지 않았기 때문에, 육해공군 가운데 유일하게 우리 같은 '예비 직업'(전시에 병역이 면제되는 직업)에 문호를 개방한 공군에 입대했다. 그러나 트리스탄의 차례가 되었을 때는 동아시아 전선이 점점 확대되어, 말과 노새와 낙타 등을 치료할 수의사가 절실히 필요했다.

어쨌든 시기가 기막히게 맞아떨어진 셈이다. 아무래도 신들은 여느 때나 마찬가지로 트리스탄을 특별히 돌봐주고 있는 것 같았다. 신들은 늘 쾌활하고 낙천적으로 세상을 바라보면서 운명에 거역하지 않고 바람 부는 대로 흔들리다가 활짝 웃으며 오뚝이처럼 일어나는 트리스탄 같은 사람을 사랑하는 것 같다. 시그프리드와 나는 공군 이등병으로 몇 시간 동안 연병장을 행군했지만, 트리스탄 파넌 육군 대위는 멋진 장교복을 차려입고 당당하게 전쟁터로 떠났다.

하지만 그때까지는 트리스탄의 도움을 받을 수 있어서 기뻤다. 내가 떠난 뒤에는 트리스탄이 조수의 도움으로 병원을 운영할 테고, 트리스탄이 떠난 뒤에는 두 외지인이 우리가 돌아올 때까지 병원을 맡을 것이다. 그때는 모든 것이 이렇게 임시방편이었다.

나는 차를 세우고 트리스탄의 자동차를 바라보며 생각에 잠겼다. 이곳은 마크 도슨네 농장이었다. 시골로 왕진을 나갔다가 병원으로 전화를 걸자 헬렌이 전화를 받아서는 트리스탄이 이 농장으로 송아지를 받으러 갔다고 전해주었다. 나는 트리스탄이 하는 일에 끼어들어 법석을 떨고 싶지는 않았지만, 트리스탄이 어떻게 하고 있는지 궁금해서 견딜 수가 없었다. 도슨 씨는 완고하고 무뚝뚝한 사람이어서, 일이 잘못되면 가차 없이 젊은이한테 호통을 칠 것이기 때문이다.

하지만 트리스탄은 면허증을 딴 이후 줄곧 일을 잘해내고 있었으니까 내가 걱정할 필요는 전혀 없었다. 트리스탄은 학창 시절에도 이따금 왕진을 나가면 언제나 농부들의 호감을 샀고, 정식 수의사가 된 뒤로는 좋은 평판이 쏟아져 들어왔다.

"그 젊은 친구, 일을 아주 잘하더군! 조금도 수고를 아끼지 않아. 그렇게 열심히 자기 일에 몰두하는 젊은이는 난생처음 봤어."

또 어떤 이는 나를 한쪽 구석으로 끌고 가서 속삭였다.

"그 젊은 친구 말이야, 일할 때 묘한 소리를 내지만 아주 열심이야. 아무리 힘들어도 절대 내색하거나 포기하지 않아. 포기할 바에는 차라리 자살하고 말 거야."

이 마지막 말이 마음에 걸렸다. 끈질긴 노력은 결코 트리스탄의 장점이 아니었기 때문이다. 나는 좀 어리둥절했지만, 학창 시절의 트리스탄에 대한 기억이 되살아나자 납득이 갔다. 트리스탄은 어떤 상황에서나 늘 독특한 방식으로 날카로운 지성을 발휘했다. 시골 수의사들이 겪는 사소한 사고에 그가 어떻게 반응하는가를 보면서 나는 그가 나름대로 독자적인 체계를 운영하고 있다고 믿게 되었다.

그 체계가 작동하는 것을 처음 보았을 때가 생각난다. 트리스탄이 암소 옆에 서서 젖꼭지에서 젖을 짜내고 있는 나를 지켜보고 있을 때, 암소가 느닷없이 홱 돌아서서 단단한 발굽으로 트리스탄의 발을 밟았다. 흔히 일어나는 사고인데, 고통이 꽤 심하다. 끝에 강철을 댄 장화가 나오기 전에는 나도 수없이 소한테 밟혀서, 발가락 피부가 양피지 두루마리처럼 홀라당 벗겨진 적이 많았다. 그런 일이 일어나면 나는 으레 팔짝팔짝 뛰면서 욕설을 내뱉었고, 농부들은 그런 내 꼴을 보면서 배꼽을 쥐는 것이 보통이었다. 하지만 트리스탄은 다르게 대처했다.

그는 암소의 골반에 머리를 기대고 잠시 헉헉거리다가 입을 딱 벌리고는 길게 신음 소리를 토해냈다. 농부와 내가 빤히 바라보자 트리스탄은 다친 다리를 질질 끌면서 자갈밭을 비틀거리며 걸어갔다. 겨우 맞은편 돌담에 도착하자 그는 여전히 애처롭게 신음 소리를 내면서 털썩 쓰러져 돌담에 얼굴을 눌러댔다.

나는 깜짝 놀라서 그를 도우러 달려갔다. 뼈가 부러진 게 틀림없어. 벌

377

써 내 마음은 최대한 빨리 그를 병원으로 옮길 계획을 세우느라 바빴다. 하지만 트리스탄은 순식간에 되살아났고, 10분 뒤 우리가 외양간을 떠날 때는 언제 다리를 절었나 싶을 만큼 경쾌한 걸음걸이로 걸었다. 나는 한 가지를 알아차렸다. 아무도 트리스탄을 보고 웃지 않았다. 트리스탄이 얻은 것은 동정과 위로의 말뿐이었다.

이런 일은 다른 곳에서도 일어났다. 트리스탄은 동물들에게 몇 번 걷어차였고, 암소들 사이에 끼여 납작 짜부라지기도 했고, 우리네 수의사 생활의 일부인 온갖 고생과 불편을 거의 다 맛보았지만, 그때마다 연극적으로 반응했다. 그리고 대성공을 거두었다! 농부들은 그가 연기를 시작하면 한결같이 깊은 관심을 보였다. 아니, 그뿐만이 아니었다. 그 연기는 실제로 트리스탄의 이미지를 높여주었다. 나는 그게 흐뭇했다. 요크셔 농부들에게 깊은 인상을 주는 것은 쉬운 일이 아니고, 트리스탄의 방식이 효과가 있다면 나한테도 좋았기 때문이다.

이제 나는 농장 밖에 세워둔 차 안에 앉아서 혼자 빙긋 웃었다. 도슨 씨는 상대가 아무리 고통에 겨워도 눈썹 하나 까딱하지 않을 사람이었다. 그가 남을 동정한다는 것은 상상할 수도 없었다. 나도 지금까지 이 농장에서 여러 번 재난을 당했지만, 도슨 씨는 내가 괴로워하거나 말거나 전혀 아랑곳하지 않았다.

나는 충동적으로 차를 몰고 오솔길을 내려가 외양간 안으로 들어갔다. 웃통을 벗어부치고 비누로 팔을 씻은 트리스탄이 거대한 암소의 몸속에 팔을 집어넣고 있는 참이었다. 농부는 손에 파이프를 든 채 꼬리를 잡고 있었다. 트리스탄은 나를 환한 미소로 맞이했지만 도슨 씨는 무뚝뚝하게 고개만 끄덕였다.

"트리스, 상태가 어때?"

"다리가 둘 다 뒤쪽에 있어. 게다가 안쪽으로 멀리 들어가 있어. 암소의 골반 길이를 좀 보라고."

나는 그의 말뜻을 알아차렸다. 까다로운 태위는 아니지만, 이렇게 몸통이 긴 암소의 경우에는 골치가 아플 수도 있었다. 나는 벽에 등을 기댔다. 트리스탄이 어떻게 해내는지 지켜보는 편이 나을 것 같았다.

트리스탄은 다리를 힘껏 버티고 암소의 몸속으로 최대한 깊이 팔을 뻗었다. 바로 그때 암소의 옆구리가 부풀어 올랐다. 암소가 트리스탄의 팔을 밀어내려고 힘을 준 것이다. 이것은 결코 기분 좋은 일이 아니다. 자궁이 강력하게 수축하면 팔이 송아지와 암소의 골반 사이에 끼여 짓눌리게 된다. 팔을 빼내려면 이를 악물어야 한다.

하지만 트리스탄은 더 깊이 들어갔다.

"오오! 아아! 우욱!" 트리스탄은 묘한 소리를 질렀다. 그래도 암소가 여전히 힘을 주자 트리스탄은 헐떡거리며 신음 소리를 내기 시작했다. 암소가 마침내 힘을 빼자 트리스탄은 힘이 다 빠져버린 것처럼 고개를 축 늘어뜨린 채 몇 초 동안 꼼짝도 않고 서 있었다.

도슨 씨는 파이프를 문 채 무표정하게 트리스탄을 바라보았다. 나는 도슨 씨를 처음 만난 이후 지금까지 그 매서운 눈매와 우락부락한 얼굴에 특별한 감정이 나타나는 것을 한 번도 본 적이 없었다. 내가 그의 눈앞에서 털썩 쓰러져 죽는다 해도 그는 눈 한 번 깜짝하지 않을 것 같았다.

트리스탄은 악전고투를 계속했고, 승부욕을 갖게 된 암소는 투지를 불태우며 그의 공격을 되받아쳤다. 얌전히 서서 제 몸속에 들어온 온갖 이물질을 감수하는 암소도 있지만, 이 암소는 온힘을 다해 저항하는 녀석이었다. 팔을 조금만 움직여도 암소는 그 팔을 몰아내려고 기를 썼다. 나는 그런 일을 수백 번 겪었기 때문에, 옆에서 지켜보기만 하는데도 손목을 으스러뜨리고 손가락을 마비시키는 그 엄청난 압력을 느낄 수 있을 정도였다.

트리스탄은 가슴이 찢어지는 듯한 소리를 연달아 지르면서 이 모든 일을 자기가 어떻게 생각하고 있는가를 확실하게 보여주었다. 그의 레퍼토리는 참으로 놀랄 만큼 다양했다. 괴로운 신음 소리를 길게 뽑아내는가 하면, 높고 새된 소리로 비명을 지르기도 하고, 거의 우는 듯한 목소리로 애처롭게 낑낑대기도 했다.

도슨 씨도 처음에는 그 모든 일에 무관심해 보였다. 담배연기를 내뿜으면서 이따금 외양간 문 밖을 힐끔 내다보고, 턱에 거뭇거뭇 돋아난 수염을 긁적거릴 뿐이었다. 하지만 시간이 갈수록 그의 눈길이 바로 눈앞에서 고통에 몸부림치는 젊은이에게 점점 끌리더니 나중에는 완전히 못박혀버렸다.

사실 트리스탄은 구경할 가치가 있었다. 목소리 연기만이 아니라 표정 연기도 일품이었기 때문이다. 그의 얼굴은 고통으로 일그러지고 뒤틀린 표정을 다양하게 극적으로 보여주었다. 두 뺨을 입 안쪽으로 빨아들이고, 눈알을 뒤룩뒤룩 굴리고, 입술을 뒤틀기도 했다. 귀를 옴찔옴찔 움직이는 것 말고는 사실상 모든 짓을 다했다. 트리스탄이 도슨 씨에게 영향을 미치고 있는 것은 의심할 여지가 없었다. 목소리와 우거지상이 과장될수록 농부는 점점 더 불안한 기색을 보이기 시작했다. 걱정스러운 눈으로 트리스탄을 힐끔거리고, 파이프가 이따금 격렬하게 흔들렸다. 나와 마찬가지로 농부도 무서운 클라이맥스가 코앞에 다가왔다고 생각한 게 분명했다.

암소는 결말을 내기로 작정한 듯 힘을 최대한으로 강화했다. 다리를 넓게 벌리고 끙끙거리면서 오랫동안 옆구리를 부풀렸다. 암소의 등이 활처럼 휘자 트리스탄은 입을 딱 벌리고 소리 없는 비명을 질렀다. 그리고 다음 순간 헐떡이는 숨소리와 함께 작은 외침 소리가 그의 입에서 새어나왔다. 이것이야말로 가장 효과적인 책략이라고 나는 생각했다. "아아…… 아아…… 아아……." 꼬리를 길게 끄는 울부짖음이 조금씩 단계를 높이자 듣는 사람들의 긴장도 차츰 높아졌다. 나는 너무 불안해서 발가락이 오그라들었다. 그 순간, 트리스탄의 입에서 갑자기 귀청을 찢는 비명이 터져 나왔다. 절묘한 타이밍이었다.

도슨 씨가 마침내 무너진 것은 그때였다. 파이프가 입에서 떨어질 것처럼 건들거렸다. 도슨 씨는 파이프를 주머니에 쑤셔 넣더니 트리스탄에게 달려갔다.

"괜찮나, 젊은이?" 그가 쉰 목소리로 물었다.

트리스탄은 고통스러운 표정을 지은 채 아무 대답도 하지 않았다.

농부가 다시 물었다.

"차 한 잔 마시려나?"

트리스탄은 잠시 반응을 보이지 않다가 눈을 감고 말없이 고개를 끄덕였다.

도슨 씨는 부리나케 외양간에서 달려 나갔다. 그리고 몇 분도 지나기 전에 김이 모락모락 나는 머그잔을 들고 돌아왔다. 그 후 나는 꿈을 꾸고 있는 듯한 느낌을 떨쳐버리려고 고개를 몇 번이나 흔들어야 했다. 이게 현실일 리가 없어. 저 완고하고 무뚝뚝한 농부가 새파란 젊은이한테 차를 대접하고, 맥없이 늘어진 머리를 저 억센 손으로 받쳐주다니, 이런 일이 현실에서 일어날 턱이 없어. 트리스탄은 여전히 암소의 몸속에 팔을 집어넣은 채, 겉보기에는 여전히 고통 때문에 의식이 몽롱해진 상태로 농부의 보살핌에 몸을 맡기고 있었다.

그러다가 차를 마시고 기운을 차린 듯, 갑자기 팔을 쑥 밀어 넣어 송아지 다리 하나를 끄집어냈다. 그러면서 암소의 엉덩이에 몸을 부딪쳤지만 농부가 먹여주는 차로 보상을 받았다. 첫 번째 다리가 나온 이상, 나머지는 별로 어렵지 않았다. 두 번째 다리와 몸통이 곧 뒤따라 나왔다.

작은 송아지가 바닥에 떨어져 꿈지럭거리자 트리스탄은 그 옆에 무릎을 꿇고 갓난 송아지를 닦아주기 위해 떨리는 손을 건초더미 쪽으로 천천히 뻗었다.

도슨 씨는 그것을 허락하려 하지 않았다.

"조지!" 도슨 씨는 마당에 있는 일꾼한테 고함을 질렀다. "이리 와서 이 송아지를 닦아줘!" 그러고는 걱정스러운 눈으로 트리스탄을 바라보며 말했다. "자네는 집에 들어가서 브랜디라도 한 잔 마셔야 돼. 맙소사, 녹초가 다 됐군."

꿈은 농가 부엌에서도 계속되었다. 트리스탄이 '마르텔 스리스타' 몇 잔의 도움으로 건강과 기운을 되찾는 것을 나는 믿을 수 없는 눈으로 지켜보았다. 나는 한 번도 이런 대접을 받은 적이 없었다. 부러움의 물결이 나를 휩쓸었다. 나도 트리스탄의 방식을 채택할 필요가 있지 않을까 하는 생각이 들었다.

그러나 아직까지도 나는 그 방식을 시도해볼 용기를 내지 못했다.

# 30

묘한 일이지만, 송아지 엉덩이에 표찰이 붙어 있으면 훨씬 측은해 보인다. 가축시장의 표찰은 털이 난 엉덩이에 풀로 아무렇게나 붙어 있어서, 무력한 상품이라는 그 작은 동물들의 역할을 더욱 강조해주었다.

내가 축축한 꼬리를 쳐들고 체온계를 항문에 집어넣자 희끄무레한 색깔의 묽은 설사가 직장에서 뚝뚝 떨어져 허벅지와 무릎으로 흘러내렸다.

"흔히 있는 일입니다, 클라크 씨."

내가 말하자 농부는 어깨를 으쓱하고 바지 멜빵 밑에 엄지손가락을 찔러 넣었다. 여느 때처럼 푸른색 작업복에 짐꾼처럼 챙 달린 모자를 쓴 클라크 씨는 별로 농부처럼 보이지 않았고, 이곳도 보통 농장과는 별로 비슷하지 않았다. 외양간은 개조한 화차였고, 녹슨 농기구와 폐차 부품, 망가진 의자 같은 잡동사니가 사방에 잔뜩 널려 있었다.

"예, 형편없죠? 시장에서 송아지를 살 필요가 없다면 좋겠지만, 필요할 때 언제든지 농장에서 송아지를 구할 수는 없으니까요. 이틀 전에 샀을 때는 괜찮아 보였는데……."

"그랬을 겁니다." 나는 등을 활처럼 구부린 채 부들부들 떨고 있는 불쌍한 송아지 다섯 마리를 바라보았다. "하지만 며칠 전에 고생한 결과가 지금 나타나고 있는 겁니다. 생각해보세요. 태어난 지 일주일 만에 어미

한테서 떨어져 화물차를 타고 몇 킬로미터를 실려 가서는 시장에 온종일
서 있다가 추운 오후에 다시 여기까지 왔으니, 견뎌낼 재간이 없는 게 당
연하지요."

"나는 송아지들이 오자마자 우유를 배불리 먹였어요. 좀 배가 고픈 것
같았고, 우유를 먹으면 몸이 따뜻해질 줄 알았지요."

"그랬겠지요. 하지만 송아지들의 위는 춥고 피곤할 때는 그렇게 영양가
있는 음식을 잘 받아들이지 못합니다. 다음에는 따뜻한 물에 포도당을
조금 타서 먹이고, 이튿날까지 편안히 쉬게 해주도록 하세요."

그것은 하얀 설사를 한다고 해서 '백리(白痢)'라고 불리는 병이었다. 해
마다 수천 마리의 송아지가 이 병에 걸려 죽었고, 치사율이 엄청나게 높
았기 때문에 그 병명만 들어도 나는 몸이 오싹해졌다.

나는 송아지들에게 대장균 항혈청제를 주사했다. 그러고는 자동차 트
렁크를 뒤져 호분과 아편과 카테쿠를 섞어서 빻은 수렴제를 꺼냈다.

"이 가루약을 하루에 세 번씩 먹이세요."

나는 쾌활하게 말하려고 애썼지만, 내 말투에는 확신이 담겨 있지 않았
던 것 같다. 백 년 전에는 중절모에 연미복을 입고 구레나룻을 기른 수의
사들이 호분과 아편과 카테쿠를 섞은 가루약을 처방했는데, 가벼운 설사
에는 도움이 되었을지 모르나 백리 같은 치명적인 세균성 장염에는 거의
효과가 없었다. 단지 설사를 멈추게 하려고 애쓰는 것은 시간 낭비였다.
필요한 것은 설사를 일으키는 유해세균을 무찌를 수 있는 약이었지만,
그런 것은 아직 존재하지 않았다.

하지만 당시 우리 수의사들이 으레 하던 일이 하나 있었다. 현대적인
의약품이 개발된 뒤로는 무시되는 경우가 많지만, 우리는 동물을 편안하

게 해주고 정성껏 간호하려고 애썼다. 농부와 나는 송아지들을 커다란 자루로 완전히 감싸주었다. 몸통에 자루를 두르고 가슴과 배와 꼬리를 노끈으로 감아서 고정시켰다. 이어서 나는 헛간을 돌아다니며 외풍이 들어오는 구멍을 틀어막고 송아지들과 문 사이에 짚단으로 가리개를 만들었다.

떠나기 전에 나는 마지막으로 송아지들을 돌아보았다. 이제 송아지들은 따뜻하고 안전했다. 병과 싸울 무기라고는 내가 처방해준 수렴제밖에 없는 그들은 모든 도움을 필요로 할 것이다.

내가 송아지들을 다시 본 것은 이튿날 오후였다. 클라크 씨가 보이지 않았기 때문에 나는 화차로 다가가서 허리까지 올라오는 외양간 문을 열었다.

이것은 내 수의사 생활의 핵심에 자리 잡고 있는 일이다. 환자의 병세가 어떻게 진행되고 있는지 궁금해서 걱정하다가 마침내 외양간 문을 열고 상태를 확인하는 그 기나긴 순간. 나는 문 위에 팔꿈치를 올려놓고 안을 들여다보았다. 송아지들은 옆으로 누워서 죽은 듯이 꼼짝도 하지 않았다. 송아지들이 죽지 않은 것을 확인하기 위해서는 유심히 살펴보아야 했다. 나는 일부러 문을 쾅 닫았지만 어떤 송아지도 고개를 들지 않았다.

푹신하게 깔린 짚을 지나 몸을 쭉 뻗고 누워 있는 송아지들에게 다가가 거친 자루에 감싸인 몸을 하나씩 내려다보면서 나는 속으로 욕을 했다. 송아지들은 모두 죽을 것처럼 보였다. 나는 짚을 발로 툭툭 차면서 생각했다. 대단하군, 대단해. 이번에는 치사율이 10퍼센트가 아니라 100퍼센트야.

"얼굴 표정이 별로 밝아 보이지 않는군요." 클라크 씨의 머리와 어깨가 문 너머에 나타났다.

나는 주머니에 두 손을 찔러 넣었다.

"예, 그렇습니다. 그런데 정말로 빨리 악화됐군요."

"이제 저 녀석들은 틀렸어요. 지금 집에 가서 맬록한테 전화를 하고 온 참입니다."

도축업자인 맬록의 이름은 구슬프게 울려 퍼지는 조종 소리 같았다.

"하지만 아직 죽지는 않았어요."

"하지만 오래가지 못할 겁니다. 맬록은 동물을 산 채로 데려갈 수 있으면 1, 2실링을 더 주거든요."

나는 아무 말도 하지 않았지만 풀이 죽은 것처럼 보인 게 분명하다. 농부가 일그러진 미소를 지으며 나에게 다가와 이렇게 말했기 때문이다.

"선생 잘못이 아닙니다. 빌어먹을 '백리'에 대해서는 나도 잘 알고 있는데, 그 병에 걸리면 아무도 어쩔 수 없어요. 그리고 내가 조금이라도 본전을 찾으려 한다고 해서 나를 나무랄 수도 없지요. 나도 최대한 손해를 덜 봐야 하니까."

"압니다. 나는 다만 이 신약을 시험 삼아 써볼 수 없어서 실망했을 뿐입니다."

"그게 뭔데요?"

나는 주머니에서 깡통을 꺼내 라벨을 읽었다.

"'M&B 693'이라는 약인데, 의학적인 명칭은 '술파피리딘'입니다. 오늘 아침에 우편으로 배달됐어요. 완전히 새로운 부류에 속하는 약이죠. '술폰아미드' 계열이라고 하는데, 이런 약은 지금까지 나온 적이 없습니다. 설사를 일으키는 세균을 비롯해서 일부 세균을 사실상 죽이는 것으로 알려져 있습니다.”

클라크 씨는 나한테서 깡통을 받아들고 뚜껑을 열었다.

“파란색 알약이 가득 들어 있군요? 이 병의 특효약을 몇 가지 보았지만, 어떤 약도 별로 효과가 없었어요. 이것도 아마 그런 약일 겁니다.”

“그럴지도 모르죠. 하지만 수의학 잡지에는 이 술폰아미드 계열의 약을 다룬 논문이 많이 실렸습니다. 절대 엉터리 약이 아니고, 완전히 새로운 분야예요. 당신네 송아지에 이 약을 시험해볼 수 있었다면 좋았는데.”

“저놈들을 좀 보세요.” 농부는 꼼짝도 하지 않는 다섯 마리의 송아지를 우울하게 바라보았다. “눈이 머리 속으로 움푹 들어가고 있어요. 저런 송아지들이 낫는 걸 본 적이 있습니까?”

“물론 없습니다만, 그래도 한번 시험해보고 싶군요.”

내가 말하고 있을 때 화물차가 마당으로 들어왔다. 운전석에서 기운차고 땅딸막한 사내가 뛰어내리더니 외양간 쪽으로 다가왔다.

“야아, 제프, 빨리도 왔군.” 클라크 씨가 말했다.

“마침 저 아래 젠킨슨네 농장에 있다가 전화 연락을 받고 곧장 달려왔지.”

맬록은 나에게 그 특유의 상냥한 미소를 던졌다.

나는 여느 때처럼 경탄하는 눈으로 제프 맬록을 관찰했다. 40대인 그는 동물 시체를 분해하고 결핵성 농양을 태연히 칼로 잘라내고 감염된 혈액과 더러운 자궁삼출액 속에서 뒹굴면서 생애의 대부분을 보냈지만, 여전히 건강과 활력의 표본이었다. 그는 맑은 눈과 20대 젊은이처럼 매끄럽고 발그레한 피부를 갖고 있었다. 그 효과를 더욱 높여주는 것은 어떤 상황에서도 흐트러짐이 없는 평온한 표정이었다. 내가 아는 한, 제프는 위생을 위해 손을 씻는 따위의 예방 조치를 전혀 취하지 않았다. 나는 그가 도축장에서 간식을 즐기는 것을 본 적이 있는데, 뼈 무더기 위에 앉아서 기름이 번들거리는 손으로 치즈와 샌드위치를 움켜잡고 우적우적 맛있게 먹고 있었다.

맬록은 문 너머로 송아지들을 바라보았다.

"그래, 저건 분명 허파가 제 기능을 못하게 된 거야. 요즘에는 허파가 망가진 녀석들이 많더군."

클라크 씨는 나를 뚫어지게 바라보았다.

"허파라고? 선생은 허파 얘기를 한마디도 안 했잖아요."

농부들이 모두 그렇듯이 클라크 씨도 제프의 즉석 진단을 곧이곧대로 믿어버렸다.

나는 입 속으로 우물거렸다. 논쟁을 벌여봤자 아무 소용도 없다는 것을 알고 있었기 때문이다. 동물을 보자마자 한눈에 질병이나 죽음의 원인을 알아맞히는 도축업자의 놀라운 능력 때문에 내 입장이 난처해질 때가 많았다. 진찰은 필요 없었다. 맬록은 병들거나 죽은 동물을 척 보기만 하면 그 원인을 알 수 있었다. 그 불가사의한 질병 목록 중에서 맬록이 가장 좋아하는 것이 바로 폐기능부전이었다.

맬록은 농부를 돌아보았다.

"지금 데려가는 게 좋겠군. 아무래도 오래가지 못할 것 같아."

나는 허리를 굽혀 가장 가까이에 있는 송아지의 머리를 들어올렸다. 송아지들은 모두 쇼트혼(영국산 비육우)이었고, 세 마리는 밤색, 한 마리는 붉은색, 그리고 내가 머리를 들어 올린 송아지는 하얀색이었다. 나는 단단한 두개골을 어루만졌다. 거친 털 밑에 나중에 뿔로 자라게 될 돌기가 만져졌다. 내가 손을 떼자 송아지는 힘없이 머리를 짚 위로 떨어뜨렸다. 그 동작에는 이제 만사가 끝났다는 체념이 담겨 있는 것처럼 느껴졌다.

요란한 엔진 소리가 내 생각을 방해했다. 제프가 차에 시동을 건 것이다. 그는 화물차를 외양간 문 쪽으로 후진시키고 있었다. 페인트를 칠하지 않은 높은 짐칸이 입구를 가로막자 외양간 안이 어두워져 분위기가 더욱 침울해졌다. 이 어린 송아지들은 짧은 생애에 벌써 두 번이나 정신적 충격을 주는 여행을 겪었다. 세 번째이자 마지막이 될 이번 여행은 가장 중대하고도 파멸적인 여행이 될 것이다.

도축업자는 외양간으로 들어와 농부 옆에 서서, 기진맥진한 송아지들 사이에 쪼그리고 앉아 있는 나를 바라보았다. 그들은 둘 다 내가 실패를 인정하고 떠나기를 기다리고 있었다.

"클라크 씨, 이들 가운데 한 마리만이라도 살릴 수 있다면, 당신 손해를 줄이는 데 도움이 될 겁니다."

농부는 무표정하게 나를 바라보았다.

"하지만 모두 죽어가고 있어요. 선생도 그렇게 말했잖습니까!"

"예, 그랬지요. 하지만 오늘은 상황이 조금 다를 수도 있습니다."

"무슨 소린지 알겠습니다." 농부가 갑자기 소리 내어 웃었다. "그 작은 알약에 희망을 걸고 한번 시험해보기로 작정했군요?"

나는 대답하는 대신, 말없는 호소가 담긴 눈으로 그를 쳐다보았다.

클라크 씨는 잠시 입을 다물고 있다가 맬록의 어깨에 한 손을 올려놓았다.

"제프, 이 젊은 수의사 선생이 그렇게 내 가축에 관심을 가져준다면 나도 조금은 그 관심에 보답해야 하지 않겠어? 일부러 여기까지 왔는데 미안하네. 그래도 괜찮겠지?"

"물론이지. 난 괜찮아." 제프는 침착하게 대답했다. "송아지들은 내일 데려가면 되니까 걱정 말게."

"좋습니다. 그럼 지시사항을 한번 봅시다." 나는 깡통에서 팸플릿을 꺼내 재빨리 읽고, 송아지들의 몸무게에 맞는 투여량을 계산했다. "우선 최대 용량을 주어야겠군요. 처음에는 열두 알씩 먹이고, 그다음에는 여덟 시간마다 여섯 알씩 먹이는 게 좋겠습니다."

"어떻게 먹이지요?" 농부가 물었다.

"약을 빻아서 물에 타야 하는데, 집에 들어가서 그 일을 할 수 있을까요?"

우리는 농가 부엌으로 들어가서 클라크 부인에게 감자 으깨는 도구를 빌려 알약 60알을 빻아서 다섯 무더기로 나누었다. 그런 다음 외양간으로 돌아가 송아지들에게 약을 먹이기 시작했다. 어린 송아지들이 너무 쇠약해져서 약을 삼키기가 어려웠기 때문에 조심해야 했다. 클라크 씨가 송아지 머리를 잡고 있는 동안 내가 물에 탄 약을 입 한쪽에 똑똑 떨어뜨렸다.

제프는 이 모든 과정을 흥미롭게 지켜보고 있었다. 더 이상 볼일이 없는데도 떠날 생각을 하지 않고, 동물의 뼈로 화려하게 장식된 파이프를 꺼내 입에 물고는 외양간 문에 기대어 담배연기를 내뿜으면서 차분한 눈으로 우리를 지켜보았다. 헛걸음한 것을 언짢게 여기는 기색은 전혀 없었다. 우리가 일을 끝내자 제프는 화물차에 올라타고 다정하게 손을 흔들었다.

"내일 아침 송아지들을 데리러 오겠네." 제프가 농부에게 외쳤다. 물론 악의는 전혀 없었다. "폐기능부전은 절대로 치료할 수 없어."

이튿날 다시 클라크 씨네 농장으로 차를 몰고 가면서 나는 제프의 그 말을 생각했다. 제프는 사실을 말하고 있었을 뿐이다. 병든 가축을 도살하여 개먹이로 공급하는 그의 일이 24시간 연기되었을 뿐이다. 하지만 적어도 나는 그 송아지들을 살리려고 애써보았으니까 그것으로 만족하자. 아무 것도 기대하지 않았으니까 실망도 하지 않을 거야.

내가 마당으로 차를 몰고 들어가자 클라크 씨가 다가와 차창 밖에서 말을 걸었다.

"차에서 내릴 필요도 없습니다." 그는 엄격한 표정을 띠고 있었다.

"아아." 나는 겉으로는 침착했지만 배 속이 갑자기 요동을 쳤다. "그렇게 됐습니까?"

"예, 가서 보세요."

클라크 씨는 돌아섰다. 나는 그를 따라 외양간으로 걸어갔다. 문이 삐걱거리며 열릴 때에야 비로소 비참한 기분이 서서히 내 마음속으로 스며들었다.

나는 내키지 않는 기분으로 외양간을 들여다보았다.

송아지 네 마리가 한 줄로 늘어서서 우리를 흥미롭게 쳐다보고 있었다. 거친 자루 재킷을 걸친 털투성이 송아지 네 마리. 반짝반짝 빛나는 영리하고 기민한 눈. 나머지 한 마리는 짚 위에 엎드린 채, 몸에 두른 자루를 감고 있는 노끈을 멍하니 씹고 있었다.

농부의 풍화된 얼굴에 함박웃음이 떠올랐다.

"차에서 내릴 필요도 없다고 했잖습니까? 이 녀석들은 이제 수의사가 필요 없어요. 정상으로 돌아왔으니까."

나는 아무 말도 하지 않았다. 내 마음은 아직도 사태를 잘 파악하지 못하고 있었다. 내가 지켜보는 동안 다섯 번째 송아지가 짚에서 일어나 기분 좋게 몸을 쭉 폈다.

"기지개를 켜고 있군요. 보입니까?" 클라크 씨가 외쳤다. "송아지들이 기지개를 켤 때는 몸에 별 이상이 없다는 뜻입니다."

나는 클라크 씨와 함께 외양간으로 들어가 송아지들을 진찰했다. 체온은 정상이었고 설사는 멎어 있었다. 정말 불가사의한 일이었다. 어제만 해도 거의 죽어 있던 하얀 송아지는 살아난 것을 축하하듯 다리를 야생마처럼 높이 들어 올리면서 외양간 안을 뛰어다니는 것이었다.

"저 녀석 좀 보세요!" 농부가 외쳤다. "나도 저만큼만 건강했으면 좋겠군."

나는 체온계를 통에 넣어 옆주머니에 집어넣고 천천히 말했다.

"이런 일은 이제껏 본 적이 없습니다. 아직도 얼떨떨하군요."

"어찌된 셈인지 전혀 알 수가 없죠?"

농부는 눈을 크게 뜨고 말했다. 바로 그때 화물차 한 대가 오솔길 쪽에서 나타났기 때문에 농부는 문 쪽으로 고개를 돌렸다. 제프 맬록의 낯익은 화물차, 죽음을 실어 나르는 그 화물차였다.

도축업자는 외양간을 들여다보았을 때 어떤 감정도 드러내지 않았다. 사실 그 발그레한 뺨과 평온한 눈이 동요하는 것은 상상하기도 어려웠다. 하지만 맬록이 외양간의 광경을 바라보고 있는 동안 푸른 담배연기를 뿜어내는 속도가 조금 빨라진 것 같았다.

맬록은 실컷 본 다음 돌아서서 화물차 쪽으로 어슬렁어슬렁 걸어갔다.

도중에 그는 주위를 둘러보고, 서녘 하늘에 모여들고 있는 먹구름을 바라보며 중얼거렸다.

"오늘이 지나기 전에 비가 올 것 같군."

그때는 미처 몰랐지만, 내가 목격한 것은 혁명의 시작이었다. 낡은 치료법을 망각 속으로 몰아넣게 될 치료법의 비약적 발전을 처음으로 목격한 것이다. 조각이 새겨진 마개가 달리고 라틴어가 적혀 있는 그 장식적인 유리병들이 조제실 선반에서 사라질 날도 멀지 않았고, 많은 세대에게 그토록 친숙했던 약 이름―감초석정, 살 암모니아 고무, 장뇌―은 영원히 잊히고 사라질 것이다.

이것은 시작일 뿐이었고, 길모퉁이를 돌아간 곳에서는 새로운 경이가 기다리고 있었다. 바로 페니실린을 비롯한 항생제들이다. 마침내 우리는 세균과 맞서 싸울 무기를 얻었다. 마침내 우리는 효력을 믿을 수 있는 약을 사용할 수 있게 되었다.

당시 영국 전역에서―아니, 세계 곳곳에서―수의사들은 최초의 극적인 결과를 얻고, 나와 똑같은 경험을 하고 있었다. 어떤 수의사는 암소에게, 또 어떤 수의사는 개와 고양이에게, 또 다른 수의사는 말과 양과 돼지들에게 온갖 다양한 환경에서 세균 감염증 치료제를 사용하여 놀라운 결과를 얻었다. 하지만 나에게 그 일은 녹슨 폐품이 어지럽게 널려 있는 윌리 클라크의 농장에서, 낡은 화차를 개조한 외양간에서 일어났다.

물론 그것은 오래 지속되지 않았다. 적어도 그 약의 기적적인 효과는 오래가지 않았다. 내가 클라크의 농장에서 목격한 것은 세상물정을 전혀 모르는 순진한 세균들에게 새로운 약이 준 충격이었지만, 그 충격은 오래 지속되지 않았다. 얼마 후 세균들은 상당한 저항력을 키웠고, 따라서 인류는 더욱 강력한 항생제를 새로 개발해야 했다. 그래서 전투는 계속되었다. 우리는 지금 좋은 결과를 얻고 있지만, 기적은 더 이상 일어나지 않는다. 나는 운이 좋았다는 생각이 든다. 놀라운 일이 일어난 초기에 그 현장에서 그 일을 목격하고 참여할 수 있었던 세대니까.

그 다섯 마리의 송아지들은 과거의 아픔을 말끔히 잊고 무럭무럭 자랐다. 그 송아지들을 생각하면 나는 지금도 가슴이 벅차오른다. 클라크 씨는 물론 뛸 듯이 기뻐했고, 제프 맬록조차도 그 특유의 찬사를 던졌다. 맬록은 차를 몰고 떠나면서 우리에게 소리쳤다.

"그 파란색 알약 속에는 기막힌 원료가 들어 있는 게 분명해. 폐기능부전을 치료할 수 있는 약은 내 평생 처음 봤어."

## 31

소집영장이 날아든 것은 하필이면 내 생일날이었다. 지금은 그 사실에서 뒤틀린 유머를 느끼지만, 그 당시에는 결코 웃을 일이 아니었다.

그날 아침의 사건은 지금도 내 기억 속에 어제 일처럼 생생하게 남아 있다. 내가 '식당'에 들어가자 헬렌이 등받이가 없는 높은 의자에 올라앉아 있었다. 아내는 눈을 내리깐 채 꼼짝도 하지 않았다. 내 접시 옆에 생일선물인 '블루 스퀘어' 담배 깡통이 놓여 있고, 그 옆에 길쭉한 봉투가 하나 있었다. 그 봉투에 뭐가 들어 있는지는 물어볼 필요도 없었다.

얼마 전부터 소집영장이 날아올 것을 예상하고는 있었지만, 그래도 런던의 세인트존스우드에 있는 '로드 크리켓 하우스'에 출두할 때까지 겨우 일주일밖에 여유가 없다는 것을 알았을 때는 역시 충격을 받았다. 그 일주일은 마지막 계획을 세우고, 병원 일을 정리하고, 농림부에 서류를 보내고, 내가 없는 동안 헬렌이 살게 될 친정집으로 짐을 옮길 준비를 하느라 쏜살같이 지나갔다.

금요일 오후까지는 일을 끝낼 작정이었는데, 그날 오후 3시쯤 아널드 서머길 씨한테 호출을 받았다. 나는 그것이 내 마지막 일거리가 되리라는 것을 알았다. 덤불이 흩어진 산속 비탈에 아슬아슬하게 매달려 있는 서머길 씨의 작은 농장을 찾아가는 것은 왕진이라기보다 원정이었기 때문이다. 나한테 전화를 걸어온 사람은 서머길 씨가 아니라 헤인비 마을의 우체국장인 톰프슨 양이었다.

"서머길 씨가 개를 좀 봐달래요." 그녀가 말했다.

"무슨 일인데요?"

톰프슨 양이 누군가와 중얼중얼 이야기하는 소리가 전화선을 타고 희미하게 들려왔다.

"다리가 이상해졌대요."

"이상하다고요? 그게 무슨 뜻입니까?"

또다시 빠르게 중얼거리는 소리가 들렸다.

"다리가 튀어나왔대요."

"알겠습니다. 곧 가겠습니다."

개를 병원으로 데려오라고 요구해봤자 소용없었다. 서머길 씨 씨는 차를 갖고 있지 않았다. 게다가 전화로 이야기한 적도 없었다. 우리의 대화는 언제나 톰프슨 양을 통해 간접적으로 이루어졌다. 무슨 문제가 생기면 서머길 씨는 녹슨 자전거에 올라타고 헤인비 마을로 가서 우체국장에게 얘기하곤 했다. 그리고 전화로 전해 듣는 증세는 늘 막연해서 종잡을 수가 없었다. 이번에도 실제로 가보면 개의 다리는 전혀 '이상하지도' 않고 '튀어나오지도' 않았을 것이다.

나는 차를 몰고 대러비를 빠져나오면서, 어쨌든 벤저민을 마지막으로 한 번 보는 것도 괜찮겠다고 생각했다. 벤저민은 작은 농장의 개한테는 어울리지 않는 이름이었다. 왜 그런 별난 이름을 붙였는지는 끝내 알아내지 못했지만, 어차피 개 자체도 그런 환경에 어울리는 품종은 아니었다. 커다란 토종 양치기개인 벤저민은 주인을 따라 돌투성이 목초지를 돌아다니기보다 웅장한 저택의 잔디밭을 장식하고 있는 편이 훨씬 잘 어울렸을 것이다. 토종 양치기개는 온몸이 복슬복슬한 긴 털로 뒤덮여 있어서 '걸어 다니는 양탄자'라고 불리는데, 벤저민은 그 전형적인 표본이었다. 한 번 보아서는 어느 쪽이 머리이고 어느 쪽이 꼬리인지 판단하기가 어려울 정도였다. 하지만 어느 쪽이 머리인지를 알아내면, 상냥한 두 눈이 술처럼 드리워진 무성한 털 사이에서 반짝이는 것을 볼 수 있었다.

사실 벤저민은 이따금 지나치게 우호적이어서 곤란할 때도 있었다. 특히 겨울에 진창이 된 농가 마당을 어슬렁거리다가 거대한 발을 내 가슴에 올려놓고 나를 만난 기쁨을 표시할 때는 정말 난처했다. 벤저민은 내 차에도 똑같은 짓을 했다. 그것도 대개는 내가 차를 세차한 직후에 유리창과 차체에 진흙을 아낌없이 처덕처덕 바르면서 차 안에 있는 샘과 인사를 나누곤 했다. 벤저민은 무언가를 엉망으로 만들어버릴 때는 그야말로 철저했다.

여행이 마지막 단계에 이르자 나는 생각을 중단해야 했다. 길이 험해져서 핸들이 마구 튀어 오르고 덜컹덜컹 움직였다. 핸들을 단단히 움켜잡고 삐걱거리거나 끙끙대는 스프링과 완충기 소리에 귀를 기울이고 있을 때, 이 근처에 오면 늘 그렇듯이 서머길 씨의 농장에 왕진을 오려면 경비가 너무 많이 든다는 생각이 마음속으로 밀고 들어왔다. 이 험한 길을 한 번 지날 때마다 자동차의 가치가 적어도 5파운드는 확실히 떨어질 테니까, 왕진을 와봤자 오히려 손해였다. 서머길 씨는 차를 갖고 있지 않으니까 자기네 농장으로 들어가는 진입로의 원시적 상태를 개선할 이유가 전혀 없었다.

길이라고는 하지만 너비가 2미터밖에 안 되는 돌투성이의 흙길이었다.

다만 주위보다 돌멩이가 조금 덜 섞여 있을 뿐이었다. 그런 길이 끝없이 구불구불 이어져 있었다. 문제는 서머길 씨의 농장에 가려면 우선 깊은 골짜기로 내려갔다가 다시 숲을 가로지르는 가파른 오르막길을 올라가야 한다는 것이었다. 오르막보다는 골짜기로 내려가기가 더 어려웠다. 길이 울퉁불퉁해서, 차는 끊임없이 공중으로 날아올랐다가 그 너머에 입을 딱 벌리고 있는 바퀴 자국으로 곤두박질치곤 했기 때문이다. 그때마다 나는 단단한 돌멩이가 기름통과 배기관을 끼익끼익 문지르는 소리를 들으면서, 손해가 몇 파운드 몇 실링 몇 페니나 날지 계산하지 않으려고 애썼다.

입은 저절로 딱 벌어지고 눈알이 튀어나올 것 같았다. 타이어가 날카로운 돌멩이를 날려 보냈다. 드디어 긴 여행이 끝났다. 서머길 씨의 집으로 이어지는 마지막 몇 미터를 저속 기어로 간신히 올라가자, 놀랍게도 서머길 씨가 혼자 서서 나를 기다리고 있었다. 벤저민이 주인 옆에 없는 것은 예삿일이 아니었다.

서머길 씨는 내 의아한 표정을 알아차린 듯 엄지손가락으로 어깨 너머를 가리켰다.

"벤저민은 집에 있네." 서머길 씨는 걱정스러운 눈으로 신음하듯 말했다.

나는 차에서 내려, 딱 바라진 어깨를 뒤로 젖히고 고개를 꼿꼿이 쳐든 그 특유의 자세로 서 있는 서머길 씨를 잠시 바라보았다. 나는 그를 '영감님'이라고 불렀고, 실제로 그는 일흔 살이 넘은 노인이지만, 그가 늘 귀를 덮을 정도로 푹 눌러쓰고 있는 털모자 밑의 얼굴은 깨끗하고 반듯했다. 허리도 꼿꼿하고, 훤칠한 키에 깡마른 몸매를 갖고 있었다. 나이를 먹은 지금도 보기 좋은 모습이니까 젊은 시절에는 상당한 미남이었을 게 분명한데, 무엇 때문인지 한 번도 결혼하지 않았다. 나는 그에게 무언가 사연이 있다고 느낀 적이 많았지만, 그는 이곳에 혼자 사는 데 만족하는 것 같았다. 마을 사람들은 그를 '은둔자'라고 불렀다. 벤저민이 없다면 그는 완전한 외톨이였다.

나는 서머길 씨를 따라 부엌으로 들어갔다. 서머길 씨는 먼지 쌓인 찬장 위에 앉아 있는 암탉 두어 마리를 익숙하게 쫓아냈다.

커다란 개는 식탁 옆에 꼼짝도 않고 앉아 있었다. 이번에는 긴 털에 뒤덮인 눈이 공포로 크게 뜨여 있고 눈물까지 글썽하게 고여 있었다. 벤저민은 너무 겁이 나서 감히 움직이지도 못하는 것 같았다. 벤저민의 왼쪽 앞다리를 본 순간, 개가 그렇게 겁을 먹은 것도 무리는 아니라는 생각이 들었다. 결국 서머길 씨의 말이 옳았다. 벤저민의 다리는 정말로 심하게 튀어나와 있었다. 그 각도를 보고 내 심장이 두 번 빠르게 쿵쿵 뛰었다. 사람으로 치면 팔꿈치 관절이 완전히 탈구되어, 요골이 거의 믿을 수 없는 각도로 상완골에서 튀어나와 있었던 것이다.

나는 조심스럽게 침을 삼켰다.

"언제 이렇게 됐습니까?"

"한 시간쯤 됐네." 서머길 씨는 걱정스러운 얼굴로 묘한 모자를 잡아당겼다. "내가 암소들을 다른 목초지로 옮기고 있었네. 이 녀석은 암소 뒤에 있을 때 암소 발꿈치를 깨물기를 좋아하지. 그런데 이번에는 그게 좀 지나쳐서, 암소 한 마리가 벤저민을 걷어찼는데 발굽이 다리에 정통으로 맞아버렸다네."

"알겠습니다."

나는 필사적으로 머리를 회전시켰다. 벤저민의 다리는 기괴했다. 그렇게 심한 탈구는 한 번도 본 적이 없었다. 30년이 지난 지금까지도 그런 환자는 보지 못했다. 이 산속에서 어떻게 그걸 치료할 수 있단 말인가? 척 보기만 해도 전신마취와 숙련된 조수가 필요하다는 것을 알 수 있었다.

"가엾어라." 나는 방법을 생각해내려고 애쓰면서 털북숭이 머리를 쓰다듬었다. "너를 어떻게 하면 좋을까?"

그 말에 대답하듯 꼬리가 바닥을 쓸었다. 벤저민은 입을 벌려 하얀 이빨을 드러내고 신경질적으로 헐떡거렸다.

서머길 씨가 헛기침을 했다.

"고칠 수 있겠나?"

좋은 질문이었다. 비현실적인 대답은 그릇된 인상을 줄지도 모르지만, 회의적인 대답으로 서머길 씨를 걱정시키고 싶지는 않았다. 그 거대한 개를 대러비까지 데려가는 것은 큰일이었다. 부엌을 거의 가득 채울 만큼 큰 개를 내 작은 차에 실을 수는 없었다. 게다가 다리는 저렇게 튀어나와 있고 내 차에는 이미 샘이 타고 있었다. 그리고 벤저민을 병원으로 데려간다 해도, 과연 탈구된 관절을 제자리에 끼워 맞출 수 있을까? 설령 그 일을 해낸다 해도, 벤저민을 다시 여기까지 데려와야 할 것이다. 그러면 오늘 하루가 다 지나가버린다.

나는 탈구된 관절을 살짝 만지면서 개의 팔꿈치 구조에 대한 기억을 더듬었다. 다리가 이런 상태가 되려면 정상적으로는 '수프라콘딜로이드 포사'에 끼워져 있어야 할 '프로케수스 안코네우스'가 완전히 빠져버린 게 분명하다. 그것을 제자리로 되돌리려면 팔꿈치가 상완골의 상과에서 완전히 떨어질 때까지 관절을 구부려야 할 것이다.

'어디 보자.' 나는 혼잣말로 중얼거렸다. '이 녀석을 마취시켜서 수술대 위에 올려놓으면 이런 식으로 개를 잡아야 할 거야.'

나는 팔꿈치 바로 위를 잡고 요골을 천천히 위로 움직이기 시작했다. 벤저민은 나를 힐끔 바라보고는 고개를 돌렸다. 그것은 좋은 성질을 가진 동물이 내가 무슨 짓을 하든 기꺼이 참겠다는 메시지를 전달할 때의 전형적인 몸짓이었다.

나는 팔꿈치가 완전히 떨어졌다고 확신할 때까지 관절을 계속 구부린 다음, 요골과 척골을 조심스럽게 안쪽으로 돌렸다.

"그래…… 그래……." 나는 다시 중얼거렸다. "이게 거의 올바른 위치일 거야."

하지만 내 손 밑에서 뼈가 갑자기 움직이는 바람에 나는 독백을 중단했다. 뼈가 용수철처럼 튀어 오르는 듯한 느낌이었다.

나는 놀라서 다리를 내려다보았다. 도저히 믿을 수가 없었다. 다리가 완전히 똑바르게 펴져 있었다.

벤저민도 당장은 그것을 믿을 수 없는지, 조심스럽게 고개를 돌려 커튼처럼 눈을 덮은 털 사이로 다리를 바라보다가 코를 낮추어 팔꿈치 주변을 킁킁거렸다. 그리고 그제야 만사가 잘되었다는 것을 깨달은 듯, 일어나서 주인에게 천천히 다가갔다.

벤저민은 멀쩡했다. 다리를 절룩거리지도 않았다.

서머길 씨의 얼굴에 미소가 번져갔다.

"고쳤군."

"그런 것 같습니다, 영감님." 나는 아무렇지도 않게 말하려고 애썼지만, 만세를 외치거나 미친 듯이 웃음을 터뜨리고 싶었다. 다리가 어떤 상태인지 조사하고 있었을 뿐인데, 상태를 잠깐 살피고 있었을 뿐인데, 관절이 멋대로 움직여 제자리로 돌아간 것이다. 즐거운 우연이었다.

"정말 다행이야. 안 그러냐, 이 녀석아?" 농부는 허리를 굽혀 벤저민의 귀를 간질였다.

내 놀라운 성과를 이런 식으로 무뚝뚝하게 받아들이는 데 실망할 수도 있었겠지만, 기적이 필요할 때 나 제임스 헤리엇이 힘들이지 않고 그 기적을 일으키는 것을 서머길 씨가 당연하게 받아들이는 것은 나에 대한 찬사임을 깨달았다.

수술 교실을 가득 메운 학생들의 박수갈채로 이 사건이 마무리될 수도 있었을 것이다. 또는 사람들로 가득 찬 응접실에서 백만장자의 반려견을 이처럼 멋지게 치료하는 것도 기분 좋은 일일 것이다. 하지만 기적은 결코 그런 식으로 일어나지 않았다. 나는 부엌을 둘러보고, 어질러진 식탁과 개수대에 쌓여 있는 더러운 식기와 화덕 앞에 널려 있는 서머길 씨의 누더기 셔츠를 바라보고, 혼자 빙긋 웃었다. 내가 극적인 치료를 해내는 것은 대개 이런 환경에서였다. 지금 여기서 내가 일으킨 기적을 목격한 관중은 서머길 씨와 다시 찬장 위로 돌아온 암탉 두 마리뿐이었지만, 얼마 안 되는 이 관중도 별로 깊은 인상을 받은 것 같지 않았다.

"이제 그만 가봐야겠습니다." 내가 말하자 서머길 씨는 마당을 가로질러 자동차까지 나를 배웅해주었다.

"공군에 입대한다고 들었네만……." 내가 자동차 문을 열려고 할 때 서머길 씨가 말했다.

"예, 내일 떠납니다."

"내일?" 서머길 씨는 눈썹을 치켜 올렸다.

"예, 런던으로 갑니다. 런던에 가보신 적이 있으세요?"

"아니, 천만에!" 서머길 씨가 고개를 격렬하게 흔들자 털모자가 흔들렸다. "런던은 나한테 전혀 좋지 않을 거야."

나는 소리 내어 웃었다.

"왜요?"

서머길 씨는 생각에 잠긴 얼굴로 턱을 문질렀다.

"나는 브로턴에 한 번 간 적이 있을 뿐이지만, 아주 질려버렸다네. 길을 걸어 다닐 수도 없었으니까!"

"걸어 다닐 수가 없었다고요?"

"사람이 너무 많아서 어떤 식으로 걸어야 할지 알 수가 있어야지. 큰 걸음으로 걸었다가 작은 걸음으로 걷고, 또 큰 걸음으로 걷다가 작은 걸음으로 걷고……."

나는 서머길 씨가 아무 것도 거칠 것이 없는 산골에 사는 사람답게 보폭이 길고 한결같은 걸음으로 목초지를 유유히 돌아다니는 것을 자주 보았기 때문에 그 말뜻을 정확히 알 수 있었다. '큰 걸음과 작은 걸음'은 정확한 표현이었다.

나는 시동을 걸고 서머길 씨에게 손을 흔들었다. 차가 출발하자 노인은 한 손을 들었다.

"몸조심하게, 젊은이."

부엌문에서 고개만 살짝 내민 채 나를 엿보고 있는 벤저민의 코가 언뜻 보였다. 여느 때 같으면 벤저민도 주인과 함께 나를 배웅하러 나왔겠지만, 오늘은 벤저민에게 이상한 날이었다. 내가 불쑥 찾아와서 다리를 난폭하게 다룬 것은 그 이상한 하루를 마무리하는 가장 이상한 사건이었다. 그래서 오늘은 더 이상 위험을 무릅쓰고 싶지 않았을 것이다.

나는 숲속을 지나는 비탈길을 조심스럽게 내려갔다. 아래 골짜기에 이르자 맞은편 비탈을 오르기 전에 차를 세우고 밖으로 나왔다. 샘도 신이 나서 나를 따라 내렸다.

이곳은 산에 둘러싸인 골짜기였다. 위쪽의 황무지와는 완전히 단절된 초록빛 틈새였다. 시골 수의사 생활이 가져다주는 보너스는 이렇게 숨어 있는 비경을 볼 수 있다는 것이다. 서머길 씨를 제외하고는 아무도 이 골짜기에 내려오지 않았다. 오솔길 끝에 있는 우편함에 이따금 우편물을 놓고 가는 우체부도 여기에는 내려오지 않았다. 가을에 골짜기를 불태우는 울긋불긋한 단풍을 보거나 물에 씻긴 깨끗한 돌멩이들 사이로 졸졸 흐르는 시냇물 소리를 들은 사람은 아무도 없었다.

나는 시냇가를 따라 걸으면서 차가운 물속을 쏜살같이 헤엄치는 작은 물고기들을 바라보았다. 봄에는 앵초가 이 시냇가를 화려하게 장식했고, 5월에는 나무들 사이에 피어난 히아신스가 푸른 바다를 이루었고, 오늘은 하늘이 구름 한 점 없이 푸르고, 맑은 공기 속에는 저물어가는 한 해의 달콤한 냄새가 감돌고 있었다.

나는 언덕 비탈로 올라가, 이제 청동빛으로 변하고 있는 양치식물 사이에 앉았다. 샘은 늘 그렇듯이 내 옆에 털썩 엎드렸다. 나는 샘의 귀를 덮고 있는 비단 같은 털을 어루만졌다. 골짜기 건너편에는 깎아지른 석회암 절벽이 솟아 있고, 희미하게 빛나는 절벽 등성이 너머로 햇빛을 받은 황무지 가장자리가 보였다.

나는 언덕 뒤에서 덩굴손처럼 가느다란 연기를 피워 올리고 있는 농가 굴뚝을 돌아보았다. 서머길 씨의 집에서 일어난 사건은 대러비에서 보낸 수의사 생활을 마무리하기에 딱 알맞은 에필로그로 여겨졌다. 그것은 무척 만족스럽지만 결코 세상을 뒤흔들지 않는 작은 승리였다. 수의사의 생활을 이루는 작은 승리와 재난들이 모두 그렇듯이, 그 승리도 세상의 주목을 받지 못한 채 지나갔다.

어젯밤 헬렌이 내 가방을 꾸린 뒤, 나는 셔츠와 양말 사이에 『수의학사전』을 밀어 넣었다. 부피가 큰 책이지만, 내가 배운 것을 잊어버릴지도 모른다는 두려움이 잠깐 나를 사로잡았다. 나는 충동적으로 계획을 세웠다. 군대에 들어가서도 날마다 한두 쪽씩 책을 읽어서 기억을 새롭게 되살리자고. 이제 양치식물 사이에 앉아 있는 나에게 그 생각이 되돌아왔다. 동물들에게 매혹될 뿐만 아니라 동물에 대해 잘 아는 것은 크나큰 행운이었다. 갑자기 지식이 귀중하게 여겨졌다.

나는 자동차로 돌아가 문을 열었다. 샘이 조수석으로 뛰어올랐다. 나는 차에 타기 전에 서머길 씨의 집과는 반대쪽을 바라보았다. 골짜기 입구에 있는 산들 사이로 아래쪽 평원이 언뜻 보였다. 수채화처럼 옅은 색깔들, 황금빛 그루터기, 검은 얼룩처럼 보이는 숲, 점점이 흩어져 있는 푸른 목초지는 완벽한 수채화 같았다. 나는 그렇게 자주 내 가슴을 설레게 한 그 풍경을 난생처음 보는 것처럼 탐욕스럽게 바라보았다. 그것은 바람에 깨끗이 씻긴 드넓은 요크셔의 얼굴이었다.

나는 이곳으로 돌아올 거야. 차를 몰고 떠나면서 나는 생각했다. 다시 이곳에 돌아와서 수의사로 일할 거야. 그 책이 수의사를 어떻게 묘사했더라? 그래, 힘들지만 정직하고 멋진 직업이라고 했지.

　나는 아침 일찍 떠나는 기차를 타야 했다. 이튿날 아침 8시도 되기 전에 보브 쿠퍼가 낡은 택시를 현관 앞에 세웠다.

　샘은 늘 그렇듯이 기대에 찬 얼굴로 나를 따라 방을 가로질렀지만, 나는 어리둥절한 표정을 짓고 있는 녀석의 코앞에서 조용히 문을 닫았다. 긴 계단을 내려올 때, 층계참의 창문으로 정원이 내다보였다. 아침 햇살이 가을 안개를 뚫고 들어와 이슬 맺힌 풀을 반짝이는 이불로 바꾸어놓고, 새빨간 사과와 마지막으로 피어난 장미꽃 위에서 반짝이기 시작했다.

　나는 복도를 걷다가 옆문 앞에서 잠깐 걸음을 멈추었다. 대리비에 온 뒤 이 옆문에서 하루 일을 시작한 게 몇 번이었던가. 하지만 나는 서둘러 옆문을 지나쳤다. 오늘은 앞문으로 나가야 한다.

　보브가 택시 문을 열어주었다. 나는 가방을 던져 넣고, 담쟁이로 뒤덮인 낡은 벽돌 건물을 쳐다보았다. 지붕 밑에 우리의 작은 방이 있었다. 헬렌이 창가에 서 있었다. 아내는 울고 있었다. 나를 보고 아내는 손을 흔들며 미소를 지었지만, 눈물이 흐르고 있었기 때문에 미소 짓는 얼굴이 일그러졌다. 택시가 길모퉁이를 돌 때 나는 목구멍에 걸려 있는 커다란 덩어리를 꿀꺽 삼켰다. 그러자 강한 결심이 마음속에서 솟아났다. 전국의 남자들이 아내 곁을 떠나고 있다. 나도 이제 헬렌 곁을 떠나야 한다. 하지만 앞으로는 무슨 일이 있어도 두 번 다시 아내 곁을 떠나지 않겠다. 절대로.

가게들은 아직 닫혀 있었고 시장은 쥐죽은 듯 조용했다. 나는 마지막으로 자갈이 깔린 광장을 돌아보았다. 낡은 시계탑, 조용하고 평화로운 산들을 등지고 있는 높고 낮은 지붕들. 영원히 무언가를 잃어버리는 듯한 기분이었다.

그게 끝이 아니라는 것을 그때 알았더라면, 끝이 아니라 시작일 뿐이라는 것을 그때 알았더라면 얼마나 좋았을까. 하지만 그 순간에는 내가 이곳을 떠나 멀리 가게 된다는 것밖에 알지 못했다. 나는 이제 곧 런던에서 많은 사람을 헤치며 나아가야 할 것이다. 큰 걸음과 작은 걸음으로.

옮긴이 **김 석 희**

서울대학교 불문학과를 졸업하고 대학원 국문학과를 중퇴했으며, 1988년 한국일보 신춘문예에 소설이 당선되어 작가로 데뷔했다. 영어·프랑스어·일어를 넘나들면서 고대 인도의 서사시인 『라마야나』와 『마하바라타』(아시아 출판사), '수의사 헤리엇의 이야기' 시리즈, 허먼 멜빌의 『모비 딕』, 스콧 피츠제럴드의 『위대한 개츠비』, 헨리 데이비드 소로의 『월든』, 알렉상드르 뒤마의 『삼총사』, 쥘 베른 걸작선집(20권), 시오노 나나미의 『로마인 이야기』, 다니자키 준이치로의 『미친 사랑』 등 많은 책을 번역했다. 역자후기 모음집 『번역가의 서재』 등을 펴냈으며, 제1회 한국번역대상을 수상했다.

수의사 헤리엇의 이야기 2

# 이 세상의 눈부시게 아름다운 것들

2016년 12월 16일 초판 1쇄 펴냄
2019년 8월 16일 초판 2쇄 펴냄

**지은이** 제임스 헤리엇 | **옮긴이** 김석희 | **펴낸이** 김재범
**책임편집** 김형욱 | **편집** 강민영 | **관리** 홍희표, 김주희 | **디자인** 나루기획
**인쇄** 굿에그커뮤니케이션 | **종이** 한솔PNS

**펴낸곳** (주)아시아 | **출판등록** 2006년 1월 27일 | **등록번호** 제406-2006-000004호
**전화** 02-821-5055 | **팩스** 02-821-5057
**주소** 경기도 파주시 회동길 445(서울 사무소: 서울시 동작구 서달로 161-1 3층)
**이메일** bookasia@hanmail.net | **홈페이지** www.bookasia.org
**페이스북** www.facebook.com/asiapublishers

**ISBN** 979-11-5662-292-5 04840
　　　　979-11-5662-274-1 (세트)

*값은 뒤표지에 표시되어 있습니다.

이 도서의 국립중앙도서관 출판예정도서목록(CIP)은 서지정보유통지원시스템 홈페이지(http://seoji.nl.go.kr)와 국가자료공동목록시스템(http://www.nl.go.kr/kolisnet)에서 이용하실 수 있습니다.(CIP제어번호 : CIP2016025453)